# 柳宗元诗笺释

〔唐〕柳宗元 著
王國安 箋釋

上海古籍出版社

**圖書在版編目(CIP)數據**

柳宗元詩箋釋 / (唐) 柳宗元著;王國安箋釋. —上海: 上海古籍出版社, 2020. 9 ( 2023.6重印 )
(中國古典文學叢書)
ISBN 978-7-5325-9763-5

Ⅰ. ①柳… Ⅱ. ①柳… ②王… Ⅲ. ①柳宗元(773-819)—唐詩—注釋 Ⅳ. ①I222. 742

中國版本圖書館 CIP 數據核字(2020)第 172347 號

中國古典文學叢書
**柳宗元詩箋釋**
〔唐〕柳宗元 著
王國安 箋釋
上海古籍出版社出版發行
( 上海市閔行區號景路159弄1-5號A座5F 郵政編碼201101 )
(1) 網址: www. guji. com. cn
(2) E-mail: guji1@guji. com. cn
(3) 易文網網址: www. ewen. co
上海展强印刷有限公司印刷
開本 850×1168 1/32 印張 15. 5 插頁 6 字數 260,000
2020 年 9 月第 2 版 2023 年 6 月第 2 次印刷
印數: 1,801—2,400
ISBN 978-7-5325-9763-5
I·3515 平裝定價: 65. 00 元
如有質量問題,請與承印公司聯繫
電話: 021-66366565

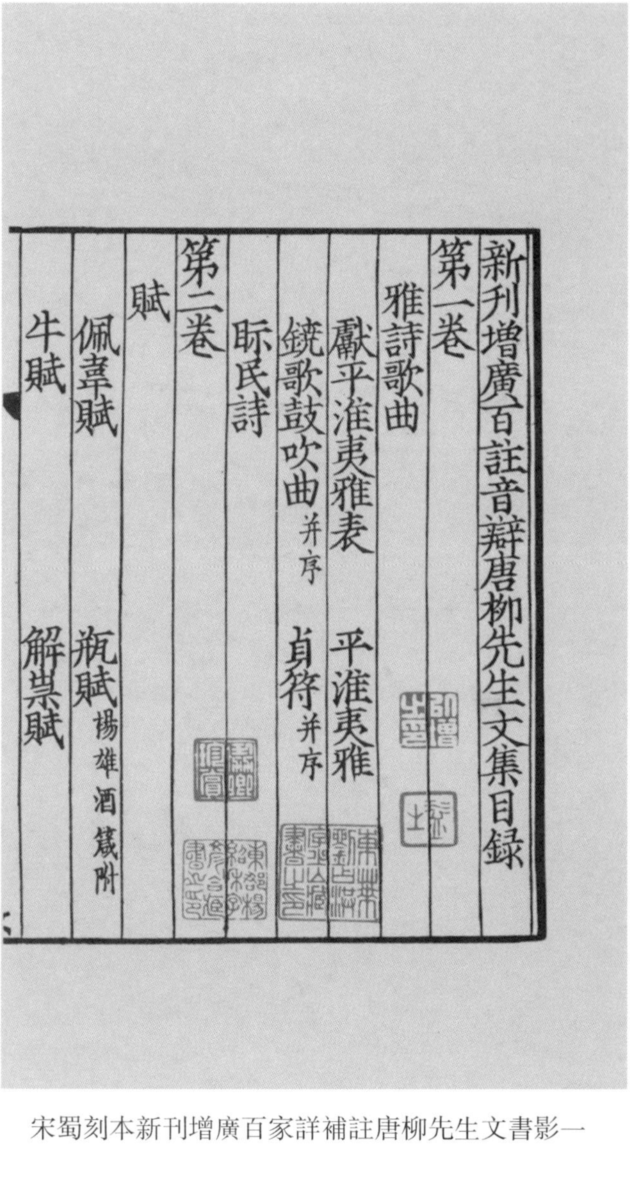
新刊增廣百註音辯唐柳先生文集目録
第一卷
雅詩歌曲
獻平淮夷雅表　平淮夷雅
鐃歌鼓吹曲并序　貞符并序
眎民詩
第二卷
賦
佩韋賦　瓶賦揚雄酒箴附
牛賦　解祟賦

宋蜀刻本新刊增廣百家詳補註唐柳先生文書影一

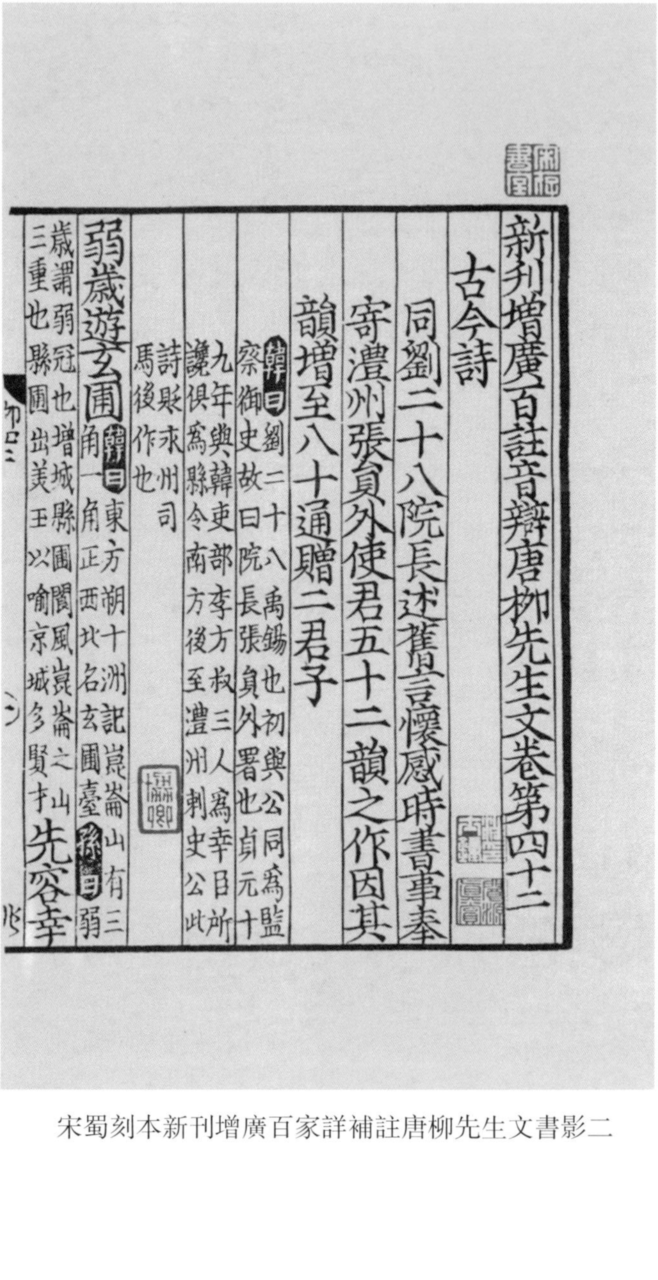
新刊增廣百註音辯唐柳先生文卷第四十二
古今詩
同劉二十八院長述舊言懷感時書事奉
寄澧州張員外使君五十二韻之作因其
韻增至八十通贈二君子
韓曰劉二十八禹錫也初與公同爲監察御史故曰院長張員外署也貞元十九年與韓吏部李方叔三人爲幸臣所讒俱爲縣令南方後至澧州刺史公此詩貶永州司馬後作也
弱歲遊玄圃韓曰東方朔十洲記崑崙山有三角一角正西北名玄圃臺孫曰弱歲謂弱冠也增城縣圃閬風崑崙之山三重也縣圃出美玉以喻京城多賢才先容幸

宋蜀刻本新刊增廣百家詳補註唐柳先生文書影二

# 前言

柳宗元（七七三——八一九），字子厚，祖籍河東（今山西永濟），世稱柳河東；晚年貶任柳州，因又稱柳柳州。他是唐代著名的文學家、思想家。古文傑出，詩亦獨造。但當時其詩遠不如其文之受人重視，所謂「柳州文掩其詩」〔一〕。直至宋代蘇軾譽其詩「發纖穠於簡古，寄至味於澹泊」〔二〕，又將他與陶淵明並論云「柳子厚詩在陶淵明下，韋蘇州上，退之豪放奇險則過之，而温麗清深不及也。所貴乎枯澹者，謂外枯而中膏，似澹而實美，淵明、子厚是也」〔三〕，這才引起人們的矚目。其實，蘇評亦不足以概其全貌。

宗元詩傳世一百三十八題，一百六十四首〔四〕。數量雖有限，却在元和時期，於韓、孟之雄奇險怪，元、白之平易流暢之外，别樹一幟，卓然自立。明人胡應麟説：「元和而後，詩道浸晚，而人才故自横絶一時。若昌黎之鴻偉、柳州之精工、夢得之雄奇、樂天之浩博，皆大家材具也。」〔五〕嚴羽滄浪詩話更以之代表詩歌之一體，即「柳子厚體」或「韋柳體」。由此可見柳宗元在古代詩歌史上的突出地位。

宗元存詩雖不多，却兼備衆體。叙事、詠史、寓言、山水和抒情之作均各具特色。凡此大都作於貶謫之後，確知爲貶謫之前作的僅有省試觀慶雲圖詩、韋道安、渾鴻臚宅聞歌效白紵三首而已。五古叙事體詩韋道安作於貞元十六年。其鼓蕩氣勢、驅駕文字之技能雖已不弱，然亦難稱佳構。而另外兩首更皆平平而已。

「永貞革新」爲宗元一生之分水嶺，也是他創作的飛躍點。此前，他在仕途上可謂一帆風順，中進士，第博學宏詞科；授集賢殿書院正字，遷藍田尉；任監察御史裏行；貞元二十一年（八〇五）擢升禮部員外郎時僅三十三歲。他懷着「勵才能，興功力，致大康於民，垂不滅之聲」（答貢士阮公瑾論仕進書）的抱負，積極投身於政治改革，爲王伾、王叔文革新集團的核心人物。時有「二王、劉（禹錫）柳」之稱。此一時期，因致力於「輔物及時」，詩作少而尚未形成獨特體調，固其宜也。「永貞革新」失敗，宗元遠貶永州，「與囚徒爲朋，行則若帶纆索，處則若關桎梏」（答周君巢餌藥久壽書），精神上承受着巨大壓力。誠如新唐書柳宗元傳所云「既竄逐，地又荒癘，因自放山澤間。其堙厄感郁，一寓諸文」。物不平則鳴之，柳詩正是在這特定環境下才風格丕變，焕射異彩的。

柳宗元處身「罪謗交織，羣疑當道」的險惡環境，「身雖陷敗，而其論著往往不爲世屈」（上襄陽李愬仆射獻唐雅詩）。貶謫後所作諸寓言詩，如跂烏詞、籠鷹詞、行路難三首等，不僅概括了一定的哲理，更是作者自我遭際的寫照，是當時政治鬥爭的曲折反映，因而富於强烈的現實性，爲寓言體文學中不可多得的佳作。

柳宗元「不爲世屈」的精神也强烈地表現在悼念革新派友人諸作中。元和元年所作的哭連州凌員外司馬詩，一字一血，聲淚俱下。詩中歷述凌準之學術、文章、政績，更以飽筆濃墨，表彰其英風亮節。德宗去世時，「邇臣議秘三日乃下遺詔」，是時，中外危疑，凌準挺身而出，「抗聲促遺詔，定命由陳辭」，一舉揭破宦官企圖廢黜太子李誦的陰謀。然而，英才如斯，最終却身貶母死，二弟繼亡，自身又雙目失明，含寃而貶死南荒。與宗元故連州司馬凌君權厝志説準「有道而不明白於天下，離愍逢尤夭其生，且又同過，故哭以爲志」對讀，更可見此詩「悲痛意以感慨調發之」〔六〕的藝術個性。

柳宗元確有部分作品擬學陶淵明，大都作於貶永州之後。曾季貍艇齋詩話云：「柳子厚覺衰，讀書二詩，蕭散簡遠，穠纖合度，置於淵明集中，不復可辨。」曾吉甫筆墨閒録亦云：「飲酒詩絶似淵明。」而如田家三首中「鷄鳴村巷白，夜色歸暮田」；「庭際秋蟲鳴，疏麻方寂歷」；「風高榆柳疏，霜重梨棗熟」諸句，善寫田園風物，亦「絶有淵明風味」。蘇軾晚年貶謫惠州、儋州，推陶詩之平淡自然爲藝術極詣，以陶、柳二集爲南遷「二友」，並特爲指出柳詩「外枯而中膏，似淡而實美」之特點，頗有見地。此類作品同宗元遭貶既久之後，藉以排遣苦悶有關，還時見「慕隱」之意。如首春逢耕者、遊石角至小嶺過長烏村等等。然而，「斯道難爲偕」，宗元内心深處始終希冀被起復召用，再展宏圖。其冉溪詩即是此種心理的最好表白。因此，宗元學陶諸作實蓄憂憤於閑適恬淡之中。柳宗元在對賀者中云：「嘻笑之怒，甚於裂眦；長歌之哀，過於慟哭。庸豈知吾之浩浩，非戚戚之大者乎？」正可爲此類詩註解。

宗元在永州多作山水記遊之詩，向來與韋應物並稱「韋柳」，又以之爲劉宋山水詩人謝靈運的異代同調。賀貽孫詩筏稱宗元山水詩之「類鈷鉧潭諸記，雖邊幅不廣，而意境已足，如武陵一源，自有日月」，更指出其山水詩勁氣内斂，而意境完足的獨特風格。如五絶江雪，寥寥僅四句二十字，繪出一幅寒江獨釣圖，而孤傲清高之意態自在言外，以至有人稱「唐人五言四句，除柳子厚釣雪一詩外，絶少佳者」〔七〕。宗元山水詩有二類，部份作品模山範水，猶如明鏡映物，刻畫山容水貌，摹難狀之景如在目前；更多的作品則情景相生，往往在描繪山水之同時，由外在世界而轉入内心探索，或披露鬱結之悲憤，或抒洩思鄉之愁苦。南澗中題便是一首代表作。作者獨遊南澗，身處蕭瑟荒涼、幽獨孤寂之中，悲懷觸物，「憂中有樂，樂中有憂」（蘇軾語），不能自已，「意致似恬雅而中實孤憤沈鬱」，最能體現出柳詩的獨特風格。它如構法華寺西亭、法華寺石門精舍二十韻、與崔策登西山諸作無不如此。宗元在始得西山宴遊記中曾說：「自余爲僇人，居是州，恒惴慄。其隟也則施施而行，漫漫而遊，日與其徒上高山，入深林，窮迴溪，幽泉怪石，無遠不到。」與李翰林建書又云：「永州於楚爲最南，狀與越相類。僕悶即出遊，遊復多恐。涉野有蝮虺大蜂，仰空視地，寸步勞倦；近水則畏射工沙蝨，含怒竊發，中人形影，動成瘡痏。

時到幽樹好石，暫得一笑，已復不樂。何者？譬如囚拘圜土，一遇和景出，負牆搔摩，伸展支體，當此之時，亦以爲適，然顧地窺天，不過尋常，終不得出，豈復能久爲舒暢哉？」三文頗有助於我們對柳宗元山水詩的理解。

柳宗元在永州所作的酬贈之作，大都采用五言長律。如同劉二十八院長述舊言懷感時書事奉寄澧州張員外使君五十二韻之作因其韻增至八十通贈二君子、酬韶州裴曹長使君寄道州吕八大使因以見示二十韻等。明徐師曾指出「和韻詩」有二法，其一是「因韻而增爲之」，其二是「拾其餘韻，凡爲所取者置不取」，即以上二詩分別爲例〔八〕。宗元工於駢儷，二詩鋪陳排比，曲折盡致，其中感事言懷，也不乏真情實感的流露；但語言艱澀，用典繁多，過份追求字難句險，終覺滯重板澀。倒是酬婁秀才寓居開元寺早秋月夜病中見寄、酬婁秀才將之淮南見贈之什二作，篇幅較短，反較流暢自然。而五古體如初秋夜坐贈吴武陵、零陵贈李卿元侍御簡吴武陵二詩尤堪諷誦：前者以琴音爲喻，寫知音難求，既是慰友，亦是自慰；後者更形激憤，「理世固輕士，棄捐湘之湄。陽光竟四溟，敲石安可施？」不僅爲不遇的友人鳴不平，更是對現實的尖鋭抨擊。其風格與長篇排律很有不同。

宗元在永州還寫過一些詠史詩。大抵爲元和四年前後讀書有感而作，如詠史之贊頌樂毅，詠三良之譴責康公，詠荆軻之論刺秦實乃「短計」，又對荆軻本人表示同情：均頗具識見，不落窠臼。此外，又有部份篇什記述種植，如種朮、種仙靈毗、種白蘘荷、植靈壽木、新植海石榴、湘岸移木芙蓉植龍興精舍等等，雖爲陶冶性靈而作，然「遠物世所重，旅人心獨傷」（紅蕉）；「竄伏常戰慄，懷故愈悲辛」（種白蘘荷）；「離憂苟可怡，孰能知其他」（種朮），也時時流露鬱憤之情。元和十年（八一五）正月，柳宗元一度和劉禹錫、韓泰、韓曄、陳諫等同被召回长安；三月，復放柳州刺史，地更僻遠。可見朝廷中同情宗元者雖亦有之，但保守勢力之仇視初無變更。柳州地處亞熱帶，當時叢林覆蓋，瘴癘彌漫，「過洞庭，上湘江，非有罪名左遷者罕至，又況逾臨源嶺，下漓水，出荔浦，名不在刑部而來吏者，其加少也固宜」（送李渭赴京師序）。宗元官雖進而地逾遠，實際處境並無多大改變，故詩歌創作必然爲永州之繼續。然而若細加比照，則柳州的詩作又有不同的特點。

宗元永州詩以五言爲主，尤擅五古，而柳州詩則以七言爲夥，且多爲近體。全集七律凡十首，其中八首作於再貶之後。元方回瀛奎律髓入選柳律詩五首，登柳州城樓寄漳汀封連四州、嶺南江行、柳州峒氓、得盧衡州書因以爲寄和柳州寄丈人周韶州，均爲柳州時作。方回評此五首律詩云：「柳柳州詩精絶工緻，古體尤高……此五律詩比老杜則尤工矣。杜詩哀而壯烈，柳詩哀而酸楚，亦同而異也。」〔九〕其稱「比老杜尤工」，未免溢美，然謂之「精絶工緻」，洵爲篤論。「從此憂來非一事，豈容華髮待流年」；「共來百越文身地，猶自音書滯一鄉」，久遭貶遷的淒傷之音仍爲柳州詩之主調，而往往又同嶺南地區獨特的風光景物相交融，構成全新的詩歌意境，如「嶺樹重遮千里目，江流曲似九迴腸」；「射工巧伺遊人影，颶母偏驚旅客船」，均極寫嶺南風土之異，復見憂讒畏譏之情，而柳州峒氓所記：「青箬裹鹽歸峒客，綠荷包飯趁虛人。鵝毛禦臘縫山罽，雞骨占年拜水神。」反映西南少數民族生活，更宛然如風俗畫，可謂前無古人，開拓了詩歌創作的新境界。

宗元柳州七絕與七律異曲同工，「林邑山聯瘴海秋，牂牁水向郡前流」（柳州寄京中親故）；「山雨過後百花盡，榕葉滿庭鶯亂啼」（柳州二月榕葉落盡偶題），普通的嶺南地名，一經入詩，便成了引逗鄉愁的好材料；而「大而多險，可蔽百牛」的南國榕樹，二月落葉，滿庭如秋，更襯托出詩人「宦情羈思」之深。與浩初上人同看山寄京華親故云：「海畔尖山似劍鋩，秋來處處割愁腸」，後蘇軾貶海南有文云，「海行數日，道旁諸峯，真若劍鋩，誦子厚詩，知海山多奇峯也」〔一〇〕，足見宗元「劍鋩」之喻，傳神毫顛。

宗元在柳州期間的七言佳作尚多。七律如別舍弟宗一、柳州西北隅種甘樹，七絕如夏晝偶作、韓漳州書報徹上人亡因寄二絕，皆傳誦人口。此外，七古古東門行以宰相武元衡被刺殺爲題材，諷刺朝廷控御藩鎮不力，姑息養奸，致使重臣暴尸，筆力「沈雄頓挫」〔一一〕；寄韋珩則再現赴柳經過及抵柳初期艱難生活，其「奇崛之氣」〔一二〕，可與韓愈相頡頏；均可見其詩作之新境界。宗元在柳雖亦間作五言，也不乏佳構，然就總體而言，其七言詩更能顯示藝術上的新的進展，與其永州詩前後相輝映，共爲元和詩壇之瑰寶。

宗元在永、柳還先後作有雅詩數篇。其內容均反映現實，如貞符反對符瑞天命之「詭譎潤誕」，可見其反天命論思想；平淮夷雅，頌美平定淮西的功臣裴度、李愬，有以見身在蠻荒而志在中興之志士氣概。但其形式酷摹詩經及漢鐃歌十八曲，體式陳舊，語言詰屈古奥，有較多的廟堂文學氣息，其文學價值遠遜於其五七言詩歌。

柳詩雖不免也有藝術上的敗筆，如前述長篇排律過於奇險堆砌；雅詩歌曲，新變不足；某些表現佛教思想之作，亦往往流於説教，理過其辭，凡此，均不必爲賢者諱。然就全體而言，足稱大家。其詩論技巧，則既能字斟句錬，力去陳言；又能返之自然，通篇渾成而意境豐厚；論格調，則「簡古」而詩味濃烈，委婉深曲，韻致深長。既能隨機生發，不拘拘於墟，又個性鮮明，自有其與衆不同的主導風格——「幽冷峭潔」。

前人論柳詩，往往歸之於陶、謝、王、孟閒曠高逸一脈。誠然，其日常生活抒情詩頗有陶詩風味；而山水景物諸作之尋勝探幽，工筆刻摹，甚至錬字遣句，標題布局，顯然得力於大謝。然而，以柳詩與陶謝相較，陶是看破現實，高蹈隱世，柳則是遭受迫害，貶逐窮荒；前者雖有不平却並不强烈，總的説詩境淡然超脱，後者却感厄憤鬱、孤寂憂愁。這雖與謝客頗相似，但謝詩偏重於記遊，往往失之繁蕪；而柳宗元則更重抒情，筆底凝聚着長期貶謫生涯的痛苦，顯得更爲峻峭深沉。故而即使在同類詩中，柳詩與陶、謝之區别也時時可見。事實上，對前人藝術風格、技巧的汲取，唯有在與作者本人的思想、生活、氣質、個性融合之時，方能化爲血肉，而後者更是决定藝術風格之底因。

宗元青雲蹭蹬，不唯「處污以閔世」之壯志無法實現，更半生偃蹇，長處孤寂，但他「雖萬受擯棄，不更乎其内」（答周君巢餌藥久壽書），因而就創作精神言，説他近陶、謝，無寧説同屈原更有相同之處。姑且不論其騷賦同屈原靈犀相通，「深得騷學」〔三〕，即其詩中亦常以「楚臣」、「楚客」自喻。「投跡山水地，放情詠離騷」，正是其夫子自道。柳詩中藴含屈騷意境，前人屢有抉示。明陸時雍云柳五言詩「深於哀怨」，堪稱「騷之餘派」〔四〕。沈德潛亦云「柳詩長於哀怨，得騷之餘意」〔五〕。汪森批閲柳詩，曾就柳詩與陶、謝、屈騷三者的關係作闡説：「柳先生詩，其冲澹處似陶，而蒼秀處則兼乎謝，至其憂思鬱結，纖徐凄婉之致，往往深得楚騷之遺。」〔六〕所論極其中肯。柳詩每於冲澹、蒼秀之下，潛藏有酸楚哀怨之激情，讒口嗷嗷、羣小包圍的政治環境，使其性格趨於内向，激情在詩中往往内斂自抑，曲折吞吐，並不一泄無遺，有時更須强加排遣。所謂「幽冷峭潔」雖以刻削清深之語言爲外在表現，而究其本質，實乃詩人正直孤傲、潔身自好的人格的反映。姚瑩論詩絶句云：「史潔騷幽並有神，柳州高詠絶嶙峋」，贊柳詩兼有史記之「潔」，離騷之「幽」，嶙峋不凡，正有以見宗元之人品，同屈原、司馬遷有一脈相通之處。

以下就本書體例略作説明：

一、本書正文以南宋蜀刻新刊增廣百家詳補注唐柳先生文集所録柳詩爲底本，校以重校添注音辯唐柳先生文集（宋嘉定間鄭定刊本）、河東先生集（南宋廖瑩中世綵堂刊本）、增廣注釋音辯唐柳先生文集（元建陽刊本）、韓醇詁訓柳先生文集（四庫全書本）、柳宗元詩集（古朝鮮活字本）等。其中韓醇詁訓柳先生文集凡文淵閣本與文津閣本相同處，逕標以詁訓本；不同者則分別標明文淵閣本或文津閣本。其餘參校所據各本及舊籍，如總集、史籍等，隨校記注明，茲不臚列。中華書局柳宗元集在校勘上付出了辛勤的勞動，本書在校勘過程中，有所參考，謹致謝忱。

二、本書打破原集序次，按作品年代先後重加編排，釐爲四卷。卷一、卷二爲貶永州前及在永州期間諸作。卷一起貞元九年（七九三），訖元和四年（八〇九）；卷二起元和五年（八一〇），訖元和九年（八一四）。具體年月不可考而大體可確定爲永州所作者，置於編年詩後。卷三爲奉召還京至再貶柳州之作。起元和十年（八一五）正月，訖元和十四年（八一九）柳宗元去世。柳宗元文集編自劉禹錫，今傳本雖非其舊，然「編次尾首，門類後先」，頗有軌迹可循。其卷四十三大都在永州時所作，而卷四十二則除少數篇章，又率皆詔追還京及再貶柳州後作。故於個別時地無從考者，亦據原集編次，姑定其爲永州或柳州作，而分別附於永州或柳州卷後。卷四爲雅詩歌曲。其寫作時間雖大體可循，然因體格特殊，向來別爲一卷，今亦不再置於相應編年詩中，以便研究者使用。

三、韓、柳向來並稱，然前人注釋柳集，功夫遠遜於韓集。數種舊注本，大抵改頭換面而翻刻因襲〔一七〕。本書在舊注基礎上重新注釋，其利用或參考舊注者用兩種方式加以說明：凡徵引箋釋性的注文均直接標明引自何種舊注；至於詞語典故之舊注已有涉及者，本書或添補書名、篇名出處，或補全引文缺漏，或引文有詳略不同，或舊注僅提供綫索，今已改爲直接引用原書等等，與舊注原來面目已有所不同，故僅在注釋之後用括號作標識。如參考百家注本則標以

（百），參考世綵堂本則標以（世），參考音辯本則標以（音）。考慮到百家注本出現較早且注釋較多，目前又較易得，故既見於百家注本又見於它注本者，僅標以百家注本。又柳詩有些詩題較長，引用時概用簡稱。

四、本書輯録前人評論、解説。有關各詩者，附麗各詩之後；僅有關於某一詩語者，則散入注文，附於各條注釋之後。總論柳詩者，輯爲一卷，隸於篇末。所輯評論解説，以論詩者爲主。

五、本書在注釋過程中，參考和汲取了前人今人的研究成果。由於本人學殖淺薄，錯誤之處，所在難免。敬希專家、讀者不吝賜教。

顧易生教授爲本書封面題簽，使本書增色，在此表示謝忱。

王國安

一九八八年二月二十四日於復旦大學

【注】

〔一〕金湛生粟香隨筆卷一。

〔二〕蘇軾書黄子思詩集後。

〔三〕蘇軾東坡題跋評韓柳詩。

〔四〕通行本柳集存詩兩卷、雅詩歌曲一卷，共一百三十七題，一百六十三首。加上宋乾道永州本柳柳州集載送元暠師，爲一百三十八題，一百六十四首。

〔五〕胡應麟詩藪外編卷四。

〔六〕孫月峯評點柳柳州集卷四十三。

〔七〕范晞文對牀夜語卷四。

〔八〕徐師曾文體明辯。

〔九〕方回瀛奎律髓卷四。

〔一〇〕蘇軾東坡題跋書柳子厚詩。

〔一一〕章士釗柳文指要通要之部卷十二。

〔一二〕汪森韓柳詩選。

〔一三〕嚴羽滄浪詩話詩評。

〔一四〕陸時雍詩鏡總論。

〔一五〕沈德潛唐詩別裁集卷四。

〔一六〕汪森韓柳詩選。

〔一七〕參見中華書局柳宗元集校點後記。

# 柳宗元詩箋釋目録


前言……一

卷一

省試觀慶雲圖詩……一
韋道安……五
龜背戲……一二
渾鴻臚宅聞歌效白紵……一三
跂烏詞……一五
籠鷹詞……一八
行路難三首……一九
戲題石門長老東軒……二七
法華寺石門精室三十韻……二九
構法華寺西亭……三六
感遇二首……三九
哭連州凌員外司馬……四三
巽上人以竹間自採新茶見贈酬之以詩……五一
巽公院五詠……五四
　浄土堂……五四
　曲講堂……五七
　禪堂……五九
　芙蓉亭……六一
　苦竹橋……六二
法華寺西亭夜飲……六四

初秋夜坐贈吴武陵……六五
零陵贈李卿元侍御簡吴武陵……六八
遊南亭夜還叙志七十韻……七〇
自衡陽移桂十餘本植零陵所住
精舍……八七
湘岸移木芙蓉植龍興精舍……八九
茆簷下始栽竹……九〇
覺衰……九三
酬韶州裴曹長使君寄道州吕八
大使因以見示二十韻一首 并序……九六
湘口館瀟湘二水所會……一〇三
登蒲洲石磯望横江口潭島深迴
斜對香零山……一〇五
遊石角過小嶺至長烏村……一〇七
遊朝陽巖遂登西亭二十韻……一一〇
種仙靈毗……一一四
植靈壽木……一一六
種术……一一八
讀書……一二〇
詠史……一二三
詠三良……一二六
詠荆軻……一三〇
楊白花……一三五

## 卷二

冉溪……一三九
溪居……一四〇
聞籍田有感……一四三
夏初雨後尋愚溪……一四四
雨後曉行獨至愚溪北池……一四六
雨晴至江渡……一四八
旦攜謝山人至愚池……一四八
酬婁秀才寓居開元寺早秋月夜
病中見寄……一五〇
酬婁秀才將之淮南見贈之什……一五三
同劉二十八哭吕衡州兼寄江陵

李元二侍御……一五七
弘農公以碩德偉材屈於誣枉左官三歲復爲大僚天監昭明人心感悅宗元竄伏湘浦拜賀未由謹獻詩五十韻以畢微志……一六二
與崔策登西山……一七七
送元暠師詩……一八一
南澗中題……一八三
入黃溪聞猿……一八八
韋使君黃溪祈雨見召從行至祠下口號……一八九
同劉二十八院長述舊言懷感時書事奉寄澧州張員外使君五十二韻之作因其韻增至八十通贈二君子……一九一
段九秀才處見亡友吕衡州書迹……二一五
從崔中丞過盧少府郊居……二一六
晨詣超師院讀禪經……二一八
贈江華長老……二二二
首春逢耕者……二二四
中夜起望西園值月上……二二六
零陵春望……二二八
種白蘘荷……二二九
新植海石榴……二三二
戲題堦前芍藥……二三三
始見白髮題所植海石榴樹……二三五
早梅……二三六
南中榮橘柚……二三七
梅雨……二三八
零陵早春……二四一
田家三首……二四二
放鷓鴣詞……二四八
聞黃鸝……二五一
漁翁……二五三
飲酒……二五六
掩役夫張進骸……二五八

春懷故園……二六二
夏夜苦熱登西樓……二六三
獨覺……二六四
郊居歲暮……二六五
秋曉行南谷經荒村……二六六
夏晝偶作……二六八
江雪……二六九
紅蕉……二七二

## 卷三

朗州竇常員外寄劉二十八詩見促行騎走筆酬贈……二七五
離觴不醉至驛却寄相送諸公……二七七
詔追赴都迴寄零陵親故……二七八
界圍巖水簾……二七八
過衡山見新花開却寄弟……二八〇
汨羅遇風……二八二
北還登漢陽北原題臨川驛……二八三
善謔驛和劉夢得酹淳于先生……二八四
清水驛叢竹天水趙云余手種一十二莖……二八六
李西川薦琴石……二八七
詔追赴都二月至灞亭上……二八八
奉酬楊侍郎丈因送八叔拾遺戲贈詔追南來諸賓二首……二八九
六言……二九〇
商山臨路有孤松往來斫以爲明好事者憐之編竹成援遂其生植感而賦詩……二九一
長沙驛前南樓感舊……二九二
衡陽與夢得分路贈別……二九三
重別夢得……二九七
三贈劉員外……二九八
再上湘江……二九九
再至界圍巖水簾遂宿巖下……三〇〇
桂州北望秦驛手開竹逕至釣磯

留待徐容州……三〇二
嶺南江行……三〇三
古東門行……三〇七
答劉連州邦字……三一三
登柳州城樓寄漳汀封連四州……三一五
酬徐二中丞普寧郡内池館即事見寄……三二〇
酬賈鵬山人郡内新栽松寓興見贈二首……三二一
雨中贈仙人山賈山人……三二三
殷賢戲批書後寄劉連州并示孟崙二童……三二四
重贈二首……三二六
疊前……三二九
疊後……三三〇
銅魚使赴都寄親友……三三一
柳州峒氓……三三一
柳州二月榕葉落盡偶題……三三六
別舍弟宗一……三三八
奉和周二十二丈酬郴州侍郎衡江夜泊得韶州書并附當州生黄茶一封率然成篇代意之作……三四二
奉和楊尚書郴州追和故李中書夏日登北樓十韻之作依本詩韻次用……三四三
楊尚書寄郴筆知是小生本樣令更商榷使盡其功輒獻長句……三四六
韓漳州書報徹上人亡因寄二絶……三四九
聞徹上人亡寄侍郎楊丈……三五一
柳州寄丈人周韶州……三五二
登柳州峨山……三五五
得盧衡州書因以詩寄……三五六
與浩初上人同看山寄京華親故……三五九
浩初上人見貽絶句欲登仙人山因以酬之……三六一
寄韋珩……三六三

柳州城西北隅種甘樹……三六六
南省轉牒欲具江國圖令盡通風俗故事……三六八
種柳戲題……三六九
柳州寄京中親故……三七一
種木槲花……三七二
酬曹侍御過象縣見寄……三七三
摘櫻桃贈元居士時在望仙亭南樓與朱道士同處……三七六

## 卷四

貞符 并序……三七七
唐鐃歌鼓吹曲十二篇 并序……三九九
晉陽武……三九九
獸之窮……四〇三
戰武牢……四〇六
涇水黄……四〇七
奔鯨沛……四一〇
苞枿……四一二
河右平……四一四
鐵山碎……四一六
靖本邦……四一八
吐谷渾……四一九
高昌……四二一
東蠻……四二三
平淮夷雅二篇 并序……四二五
皇武……四二五
方城……四三四
視民詩……四四三

## 附録

諸家評論輯要……四四七

# 柳宗元詩箋釋卷一

（起貞元六年，訖元和四年）

## 省試觀慶雲圖詩

晏元獻家本有此詩，今附於此。

設色初成象〔一〕，卿雲示國都。九天開祕祉〔二〕，百辟贊嘉謨〔三〕。抱日依龍衮〔四〕，非煙近御爐〔五〕。高標連汗漫〔六〕，向望接虛無〔七〕。裂素榮光發〔八〕，舒華瑞色敷〔九〕。恒將配堯德〔一〇〕，垂慶代河圖〔一一〕。

按沈晦四明新本河東先生集後序言，北宋柳集凡四本：穆修四十五卷本，小字三十三卷、元符間京師開行本，曾丞相家本，晏元獻家本。沈氏「以四十五卷本爲正，而以諸本所餘作外集。……又釐革京兆請復尊號表，增入請聽政第二表、賀皇太子牋、省試慶雲圖詩」。知此詩爲沈晦氏所附入也。詩貞元六年（七九〇）作。宗元與楊誨之第二書曰：「吾年十七求進士，四年乃得舉。」徐松登科記考卷十二貞元六年進士二十九人條：「按柳宗元集有省試觀慶雲圖詩，考子厚舉進士於貞元五年（七八九），省試自六年始，七年以後題皆可考，則慶雲圖爲六年試題矣。」此爲宗元現存最早之作。韓醇詁訓柳集卷四十三曰：「公貞元五年舉進士，九年（七九三）及第，此詩九年作。」誤。

慶雲，五色雲也。漢書禮樂志：「甘露降，慶雲集。」古以爲祥瑞之氣。亦作「卿雲」。按：通鑑唐紀：「（大曆十四年五月）丙朔，詔曰：『澤州刺史李鷃上慶雲圖。』」省試所觀，或即李鷃所上之圖。

〔一〕設色，周禮考工記：「設色之工，畫、繢、鍾、筐、㡛。」猶言着色。初成象，文苑英華「初」作「方」。全唐詩作「既」，注：「一作『初』，一作『方』。」〇何焯義門讀書記曰：「在天成象，破『圖』字，即含卿雲。」

〔二〕九天，原指中央與八方，屈原離騷：「指九天以爲正兮。」此指宫庭，王維和賈舍人早朝大明宫：「九天閶闔開宫殿。」祕祉，文苑英華作「秘旨」。

〔三〕百辟，詩大雅假樂：「百辟卿士，媚於天子。」鄭玄箋：「百辟，畿内諸侯也。」此謂羣臣。嘉謨，揚雄法言：「或問忠言嘉謨，曰：言合稷契謂之忠，謨合皋陶謂之嘉。」

〔四〕抱日，孝經援神契：「黄雲抱日，輔臣納忠。」舊唐書天文志：「慶雲見。有黄氣抱日。」龍衮，禮禮器：「禮有以文爲貴者，天子龍衮。」陳奐詩毛氏傳疏：「衮與卷古同聲。卷者，曲也，象龍曲形，曰卷龍。畫龍作服曰龍卷，加衮之服曰衮衣。」天子之服也。

〔五〕非煙，史記天官書：「若煙非煙，若雲非雲，鬱鬱紛紛，蕭索輪囷，是謂卿雲。」（百）御爐，新唐書儀衛志上：「朝日，殿上設黼扆、躡席、熏爐、香案。」○汪森韓柳詩選：「抱日二句寫物極工，亦甚得體。」

〔六〕高標，左思蜀都賦：「陽烏迴翼乎高標。」按：木杪曰標，故凡高聳之物皆得言高標。汗漫，淮南子俶真訓：「甘瞑於溷澖之域，而徙倚於汗漫之宇。」高誘注：「無生形、形生元氣之本神也。」故盧敖見若士言曰『吾與汗漫期於九垓之上』是也。○何焯評此二句曰：「空闊。」陶元藻唐詩向榮集卷二評以上四句曰：「是賦圖，不是空賦卿雲。」

〔七〕向望，文苑英華「向」作「迴」，文淵閣本、全唐詩、何焯校本作「迴」，全唐詩注：「一作『迴』。」虛無，司馬相如上林賦：「凌驚風，歷駭猋，乘虛無，與神俱。」清虛之境，天空也。○毛奇齡唐人試帖卷三：「以圖與雲合觀，極見作法。且『高標』、『迴望』字俱不泛下。」

〔八〕裂素，後漢書范式傳：「裂素爲書，以遺巨卿。」急就篇卷二顏師古注：「素謂絹之精白者，即所用寫書之素也。」榮光，尚書中候：「榮光出河，休氣四塞。」（太平御覽卷六十一引）南史王摛傳：「永明八年，天忽黃色照地，衆莫能解，司徒法曹王融上金天頌，摛曰：『是非金天，所謂榮光。』」謂五色雲氣。古以爲祥瑞之兆。○何焯曰：「圖字不略。」

〔九〕瑞色，論衡指瑞：「王者受富貴之命，故其動出見吉祥異物，見則謂之瑞。」唐高宗太子納妃太平公主出降：「玉庭浮瑞色，銀牓藻祥徽。」

〔一〇〕堯德，史記五帝本紀稱堯「其仁如天，其知如神，就之如日，望之如雲」。（百）此句借以稱頌唐天子也。

〔一一〕垂慶，易繫辭上：「天垂象，見吉凶。」河圖，易繫辭上：「河出圖，洛出書，聖人則之。」禮記禮運孔穎達疏：「中候握河紀：堯時受河圖，龍銜赤文緑色。」○汪森曰：「結亦典秀。」李因培唐詩觀瀾集卷十六曰：「結醒『圖』字。」

【評箋】

錢良擇唐音審體卷十一曰：「應試詩但以工麗取勝，并不如詠物之可以寄託，有詞無意，故名手亦無面目可尋。」

近藤元粹柳柳州詩集卷四曰：「貶謫以前之詩自有富貴氣象，不似後來衰颯怨憤之態。」

按：省試觀慶雲圖詩，除宗元此作外，尚存李行敏一首，與宗元此作，語意頗類，可想知二詩皆就圖所畫，敷寫而成也。王世貞藝苑卮言曰：「人謂唐以詩取士，故詩獨工，非也。凡省試詩類鮮佳者。如錢起湘靈之詩，億不得一；李肱霓裳之制，萬不得一。」是也。兹録附李詩，以資參閲：

縑素傳休祉，丹青狀慶雲。非煙凝漠漠，似蓋乍紛紛。尚駐從龍意，全舒捧日文。光從五色起，影向九霄分。裂素留嘉瑞，披圖賀聖君。寧同窺汗漫，方此睹氛氲。

## 韋道安

道安本儒士，頗擅弓劍名。二十遊太行〔一〕，暮聞號哭聲〔二〕。疾驅前致問〔三〕，有叟垂華纓〔四〕。言我故刺史，失職還西京。偶爲羣盜得，毫縷無餘赢。貨財足非悋，二女皆娉婷〔五〕。蒼黄見驅逐〔六〕，誰識死與生。便當此殞命，休復事晨征〔七〕。一聞激高義，眥裂肝膽横〔八〕。掛弓問所往〔九〕，趫捷超峥嶸〔一〇〕。見盜寒磵陰，羅列方忿争。一矢斃酋帥〔一一〕，餘黨號且驚。麾令遞束縛〔一二〕，纆索相拄撑〔一三〕。彼姝久褫魄〔一四〕，刃下俟誅刑〔一五〕。却立不親授〔一六〕，諭以從父行〔一七〕。捃收自擔肩〔一八〕，轉道趨前程〔一九〕。夜發敲石火〔二〇〕，山林如晝明。父子更抱持，涕血紛交零。頓首願歸貨〔二一〕，納女稱舅甥〔二二〕。道安奮衣去〔二三〕，義重利固輕〔二四〕。師婚古所病〔二五〕，合姓非用兵〔二六〕。朅來事儒術〔二七〕，十載所能逞〔二八〕。慷慨張徐州〔二九〕，朱邸揚前旌〔三〇〕。投軀獲所願，前馬出王城〔三一〕。轅門立奇士〔三二〕，淮水秋風生〔三三〕。君侯既即世〔三四〕，麾下相欹傾〔三五〕。立孤抗王命，鐘鼓四野鳴。横潰非所壅，逆節非所嬰〔三六〕。舉頭自引刃，顧義誰顧形〔三七〕。烈士不忘死〔三八〕，所死在忠貞〔三九〕。咄嗟徇權子〔四〇〕，翕習猶趨榮〔四一〕。我歌非悼死，所悼時世情〔四二〕！

舊唐書德宗紀：貞元十六年「徐泗節度使張建封卒。壬子，徐州軍亂，不納行軍司馬韋夏卿，迫建封子愔爲留後」。按韓醇詁訓柳集卷四十三曰：「觀詩意，道安嘗佐張於徐州，及軍亂而道安自殺，故詩有『顧義誰顧形』之句。」又曰：「公嘗爲韋道安傳，集載其題而亡其文。今觀此詩，則公所以爲之傳者，亦必指是事無疑也。」韓説是。集存曹文洽韋道安傳目，文洽，義成軍節度使姚南仲牙將，監軍薛盈珍遣吏程務盈赴京，誣奏南仲，文洽恰在京，擊殺之，且作表以雪南仲之寃，而後自殺。此亦貞元十六年事也。二人事皆聳動，又皆自殺於是年，知傳與詩必皆作於是年。

〔一〕太行，書禹貢：「太行、恒山，至於碣石。」郭緣生述征記：「太行山首始於河内，自河内北至幽州，凡百嶺，連亘十三州之界。」在今河南、山西境。

〔二〕號哭，全唐詩注：「一作『哭泣』。」

〔三〕喬億劍溪説詩又編曰：「『疾驅』二字，便有『高義』在。」

〔四〕華纓，鮑照詠史：「仕子彯華纓。」按：曹植七啓所謂「華組之纓」也。説文卷十三：「纓，冠繫也。」〇喬億評曰：「已透下刺史。」

〔五〕娉婷，辛延年羽林郎：「不意金吾子，娉婷過我廬。」姿態姣好貌。

〔六〕蒼黄，沈德潛説詩晬語下：「人以忙遽爲倉皇，然古人多作『倉黄』。少陵『誓欲隨君去，形勢反倉黄』；『蒼黄已就長途往，邂逅無端出餞遲』，柳州『蒼黄見驅逐，誰識死與生』。」按：倉皇、倉黄、蒼黄，古皆通用。

〔七〕喬億曰：「以上述叟之言，『晨』字從上『暮』字來。」

〔八〕眥裂，史記項羽本紀：「樊噲瞋目視項王，頭髮上指，目眥盡裂。」眥，目眶。

〔九〕喬億曰：「不曰奮身，乃曰掛弓，趁勢插入，捷甚。」

〔一〇〕趫捷，鄭定本注：「趫，一作趨。」按：諸校本皆作「趫」，張衡西京賦「輕鋭僄狡，趫捷之徒」，後漢書朱儁傳「輕勇趫捷」，晉書石季龍載記「趫捷便弓馬」，作「趫」爲是。峥嶸，孫綽遊天台山賦李善注：「字林曰：『峥嶸，山高貌。』」○汪森韓柳詩選曰：「點染都有生色，於條暢中具見筋骨。」

〔一一〕酋帥，謂盜魁也。○喬億曰：「前已提出掛弓，便可直入。」

〔一二〕喬億曰：「『遞』字好。」

〔一三〕纆索，史記屈賈列傳集解：「纆，索也。」

〔一四〕彼姝，詩鄘風干旄：「彼姝者子。」(百)此謂二女也。褫魄，張衡東京賦：「奪氣褫魄。」(百)言魂魄亡離其身，驚懼貌也。

〔一五〕黄周星唐詩快卷二曰：「危哉，可憐。」喬億曰：「詩意將爲彼姝解縛，句中只言被縛，下一久字，是㲉賊後始見彼姝情景也，其不爲賊汙，不白而義自見，筆力高絶。」汪森曰：「『誅刑』字失斟酌。」

〔一六〕不親授，孟子離婁上：「男女授受不親，禮也。」（百）

〔一七〕喬億曰：「達禮之言，是儒士本色。」

〔一八〕捃，說文卷十二：「攈，拾也。」攈、捃同。句謂收拾財物，肩擔送行也。

〔一九〕喬億曰：「字字存根節。」

〔二〇〕敲石火，潘岳河陽縣作：「欻如敲石火，瞥如截道飈。」○喬億曰：「『敲石火』、『如晝明』，即女子夜行以燭義。若男子黑夜從行，當別叙一番情景。」又曰：「『夜發』，與上『晨征』、『暮聞』一綫。」

〔二一〕歸貨，謂獻納財物。

〔二二〕舅甥，孟子萬章趙岐注：「禮謂妻父曰外舅。謂我舅者，吾謂之甥。」猶今言翁婿。

〔二三〕奮衣，禮曲禮：「僕展軨効駕奮衣由右上。」鄭玄注：「振去塵也。」

〔二四〕利固句，論語里仁：「君子喻於義，小人喻於利。」○黄周星曰：「此乃大聖賢、大菩薩也。安得僅以仁人義士目之。」

〔二五〕師婚句，左傳桓公六年：「齊侯欲以文姜妻鄭太子忽，太子忽辭……及其敗戎師也，齊侯又請妻之，固辭。人問其故，太子曰：『無事於齊，吾猶不敢。今以君命奔齊之急，而受室以

歸，是以師昏也。民其謂我何！』」（百）

〔二六〕合姓，禮記昏義：「昏禮者，將合二姓之好。」（音）○喬億曰：「是儒士本色語。」

〔二七〕朅來，司馬相如大人賦：「回車朅來兮，絶道不周。」張相詩詞曲語辭匯釋：「『朅來』猶云爾來，或爾時以來；猶云迄今。爲來字之又一義。『朅』則發語辭也。」

〔二八〕鄭定本、世綵堂本注：「『十』，一作『千』，『逞』，一作『呈』。」按章士釗柳文指要通要之部卷十二曰：「逞，盡也。『十』一作『千』，『逞』一作『呈』，非也。謂讀儒書十載而能事盡，於意適合。」○喬億曰：「『所能』謂弓劍也。雙收正與起應。」又曰：「前案已結，此下別舉一事，見韋終蹈義死也。截然兩段，不同聯語，而氣脈自相灌輸。」

〔二九〕慷慨句，舊唐書張建封傳：「建封少頗屬文，好談論，慷慨任氣。……貞元四年，以建封爲徐州刺史，兼御史大夫、徐泗濠節度。」

〔三〇〕朱邸，謝朓拜中軍記室辭隋王箋：「朱邸方開，効蓬心於秋實。」李善注：「史記曰：諸侯朝天子於天子所立舍，曰邸。諸侯朱户，故曰朱邸。」（音）前旌，官吏出行儀仗中前行之旗幟。孟浩然送韓使君除洪府都督：「衣冠列祖道，耆舊擁前旌。」舊唐書張建封傳：「十三年冬，（建封）入覲京師。」

〔三一〕前馬，國語越語上：「其（勾踐）身親爲夫差前馬。」注：「前馬，前驅，在馬前也。」按觀此二句意，道安於此時從張建封，且同歸徐州也。

〔三二〕轅門，周禮天官掌舍：「設車宮轅門。」鄭玄注：「謂王行，止宿險阻之處，備非常，次車以爲藩，則仰車以其轅表門。」

〔三三〕喬億曰：「五字有生氣，有餘情。入張侯即世，亦步驟從容。」何焯曰：「『秋風生』暗用『風從虎』。」按何評頗拘泥，此應上句「奇士」，淮水秋風，即氣骨凜然之意。

〔三四〕即世，去世。舊唐書張建封傳：「（貞元）十六年，遇疾，連上表請除代，方用韋夏卿爲徐、泗行軍司馬，未至而建封卒。」

〔三五〕麾下，謂部下。按：舊唐書張建封傳：「（建封卒）五六千人斫甲仗庫取戈甲，執帶環繞衙城，請愔爲留後。……既而泗州刺史張伾以兵攻埇橋，與徐軍接戰，伾大敗而還。朝廷不獲已，乃授愔起復右驍衛將軍同正、兼徐州刺史。」按：新唐書兵志曰：「方鎮相望於内地，大者連州十餘，小者猶兼三、四。故兵驕則逐帥，帥彊則叛上。或父死子握其兵而不肯代；或取舍由於士卒，往往自擇將吏，號爲留後，以邀命於朝。天子顧力不能制，則忍恥含垢，因而撫之。」徐州軍亂，實乃愔暗中籌畫者。

〔三六〕嬰，漢書賈誼傳顏師古注：「嬰，加也。」此謂道安無力阻止軍亂，然逆節之事，亦不能加之。

〔三七〕形，禮檀弓上鄭玄注：「形，體也。」〇黄周星曰：「惜哉！」

〔三八〕不忘死，鄭定本、世綵堂本注：「『忘』，一作『妄』。」觀詩意，似作「妄」是。

〔三九〕喬億曰：「『儒士』，『奇士』，『烈士』，俱篇中着眼字。」

〔四〇〕咄嗟，公羊傳哀公十四年徐彦疏：「咄嗟，猶嘆息也。」

〔四一〕翕習，後漢書蔡邕傳：「隆貴翕習。」勢威盛貌。

〔四二〕喬億曰：「結處只嘆死義爲難能，不更挽斃盜事，足見末段爲餘波耳。」

【評箋】

黄周星唐詩快卷二曰：「天下有如此奇人，所謂廉頗、藺相如，千載下猶凜凜有生氣。此等詩真可廉頑立懦。」

汪森韓柳詩選曰：「特表太行救二女事，後言死難徐州，便見其立節慷慨，終始不移。筆端亦豪邁相稱。」按王闓運湘綺樓説詩卷八謂「柳子厚叙韋道安，苦無章法，不知輕重故也。當以不從逆爲先，後叙救女，則精采矣。」此以古文章法論詩，未見其是。

賀裳載酒園詩話又編曰：「子厚有良史之才，即以韻語出之，亦自鬚眉欲動。如叙韋道安斃盜辭婚事，生氣凜凜。吾尤喜其『師婚古所病，合姓非用兵』，語甚典雅。」

喬億劍溪説詩又編曰：「子厚爲韋道安詩，叙致詳贍，篇法高古，可當韋生小傳。白傳諷諫諸篇，有此筆力否？」又云：「第三句標韋之年，見年少勇能殲盜，彼父亦以年少願納女；且見女娉婷，拒以師婚，在年少尤爲義舉。既勇且義，所以投軀幕府，至死不變也。通篇具史公義法，而此句與賈誼傳『年十八』、『年二十餘』正同。若年四十、五十，事可書，年不足稱也。」

沈德潛唐詩别裁卷四曰：「斃羣盜爲勇士，辭師婚爲義士，後顧義引刃，又爲忠貞之士矣。

非柳州表揚之，道安幾於湮没。」

吴汝綸柳州集點勘曰：「似退之。」

## 龜背戲

長安新技出宫掖，喧喧初偏王侯宅。玉盤滴瀝黄金錢，皎如文龜麗秋天〔一〕。八方定位開神卦〔二〕，六甲離離齊上下〔三〕。投變轉動玄機卑，星流霞破相參差。四分五裂勢未已，出無入有誰能知？乍驚散漫無處所，須臾羅列已如故。徒言萬事有盈虚，終朝一擲知勝負。脩門象棋不復貴〔四〕，魏宫粧奩世所棄〔五〕。豈如瑞質耀奇文，願持千歲壽吾君〔六〕。廟堂巾笥非余慕〔七〕，錢刀兒女徒紛紛〔八〕。

按此詩當爲在長安時作，風格不類貶後諸詩，詩云技出宫掖，初偏侯宅，尤似在長安口吻。龜背戲，其制不詳。詩云「脩門象棋不足貴，魏宫粧奩世所棄」，當亦博弈之類。唐李肇國史補曰：「今之博戲，有長行最盛。其具有局有子，子有黄黑各十五，擲采之骰有二。其法生於握槊，變於雙陸。……監險易，喻時事焉；適變通者，方易象焉。王公大人，頗或躭玩，至有廢慶弔，忘寢休，輟飲食者。」觀詩意，此戲出自宫廷，盛行於世，局似八卦，有骰有子，抑或即長行耶？因其局「方易象」，似龜背紋，故又名乎？

〔一〕文龜，紋龜也。麗，易離卦：「離，麗也。日月麗乎天，百穀草木麗乎土。」謂附著也。

〔二〕八方句，此戲之局如龜背，則亦八卦之形也，因有此喻。

〔三〕六甲，晉書天文志：「華蓋槓旁六星曰六甲。」按：天以喻局，星以喻子也。

〔四〕脩門象棋，楚辭招魂：「魂兮歸來，入脩門些。」王逸注：「脩門，郢城門也。」又：「崑蔽象棋，有六簙些。」王逸注：「象牙爲棋，麗而且好也。」（百）

〔五〕魏宮粧奩，世説巧藝：「彈棋，始自魏宮内粧奩戲，文帝於此戲特妙。」（百）

〔六〕千歲，史記龜策列傳褚少孫補：「龜千歲，乃遊於蓮葉之上。」（百）曹植神龜賦：「龜號千歲。」

〔七〕廟堂巾笥，莊子秋水：「莊子釣於濮水。楚王使大夫二人往先焉，曰：『願以境内累矣。』莊子持竿不顧，曰：『吾聞楚有神龜，死已三千歲矣。王巾笥而藏之廟堂之上。此龜者，寧其死爲留骨而貴乎？寧其生而曳尾涂中乎？』二大夫曰：『寧生而曳尾涂中。』莊子曰：『往矣，吾將曳尾於涂中。』」（百）

〔八〕錢刀，古辭白頭吟：「男兒重意氣，何用錢刀爲。」

## 渾鴻臚宅聞歌效白紵

翠帷雙卷出傾城〔一〕，龍劍破匣霜月明〔二〕。朱脣掩抑悄無聲，金簧玉磬宮中生。

下沉秋火激太清〔三〕，天高地迴凝日晶〔四〕。羽觴蕩漾何事傾？

渾鴻臚，當指渾鐬。劉禹錫有送渾大夫赴豐州詩，自注云：「自大鴻臚拜，家承舊勛。」據詩意，柳詩當爲秋日作。宗元自永貞元年九月後貶官永州，於元和十年春返京，三月出爲柳州刺史。則詩或是永貞元年九月前所作。舊唐書職官志：「鴻臚寺：卿一員，從三品；少卿二人，從四品上。卿之職，掌賓客及凶儀之事，領典客，司儀二署，以率其官屬，供其職務。少卿爲之貳。」白紵，樂府詩集卷五十五：「宋書樂志曰：『白紵舞，按舞辭有巾袍之言。紵本吴地出，宜是吴舞也。晉俳歌云皎皎白緒，節節爲雙。吴音呼緒爲紵，疑白緒即白紵也。』」按：今存白紵均爲七言，然句數多寡不一，唯劉宋鮑照白紵舞歌辭及白紵曲凡六首，五首皆七言七句，故蔣之翹謂「子厚此作似效鮑照體五歌之一也」。

〔一〕傾城，李延年歌：「北方有佳人，絶世而獨立。一顧傾人城，再顧傾人國。」(百)

〔二〕龍劍破匣，雷次宗豫章記：「吴未亡，恒有紫氣見牛斗之間。張華聞雷孔章妙達緯象，乃要宿，問天文。孔章曰：『惟牛斗之間有異氣，是寶物也。精在豫章豐城。』張華遂以孔章爲豐城令。至縣，掘深二丈，得玉匣，長八尺，開之，得二劍。其夕斗牛氣不復見。孔章乃留其一匣而進之。劍至，光耀煒曄，焕若電發。後張華遇害，此劍飛入襄城水中。孔章臨亡，戒其子恒以劍自隨。後其子爲建安從事，經淺瀨，劍忽於腰間躍出，遂視，見二龍相隨焉。」

（藝文類聚卷六十引）按：此以喻月光也。

〔三〕秋火，音辯本、詁訓本、世綵堂本、游居敬本作「秋水」。按：作「火」是。詩豳風七月：「七月流火。」毛傳：「火。大火也。流，下也。」按：火，即心宿。夏曆五月見於正南，最高；入秋乃偏西而漸低。太清，楚辭九歎遠遊：「譬若王喬之乘雲兮，載赤霄而凌太清。」淮南子道應訓高誘注：「太清，元氣之清者也。」抱朴子雜應：「上升四十里，名曰太清。」

〔四〕天高地迥，王勃滕王閣詩序：「天高地迥，覺宇宙之無窮。」日晶，通雅：「古精晶通。易林『陽晶隱伏』，即陽精。」謂日也。

## 跂烏詞

城上日出羣烏飛，鴉鴉爭赴朝陽枝〔一〕。刷毛伸翼和且樂，爾獨落魄今何爲〔二〕？無乃慕高近白日〔三〕，三足妬爾令爾疾〔四〕。無乃飢啼走路旁〔五〕，貪鮮攫肉人所傷〔六〕？翹肖獨足下叢薄〔七〕，口銜低枝始能躍。還顧泥塗備螻蟻〔八〕，仰看棟梁防燕雀〔九〕。左右六翮利如刀〔一〇〕，踴身失勢不得高〔一一〕。支離無趾猶自免〔一二〕，努力低飛逃後患〔一三〕。

韓醇詁訓柳集卷四十三曰：「蓋初謫永州後有感而云也。」按：此説是。宗元於貞元末與王叔文、韋執誼、劉禹錫等鋭意新政，致遭宦豎嫉恨。既貶永州，其憤鬱之情，一寓之詩文。此詞及籠鷹詞、行路難諸作，雖用寓言之體，然詞旨悲憤，顯以自況，當爲初貶之際所作。今皆繫於元和元年（八〇六）。

〔一〕鵶鵶，猶啞啞。吴均行路難其四：「唯聞啞啞城上烏。」本草釋名：「烏字篆文象形，鵶亦作鵶。禽經：『鵶鳴啞啞，故名之鵶。』」朝陽，詩大雅卷阿：「梧桐生矣，於彼朝陽。」（百）毛傳：「山東曰朝陽。」此謂向陽之枝。

〔二〕落魄，史記酈食其陸賈列傳：「家貧落魄，無以爲業。」失意貌。

〔三〕近白日，詁訓本「近」作「競」。

〔四〕三足，淮南子精神訓：「日中有踆烏。」高誘注：「踆，猶蹲也。謂三足烏。」春秋元命苞、五經通義諸書皆云：「日中有三足烏。」（百）

〔五〕走路旁，蔣之翹本、全唐詩作「走道旁」。全唐詩注：「一作路。」

〔六〕攫肉，漢書循吏傳：「吏出，不敢舍郵亭，食於道旁，烏攫其肉。」（百）

〔七〕翹肖，猶肖翹，莊子胠篋：「惴耎之蟲，肖翹之物，莫不失其性。」（百）成玄英疏：「附地之徒曰惴耎，飛空之類曰肖翹，皆輕小物也。」按：章士釗柳文指要體要之部卷十二以爲「原非胎息南華，而直是『翹首』字之由後人作意成誤」。且曰：「翹首，猶言矯首，皆詩中數見不鮮之字，今用與獨足相配成文，於跂烏詞最爲貼切。」叢薄，淮南子俶真訓：「烏飛千仞之上，獸走叢薄之中。」高誘注：「聚木曰叢，深草曰薄。」（音）淮南小山招隱士：「叢薄深林兮人上慄。」

〔八〕備螻蟻，蔣之翹本云：「『備』，一作『畏』。」韓詩外傳卷八：「夫吞舟之魚，大矣，蕩而失水，則爲螻蟻所制，失其輔也。」與此句意近。

〔九〕防燕雀，韓醇詁訓柳集曰：「陳涉曰：『燕雀安知鴻鵠之志哉。』公暗用此意矣。」

〔一〇〕六翮，戰國策楚四：「奮其六翮而凌清風，飄搖乎高翔。」謂勁羽也。

〔一一〕踊，禮記檀弓下孔穎達疏：「跳躍爲踊。」

〔一二〕支離無趾，莊子人間世：「支離疏者，頤隱於臍，肩高於頂，會撮指天，五管在上，兩髀爲脅。……上征武士，則支離攘臂而遊於其間；上有大役，則支離以有常疾不受功；上與病者粟，則受三鍾與十束薪。夫支離其形者，猶足以養其身，終其天年，又况支離其德者乎！」又德充符曰：「魯有兀者叔山無趾，踵見仲尼。……無趾曰：『吾惟不知務而輕用吾身，吾是以亡足。今吾來也，猶有尊足者存，吾是以務全之也。』……無趾出，孔子曰：『弟子勉之，夫無趾，兀者也，猶務學以復補前行之惡，而况全德之人乎？』」（百）

〔一三〕患，章士釗柳文指要通要之部卷十二：「患，平聲讀，字在删韻，古詩删至下平删豪，皆得通押。」

【評箋】

汪森韓柳詩選曰：「詞旨歷落，自不入平軟之調。」

章士釗柳文指要通要之部卷十二曰：「子厚之跂烏詞，堪與老杜之瘦馬行媲美。」

# 籠鷹詞

淒風淅瀝飛嚴霜〔一〕，蒼鷹上擊翻曙光〔二〕。雲披霧裂虹蜺斷〔三〕，霹靂掣電捎平岡〔四〕。砉然勁翮剪荆棘〔五〕，下攫狐兔騰蒼茫。爪毛吻血百鳥逝〔六〕，獨立四顧時激昂。炎風溽暑忽然至〔七〕，羽翼脱落自摧藏〔八〕。草中狸鼠足爲患，一夕十顧驚且傷。但願清商復爲假〔九〕，拔去萬累雲間翔。「累」，一作「里」。

段成式酉陽雜俎前集卷二十肉攫部：「鷹四月一日停放，五月上旬拔毛入籠。……八月中旬出籠。」據詩意，宗元所詠之籠鷹，正乃脱毛之獵鷹也。宋張耒籠鷹詞「八月獲黍霜野空，蒼鷹羽齊初出籠」，意亦同。與前篇之跂烏皆用以自況，亦初貶時作也。

〔一〕淅瀝，象聲詞。謝惠連雪賦：「霰淅瀝而光集。」象雪聲；此象風聲也。

〔二〕蒼鷹上擊，禮記月令：「(孟秋之月)涼風至，白露降，寒蟬鳴，鷹乃祭鳥，用始行戮。」孔穎達疏：「言鷹於此時始行戮鳥之事。」春秋感精符：「季秋霜如降，鷹隼擊。」

〔三〕披，左傳成公十八年杜預注：「披，猶分也。」

〔四〕霹靂掣電，傅玄蜀都賦：「鷹則流星擢景，奔電飛光。」（百）捎，左傳襄公二十九年孔穎達疏：「捎亦拂之類，今人謂拂爲拂捎。」捎平岡，掠過平岡也。

〔五〕砉然，莊子養生主：「砉然嚮然。」（百）此處狀羽翮劈剪荆棘之聲。

〔六〕吻，謂鳥喙。百鳥逝，詁訓本「百」作「衆」。

〔七〕溽暑，禮記月令：「（季夏之月）土潤溽暑，大雨時行。」（百）釋文：「溽，濕也。」

〔八〕摧藏，成公綏嘯賦：「悲傷摧藏。」李善注：「摧藏，自抑挫之貌。」

〔九〕清商，潘岳悼亡詩：「清商應秋至，溽暑隨節闌。」謂秋風也。假，莊子大宗師：「假於異物，託於同體。」釋文：「假，因也。」憑藉之意。

【評箋】汪森韓柳詩選曰：「寫得有氣概，自見堅響。」

## 行路難三首

君不見，夸父逐日窺虞淵〔一〕，跳踉北海超崑崙〔二〕。披霄決漢出沆漭〔三〕，瞥裂左右遺星辰〔四〕。須臾力盡道渴死，狐鼠蜂蟻爭噬吞〔五〕。北方竫人長九寸〔六〕，開口抵掌更笑喧〔七〕。啾啾飲食滴與粒〔八〕，生死亦足終天年〔九〕。睢盱大志小成遂〔一〇〕，坐使兒女相悲憐〔一一〕。

韓醇詁訓柳集卷四十三曰：「三詩皆意有所諷，上篇謂志大如夸父者，竟不免渴死，反不如北方之短人，亦足以終天年，蓋自謂也。中篇謂人才衆多，則國家不能愛養，逮天下多事，則狼顧而嘆無可用之材，蓋言同輩諸公一時貶黜之意也。下篇謂物適其時則無有不貴，及時異事遷，則貴者反賤，猶冰雪寒凛，則侯家熾炭無不貴矣。春陽發而雙燕來，則死灰棄置，無以用之。蓋言其前日居朝而今日貶黜之意也。當是貶永州後作。」參見跂烏詞題注。行路難，樂府解題曰：「行路難，備言世路艱難及離别傷悲之意，多以『君不見』爲首。」（樂府詩集卷七十引）按：行路難本漢世歌謡，晉人袁山松變其音調，造新辭。古辭及袁辭俱佚。今存最早者爲鮑照行路難十八首。

〔一〕夸父逐日，山海經大荒北經：「大荒之中，有山名成都載天。有人珥兩黄蛇，把兩黄蛇，名曰夸父。……夸父不量力，欲追日景，逮之於禺谷。將飲河而不足也，將走大澤，未至，死於此。」海外北經亦載：「夸父，與日逐走，入日；渴欲得飲，飲於河渭。河渭不足，北飲大澤。未至，道渴而死。棄其杖，化爲鄧林。」郭璞注：「夸父，蓋神人之名也。」禺谷，列子湯問作「隅谷」，張湛注：「隅谷，虞淵也，日所入。」

〔二〕跳踉，莊子秋水：「跳踉乎井幹之上。」猶跳躍。北海，左傳僖公四年：「君處北海，寡人處南海，惟是風馬牛不相及也。」泛指北方極遠處。崑崙，山海經大荒西經：「西海之南，流沙之濱，赤水之後，黑水之前，有大山名昆崙之丘。」水經注河水：「崑崙墟在西北，去嵩高五萬里，地之中也。其高萬一千里。」淮南子原道訓：「經紀山川，蹈騰昆侖。」

〔三〕決，何焯義門讀書記：「決，疑抉。」按：「決」亦通。漢，詩小雅大東毛傳：「漢，天河也。」沆漭，後漢書馬融傳廣成頌：「瀇瀁沆漭。」李賢注：「并水貌也。」此謂茫茫雲氣。句意猶仲長統樂記論「凌霄漢，出宇宙之外」之意。

〔四〕瞥裂，猶撇洌、撇捩、瞥列。司馬相如上林賦：「轉騰撇洌。」孟康曰：「撇洌，相撇也。」漢皋詩話：「撇捩，疾貌。」杜甫留花門：「千騎常撇洌。」符載江陵陸侍御宅讌集觀張員外畫松石圖：「撝霍瞥列，毫飛墨噴。」字義皆同，迅疾貌也。

〔五〕蜂蟻，世綵堂本注：「『蜂』，一作『螻』。」噬，三蒼：「噬，嚙也。」（一切經音義卷一引）

〔六〕竫人，猶靖人。山海經大荒東經：「東海之外……有小人國，名靖人。」（百）郭璞注：「詩含神霧曰『東北極有人長九寸』，殆謂此小人也。或作竫，音同。」

〔七〕抵掌，戰國策秦一：「（蘇秦）見説趙王於華屋之下，抵掌而談。」擊掌也。詩猶今言拍手。

〔八〕啾啾，鄭定本注：「韓作『嘍秋』。」何焯義門讀書記：「『啾啾』，作『啾嘍』。」

〔九〕終天年，莊子山木：「此木以不材得終其天年。」韓非子解老：「行端直則無禍害，無禍害則盡天年……盡天年則全而壽。」天年，謂自然之壽數。

〔一〇〕睢盱，張衡西京賦：「睢盱拔扈。」李善注：「睢，仰目也。盱，張目也。」此爲睜目悲慨激憤貌也。大志，鄭定本：「『大志』，一作『天志』，一作『失志』，韓作『志大』。」小成遂，文淵閣本、宋本樂府詩集「小」作「少」。何焯校本改「少」，吴汝綸柳州集點勘：「『小』當爲『少』。」

〔一一〕坐使，張相詩詞曲語辭匯釋卷四：「坐，猶致也。……劉希夷將軍行：『乘我廟堂運，坐使干戈戢。』坐使，致使也。」

## 其二

虞衡斤斧羅千山〔一〕，工命採斫杙與椽〔二〕。深林土翦十取一〔三〕，百牛連鞅摧雙轅〔四〕。萬圍千尋妨道路〔五〕，東西蹶倒山火焚。遺餘毫末不見保〔六〕，躪躒磵壑何當存〔七〕？羣材未成質已夭〔八〕，突兀峥豁空巖巒〔九〕。柏梁天災武庫火〔一〇〕，匠石狼顧相愁冤〔一一〕。君不見，南山棟梁益稀少〔一二〕，愛材養育誰復論！

〔一〕虞衡，周禮天官冢宰：「以九職任萬民：……三曰虞衡，作山澤之材。」鄭玄注：「虞衡，掌山澤之官，主山澤之民者。」（百）按：地官司徒曰：「山虞掌山林之政令」，「澤虞掌國澤之政令」，「林衡掌巡林麓之禁令」，「川衡掌巡川澤之禁令」。虞、衡職有所分，此則泛稱掌山林之官。斤斧，韓安國几賦：「荷斧斤，援葛虆。」左傳哀公二十五年杜預注：「斤，工匠所執。」亦斧類也。

〔二〕工命，猶言官命。詩頌臣工：「嗟嗟臣工。」毛傳：「工，官也。」馬瑞辰毛詩傳箋通釋：「臣工二字并列，猶官工之比。工與官雙聲，故官通借作工。」杙，尚書大傳洛誥鄭注：「杙者，繫牲者也。」謂木樁。杙與椽，鄭定本、世綵堂本注：「『杙與』，一作『殘爲』。」何焯義門讀書記：「『杙與』作『殘爲』。」

〔三〕土剪，謂齊土截砍也。

〔四〕鞅，左傳僖公二十八年：「晉車七百乘，韅靷鞅靽。」杜預注：「在背曰韅，在胸曰靷，在腹曰鞅，在後曰靽。言駕乘修備。」摧，廣雅釋詁：「摧，折也。」斷裂也。

〔五〕圍，莊子人間世釋文：「（李（頤）云：徑尺爲圍。」按：或以五寸爲圍，或以一抱爲圍，諸説不一。尋，國語周語韋昭注：「八尺爲尋。」萬圍千尋，極言伐木之多也。

〔六〕毫末，老子：「合抱之木，生於毫末。」

〔七〕躪躒，鶡冠子度萬：「生物無害，爲之父母，無所躪躒。」踐踏輾壓也。

〔八〕質，易坤孔穎達疏：「質，物之形質。」禮記禮運孔穎達疏：「質，形體也。」荀子正名楊倞注：「質，體也。」

〔九〕⿰山孛豁，百家注柳集曰：「諸韻無從山傍者，唯集韻有『⿸广孛』字云。⿸广孛豁，宮殿高貌。」按杜甫朝享大廟賦「鳥不敢飛，而玄甲⿰山孛嵺以岳峙」，亦用「⿰山孛」字。「⿰山孛」當同「⿸广孛」，宗元遊朝陽巖登西亭「反宇臨呀庨」，正用「庨」字。峣豁，高峻貌也。句意謂羣木伐盡，空餘山巖聳立也。

〔一〇〕柏梁天災，漢書五行志：「（武帝）太初元年十一月乙酉，未央宫柏梁臺災。」漢武内傳：「天火燒柏梁臺。」武庫火，晉書惠帝紀：「（惠帝元康五年）冬十月，武庫火，焚累代之寶。」左傳宣公十六年：「人火曰火，天火曰災。」（百）

〔一一〕狼顧，吴子勵士：「今使一死賊伏於曠野，千人追之，莫不梟視狼顧。」狼性多疑，走常返顧。此即言回顧也。按：柏梁、武庫毁於火，復修則需棟梁之材，而羣材已遭翦滅，無可用者，此匠石之所以愁寃也。莊子人間世：「匠石之齊，至於曲轅，見櫟樹，其大蔽數千牛，絜之百圍，其高臨山，十仞而後有枝，其可以爲舟者旁十數。觀者如市，匠石不顧，遂行不輟。……曰：『……散木也，以爲舟則沉，以爲棺槨則速腐，以爲器則速毁，以爲門户則液樠，以爲柱則蠹，是不材之木也。』」敘匠石見不材之木棄而不顧，此言惜棟梁之材而「狼顧愁寃」，乃反用其典。

〔一二〕南山，謂終南山。括地志：「終南山，一名中南山，一名太一山，一名南山。……在雍州萬年縣南五十里。」在今陝西西安市南。棟梁，莊子人間世：「仰而視其細枝，則拳曲而不可以爲棟梁。」王命論：「楶棁之材，不荷棟梁之任。」

## 其三

飛雪斷道冰成梁，侯家熾炭雕玉房。蟠龍吐耀虎喙張，熊蹲豹躑争低昂〔一〕。攢巒叢崿射朱光〔二〕，丹霞翠霧飄奇香〔三〕。美人四向迴明璫〔四〕，雪山冰谷晞太陽〔五〕。星躔奔走不得止，奄忽雙燕棲虹梁〔六〕。風臺露榭生光飾，死灰棄置參與商〔七〕。盛時一去貴反賤，桃笙葵扇安可當〔八〕！

〔一〕蟠龍二句，晉書羊琇傳：「琇性豪侈，費用無復齊限，而屑炭和作獸形以温酒，洛下豪貴，咸競效之。」蕭統錦帶書十二月啓：「酌醇酒而據切骨之寒，温獸炭而袪透心之冷。」此龍虎熊豹，亦皆狀獸炭之形。裴啓語林謂獸炭「火熱既猛，獸皆開口，向人赫赫然」，詩中「吐耀」、「張喙」即此謂也。

〔二〕攢巒叢崿，此以山形言熾炭堆積之狀也。攢，班固西都賦李善注：「攢，聚也。」

〔三〕汪森韓柳詩選評以上四句：「綺麗之語，故自鮮秀。」

〔四〕明璫，音辯本「明」作「鳴」。按作「明」是。曹植洛神賦：「無微情之効愛兮，獻江南之明璫。」李善注：「服虔通俗文曰：耳珠曰璫。」

〔五〕晞，方言卷七：「晞，暴也。暴五穀之類。秦晉之間謂之曬，東齊、北燕、海岱之郊謂之晞。」

〔六〕星躔，梁武帝閶闔篇：「長旗掃月窟，鳳迹輾星躔。」徐陵勸進（梁）元帝表：「星躔東井，時破崤潼。」星宿之位置序次。二句謂星移物換，冬去春來也。

〔七〕死灰，莊子齊物論：「形固可使如槁木，心固可使如死灰乎？」史記韓長孺傳：「安國坐法抵罪，蒙獄吏田甲辱安國，安國曰：『死灰獨不復燃乎？』」參商，左傳昭公元年：「子産曰：昔高辛氏有二子，伯曰閼伯，季曰實沉，居於曠林，不相能也。日尋征討。後帝不臧，遷閼伯於商丘主辰，商人是因，故辰爲商星；遷實沉於大夏，唐人是因，以服事夏商。」（百）後世因以參商喻隔遠。曹植與吴季重書：「别有參商之闊。」杜甫贈衛八處士：「人生不相見，動如參與商。」皆是。〇俞鎮學易居筆録：「柳子行路難以喻炎盛，至風臺露榭，則死灰不復燃矣。」

〔八〕桃笙，左思吴都賦：「桃笙象簟。」劉逵注：「桃笙，桃枝簟也。吴人謂簟爲笙，又析象牙爲簟也。」蘇軾東坡題跋卷二曰：「柳宗元詩云：『盛時一失貴反賤，桃笙葵扇安可當。』不知桃笙爲何物。偶閲方言『簟，宋魏之間謂之笙』，乃悟桃笙以竹爲簟也。梁簡文答南王餉書云：『五離九折，出桃枝之翠筍。』乃謂桃枝簟也。桃竹出巴渝間，杜子美有桃竹杖歌。」葵扇，蒲葵扇。晉書謝安傳：「有蒲葵扇五萬，安乃取其中者捉之，京師士庶競市，價增數倍。」（百）屈大均廣東新語：「蒲葵樹身幹如檳榔，花亦如之，一穗有數百千朵下垂，子如橄欖。新會之西，沙頭、西涌諸鄉多種之，名曰葵田。蒲葵最宜爲扇，扇大者三四尺，可以蔽日，其他則隨其葉之圓長爲之。粗者以貨於近，精者以貨於遠。考此扇興於晉時，自謝太傅執之，王丞相捉之，其價頓貴。其制雅而出風和好，不致傷人，故今大江以南尤尚。」〇近藤元粹柳柳州詩集卷四評末二句曰：「悲憤之意在言外。」

【評箋】

陸夢龍韓退之柳子厚集選曰：「稍逼長吉。」

汪森韓柳詩選曰：「音節古，色澤鮮，絶去纖、僞二種流弊。」

近藤元粹柳柳州詩集卷四曰：「寓意託深，議論亦甚正，雖然子厚言此，蓋未知其罪過也。」

## 戲題石門長老東軒

石門長老身如夢，旃檀成林手所種〔一〕。坐來念念非昔人〔二〕，萬徧蓮花爲誰用〔三〕？如今七十自忘機，貪愛都忘筋力微〔四〕。莫向東軒春野望，花開日出雉皆飛〔五〕。

元和元年三月八日，宗元偕其弟宗直等同遊華嚴岩（據王昶金石萃編卷一〇五柳宗直等華嚴岩題名）。明一統志永州曰：「華嚴岩在（零陵）縣南三里，唐爲石門精舍，據法華寺南隅崖下。」

〔一〕旃檀，蔣之翹柳集輯注卷四十三曰：「旃，當作栴。集韻：『栴檀，香木也。』楞嚴經：『佛告阿難，汝嗅此栴檀，然於一株，四十里内同時聞香。』」

〔二〕坐來，張相詩詞曲語辭匯釋卷四：「坐來猶云移時也，少頃也。此作佛家語。念，猶云剎那，意云移時之間，一剎那一剎那相續，今吾非故吾，亦即今人非昔人也。」非昔人，僧肇物不遷論：「梵志出家，白首而歸。鄰人見之曰：『昔人尚存乎？』梵志曰：『吾猶昔人，非昔人也。』鄰人皆愕然，非其言也。」

〔三〕萬偏蓮花，張敦頤曰：「誦妙法蓮花經也。」（百家注柳集引）

〔四〕貪愛，勝天王般若經卷一：「衆生長夜流轉六道苦輪不息，皆由貪愛。」俱舍論卷十六：「貪之與愛，名別體同。」

〔五〕雉皆飛，古樂府有雉朝飛曲。吴兢樂府古題要解卷下：「雉朝飛，舊説齊宣王時，處士犢沐子所作也。年七十無妻，出採薪於野，見雉雄雌相隨而飛，意動心悲，乃仰天而嘆曰：『聖王在上，恩及草木鳥獸，而我獨不獲！』因援琴而歌以自傷。」（百）韓醇詁訓柳集卷四十三曰：「長老年亦七十，公豈以是戲之耶？」

【評箋】

鍾惺唐詩歸曰：「穆然深樸，似元道州七言歌。『雉皆飛』三字禪機。」

陸夢龍韓退之柳子厚集選曰：「調笑却精微。」

章士釗柳文指要通要之部卷十五曰：「本詩是五十六字轉韻體，子厚詩全集祇有此種體裁兩首，除本篇外，他一首曰冉溪。」

# 法華寺石門精室三十韻

拘情病幽鬱〔一〕，曠志寄高爽。願言懷名緇〔二〕，東峯旦夕仰。始欣雲雨霽，尤悦草木長。道同有愛弟，披拂恣心賞〔三〕。松谿窈窱入〔四〕，石棧夤緣上〔五〕。蘿葛綿層甍〔六〕，莓苔侵標牓〔七〕。密林互對聳，絶壁儼雙敞。塹峭出蒙籠〔八〕，墟嶮臨滉瀁〔九〕。稍疑地脈斷〔一〇〕，悠若天梯往〔一一〕。結構罩羣崖〔一二〕，迴環驅萬象〔一三〕。小劫不逾瞬〔一四〕，大千若在掌〔一五〕。體空得化元〔一六〕，觀有遺細想〔一七〕。喧煩困蠛蠓〔一八〕，跼蹐疲魍魎〔一九〕。寸進諒何營〔二〇〕，尋直非所枉〔二一〕。探奇極遥矚，窮妙閲清響〔二二〕。理會方在今〔二三〕，神開庶殊曩。兹游苟不嗣，浩氣竟誰養〔二四〕？道異誠所希〔二五〕，名賓匪余仗〔二六〕。超攄藉外奬〔二七〕，俛默有内朗〔二八〕。鑑爾揖古風〔二九〕，「鑑」，一作「鏗」。終焉乃吾黨。潛軀委韁鎖〔三〇〕，高步謝塵坱〔三一〕。蓄志徒爲勞，追蹤將焉倣〔三二〕？淹留值頹暮，眷戀睇遐壤〔三三〕。映日雁聯軒〔三四〕，翻雲波泱漭〔三五〕。殊風紛已萃〔三六〕，鄉路悠且廣。羈木畏漂浮〔三七〕，離旌倦摇蕩。昔人歎違志〔三八〕，出處今已兩〔三九〕。何用期所歸，浮圖有遺像〔四〇〕。幽蹊不盈尺〔四一〕，虚室有函丈〔四二〕。微言信可傳〔四三〕，申旦稽吾顙〔四〕。

按宗元遊法華寺、石門精室之詩凡五首，其構法華寺西亭、法華寺西亭夜飲、遊朝陽巖遂登西亭三首皆元和元年夏構西亭後作，此詩未言及西亭，「願言懷名緇，東峯旦夕仰」云云，頗似初遊口吻。詩中又有「草木長」、「值頹暮」諸語，疑亦元和元年三月八日初遊後所作也。詩云「道同有愛弟」，即謂宗直也。今姑繫於此。參見前戲題石門長老東軒題注。韓醇詁訓柳集卷四十三謂是元和四年夏作，恐誤。法華寺，清一統志湖南永州府寺觀：「法華寺在零陵縣東山。……宋改名萬壽寺，明洪武初改名高山寺。」石門精室，見前戲題石門長老東軒題注。精室，詁訓本、濟美堂本、蔣之翹本及全唐詩作「精舍」。

〔一〕幽鬱，詁訓本作「憂鬱」。

〔二〕名緇，猶言名僧。按：宗元永州法華寺新作西亭記曰：「法華寺居永州，地最高，有僧曰覺照。」名緇當指覺照。

〔三〕心賞，謝靈運石室山詩：「靈域久韜隱，如與心賞交。」鮑照白頭吟：「心賞固難恃，貌恭豈易憑。」謂有契於心，欣然自得。○孫月峯評點柳柳州集卷四十三曰：「『名緇』、『愛弟』，入得欠渾然。」

〔四〕窅窱：張衡西京賦：「望窅窱以徑廷，眇不知其所返。」李善注：「窅篠徑廷，過度之意也。」

言入其中皆迷惑不識還道也。」幽遠深邃貌。窅，同窈。

〔五〕夤緣，左思吴都賦：「夤緣山嶽之岊，冪歷江海之流。」謂攀附以登。文淵閣本作「寅緣」，詩小雅六月，鄭玄箋：「寅，進也。」寅緣，順而前行。唐人亦多此種用法，如白居易府西池北新葺水齋即事招賓偶題十六韻：「清淺漪瀾急，寅緣浦嶼幽。」

〔六〕甍，釋名釋宫室：「屋脊曰甍。甍，蒙也，在上覆蒙屋也。」

〔七〕標牓，謂寺之題額也。

〔八〕壍，同塹。説文卷十三：「塹，坑也。」此指山澗。塹峭，即韓非子内儲説所謂「深澗峭如牆」者也。蒙籠，同蒙蘢。草木覆蔽貌。

〔九〕墟，吕氏春秋貴直高誘注：「墟，丘墟也。」嶮，高險。滉瀁，三國志吴書薛綜傳：「洪流滉瀁。」資治通鑑卷七十二注：「滉瀁，水深廣貌。」

〔一〇〕地脈，史記蒙恬列傳：「起臨洮，屬之遼東，城壍萬餘里，此其中不能無絶地脈哉！」謂地之脈絡。

〔一一〕天梯，王逸九思傷時：「緣天梯兮北上，登太一兮玉臺。」此謂登山之梯路也。

〔一二〕結構，抱朴子勗學：「文梓干雲而不可名臺榭者，未加班輸之結構也。」此謂寺也。宗元永州法華寺新作西亭記：「寺居永州，地最高。」

〔一三〕萬象，淮南子淑真訓：「四時未分，萬象未生。」謝靈運從遊京口北固亭應詔：「萬象咸光昭。」

〔一四〕小劫，智度論卷三十八釋往生品：「時節歲數，名爲小劫。」法苑珠林卷三時節：「從十歲增至八萬，復從八萬還至十歲，經二十返，一小劫。……以年算之，則經八千萬萬億百千八百萬歲也，止爲一小劫矣。」此句極言時光逍逝之迅疾，意類李白同族姪評事黯遊昌禪師山池：「一坐度小劫，觀空天地間。」

〔一五〕大千，魏書釋老志：「功濟大千，惠流塵境。」大千世界之略稱。維摩詰所説經曰：「菩薩斷取三千大千世界，如陶家輪著右掌中，擲過恒河沙世界之外。」（百）

〔一六〕空，大乘義章：「空者，理之別目，絶衆相，故名爲空。」佛教謂超乎色相現實之境界。

〔一七〕有，大日經疏卷一：「可見可現之法，即爲有相。」金剛經：「佛告須菩提，凡所有相，皆是虚妄。」○汪森韓柳詩選：「此上叙境，下乃因所感觸之情言之。」

〔一八〕蟣蠓，爾雅釋蟲：「蠓，蟣蠓。」郭璞注：「小蟲似蜹，喜亂飛。」

〔一九〕跼蹐，詩小雅正月：「謂天蓋高，不敢不跼；謂地蓋厚，不敢不蹐。」後漢書陳忠傳：「或有跼蹐比伍，轉相賦斂。」按：跼，曲身彎腰，蹐，小步行路。跼蹐，行動小心，戒懼貌也。魍魎，張衡西京賦：「螭魅魍魎，莫能逢旃。」山川精怪名。

〔二〇〕何營，文淵閣本「營」作「榮」。按，營，求也。作營是。

〔二一〕尋直句，孟子滕文公下：「志曰『枉尺而直尋』，宜若可爲。」（百）指小有所屈則大有可獲。

此變其意，喻謂正道直行而不願屈曲也。枉，屈。

〔二二〕閱清響，詁訓本、全唐詩「閱」作「閟」。

〔二三〕理會，何遜窮鳥賦：「雖有知於理會，終失悟於心機。」謂於事理契合領會。

〔二四〕浩氣句，孟子公孫丑上：「吾善養吾浩然之氣。」

〔二五〕希，後漢書趙壹傳李賢注：「希，慕也。」

〔二六〕名賓，莊子逍遥遊：「名者，實之賓也。」（音）

〔二七〕超攄，張衡思玄賦：「僕夫儼其正策兮，八乘攄而超驤。」攄亦騰躍之意也。獎，左傳僖公二十八年杜預注：「獎，助也。」

〔二八〕俛默，漢書蔡儀傳師古注：「俛即俯字。」

〔二九〕鑑爾句，論語先進：「……點，爾何如？鼓瑟希，鑑爾，（按：一本作「鏗」），舍瑟而作。對曰：『異乎三子者之撰。』子曰：『何傷乎？亦各言其志也。』曰：『暮春者，春服既成，冠者五六人，童子六七人，浴乎沂，風乎舞雩，詠而歸。』夫子喟然歎曰：『吾與點也。』」

〔三〇〕韁鎖，東方朔與友人書：「不可使塵網名韁拘鎖。」漢書叙傳：「貫仁義之羈絆，繫名聲之韁鎖。」（百）句意謂隱居而棄絶名利韁鎖之拘繫也。

〔三一〕高步，左思詠史：「高步追許由。」坱，説文卷十三：「坱，塵埃也。」

〔三二〕追蹤，「蹤」原作「縱」，據鄭定本、音辯本、世綵堂本、游居敬本、蔣之翹本、朝鮮本改。

〔三三〕汪森曰：「此處仍收到眺望之景，開合盡致。」

〔三四〕軒，顏延之五君吟李善注：「軒，飛貌。」雁飛成行，故云「聯軒」。

〔三五〕泱漭，司馬相如上林賦：「過乎泱莽之野。」如淳曰：「大貌也。」廣無際涯貌。○近藤元粹柳柳州詩集評「映日」二句曰：「妙句渾成。」

〔三六〕殊風，猶言殊俗。萃，易雜卦：「萃，聚。」

〔三七〕羈木句，戰國策齊策三：「土隅人曰：『……今子（謂木偶人）東國之桃梗也，刻削以爲人，降雨下，淄水至，流子而去，則子漂漂然將何所之也。』」

〔三八〕昔人，指謝靈運。謝靈運過始寧墅有「束髮懷耿介，逐物遂推遷。違志似如昨，二紀及兹年」句。

〔三九〕出處，易繫辭上：「君子之道，或出或處，或語或默。」按：宗元送蕭錬登第後南歸序云：「君子志正而氣一，誠純而分定，本嘗標出處爲二道，判屈伸於異門也。」今出處已兩，故嘆違志也。

〔四〇〕浮圖，後漢書西域傳天竺國：「桓帝好神，數祀浮圖、老子，百姓稍有奉者，後遂轉盛。」謂佛也。○汪森曰：「此柳之識見不如韓處。」

〔四一〕蹊，左傳宣公十一年杜預注：「蹊，徑也。」幽蹊，此謂至石門精室之小道。

〔四二〕虛室，莊子人間世：「虛室生白。」司馬云：「室，比喻心。」此用其本義，謂空室。函丈，禮記曲禮上：「席間函丈。」（百）鄭玄注：「函，猶容也。講問宜相對，容丈足以指畫也。」按：佛寺有方丈之室，法苑珠林卷三十八：「以笏量基止，有十笏，故號方丈之室也。」

〔四三〕微言，劉歆移書讓太常博士：「夫子没而微言絶。」此指佛祖遺説。

〔四四〕申旦，宋玉九辯：「獨申旦而不寐兮。」李周翰注：「申，至也。」猶今言通宵達旦也。稽顙，禮檀弓上：「拜而後稽顙。」釋文：「稽顙，觸地無容。」古居喪答拜賓客行之。此指普通之跪拜禮。

【評箋】

孫月峯評點柳柳州集卷四十三曰：「遊覽諸篇，俱力追謝康樂，比謝更較精細有風骨，奈以此却微近今。然此一關大難論，若但如謝，恐終覺板拙。」

蔣之翹柳集輯注卷四十三曰：「閑遠漸近點綴，故自清麗。子厚於五言古尤所擅場。」

陸夢龍韓退之柳子厚集選曰：「排對太多，少疏宕之氣。」

汪森韓柳詩選曰：「柳詩五言古極佳，其長篇尤見筆力，須看其字字精煉。」

近藤元粹柳柳州詩集卷三：「一路百折，叙來極平極曲，愈淺愈深，使人有置身於其境之想。」

# 構法華寺西亭

竄身楚南極〔一〕，山水窮險艱。步登最高寺〔二〕，蕭散任疏頑〔三〕。西垂下斗絕〔四〕，欲似窺人寰〔五〕。反如在幽谷，榛翳不可攀〔六〕。命童恣披翦〔七〕，葺宇橫斷山〔八〕。割如判清濁〔九〕，飄若昇雲間。遠岫攢衆頂〔一〇〕，澄江抱清灣。夕照臨軒墮〔一一〕，棲鳥當我還〔一二〕。菡萏溢嘉色〔一三〕，篔簹遺清斑〔一四〕。「清」，一作「漬」。神舒屏羈鎖，志適忘幽孱〔一五〕。棄逐久枯槁〔一六〕，迨今始開顏。賞心難久留〔一七〕，離念來相關〔一八〕。北望間親愛〔一九〕，南瞻雜夷蠻。置之勿復道，且寄須臾閑。

韓醇詁訓柳集卷四十三曰：「集有永州法華寺新作西亭記，在元和四年（八〇九），觀詩意，在其年夏作。」此説後人多從之，而實誤也。其所據爲始得西山宴遊記，然記云：「今年九月二十八日，因坐法華寺西亭，望西山，始指異之。……是歲元和四年也。」乃謂元和四年始異西山之奇，非謂亭作於是年。按宗元法華寺西亭夜飲賦詩序云：「余既謫永州，以法華寺浮圖之西臨陂池丘陵，大江連山，其高可以上，其遠可以望，遂伐木爲亭，以臨風雨，觀物初，而遊乎顥氣之始。間歲而元克己由柱下史謫焉而來。」此明言西亭之作，前克己謫永二年。克己至永之年闕載，然其元和四年十月，已與宗元同遊鈷鉧潭西小丘（見鈷鉧潭西小丘記），則西亭之築，至遲不得晚於元和二年（八〇七）。西亭夜飲賦詩序又云：「無幾何，以文從余者多萃焉。」則克已於零陵諸友中最先至。考吴武陵、李深源皆元和三年（八〇八）至永，克已當亦是，則西亭之築，當爲元和元年（八〇六）也。詩云「菡萏溢嘉色」，今繫於元和元年夏。

〔一〕楚南極，宗元與李翰林建書：「永州於楚爲最南，狀與越相類。」又，首春逢耕者稱永爲「南楚」，意同。

〔二〕最高寺，宗元永州法華寺新作西亭記：「法華寺居永州，地最高。」

〔三〕蕭散，謝朓始出尚書省：「乘此終蕭散，垂竿深澗底。」李周翰注：「蕭散，逸態也。」謂瀟灑閑散也。

〔四〕西垂，書顧命：「立於西垂。」垂，通陲，堂邊檐下近階處。斗絶，後漢書西南夷傳：「（氐人）居於河池，一名仇池，方百頃，四面斗絶。」謂山勢陡削。按宗元法華寺新作西亭記亦云寺西廡外「有大竹數萬，又其外山形下絶」。

〔五〕章士釗柳文指要體要之部卷二十四：「欲似窺人寰，似，奉也，舉也，向也。賈島詩『今日把似君，誰有不平事』，正此義。謂西垂陡絶之勢，欲奉以窺人寰也。如作似肖解，則應倒其字作『似欲』。又或似字乃以字形譌。」人寰，鮑照舞鶴賦：「去帝鄉之岑寂，歸人寰之喧卑。」

〔六〕榛翳，樹木縱横交蔽貌。廣雅釋木：「木叢生曰榛。」〇孫月峯評點柳柳州集卷四十三曰：「四語以文調入詩，大妙。」汪森韓柳詩選曰：「作一反頓，筆意更自疎暢。」

〔七〕披，戰國策秦三：「木實繁者披其枝。」削折也。按：宗元法華寺新作西亭記：「遂命僕人持刀斧羣而翦焉。叢莽下頹，萬類皆出。」

〔八〕葺宇，謝靈運過始寧墅：「葺宇臨迴江。」猶結宇，張協雜詩「結宇窮岡曲」與此句意近。斷山，猶言絶壁。

〔九〕割，何焯校本作「豁」，全唐詩注：「一作『割』。」按：「割」字未誤。戰國策秦四高誘注：「割，分也。」杜甫望嶽：「陰陽割昏曉。」判，詩周頌訪落毛傳：「判，分也。」

〔一〇〕遠岫，謝朓郡内高齋閑坐：「窗中列遠岫。」攢衆頂，謂遠山恍如向西亭聚湊也。

〔一一〕夕照，鄭定本、世綵堂本注：「『照』，一作『陽』。」

〔一二〕「棲鳥」句：陶淵明飲酒：「山氣日夕佳，飛鳥相與還。」詩暗用其語。○蔣之翹柳集輯注卷四十三曰：「『夕照』二句，自是偶然景，偶然語，亦不可再得。」

〔一三〕菡萏，爾雅釋草：「荷……其華菡萏，其實蓮，其根藕。」（百）詩鄭風山有扶蘇鄭玄箋：「未開曰菡萏，已發曰芙蕖。」

〔一四〕篔簹，楊孚異物志：「篔簹生水邊，長數丈，圍一尺五六寸，一節相去六七尺，或相去一丈。」（百）戴凱之竹譜：「篔簹，竹最大者。」清斑，李衎竹譜詳録：「淚竹生全湘九疑山中。……述異記云『舜南巡，葬於蒼梧，堯二女娥皇、女英淚下沾竹，紋悉爲之斑』。亦名湘妃竹。」又周去非嶺外代答卷八：「斑竹本出全之清湘。……初生時但點點淡青，靨如苔痕，久則青退而紫斑漸明。」

〔一五〕幽孱，詁訓本「幽」作「憂」。「孱」，原作「潺」，據蔣之翹本、朝鮮本、何焯校本及全唐詩改。蔣注云：「孱，鉏山切。諸本皆從水，非是。孱，劣也。冀州人多謂懦弱爲孱。」是。

〔一六〕枯槁，陶淵明飲酒：「雖留身後名，一生亦枯槁。」

〔一七〕賞心，謝靈運擬魏太子鄴中詩序：「天下良辰、美景、賞心、樂事，四者難并。」

〔一八〕汪森曰：「應起處竄身二句意。」

〔一九〕親愛，曹植贈白馬王彪：「鬱紆將何意，親愛在離居。」間親愛，與親愛者隔絕。

【評箋】

蔣之翹柳集輯注卷四十三曰：「閑曠清峭。」

汪森韓柳詩選曰：「人以韋、柳並稱，不知韋自恬静，柳自悲感，故當不同。韋之風致固佳，其學力非柳比也。」

## 感遇二首

西陸動涼氣〔一〕，驚烏號北林〔二〕。栖息豈殊性，集枯安可任〔三〕！「集」，一作「榮」。

鴻鵠去不返〔四〕，句吴阻且深〔五〕。「吴」，一作「昊」。徒嗟日沉湎〔六〕，丸鼓騖奇音〔七〕。

東海久搖蕩，南風已駸駸〔八〕。坐使青天暮〔九〕，小星愁太陰〔一〇〕。衆情嗜姦利，居貨捐千金〔一一〕。危根一以振，齊斧來相尋〔一二〕。攬衣中夜起，攬，一作「擥」。感物涕盈襟。微霜衆所踐，誰念歲寒心〔一三〕？

徐度卻掃編卷下曰：「張嵲舍人……言子厚感遇二詩，始終用太子事，不知其何謂。」蔣之翹柳集輯注卷四十二亦謂「詞旨幽邃，音節豪宕，近似陳拾遺，非中唐人口吻」。陳景雲柳集點勘更言「柳集中，他人文誤編入者甚多，此二詩亦非柳子作。當時無儲位杌棿事，不應如詩所詠」。皆疑其非宗元所作。然皆出於臆測耳。詳詩意，當爲順宗内禪，王叔文諸友或貶或死而發。宗元仕始於德宗朝，叔文乃東宮侍讀，詩寫順宗而用太子事正緣此。考舊唐書，順宗爲太子而幾廢者屢焉（見順宗紀、李泌傳）。德宗登遐，中人猶欲廢之（見衛次公傳），此非「儲位杌棿」？詩中「集枯」之謂，固非僅爲順宗迫於宦豎内禪而言也。其有異於跂烏、籠鷹諸作之直抒憤激而晦隱其辭者，疑作於叔文賜死之後。今姑繫於元和元年秋。

〔一〕西陸，左傳昭公四年：「日在北陸而藏冰，西陸朝覿而出之。」（百）隋書天文志：「日循黄道東行，一日一夜行一度，三百六十五日有奇而周天。行東陸謂之春，行南陸謂之夏，行西陸謂之秋，行北陸謂之冬。」

〔二〕驚烏句，阮籍詠懷：「孤鴻號外野，翔鳥鳴北林。」

〔三〕集枯，詁訓本「集」作「榮」。按：作「集」是。周語晉語二：「（優施）乃歌曰：『暇豫之吾吾，不如鳥烏。人皆集於苑，己獨集於枯。』里克笑曰：『何謂苑？何謂枯？』優施曰：『其母爲夫人，其子爲君，可不謂苑乎？其母既死，其子又有謗，可不謂枯乎？』」（百）按：苑，通菀，茂木貌，喻驪姬子奚齊；枯謂太子申生。後申生爲驪姬所害。此以喻順宗。

〔四〕鴻鵠句，史記留侯世家：「（高祖）歌曰：『鴻鵠高飛，一舉千里。羽翮已就，横絶四海。』……竟不易太子者，留侯本招此四人之力也。」按：此句似傷叔文見逐且賜死也。

〔五〕句吴，史記吴太伯世家：「太伯之奔荆蠻，自號句吴。」集解：「宋忠曰：『句吴，太伯所居之地。』」漢書地理志顔師古注：「句，音鉤，夷俗語之發聲也。」按：句吴似指代荆蠻之地，以喻永州。

〔六〕沉湎，書泰誓上：「沉湎冒色。」孔穎達疏：「人被酒困，若沉於水，酒變其色，湎然齊同，故沉湎爲嗜酒之狀。」

〔七〕丸鼓，漢書史丹傳：「（元帝）留好音樂，或置鼙鼓殿下，天子自臨軒檻上，隤銅丸以擿鼓，聲中嚴鼓之節。」（百）鶩，文淵閣本作「鶩」，音辯本注云：「潘本作『鶩』，注云：『鶩，音木。』」班固答賓戲李善注：「東西交馳謂之鶩。」素問大奇論王冰注：「鶩謂馳鶩，言其迅急也。」」鶩，奇音，似喻順宗朝諸善政也。

〔八〕東海二句，何焯義門讀書記：「東海久摇蕩，謂東海王疆。南風，『南風烈烈吹黄沙』賈妃謡也。」按二語頗隱晦，恐亦未必用賈后典也。

〔九〕坐使，張相詩詞曲語辭匯釋卷四：「坐使，致使也。」

〔一〇〕小星，詩召南小星：「嘒彼小星，三五在東。」（百）太陰，説文卷七：「月，闕也，太陰之精。」章士釗柳文指要通要之部卷二：「小星，指閹宦出擾政局。」

〔一一〕居貨，史記呂不韋列傳：「子楚爲秦質子於趙。秦數攻趙，趙不甚禮子楚。子楚，秦諸庶孽孫，質於諸侯，車乘進用不饒，居處困，不得意。呂不韋賈邯鄲，見而憐之，曰：『此奇貨可居。』」（百）此喻俱文珍輩挾憲宗李純以脅迫順宗遜位。捐千金，音辯本、游居敬本「捐」作「損」。吴汝綸柳州集點勘注：「捐，損誤。」

〔一二〕齊斧，漢書王莽傳：「此經所謂『喪其齊斧』者也。」（百）按：易巽卦上作「喪其資斧」，經典釋文曰：「子夏傳及衆家並作『齊斧』。」利斧也。二句喻順宗既禪位，宦豎權倖輩遂肆虐也。

〔一三〕歲寒心，論語子罕：「歲寒，然後知松柏之後彫也。」

## 其二

旭日照寒野，鸒斯起蒿萊〔一〕。啁啾有餘樂〔二〕，飛舞西陵隈。迴風旦夕至〔三〕，零葉委陳荄〔四〕。所棲不足恃，鷹隼縱横來。

〔一〕鷽斯，爾雅釋鳥：「鷽斯，鵯鶋。」郭璞注：「鴉烏也，小而多羣，腹下白，江東亦呼爲鵯烏。」邢昺疏：「詩小雅云『弁彼鷽斯』，毛傳云『鷽，鵯鶋』，然則此鳥名鷽，而云斯者，語辭，猶『蓼彼蕭斯』之類也。」（百）按指寒鴉。蒿萊，韓詩外傳卷一：「原憲居魯，環堵之室，茨以蒿萊。」雜草也。江淹雜體詩阮步兵詠懷：「鷽斯蒿下飛。」

〔二〕啁啾，王維黄雀癡：「到大啁啾解遊颺，各自東西南北飛。」象鳥鳴聲。

〔三〕迴風，爾雅釋天：「迴風爲飄。」（百）旋風也。

〔四〕陳荄，陳腐之草根也。爾雅釋草：「荄，根。」郭璞注：「别二名，俗呼韮根爲荄。」邢昺疏：「凡草根一名荄，郭云别二名，俗呼韮根爲荄，此舉一隅也。」又禮檀弓上：「曾子曰：『朋友之墓，有宿草而不哭焉。』」鄭玄注：「宿草，謂陳根也。」

【評箋】孫月峯評點柳柳州集卷四十三曰：「蒼古含味深，音節彷彿陳思雜詩。」

## 哭連州凌員外司馬

廢逐人所棄，遂爲鬼神欺〔一〕。才難不其然〔二〕，卒與大患期〔三〕。凌人古受氏〔四〕，吴世夸雄姿〔五〕。寂寞富春水〔六〕，英氣方在斯。六學誠一貫〔七〕，精義窮發揮〔八〕。著書逾十年〔九〕，幽賾靡不推〔一〇〕。天庭掞高文〔一一〕，萬字若波馳。記室征西府〔一二〕，宏謀耀其奇。輶軒下東越〔一三〕，列郡蘇疲羸〔一四〕。宛宛淩江羽〔一五〕，來棲翰林枝〔一六〕。孝文留弓劍〔一七〕，中外方危疑〔一八〕。抗聲促遺詔，定命由陳辭〔一九〕。徒隸肅曹官〔二〇〕，征賦參有司〔二一〕。出守烏江滸〔二二〕，老遷湟水湄〔二三〕。高堂傾故國〔二四〕，葬祭限囚羈〔二五〕。仲叔繼幽淪〔二六〕，狂叫唯童兒。一門既無主，焉用徒生爲！舉聲但呼天〔二七〕，孰知神者誰？泣盡目無見〔二八〕，腎傷足不持。溘死委炎荒〔二九〕，臧獲守靈帷〔三〇〕。平生負國譴〔三一〕，駭骨非敢私〔三二〕。蓋棺未塞責，孤旐凝寒颸〔三三〕。念昔始相遇，腑腸爲君知。進身齊選擇，失路同瑕疵〔三四〕。本期濟仁義，今爲衆所嗤。滅名竟不試，「竟」，今本作「競」，誤。世議安可支〔三五〕！恬死百憂盡，苟生萬慮滋〔三六〕。顧余九逝魂〔三七〕，與子各何之？我歌誠自慟，非獨爲君悲〔三八〕！

此哭凌準之作。舊唐書王叔文傳：「（準）貞元二十年（八〇四）自浙東觀察判官、侍御史召入。王叔文與之早有舊，引用爲翰林學士，轉員外郎。坐叔文貶連州。」宗元故連州司馬凌君權厝誌云：「富陽凌君準卒於桂陽佛寺。」又云：「（準）曰：『余生於辰，今而寓乎戌，辰戌衝也。吾命與脈叶，其死矣乎！吾罪大，懼不克歸柩於吾鄉，是州之南，有大岡不食，吾甚樂焉，子其以是葬吾。』及是咸如其言云。」按據陰陽家言，辰戌相衝，準生於辰，而元和元年（八〇六）

歲在丙戌。」又六月凌準告崔君將不臘而死，故知準當卒於元和元年冬十一月間，詩亦作於其時。諸本「戌」或作「戊」，戊爲天干，與辰無相衝之理。孫汝聽謂準元和三年（八〇八）卒，即當因元和三年歲在戊子，由「戊」字而致誤也。連州，舊唐書地理志：「江南西道連州，治所桂陽。」「今廣東連縣。員外，此指都官員外郎。舊唐書職官志：「（刑部）尚書、侍郎之職，掌天下刑法及徒隸、勾覆、關禁之政令。其屬有四：一曰刑部，二曰都官。……都官設郎中、員外郎各一人。」掌配役隸、簿録俘囚。」

〔二〕鬼神欺，準貶後，母喪，兩弟相繼死，己又旋喪其明以歿；災難踵至，故云「鬼神欺」也。○孫月峯評點柳柳州集卷四十三曰：「起兩句奇壯，喚起一篇精神。」

〔三〕才難句，論語泰伯：「才難，不其然乎！」何晏集解：「孔曰：人才難得，豈不然乎？」（百）

〔三〕大患，老子：「吾所以有大患者，爲吾有身，及吾無身，吾又何患？」謂死。○汪森韓柳詩選曰：「起四句悲感深重。」

〔四〕凌人，周禮天官凌人：「凌人，掌冰。」（百）此句述凌姓之由來，乃受氏於古官，以官名爲氏。按上古姓氏有别，通鑑外紀：「姓者統其祖考之所自出，氏者别其子孫之所自分。」顧炎武日知録卷二十三曰：「姓氏之稱，自太史公始混而爲一。本紀於秦始皇則曰姓趙氏，於漢高祖則曰姓劉氏。」

〔五〕吴世句，三國志吴書凌統傳：「凌統字公績，吴都餘杭人也。……統年十五，左右多稱述者，……後權復征江夏，統爲前鋒，與所厚健兒數十人共乘一船，常去大兵數十里。行入右江，斬黄祖將張碩，盡獲船人，還以白權，引軍兼道，水陸並集。時吕蒙敗其水軍，而統先搏其城，於是大獲。權以統爲承烈都尉，與周瑜等拒破曹公於烏林，遂攻曹仁，遷爲校尉。雖在軍旅，親接賢士，輕財重義，有國士之風。」(百)

〔六〕富春，後漢書嚴光傳李賢注：「今杭州富陽縣也。本漢富春縣，避晉簡文帝鄭太后諱，改曰富陽。」富春水，謂浙江也。二句謂凌統之後，富陽凌氏遽爾衰落，無有聲望之人。英氣所聚乃在準也。

〔七〕六學，董仲舒春秋繁露玉杯：「六學皆大，而各有所長。」謂詩、書、禮、樂、易、春秋六藝也。一貫，論語里仁：「吾道一以貫之。」

〔八〕精義，易繫辭：「精義入神，以致用也。」(百)王弼注：「精義，物理之微者也。」發揮，易乾：「剛健中正，純粹精也。六爻發揮，旁通情也。」窮發揮，謂闡説而無賸義也。

〔九〕著書，凌君權厝誌曰：「(準)讀書爲文章，著漢後春秋二十餘萬言。又著六經解圍人文集未就。」舊唐書王叔文傳：「準有史學，尚古文，撰邠志二卷。」

〔一〇〕幽賾，易繫辭：「探賾索隱，鈎深致遠。」幽深奥妙。推，淮南子本經訓高誘注：「推，求也。」

〔一一〕天庭句，左思蜀都賦：「摛藻掞天庭。」掞，通餤。漢書禮樂志晉灼注：「掞即光炎字也。」此句即「高文掞天庭」之倒裝。天庭，揚雄甘泉賦：「開天庭兮延羣臣。」天帝之庭，此指宫庭。按：掞字又有舒義，音善，王鈞哀册文：「摛文掞藻。」掞高文，言舖舒高文，亦通。凌君權厝誌：「（準）年二十，以書干丞相。丞相以聞，試其文，日萬言，擢爲崇文館校書郎。」

〔二〕記室，舊唐書職官志：「設節度使一人，副使一人，行軍司馬一人，判官二人，掌書記一人。」新唐書百官志：「掌書記：掌朝覲、聘問、慰薦、祭祀、祈祝之文與號令升絀之事。」西府，謂涇原節度使府，治於今甘肅涇川縣。在長安西，故稱。凌君權厝誌：「（準）又以金吾兵曹爲邠寧節度使掌書記。涇之亂，以謀畫佐元戎，常有大功。」按：邠寧節度使乃韓遊瓌。德宗建中四年（七八三）十月，涇原節度使姚令言反，推朱泚爲主，準於時佐韓征討朱泚有功。

〔三〕輶軒，風俗通序：「周、秦常以歲八月，遣輶軒之使，求異代方言。」羣書考索：「輶軒，天子之使臣也。」東越，史記東越列傳：「（建元六年）因立餘善爲東越王。」張華博物志卷一：「東越通海，處南北尾閭之間。」按：此指浙東地區。

〔四〕疲羸，後漢書段熲傳：「人畜疲羸。」左傳桓公六年杜預注：「羸，弱也。」宗元凌君權厝誌：「（準）後遷侍御史，爲浙東廉使判官，撫循罷人，按驗汙吏，吏人敬愛，厥績以懋，粹然而光。」

〔五〕宛宛，史記司馬相如傳：「宛宛黄龍，興德而升。」索隱：「胡廣云：宛宛，屈伸也。」此狀鳥之迴旋翻飛貌。凌江羽，喻準也。

〔一六〕翰林枝，李義府詠烏：「上林如許樹，不借一枝栖。」凌君權厝誌謂準治浙東有績，「聲聞於上，召以爲翰林學士」。

〔一七〕孝文，德宗謚曰德宗神武孝文皇帝。留弓劍，史記封禪書：「黄帝采首山銅，鑄鼎於荆山下。鼎既成，有龍垂胡䫇下迎黄帝。黄帝上騎，羣臣後宮從上者七十餘人，龍乃上去。餘小臣不得上，乃悉持龍䫇，龍䫇拔，墮，墮黄帝之弓。百姓仰望黄帝既上天，乃抱其弓與胡䫇號。」此謂德宗登遐去世。

〔一八〕中外，謂宫内與朝廷。

〔一九〕抗聲二句，凌君權厝誌：「德宗崩，邇臣議秘三日乃下遺詔，君獨抗危詞，以語同列王伾，畫其不可者六七，乃以旦日發喪，六師萬姓安其分。」按：「邇臣議秘」云云，謂宦豎易儲之陰謀。通鑑卷二百三十六永貞元年（八〇五）載宦官或公然言「禁中議所立尚未定」，可見其時鬥争之激烈。然順宗得繼立，亦非準一人之力，此特標舉其事耳。

〔二〇〕徒隸，管子輕重：「今發徒隸而作之。」漢書司馬遷傳：「見獄吏則頭搶地，視徒隸則心惕息。」服役之囚。曹官，即曹司，諸曹官吏職司之所在。按此句謂凌準任都官員外郎。新唐書百官志：「都官郎中、員外郎各一人，掌俘隸簿録，給衣糧醫藥，而理其訴免。」

〔二一〕征賦句，凌君權厝誌：「（準）入爲尚書郎，仍以文章侍從，由本官參度支，調發出納，姦吏哀止。」

〔二二〕烏江滸，謂和州也。元和郡縣志和州：「魏黄初三年曹仁據烏江以討吴，晉太康六年，始於東城置烏江縣。」（輿地紀勝和州引）

〔二三〕老遷，鄭定本、世綵堂本注：「『老』一作『左』。」按：準卒時年方壯，故疑作「左」是。史記周昌傳索隱：「地道尊右，右貴左賤，故謂貶秩爲左遷。」湟水，劉禹錫連州刺史廳壁記：「西北朝拱於九疑，城下之浸曰湟水。」湟水湄，即謂連州也。凌君權厝誌曰：「以連累出和州，降連州。」準於永貞元年（八〇五）九月貶和州刺史，十一月赴和州途中再貶連州司馬置同正員。

〔二四〕高堂，論衡薄葬：「親之生也，坐於高堂之上。」舊稱父母爲高堂，疑本此。此謂母也。故國，杜甫上白帝城：「取醉他鄉客，相逢故國人。」謂故鄉。

〔二五〕葬祭句，凌君權厝誌：「（準）居母喪，不得歸。」

〔二六〕幽淪，三國志吴書張昭傳：「自分幽淪，長棄溝壑。」此句謂準之兩弟相繼去世。

〔二七〕汪森韓柳詩選曰：「呼天句已與起句相應。」

〔二八〕泣盡句，凌君權厝誌謂準悲哀過度，「不食，哭泣，遂喪其明以没」。

〔二九〕溘死，屈原離騷：「寧溘死而流亡兮。」説文卷十一：「溘，奄忽也。」

〔三〇〕臧獲，韓非子顯學：「行曲則違於臧獲，行直則怒於諸侯。」揚雄方言卷三：「臧獲，奴婢賤稱也。荆、淮、海岱雜齊之間罵奴曰臧，罵婢曰獲。齊之北鄙、燕之北郊，凡民男而婿婢謂之臧，女而婦奴謂之獲。亡奴謂之臧，亡婢謂之獲。皆異方罵奴婢之醜稱也。」

〔三一〕負國譴，鄭定本、世綵堂本注：「負一作罹。」

〔三二〕駭，通骸。○蔣之翹評「平生」二句曰：「語凜凜，是子厚榜樣，故結云誠自痛也。」

〔三三〕旐，爾雅釋天：「緇廣充幅，長尋曰旐。」郭璞注：「帛全幅長八尺者也。」黑色魂幡，出喪時爲棺柩引道用。颸，廣雅釋詁：「颸，風也。」○孫月峯評「高堂」以下一段曰：「寫得使人不忍讀，一步苦一步。」

〔三四〕失路，揚雄解嘲：「當途者入青雲，失路者委溝渠。」瑕疵，猶疵瑕。左傳僖公七年：「不汝疵瑕也。」杜預注：「不以汝爲罪釁。」

〔三五〕世議，「議」原作「義」。鄭定本、世綵堂本注：「『義』一作『議』。」何焯義門讀書記：「『義』作『議』。」按宗元遊石角過小嶺至長烏村：「始驚陷世議。」當作「世議」爲是。又章士釗柳文指要體要之部卷十曰：「世義字生，難解。世應是『貰』之殘闕字。『貰義』者，謂口唱大義，無法實施也。子厚詩對仗最工，絶少半個字不對，必『貰義』然後可對『滅名』。」按：此篇古詩也，兩句未必相對，章説未是。

〔三六〕恬死二句，孔融臨終詩：「生存多所慮，長寢萬事畢。」

〔三七〕九逝魂，楚辭九章抽思：「惟郢路之遼遠兮，魂一夕而九逝。」

〔三八〕我歌二句，凌君權厝誌：「執友河東柳宗元，哀君有道而不明白於天下，離愍逢尤夭其生，且又同過，故哭以爲誌，其辭哀矣。」與此意同。○孫月峯評「念昔」以下一段曰：「從肺腑中道出，自有一種真味。」汪森曰：「此段關切到自己，語意沉痛，是屈賈之遺風。」

【評箋】

范温潛溪詩眼曰：「此詩寫盡凌準平生，最是筆力。」

劉克莊後村詩話後集卷二曰：「子厚永、柳以後詩，高者逼陶、阮，然身老遷謫，中含悽愴，如哭凌司馬云『恬死百憂盡，苟生萬慮滋』，乃犯孔北海臨終之作，不祥甚矣。坡公云『平生萬事足，所欠惟一死』，惜不令子厚見之。」

孫月峯評點柳柳州集卷四十三曰：「悲痛意以感慨調發之，氣甚雄肆。」

何焯義門讀書記曰：「不減陳思白馬之作。」

章士釗柳文指要體要之部卷十曰：「一詩等於作傳一篇，細大不捐，情文相生，信是子厚切理饜心之作。子厚一生敦篤友誼，捍衛國家，稱心而談，聲淚俱下。」

## 巽上人以竹間自採新茶見贈酬之以詩

芳叢翳湘竹〔一〕，零露凝清華〔二〕。復此雪山客〔三〕，晨朝掇靈芽〔四〕。蒸煙俯石瀨〔五〕，咫尺凌丹崖〔六〕。圓方麗奇色〔七〕，圭璧無纖瑕〔八〕。「璧」，一作「玉」。呼兒爨金鼎〔九〕，餘馥延幽遐。滌慮發真照，還源蕩昏邪。猶同甘露飯，佛事薰毗耶〔一〇〕。咄此蓬瀛侶〔一一〕，無乃貴流霞〔一二〕。

巽上人，謂重巽，永州龍興寺之僧。宗元送巽上人赴中丞叔父召云：「以吾所聞知，凡世之善言佛者，於吴則惠誠師，荆則海云師，楚之南則重巽師。」宗元貶永，始居龍興寺西軒（見永州龍興寺西軒記），贈茶酬詩，當爲元和元年、二年（八〇六、八〇七）間事也。今繫於元和二年春。上人，吴曾能改齋漫録卷七：「唐詩多以僧爲上人，如杜子美已上人茅齋是也。按摩訶般若經云：『何名上人？佛言菩薩一心阿耨菩提，心不散亂，是名上人。』十誦律云：『人有四種，一粗人，二濁人，三中間人，四上人。』」按：上人本佛教稱有智、德、善行者，圓覺要覽云：「内有智德，外有勝行，在人之上，名上人。」後遂用以尊稱僧徒。

〔一〕芳叢，謂茶樹叢。劉禹錫試茶歌云：「自傍芳叢摘鷹嘴，斯須炒成滿室香。」翳，漢書揚雄傳注：「翳，蔽也。」按：古人以爲竹間茶最佳，劉試茶歌又云：「陽崖陰嶺各不同，未若竹下莓苔地。」此句即謂竹下之茶也。

〔二〕零露，詩鄭風野有蔓草：「零露漙兮。」鄭玄箋：「零，落也。」文淵閣本作「零落」。

〔三〕雪山客，釋尊曾於雪山修行。涅槃經卷十四：「善男子，過去之世，佛日未出，我於爾時作婆羅門，修菩薩行。……我於爾時住於雪山，其山清浄，流泉浴池，樹林藥木，充滿其地。……我於爾時獨處其中，唯食諸果。食已，繫心思，惟坐禪，經無量歲。」此謂重巽也。

〔四〕靈芽，熊蕃宣和北苑貢茶録：「茶芽數品，最小曰小芽，如雀舌、鷹爪，以其勁直纖鋭，故號芽茶。」又陸羽茶經：「凡採茶，在二月、三月、四月之間，茶之笋者（按：謂茶芽）生爛石沃土，長四、五寸，若薇蕨始抽，凌露採焉。」宋子安東溪試茶録採茶：「凡採茶必以晨興，不以日出。」此言「晨朝掇芽」，正合採茶之法。○汪森韓柳詩選：「起四語極得茶品。」

〔五〕石瀨，楚辭九歌湘君：「石瀨兮淺淺。」王逸注：「瀨，湍也。」論衡書虚：「溪谷之深，流者安詳；淺多沙石，激揚爲瀨。」廣雅釋水疏證：「水流石上，謂之湍瀨。」

〔六〕咫尺，説文卷八：「周制寸、尺、咫、尋、常、仞諸度量皆以人之體爲法……中婦人手長八寸，謂之咫，周尺也。」丹崖，嵇康琴賦：「丹崖嶮巇。」

〔七〕圓方，張衡南都賦：「珍羞琅玕，充溢圓方。」竹器也。方曰筐，圓曰筥。

〔八〕圭璧，詩衛風淇澳：「有匪君子，如金如錫，如圭如璧。」本喻君子品質之美好、温潤、純潔，此喻新茶葉。瑕，禮記聘義鄭玄注：「瑕，玉之病也。」纖瑕，即微疵也。

〔九〕爨，説文卷三：「齊謂之炊爨。」段玉裁曰：「齊謂炊爨者，齊人謂炊曰爨。」

〔一〇〕「猶同」二句：維摩詰所説經下香積佛品：「時化菩薩以滿鉢香飯與維摩詰，飯香普熏毗耶離城及三千大千世界。時維摩詰語舍利弗等，諸大聲聞仁者可食如來甘露味飯。大悲所

熏，無以限意食之，使不消也。」（百）

〔二〕咄此，説文卷二：「咄，相謂也。」蓬瀛，史記秦始皇紀：「齊人徐市等上書，言海中有三神山，名曰蓬萊、方丈、瀛洲，仙人居之。」許敬宗遊清都觀：「方士訪蓬瀛。」

〔三〕流霞，論衡道虚：「河東項曼斯好道學仙，委家亡去，三年而返。曰：『去時有數仙人，將我上天，離月數里而止。居月之旁，其寒悽愴。口飢欲食，輒飲我流霞一杯。每飲一杯，數月不飢。』」

【評箋】近藤元粹柳柳州詩集曰：「風調清迥。」

## 巽公院五詠

### 浄土堂

結習自無始〔一〕，淪溺窮苦源〔二〕。流形及兹世〔三〕，始悟三空門〔四〕。華堂開浄域〔五〕，圖像焕且繁。清泠焚衆香〔六〕，微妙歌法言〔七〕。稽首媿導師〔八〕，超遥謝塵昏〔九〕。

宗元永州龍興寺修浄土院記：「永州龍興寺，前刺史李承晊及僧法林，置浄土堂於寺之東偏，常奉斯事。逮今二十餘年，廉隅毁頓，圖像崩墜。會巽上人居其宇下，始復理焉。……有信士圖爲佛像，法相甚具焉。今刺史馮公作大門以表其位，余遂周延四阿，環以廊廡，繢二大士之像，繒蓋幢幡，以成就之。」考王昶金石萃編卷一百零五載有永州刺史馮叙及柳宗元、柳宗直等華嚴岩刻石題名，時爲元和元年（八〇六）三月八日，則知記所云「今刺史馮公」即謂馮叙也。施子瑜柳宗元年譜謂「馮公者，其元和五年（八一〇）冬至本年（謂六年）春刺永者」，誤。今按：元年正月刺永者尚爲韋某（見代韋中丞賀元和大赦表），至三月則已易爲馮叙。又元和三年（八〇八）刺史爲崔敏，則修浄土院記必作於元和元年、二年間。浄土堂曰：「圖像焕且繁。」則詩當作於浄土院修竣之初。今繫於元和二年秋。浄土，佛教謂莊嚴潔浄、無五濁（劫濁、見濁、煩惱濁、衆生濁、命濁）之極樂世界。魏書釋老志：「梵境幽玄，義歸清曠。伽藍浄土，理絶囂塵。」法苑珠林：「世界皎潔，目之爲浄，即浄所居，名之爲土。故攝論云『所居土無於五濁，如玻璃珂等，名清浄土』。法華論云『無煩惱衆生住處，名爲浄土』。」按：宗元所奉之天台宗兼習浄土，其修浄土院記曰：「中州之西數萬里，有國曰身毒，釋迦牟尼如來示現之地。彼佛言曰：『西方過十萬億佛土，有世界曰極樂，佛號無量壽如來。』……有能求無生之生者，知舟筏之存乎是。」

〔一〕結習，維摩詰所説經觀衆生品：「維摩詰室，天女以花散諸菩薩，即皆墮落。至大弟子，便著不墮。……爾時天女問舍利弗：『何故去華？』答曰：『結習未盡，花著生耳；結習盡者，花不著也。』」沈約内典序：「結習紛綸，一隨理悟。」（廣弘明集卷十九）佛教謂人世嗜慾諸煩惱。無始，勝鬘經寶窟中末：「攝論云：無始即是顯因也。若有始則無因，以有始則有初，初則無因；以其無始則是有因。所以明有因者，顯佛法是因緣義。」佛教謂世間一切，若衆生、若法，皆無有始也。

〔二〕淪溺，鄭定本、世綵堂本注：「一作『論極』。」苦，佛地經卷五：「逼惱身心名苦。」

〔三〕流形，易乾：「雲行雨施，品物流形。」疏：「言乾能用天地之德，使雲氣流行，雨澤施布，故品類之物，流布成形。」因以指萬物形體。此謂人也。

〔四〕三空門，即三解脱門。智度論卷十九：「於三界中智慧不著，一切三界轉爲空、無相、無作解脱門。」又：「涅槃城有三門，所謂空、無相、無作。……行此法得解脱，到無餘涅槃，以是故名解脱門。」江總建初寺瓊法師碑：「三空莫辯，二諦何詮。」簡文帝旦出興業寺聽講：「方知悪四辯，奚用語三空。」

〔五〕華堂，鄭定本、世綵堂本注：「一作『龍華』。」

〔六〕清泠，「泠」原作「冷」，據諸校本改。

〔七〕微妙，「微」原作「徽」，據諸校本改。法言，大乘義章卷十：「法者，外國正音名爲達磨，亦名曇無，本是一音，傳之别耳。此翻名法，法義不同，汎釋有二：一自體名法，如成實説，所謂一切善惡無記三聚法等；二軌則名法，辨彰行儀，能爲心軌，故名爲法。」按：佛教以小者、大者、有形者、無形者、真實者、虚妄者，事物其物者、道理其物者，悉爲法也。歌法言，此謂誦唱佛經也。

〔八〕稽首，荀子大略楊倞注：「稽首，亦頭至手，而手至地。」又書舜典孔穎達疏：「稽首爲敬之極，故爲首至地。」舊時之跪拜禮。導師，維摩詰所説經佛國品僧什注：「菩薩如來，通名導師。」又贊寧大宋僧史略國師：「導師之名而含二義：若法華經中，『商人白導師言』，此即引路指迷也；若唱導之師，此即表白也。」按：佛、菩薩，唱導之師，皆可稱導師。此則謂「歌法言」之唱導僧也。

〔九〕超遥，阮籍清思賦：「超遥茫渺，不能究其所在。」遥遠貌。塵昏，左思吴都賦「紅塵晝昏」。

【評箋】孫月峯評點柳柳州集卷四十三曰：「句句切題，更移易不動。詩最忌議論，最忌説理，此乃全是議論，全是説理，却圓妙有致，不腐不俗，真是高手。」

## 曲講堂

寂滅本非斷〔一〕，文字安可離〔二〕！曲堂何爲設？高士方在斯。聖默寄言宣〔三〕，分別乃無知〔四〕。趣中即空假〔五〕，名相與誰期〔六〕？願言絶聞得，忘意聊思惟。

〔一〕寂滅，梵語「涅槃」之意譯。維摩詰所説經佛國品：「知一切法皆悉寂滅。」注：「肇曰：『去相故言寂滅。』」謂其體寂而離一切之相，故云寂滅。按：智顗摩訶止觀卷一曰：「生死即涅槃，無滅可證。……純一實相，實相外更無別相。」宗元奉天台宗，亦持實相説，故云寂滅本非斷相也。

〔二〕文字句，智顗摩訶止觀卷一：「疑者云：『諸法寂滅相不可以言宣。』……大經云：『有眼人爲盲人説乳。』此指真諦可説。天王般若云：『總持無文字，文字顯總持。』此指俗諦可説。……今人意鈍，玄覽則難，眼依色入，假文則易。」文字，謂佛教經論。按：僧肇維摩詰經弟子品注云：「夫文字之作，生於惑取，法無可取，則文字相離。」又云：「無有文字，是真解脱。」後禪宗更大倡「離文字」之説，天台奉行經籍，故有此云。又宗元送巽上人赴中丞叔父召序云：「佛之言，吾不可得而聞之矣，其存於世者，獨遺其書。不於其書而求之，則無以得其言。言且不可得，况其意乎？」與此句意同。

〔三〕聖默句，思益經如來二事品：「言一聖説法，説三藏十二部經也；二聖默然，一字不説也。如來唯有此二法。」又曰：「佛及弟子常行二事，若説若默。」言宣，即「聖説法」，謂以言相傳。

〔四〕分別句，摩訶止觀卷一：「離説無理，離理無説；即説無説，無説即説；無二無別，即事而真。」又曰：「聖説聖默，非説非默。」此句所謂分別默説乃無知之見，即天台「三界無別法，唯是一心作」之意。按：此二句承次句「文字安可離」而言。

〔五〕趣中句，此即天台宗「圓融三諦」之要義也。趣，同「趨」。按：龍樹智度論曰：「因緣生法，是名空相，亦名假名，亦説中道。」中論曰：「因緣所生法，我説即是空，亦爲是假名，亦是中道義。」隋智顗據以發揮，創天台宗，其摩訶止觀卷六曰：「三諦俱足，衹在一心。……云何即空？並從緣生，緣生即無生，無生即空。云何即假？無主無生即是假。云何即中？不出法性，並皆即中。當知一念即空、即假、即中。……三諦不同，而只一念。」謂中道與空、假，由一心觀之，則圓融無礙，「雖三而一，雖一而三」者也。

〔六〕名相，楞伽經卷四：「愚癡凡夫，隨名相流。」按：耳可聞謂之名，眼可見謂之相。釋教以爲萬物皆有名相，而皆虚妄不實，凡夫常因分別此虚假之名相而起種種妄惑。與誰期，鄭定本、詁訓本、世綵堂本「與誰」作「誰與」。

## 禪堂

發地結菁茆〔一〕，團團抱虚白〔二〕。山花落幽户，中有忘機客〔三〕。涉有本非取〔四〕，照空不待析〔五〕。萬籟俱緣生〔六〕，窅然喧中寂〔七〕。心境本同如〔八〕，鳥飛無遺跡〔九〕。

〔一〕菁茆，李治敬齋古今黈卷七：「柳子厚遊朝陽岩詩『惜非吾鄉土，得以蔭菁茆』，又禪室云『法地結菁茆，團團抱虛白』。搆屋用茆自是常事，必言『菁茆』者，當是彼土所出，别有名爲『菁茆』者也。按尚書禹貢荆州云：『包匭菁茆。』孔安國云：『匭，匣也。菁以爲菹，茅以縮酒。』……鄭玄又以『菁茆』爲一物，匭猶纏結也。菁茅，茅之有毛刺者重之，故既包裹而又纏結也。據前諸説，孔安國以菁茅爲二物，鄭康成以爲一物。然鄭説菁爲萁青，則不説茅；説菁茅爲一物，則不説萁，其意亦以菁與菁茅爲二物也。是則子厚詩所用菁茅，豈鄭玄所謂茅之有毛刺者歟？」結菁茆，即謂築禪堂也。

〔二〕虛白，莊子人間世：「虛室生白。」（百）釋文：「司馬（彪）云：室喻心，心能空虛，則純白獨生也。」杜甫歸：「虛白高人静，喧卑俗累牽。」此語意雙關，虛白暗指禪堂，堂爲環山所抱；句意謂心境清静無欲。

〔三〕忘機，李白下終南過斛斯山人宿置酒：「我醉君復樂，陶然共忘機。」忘機客，謂重巽也。〇筆墨閒録曰：「此聯不觀篇名，知是禪室也。」（百家注柳集引）。

〔四〕有，大日經疏：「可見可現之法，即爲有相。」金剛經如理實見分：「凡所有相，皆是虛妄。」

〔五〕空，大乘義章：「空者，理之别目，絶衆相，故名爲空。」照空，承上謂由「有」而感受「有即是空」也。照，觀照、照見之意。按：二句猶慧文「諸法無非因緣所生，而此因緣，有不定有，空不定空，空有不二，名爲中道」（佛祖統紀卷六），智顗「即空、即假、即中」、「雙遮雙照」之意。又按宗元永州龍興寺修浄土院記謂重巽「修最上乘，解第一義。無體空析色之迹，而造乎真源；通假有假無之名，而入於實相」，亦以此意贊之。

〔六〕萬籟，杜甫玉華宮：「萬籟真笙竽，秋色正瀟洒。」各種自然之聲響。語本莊子齊物論：「夫大塊噫氣，其名爲風。是唯無作，作則萬竅怒號！夫吹萬不同，而使其自已也。」緣，因緣，梵語尼陀那。翻譯名義集四釋十二支：「尼陀那，此云因緣。肇曰：『前緣相生，因也；現相助成，緣也。』」佛教以爲森羅萬象皆由緣而生。

〔七〕窅然，莊子知北遊：「夫道，窅然難言哉。」逍遥遊成玄英疏：「窅然者，寂寥，是深遠之名。」

〔八〕心境，鄭定本、世綵堂本注：「境，一作鏡。」按：作「境」是。境，謂心所攀緣處也。同如，維摩詰所説經浄影疏：「真法體同，名之爲如。」按：此句謂心、境本同一而無區别。按：摩訶止觀卷五：「此三千在一念心，若無心而已，介爾有心，即具三千。」湛然止觀義例卷下：「唯於萬境觀一心。」此句謂心、境本同一而無區别，即天台「一念三千」之説也。

〔九〕鳥飛句，涅槃經：「如鳥飛空，跡不可尋。」華嚴經：「了知諸法性寂滅，如鳥飛空無有跡。」

## 芙蓉亭

新亭俯朱檻，嘉木開芙蓉。清香晨風遠，溽彩寒露濃。瀟洒出人世，低昂多異容。嘗聞色空喻〔一〕，造物誰爲工〔二〕？留連秋月晏，迢遞來山鍾〔三〕。

〔一〕色空，般若波羅蜜多心經：「色即是空，空即是色。」（百）

〔二〕造物，莊子大宗師：「偉哉，夫造物者。」

〔三〕迢遞，嵇康琴賦：「指蒼梧之迢遞。」遠貌。秋月晏，鄭定本、世綵堂本注：「『月』一作『日』。」詁訓本「晏」作「夜」。

【評箋】

孫月峯評點柳柳州集卷四十三曰：「要見是僧院中芙蓉，所以難。」

汪森韓柳詩選：「談理之詩，只如此結便高。」

## 苦竹橋

危橋屬幽徑〔一〕，繚繞穿疎林〔二〕。迸籜分苦節〔三〕，輕筠抱虛心〔四〕。俯瞰涓涓流，仰聆蕭蕭吟。差池下煙日〔五〕，嘲晣鳴山禽〔六〕。一本作「哳」。諒無要津用〔七〕，棲息有餘陰。

戴凱之竹譜：「苦竹有白有紫而味苦。」李衎竹譜詳録竹品：「苦竹，竹之一種，桿矮小，節長於它竹。四月中生筍，味苦不中食。」

〔一〕屬，書禹貢孔穎達疏：「屬，謂相連屬。」

〔二〕疎林，鄭定本、世綵堂本注：「『疎』，一作『空』。」

〔三〕籜，竹皮、筍殼。迸籜，謂根部新生之竹也。

〔四〕筠，禮記禮器賈公彦疏：「筠是竹外青皮。」抱虚心，江逌竹賦：「含虚中以象道，體圓質以儀天。」竹節中空，故云。○近藤元粹柳柳州詩集卷四評二句曰：「可謂此君知己矣。」

〔五〕差池，詩邶風燕燕：「燕燕于飛，差池其羽。」不齊貌。

〔六〕嘲哳，形聲也。潘岳藉田賦：「簫管嘲哳以啾嘈兮。」指樂器聲，此狀鳥鳴聲。

〔七〕要津，古詩十九首：「何不策高足，先據要路津。」杜甫麗人行：「賓從雜遝實要律。」蔣之翹柳集輯注卷四十三曰：「要津用，謂爲筏也。」

【評箋】

曾吉甫筆墨閒録曰：「退之虢州三堂二十一詠，子厚巽公院五詠，取韻各精切，非復縱肆而作。隨其題觀之，其工可見也。」

孫月峯評點柳柳州集卷四十三曰：「五作俱就禪理發揮，最精妙。」

蔣之翹柳集輯注卷四十三曰：「五詠中禪室一首差勝。」

汪森韓柳詩選曰：「五詩極能因名立意，洗剔見工。然談理而實諸所無，不若寫物而空諸所有，在具眼者自當辨之。」

## 法華寺西亭夜飲

本注云：賦得酒字。

祇樹夕陽亭〔一〕，共傾三昧酒〔二〕。霧暗水連堦〔三〕，月明花覆牖〔四〕。莫厭罇前醉，相看未白首〔五〕。

童宗説曰：「集有法華寺西亭夜飲賦詩序，此其詩也。」（百家注柳集引）陳景雲柳集點勘曰：「西亭夜飲詩序作於謫永次年。」誤。考西亭之搆爲元和元年（八〇六），西亭夜飲詩序曰：「間歲，元克己由柱下史亦謫焉而來……是夜，會兹亭者凡八人。」詩當於元和三年（八〇八）作也。又詩云「霧暗水連階，月明花覆牖」，則夜飲似在春日。參見前搆法華寺西亭題注。

〔一〕祇樹，慧琳一切經音義卷十：「祇樹，梵語也。或云祇陁，或云祇洹，或云祇園，皆一名也。」

按即祇樹給孤獨園之略稱，釋迦往舍衛國説法時暫居之處。

〔二〕三昧，大智度論卷七：「善心一處住不動，是名三昧。」大乘義章：「以體寂静，離於邪亂，故曰三昧。」梵語音譯又作「三摩提」、「三摩帝」，言除雜念、寧心神，即「定」、「正定」之謂也。

〔三〕陳景雲柳集點勘：「爾亭之西臨池，故云『霧暗水連階』。」

〔四〕曾吉甫筆墨閒録云：「『平野青草緑，曉鶯啼遠林。日晴瀟湘渚，雲斷岣嶁嶺』，『菡萏溢嘉色，筼簹遺清斑』，又『霧暗水連階，月明花覆牖』，其句律全似謝臨川。」（百家注柳集引），何焯義門讀書記評「霧暗」一聯云：「工在次第如畫。」

〔五〕相看句，陳景雲曰：「西亭夜飲，子厚年三十四，諸賓客之齒略同，故云『相看未白首』。」按：宗元時年三十六，非三十四也。

## 初秋夜坐贈吴武陵

稍稍雨侵竹〔一〕，翻翻鵲驚叢〔二〕。美人隔湘浦〔三〕，一夕生秋風〔四〕。積霧杳難極〔五〕，滄波浩無窮。相思豈云遠，即席莫與同〔六〕。若人抱奇音，朱絃縆枯桐〔七〕。清商激西顥〔八〕，泛灎凌長空〔九〕。自得本無作〔一〇〕，天成諒非功〔一一〕。希聲閟大樸〔一二〕，聾俗何由聰〔一三〕！

新唐書文藝傳：「吴武陵，信州人。元和初擢進士第。……初，柳宗元謫永州，而武陵亦坐事流永州，宗元賢其人。」按宗元贈武陵詩，此外尚有零陵贈李卿簡吴武陵。韓醇詁訓柳集卷四十二曰：「簡武陵詩當四年秋，此詩亦同時作。」考武陵元和二年（八〇七）進士及第，元和三年（八〇八）初貶永（宗元元和三年有同吴武陵贈李幼清詩序可證）。詩云「美人隔湘浦」，則其時居瀟水之西，與宗元所居一水之隔。元和五年（八一〇）後，宗元築室冉溪，亦瀟水之西，不得云「隔湘浦」也。故詩必元和三、四年作。然元和四年（八〇九）秋宗元正探西山之幽，十月與武陵同遊小石潭（見始得西山宴遊記、小丘西小石潭記），兩詩皆寓相思之情，似非其年所作。又據兩詩詩意，似亦皆作於與武陵諸友初聚未久之時，故繫於元和三年秋。○吴昌祺删定唐詩解卷十曰：「題曰贈，非相隔也。言君隔湘浦，乘風而至，衝霧淩波而人不遠矣。然有不能同者，蓋其胸中如清廟之瑟，可以激清風、湧流水。天成之妙，非俗所知，豈吾所能同乎？」按：詩云：「相思豈云遠，即席莫與同」，明言武陵不在坐也。吴説未諦。

〔一〕稍稍，張相詩詞曲語辭匯釋卷二：「作形容詞用之有蕭森義。」此謂雨蕭蕭然而侵竹也。

〔二〕翻翻，楚辭九章悲回風：「漂翻翻其上下兮。」劉楨贈徐幹：「輕葉隨風轉，飛鳥何翻翻。」猶翩翩也。○唐汝詢唐詩解卷十曰：「雨洒鵾鷩，懷人之念舉也。」何焯義門讀書記曰：「起兩句暗藏『風』字。」

〔三〕美人，詩邶風簡兮：「云誰之思，西方美人。」此謂吴武陵。隔湘浦，瀟湘合流於零陵城北，瀟水在東，湘水在西，零陵大部在瀟水東。時宗元寓居瀟水東之龍興寺，故知武陵居瀟水之西也。

〔四〕一夕句，唐汝詢曰：「言彼武陵隔湘水而居，離别經秋矣。」

〔五〕積霧句，唐汝詢曰：「欲往從之，則有積霧蒼波之阻也。」何焯曰：「『積霧杳難極』一聯起遠字。」王二梧唐四家詩評曰：「是秋夜，然却是比，故妙。」

〔六〕相思二句，唐汝詢曰：「言所思非遠，竟不獲與之同席。」

〔七〕朱絃，禮記樂記：「清廟之瑟，朱絃而疏越。」緪枯桐，楚辭九歌東君：「緪瑟兮交鼓。」王逸注：「緪，急張絃也。」（百）枯桐，謂琴。枚乘七發：「龍門之桐，高百尺而無枝。……使琴摯斫斬以爲琴，野繭之絲以爲絃。」

〔八〕清商，古詩十九首：「清商隨風發。」謂琴聲也。西顥，呂氏春秋有始：「天有九野……西方曰顥天。」漢書禮樂志郊祀歌西顥：「西顥沆碭，秋氣肅殺。」韋昭注：「西方，少昊也。」按：激西顥，謂鳴琴於秋也。

〔九〕泛灩，謝靈運怨曉月賦：「浮雲褰兮收泛灩，明月照兮殊皎潔。」江淹雜體詩休上人：「露彩方泛灩，月華始徘徊。」浮光貌。○沈芬曰：「於聲音中想出泛灩淩長空，奇甚！然即鍾易所云『湯湯若流水』是也。古人只是能從死句中出活景耳。」（詩體明辨卷七）唐汝詢曰：「『奇音』、『清商』等語，借琴曲以形容其才華，非實有師襄之技，不然，烏足爲柳州重。」

〔一〇〕自得，孟子離婁下：「君子深造之以道，欲其自得之也。」

〔一一〕天成，宋書謝靈運傳論：「高言妙句，音韻天成。」天然不假人工也。○沈德潛唐詩別裁集卷四評二句曰：「千古文章神境。」

〔一二〕希聲，老子：「大器晚成，大音希聲。」（百）闃，詩鄘風載馳毛傳：「闃，閉也。」大樸，嵇康難自然好學論：「洪荒之世，大樸未虧。」

〔三〕聾俗，趙景真與嵇茂齊書：「奏韶舞於聾俗，固難以取貴矣。」謂流俗之輩。○沈德潛曰：「下半借琴以喻文才，董庭蘭一輩人，未能知也。」

【評箋】

孫月峯評點柳柳州集卷四十二曰：「寄興高遠，猶有建安遺意。」

唐汝詢唐詩解卷十曰：「此因離索而想其抱負也。」

周珽唐詩選脈會通曰：「首觸於雨灑鵾鶖，動懷人之念；次阻於霧積波浩，起聚首之思。既美其人有奇抱，末惜其世無知音。」

汪森韓柳詩選曰：「柳詩五言古，清迥絶塵，人以爲近陶，不知其兼似大謝也。」

王二梧唐四家詩評曰：「柳詩一清到骨，而安雅冲和之氣不可得矣。是唐人手筆，不似子昂、太白、曲江、蘇州猶有古味也。」

高步瀛唐宋詩舉要卷一曰：「風神淡遠，意象超妙。『即席莫與同』以上，秋夜憶武陵。末結出感慨之意。喻武陵，亦以自喻。」

## 零陵贈李卿元侍御簡吳武陵

理世固輕士〔一〕，棄捐湘之湄〔二〕。陽光竟四溟〔三〕，「竟」，一作「競」。敲石安所君子尚容施〔四〕？鎩羽集枯榦〔五〕，低昂互鳴悲。朔雲吐風寒，寂歷窮秋時〔六〕。惜無與〔七〕，小人守兢危。慘悽日相視，離憂坐自滋。樽酒聊可酌，放歌諒徒爲〔八〕！協律者，窈眇絃吾詩〔九〕。

韓醇詁訓柳集卷四十二曰：「集中又有小丘記，云李深源、元克己時同遊。深源、克己即李卿、元侍御也。時在元和四年（八〇九）九月。此詩云『朔雲吐風寒，寂歷窮秋時』，亦是時作。」按：宗元於元和四年九月二十八日得西山，得西山後八日，與深源、克己同遊小丘，旋又偕武陵遊小丘西小石潭。韓說似未可從。今亦繫於元和三年。參見前篇題注。

〔一〕理世，治世。避高宗李治諱改。

〔二〕湄，釋名釋水：「湄，眉也。臨水如眉臨目也。」水岸也。按：二句暗用詩秦風蒹葭「所謂伊人，在水之湄」語意。

〔三〕竟，音辯本、詁訓本作「競」，注：「一本作『竟』。」按：作「竟」是。廣韻卷四：「竟，窮也，終也。」四溟，張協雜詩：「雲根臨八極，雨足灑四溟。」竟四溟，謂遍照四海也。

〔四〕敲石，謂擊石出火以取明也。參見韋道安詩注。

〔五〕鎩羽，淮南子覽冥訓：「飛高鎩翼。」許慎注：「鎩，殘羽也。」鮑照侍郎上疏：「鎩羽暴鱗，復見翻躍。」謂羽毛摧落之鳥。

〔六〕寂歷，江淹雜體詩王徵君微：「寂歷百草晦。」李善注：「寂歷，彫疎貌。」吕向注：「寂歷，閒曠貌。」窮秋，鮑照白紵歌：「窮秋九月荷葉黄。」深秋也。

〔七〕容與，屈原九歌湘夫人：「時不可乎驟得，聊逍遥以容與。」安逸自得貌。

〔八〕放歌句，宗元答吴武陵論非國語書：「僕無聞而甚陋，又在黜辱，居泥塗若螾蛭然，雖鳴其音聲，誰爲聽之？」與此句可參看。

〔九〕窈眇，揚雄長楊賦：「抑止絲竹晏衍之樂，憎聞鄭衛幼眇之聲。」幼眇、窈眇同（參閱李冶敬齋古今黈卷三）。劉峻辨命論：「觀窈眇之奇舞，聽雲和之琴瑟。」

【評箋】

孫月峯評點柳柳州集卷四十二：「古錬，耐細玩，是有意脱唐。」

汪森韓柳詩選：「哀怨是楚騷之遺。」

近藤元粹柳柳州詩集卷二：「悲惋徹至。」

# 遊南亭夜還叙志七十韻

夙抱丘壑尚〔一〕，率性恣遊遨〔二〕。中爲吏役牽，十祀空悁勞〔三〕。外曲徇塵轍〔四〕，私心奇英旄〔五〕。進乏廊廟器〔六〕，退非鄉曲豪〔七〕。天命斯不易〔八〕，鬼責將安逃？屯難果見凌〔九〕，剥喪宜所遭〔一〇〕。神明固浩浩〔一一〕，衆口徒嗷嗷〔一二〕。投跡山水地〔一三〕，放情詠離騷〔一四〕。再懷曩歲期〔一五〕，容與馳輕舠〔一六〕。虚館背山郭〔一七〕，前軒面江皋。重疊間浦溆〔一八〕，邐迤驅巖嶅〔一九〕。積翠浮澹灧〔二〇〕，始疑負靈鼇〔二一〕。叢林留衝飇〔二二〕，石礫迎飛濤。曠朗天景霽，樵蘇遠相號〔二三〕。澄潭湧沉鷗，半壁跳懸猱〔二四〕。鹿鳴驗食野〔二五〕，魚樂知觀濠〔二六〕。孤賞誠所悼，暫欣良足褒〔二七〕。留連俯欞檻〔二八〕，注我壺中醪〔二九〕。朵頤進芰實〔三〇〕，擢手持蟹螯〔三一〕。炊稻視爨鼎〔三二〕，鱠鮮聞操刀。「聞」，一作「閔」。野蔬盈頃筐〔三三〕，頗雜池沼芼〔三四〕。緬慕鼓枻翁〔三五〕，嘯詠哺其糟。退想於陵子，三咽資李螬〔三六〕。斯道難爲偕，沉憂安所韜〔三七〕？曲渚怨鴻鵠〔三八〕，環洲彫蘭蕙〔三九〕。暮景迴西岑〔四〇〕，北流逝滔滔。徘徊遂昏黑，遠火明連艘〔四一〕。木落寒山静，江空秋月高〔四二〕。斂袂戒還徒〔四三〕，善游矜所操〔四四〕。趣淺戢長枻〔四五〕，乘深屏輕篙。曠望援深竿，哀歌叩鳴艚〔四六〕。中川恣超忽，漫若翔且翺。淹泊遂所止〔四七〕，野風自颾颾〔四八〕。澗急驚鱗奔，蹊荒飢獸嗥。入門守拘縶〔四九〕，悽慼憎鬱陶〔五〇〕。慕士情未忘，懷人首徒搔〔五一〕。内顧乃無有，德輶甚鴻毛〔五二〕。名竊久自欺，食浮固云叨〔五三〕。問牛悲釁鍾〔五四〕，説彘驚臨牢〔五五〕。永遁刀筆吏〔五六〕，寧期簿書曹〔五七〕？中興遂羣物，裂壤分鞬橐〔五八〕。岷凶既云捕，吳虜亦已鏖〔五九〕。扞禦盛方虎〔六〇〕，謨明富伊咎〔六一〕。披山窮木禾〔六二〕，駕海逾蟠桃〔六三〕。重來越裳雉〔六四〕，再返西旅獒〔六五〕。左右抗槐棘〔六六〕，縱橫羅雁羔〔六七〕。三辟咸肆宥〔六八〕，衆生均覆燾〔六九〕。安得奉皇靈，在宥解天弢〔七〇〕。歸誠慰松梓〔七一〕，陳力開蓬蒿〔七二〕。卜室有鄠杜〔七三〕，名田占澧滂〔七四〕。磻谿近餘基〔七五〕，阿城連故濠〔七六〕。一作「壕」。螟蛑願親燎〔七七〕，荼堇甘自薅〔七八〕。飢食期農耕，寒衣俟蠶繅。及骭足爲溫〔七九〕，滿腹寧復饕〔八〇〕？安將蒯及菅，誰慕粱與膏〔八一〕？弋林敺雀鷃〔八二〕，漁澤從鮪魛〔八三〕。觀象嘉素履〔八四〕，陳詩謝干旄〔八五〕。方託麋鹿羣，故同騏驥槽〔八六〕？處賤無溷濁，固窮匪淫慆〔八七〕。踉蹌辭束縛〔八八〕，悅懌換煎熬〔八九〕。登年徒負版〔九〇〕，興役趨伐鼛〔九一〕。目眩絶渾渾，耳喧息嘈嘈。茲焉畢餘命，富貴非吾曹。長沙哀糾纆〔九二〕，漢陰嗤桔槹〔九三〕。苟伸擊壤情〔九四〕，機事息秋毫〔九五〕。海霧多蓊鬱〔九六〕，越風饒腥臊〔九七〕。寧唯迫魑魅〔九八〕，所懼齊焄薫〔九九〕。本注：「薫」與「蒿」同。知罃懷褚中〔一〇〇〕，范叔戀綈袍〔一〇一〕。伊人不可期〔一〇二〕，慷慨徒忉忉〔一〇三〕。

韓醇詁訓柳集卷四十三曰：「詩云『岷兕既云捕』，元和元年（八〇六）擒西川劉闢也。又云

『吴虜亦已鏖』，謂元和二年（八〇七）誅浙西李錡也。浙西平在十一月，而此詩有『秋月高』之語，其三年（八〇八）秋歟！」按：韓説是。詩有「中爲吏役牽，十年空悁勞」句，宗元自貞元十四年（七九八）第博學宏詞，爲集賢殿書院正字，十年而爲元和三年也。又按舊唐書憲宗紀：「（元和元年九月）高崇文奏收成都，擒劉闢以獻。……戊子，斬劉闢并子超郎等九人於獨柳樹下。」「（元和二年十月）潤州大將張子良、李奉僊等執李錡以獻。十一月甲申，斬李錡於獨柳樹下。」詩元和三年秋作。詩題謂七十韻，而實六十九韻。

〔一〕丘壑尚，荀子：「吾將釣於一壑，棲於一丘。」謝靈運齋中讀書：「昔余遊京華，未嘗廢丘壑。」謂山水之好也。

〔二〕率性，禮記中庸：「天命之謂性，率性之謂道。」鄭玄注：「率，循也。循性行之是謂道。」

（百）

〔三〕悁，聲類：「悁，憂貌。」（一切經音義卷二十）

〔四〕外曲句，謂隨俗入仕，爲人臣循禮而曲己也。莊子人間世：「然則我内直而外曲。……内直者，與天爲徒。……外曲者，與人爲徒也。擎跽曲拳，人臣之禮也。人皆爲之，吾敢不爲邪？」

〔五〕英旄，諸校本皆作「髦」。枚乘忘憂館賦：「雋義英旄。」注：「旄與髦通。」爾雅釋言：「髦，俊也。」郭璞注：「士中之俊，如毛中之髦。」劉峻辨命論：「玉質金相，英髦秀達。」

〔六〕廊廟器，孫子九地：「厲於廊廟之上，以誅其事。」三國志蜀書許靖傳：「許靖夙有名譽……雖行事舉動，未悉允當，蔣濟以爲大較廊廟器也。」

〔七〕鄉曲，司馬遷報任安書：「少負不羈之才，長無鄉曲之譽。」謝靈運過始寧墅：「揮手告鄉曲。」猶鄉里、鄉下，以其偏居一隅，故稱鄉曲。

〔八〕天命，天性、稟性。見注〔二〕。

〔九〕屯難，易屯：「彖曰：『剛柔始交而難生。』」謝靈運述祖德詩：「屯難既云康。」此謂艱難也。

〔一〇〕剥喪，易剥：「彖曰：『剥，剥也。柔變剛也。不利有攸往，小人長也。』」孔穎達疏：「小人道長，世既闇亂，何由可進？往則遇災，故不利有攸往也。」此謂厄運也。

〔一一〕神明，音辯本、詁訓本、游居敬本、朝鮮本「明」作「期」。何焯義門讀書記：「神明謂君心也。」按：宗元詩語頗多從謝靈運來，此似當作「神期」，謝靈運廬陵王墓下作：「神期恒若存，德音初不忘。」期，會也。

〔一二〕衆口，國語周語下：「諺曰：『衆志成城，衆口鑠金。』」嗷嗷，漢書劉向傳：「無罪無辜，讒口嗷嗷。」師古注：「嗷嗷，衆聲也。」

〔一三〕投跡，揚雄解嘲：「欲談者宛舌而固聲，欲行者擬足而投跡。」

〔一四〕離騷，史記屈賈列傳：「屈平疾王聽之不聰也，讒諂之蔽明也，邪曲之害公也，方正之不容也，故憂愁幽思而作離騷。離騷者，猶離憂也。」(百)〇汪森韓柳詩選曰：「起處總叙大意，仍落出放逐之由，便結出南亭之遊。」

〔一五〕曩歲，漢書賈誼傳顔師古注：「曩，久也，謂昔時。」

〔一六〕容與，楚辭九章涉江：「船容與而不進兮。」五臣注：「容與，徐動貌。」舠，詩衛風河廣：「誰謂河廣，曾不容刀。」鄭玄箋：「刀如字，字書作舠。」（百）小舟。

〔一七〕虚館，謝靈運齋中讀書：「虚館絶諍訟，空庭來燕雀。」

〔一八〕浦溆，楚辭九章涉江：「入溆浦余儃佪兮。」五臣注：「溆亦浦類。」按：王逸以「溆浦」爲地名，唐人似多從五臣，王維三月三日曲江侍宴應制：「畫旗摇浦溆。」亦是。

〔一九〕巖嶅，李白鳴皋歌送岑徵君：「掛星辰於巖嶅。」説文卷九：「嶅，山多小石也。」嶅猶巖。（百）

〔二〇〕積翠，謂江上緑島。

〔二一〕負靈鼇，楚辭天問：「鼇戴山抃，何以安之？」（百）列子湯問：「渤海之東……有五山焉。一曰岱輿，二曰員嶠，三曰方壺，四曰瀛州，五曰蓬萊，其高下周旋三萬里。……而五山之根無所連著，常隨潮波上下往還，不得暫峙焉。……帝恐流於西極，失仙聖之居，乃命禺彊使巨鼇十五舉首而戴之，六萬歲一交焉，五山始峙而不動。」

〔二二〕衝飈，謝靈運還舊園作：「何意衝飈激。」飈，正字通：「飈字之訛。」暴風也。

〔二三〕樵蘇，史記淮陰侯傳：「樵蘇後爨，師不宿飽。」集解：「漢書音義：樵，取薪也；蘇，取草也。」謝靈運石室山詩：「鄉村絶聞見，樵蘇限風霄。」○近藤元粹柳柳州詩集曰：「『叢林』句五平。肆筆遒麗清潤，才鋒可畏。」

〔二四〕猱，司馬相如上林賦李善注：「猱，獼猴。」○近藤元粹曰：「湧字，跳字大奇。」

〔二五〕鹿鳴句，詩小雅鹿鳴：「呦呦鹿鳴，食野之苹。」（百）驗，證也。

〔二六〕魚樂句，莊子秋水：「莊子與惠子遊於濠梁之上，莊子曰：『鯈魚出游從容，是魚之樂也。……吾知之濠上也。』」（百）按：以上二典暗寓懷友之情，故下有「孤賞」之歎。

〔二七〕蔣之翹柳集輯注卷四十三評「孤賞」二句曰：「二語有無限悲惋感悼之意。」

〔二八〕櫺檻，班固西都賦：「舍櫺檻而卻倚。」此謂亭欄也。

〔二九〕醪，濁酒。史記袁盎傳：「乃悉以其裝齎置二石醇醪。」

〔三〇〕朵頤，易頤：「觀我朵頤。」孔穎達疏：「朵是動義，如手之捉物謂之朵也。今動其頤，故知嚼也。」（百）指飲食之事。芰，國語楚語上：「屈到嗜芰。」韋昭注：「芰，蓤也。」

〔三一〕持蟹螯，晉書畢卓傳：「卓嘗謂人曰：『得酒滿數百斛船，四時甘味置兩頭，右手持酒盃，左手持蟹螯，拍浮酒船中，便足了一生矣。』」（百）

〔三二〕爨，周禮天官亨人：鄭玄注：「爨，今之竈主於其竈煑物。」猶炊也。

〔三三〕頃筐，詩周南卷耳：「采采卷耳，不盈頃筐。」毛傳：「頃筐，畚屬，易盈之器也。」（百）

〔三四〕池沼毛，左傳隱公三年：「澗溪沼沚之毛。」杜預注：「毛，草也。」毛、芼通。（百）

〔三五〕鼓枻翁，楚辭漁夫：「漁夫曰：『聖人不凝滯於物，而能與世推移。世人皆濁，何不淈其泥而揚其波；衆人皆醉，何不餔其糟而歠其釃？何故深思高舉，自令放爲？』……漁夫莞爾而笑，鼓枻而去。」王逸注：「鼓枻，叩船舷也。」（百）九歌湘君王逸注：「枻，船旁板也。」按：玉篇：「枻，楫也。」鼓枻，似猶擊楫。下「趣淺戢長枻」，亦作楫義。

〔三六〕退想二句，孟子滕文公下：「陳仲子豈不誠廉士哉！處於於陵，三日不食，井上有李，螬食實者過半矣，匍匐往將食之，三咽，然後耳有聞，目有見也。」（百）

〔三七〕韜，廣韻卷二：「韜，寬也。」○汪森評曰：「『遊南亭』與『夜還』作兩層寫，中插情事感慨之語，便覺紆徐不迫，具沉鬱頓挫之妙。」

〔三八〕怨，孫汝聽曰：「怨，謂哀鳴也。」（百家注柳集引）

〔三九〕葦，廣韻卷二：「葦，葛之白花。」

〔四〇〕暮景句，何焯評曰：「轉出夜還。」

〔四一〕艘，廣韻卷二：「船總名也。」

〔四二〕近藤元粹評「木落二句」曰：「妙句天來。」

〔四三〕斂袂，史記貨殖列傳：「故齊冠帶衣履天下，海岱之間，斂袂而往朝焉。」整衣袖示敬重也。

〔四四〕善游句，莊子達生：「顏淵問仲尼曰：『吾嘗濟乎觴深之淵，津人操舟若神。吾問焉，曰：操舟可學邪？曰：可。善游者數能。……敢問何謂也？』仲尼曰：『善游者數能，忘水

也。……以瓦注者巧，以鉤注者憚，以黄金注者殙，其巧一也，而有所矜，則重外也。凡重外者，内拙。』」（百）

〔四五〕趣，通趨。戢，詩小雅鴛鴦鄭玄箋：「戢，斂也。」

〔四六〕艚，玉篇卷十八：「艚，小船也。」

〔四七〕淹泊，張九齡奉和聖制送十道采訪使及朝集使：「戒程有所往，詔餞無淹泊。」滯留也。

〔四八〕颾颾，廣韻卷二：「颾，風聲。」○近藤元粹評「中川」以下四句曰：「情思回折，卻有寬閒之意。」

〔四九〕入門句，何焯曰：「以下叙志。」

〔五〇〕鬱陶，書五子之歌：「鬱陶乎予心。」孔安國傳：「鬱陶，言哀思也。」○汪森曰：「入門二句，便開後半意，接下先頓一小段，入中興望歸之意，乃一篇大展舒處。」

〔五一〕懷人句，詩邶風静女：「愛而不見，搔首踟蹰。」

〔五二〕德輶句，詩大雅烝民：「德輶如毛。」鄭玄箋：「輶，輕。」（百）

〔五三〕食浮，禮記坊記：「君子與其使食浮於人也，寧使人浮於食。」鄭玄注：「食謂禄也，在上曰浮。禄勝己則近貪，己勝禄則近廉。」（百）叨，同饕，貪也。

〔五四〕問牛句，孟子梁惠王上：「（齊宣王）坐於堂上，有牽牛而過堂下者。王見之，曰：『牛何之？』對曰：『將以釁鍾。』王曰：『舍之，吾不忍見其觳觫，若無罪而就死地。』」（百）

〔五五〕説彘句，莊子達生：「祝宗人玄端以臨牢筴説彘，曰：『汝奚惡死？吾將三月豢汝，十日戒，三日齋，藉白茆，加汝肩尻乎雕俎之上，則汝爲之乎？』爲彘謀曰：『不如食以糟糠而錯之牢筴之中。』」（百）牢筴，猪欄。

〔五六〕刀筆吏，史記汲鄭列傳：「（汲黯）忿發罵曰：『天下謂刀筆吏不可以爲公卿。』」漢書曹參傳：「蕭何、曹參皆起秦刀筆吏。」顔師古注：「刀所以削書也，古者用簡牒，故吏皆以刀筆自隨也。」（百）

〔五七〕簿書，漢書禮樂志顔師古注：「簿，文書也。」

〔五八〕鞬櫜，左傳僖公二十三年：「左執鞭弭，右屬櫜鞬。」杜預注：「櫜以受箭，鞬以受弓。」（百）箭袋弓囊也。

〔五九〕鏖，漢書霍去病傳顔師古注：「鏖，謂苦擊而多殺也。」（百）此有擊滅之意。

〔六〇〕扞禦，左傳僖公二十四年：「扞禦侮者，莫如親之。」抵禦之意。方虎，方叔、召虎，皆周宣王時名將。詩小雅采芑：「方叔元老，克壯其猶。」曾受命北伐玁狁，南征荆蠻。詩大雅韓奕：「江漢之滸，王命召虎。」曾受命沿江漢出征，討伐淮夷。

〔六一〕謨明，書皋陶謨：「允迪厥德，謨明弼諧。」謂謀略聰明也。伊咎，謂伊尹、咎繇。伊尹佐湯，居阿衡（宰相）之重；咎繇即皋陶，輔舜，掌刑獄之事，皆古之名臣。按：二句贊朝廷有人。

〔六二〕披山，史記五帝本紀：「天下有不順者，黄帝從而征之，平者去之。披山通路，未嘗寧居。」

徐廣曰：「披，音如字，謂披山林草木而行以通道也。」窮，廣雅釋詁：「窮，極也。」木禾，山海經海内西經：「崑崙之虚方八百里，高萬仞。上有木禾，長五尋，大五圍。」郭璞注：「木禾，穀類也。生黑水之阿，可食。」（百）此借代崑崙。

〔六三〕蟠桃，史記五帝本紀：「（顓頊）西至於流沙，東至於蟠木。……日月所照，莫不砥屬。」裴駰注：「海外經曰：東海中有山焉，名曰度索。上有大桃樹，屈蟠三千里。」（百）按：以上二句合用黄帝、顓頊之典，而極言唐中興聲威之遠，隱含「日月所照，莫不砥屬」之意。

〔六四〕越裳雉，後漢書南蠻西南夷列傳：「交阯之南有越裳國……越裳以三象重譯而獻白雉。」（百）

〔六五〕西旅獒，書旅獒：「西旅獻獒。」（百）孔穎達疏：「獒是犬名。」按：二句謂邊遠之地，復來朝貢。

〔六六〕左右句，周禮秋官朝士：「朝士掌建邦外朝之法。左九棘，孤卿大夫位焉。羣士在其後。右九棘，公侯伯子男位焉，羣吏在其後。面三槐，三公位焉。」（百）鄭玄注：「樹棘以爲立者，取其赤心而外刺，象以赤心三刺也。槐之言懷也，懷來人於此，欲與之謀。」

〔六七〕雁羔，周禮春官大宗伯：「卿執羔，大夫執雁。」（百）按：槐棘、雁羔，皆喻朝士也。

〔六八〕三辟，「三」原作「五」，據鄭定本、音辯本、世綵堂本、詁訓本、游居敬本及全唐詩改。左傳昭公六年：「夏有亂政而作禹刑，商有亂政而作湯刑，周有亂政而作九刑。三辟之興，皆叔世也。」〔百〕說文卷九：「辟，法也。」按：作「五辟」亦通。漢書霍光傳顔師古注：「五辟，即五刑也。」書呂刑：「惟作五虐之刑，曰法。」舜典孔安國傳：「五刑，墨、劓、剕、宫、大辟。」至隋則定笞、杖、徒、流、死爲五刑，見隋書刑法志。唐沿之。

〔六九〕覆燾，禮記中庸：「辟如天地之無不持載，無不覆幬。」左傳襄公二十九年：「如天之無不覆幬也。」杜預注：「幬，覆也。」史記吴世家作「燾」，通。按：舊唐書憲宗紀載元和三年正月，羣臣上尊號，曰睿聖文武皇帝，大赦天下。

〔七〇〕在宥，莊子在宥：「聞在宥天下，不聞治天下也。」〔百〕按：莊子謂無爲而順其自然，唐人頗多用指在寬恕之列，如劉禹錫上宰相賀德音狀「或有詿誤，爰降殊私，特宏在宥」，此處亦此意也。解天弢，莊子知北遊：「解其天弢，墮其天袠。」〔百〕弢，通「韜」，弓囊也。天弢，此喻指朝廷法網。又按：舊唐書憲宗紀載元和元年八月，憲宗曾下詔：「左降官韋執誼、韓泰、陳諫、柳宗元、劉禹錫、韓曄、凌準、程異等八人，縱逢恩赦，不在量移之限。」故有此二句而盼釋囚羈也。○近藤元粹評「安得」二句曰：「希望特赦歸鄉，其情可憫，其愚可笑。」汪森曰：「中興一段，極力推頌，筆力宏敞，正爲落出『安得奉皇靈』一筆耳。曰『安得』，幾幾乎望之之辭，下面極力寫歸田之樂，正見一片悲慨。」

〔七一〕松梓，詩小雅小弁：「維桑與梓，必恭敬止。」朱熹集傳：「桑、梓二木，古者五畝之宅樹於牆下，以遺子孫，給蠶食、具器用者也。」故以桑梓爲鄉里之稱。又古墓地多植松柏，此言「松梓」，意同「桑梓」，兼謂先人廬墓屋舍也。按：宗元元和四年寄許京兆孟容書云：「先墓所在(長安)城南，無異子弟爲主。……晝夜哀憤，懼便毁傷松柏，芻牧不禁，以成大戾。」與此可參看。

〔七二〕陳力，論語季氏：「孔子曰：『求，周任有言曰，陳力就列，不能者至。』」謂施展才力。

〔七三〕卜室，「卜」原作「十」，誤。據鄭定本、音辯本、詁訓本、游居敬本、蔣之翹本、朝鮮本改。鄠杜，漢書宣帝紀：「(宣帝)尤樂杜鄠之間。」(百)顔師古注：「杜屬京兆，鄠屬扶風。」皆長安縣名也。

〔七四〕澧澇，「澧」原作「灃」，音辯本、世綵堂本、濟美堂本、游居敬本、蔣之翹本、朝鮮本及全唐詩作「澧」，據改。元和郡縣志卷二關内道京兆：「鄠縣：澧水出縣東南終南山，自發源北流，經縣東二十八里，北流入渭。」水經注卷三渭水：「(澇水)逕鄠縣故城西。……澇水北注甘水，亂流入於渭，即上林故地也。」按：寄許京兆孟容書：「(長安)城西有數頃田，樹果樹百株，多先人手自封植。」即此謂也。

〔七五〕磻谿，水經注卷三渭水：「渭水之右，磻溪水注之。水出南山兹谷，乘高激流，注於溪中。……水次平石釣處，即太公垂釣之所也。其投竿跽餌，兩膝跡猶存，是有磻溪之稱也。」按：溪源出終南山，北流入渭，在今陝西寶鷄東南。

〔七六〕阿城，三輔黄圖卷一：「阿房宮，亦曰阿城。」故址在今陝西長安縣西。〇蔣之翹曰：「按此詩重二『濠』字、二『曹』字。」

〔七七〕螟蛑，詩小雅大田：「去其螟螣，及其蟊賊。無害我田穉。田祖有神，秉畀炎火。」（百）毛傳：「食心曰螟，食葉曰螣，食根曰蟊，食節曰賊。」皆害稼之蟲也。

〔七八〕荼堇，詩大雅緜：「周原膴膴，堇荼如飴。」（百）朱駿聲説文通訓定聲：「按此菜野生，非人所種，作紫花，味苦。」薅，除田中雜草。按：此二句言願躬自除害稼之蟲、草也。

〔七九〕及骭，甯戚歌：「短布單衣適至骭。」（史記魯仲連列傳裴駰集解引）（百）淮南子俶真訓楊倞注：「骭，膝以下脛以上也。」

〔八〇〕滿腹，莊子逍遥遊：「偃鼠飲河，不過滿腹。」（百）饕，左傳文公十八年杜預注：「貪財爲饕，貪食爲餮。」漢書禮樂志顔師古注：「食甚曰饕。」此指貪食。〇孫月峯評點柳柳州集卷四十三評「飢食」以下四句曰：「剪字法，本謝來，鍊句則比謝更巧。」

〔八一〕安將二句，上句承「及骭」句，反用左傳成公九年「雖有絲麻，無棄菅蒯」語，意謂及骭已足爲温，安用菅蒯。將，用也。菅蒯，茅草之類。下句承「滿腹」句，意類上句。

〔八二〕弋林，「弋」原作「戈」。鄭定本、音辯本、詁訓本、游居敬本、蔣之翹本、朝鮮本及全唐詩作「弋」。「弋林」與下句「漁澤」相對，作「弋」是，據改。弋林，獵於林中。雀鷃，莊子逍遥遊陸德明音義：「鷃，鷃雀也。今野澤中鶴鶉是也。」

〔八三〕從，任也。鰌，爾雅釋魚郭璞注：「今泥鰌。」鰌、鰍同，泥鰍也。魛，説文卷十九魚部：「鮆，刀魚也。飲而不食。」段玉裁注：「刀魚，以其形象刀也。」刀、魛同。

〔八四〕觀象句，易履：「素履往，无咎。象曰：『素履之往，獨行願也。』」（百）王弼注：「履道惡華，故素，乃无咎。」孔穎達疏：「他人尚華，己獨質素，則何咎也。」

〔八五〕干旄，詩鄘風干旄序曰：「干旄，美好善也。衛文公臣子多好善，賢者樂告以善道也。」（百）按：舊説干旄爲衛之臣子好善，故賢者美之。樂告之以「治民立化」（孔穎達疏語）之法，宗元既屬囚貶，又非正員，故云「謝干旄」也。

〔八六〕騏驥，喻仕宦而達者也。

〔八七〕固窮，論語衛靈公：「子曰：君子固窮。」淫慆，書湯誥：「無即慆淫。」（百）蔡沈傳：「慆淫，指逸樂言。」

〔八八〕踉蹌，梁簡文帝妾薄命：「王嬙貌本絶，踉蹌入氈帷。」行走急遽貌。

〔八九〕悦懌，詩邶風静女：「彤管有煒，説懌女美。」説、悦通。欣愉也。

〔九〇〕登年，國語周語中：「若登年以載其毒，必亡。」韋昭注：「登年，多歷年也。」負版，論語鄉黨：「式負版者。」何晏集解：「孔曰：負版者，持邦國之圖籍。」（百）

〔九一〕伐鼛，詩小雅鼓鍾：「鼓鍾伐鼛。」周禮地官鼓人：「以鼛鼓鼓役事。」鄭玄注：「鼛鼓，長丈二尺。」（百）

〔九二〕長沙句，史記屈賈列傳：「賈生既以適居長沙，長沙卑濕，自以爲壽不得長，傷悼之，乃爲賦以自廣。其辭曰：『……夫禍之與福兮，何異糾纆。』」（百）應劭曰：「福禍相爲表裏，如糾纆繩索相附會也。」瓚曰：「糾，絞也。纆，索也。」

〔九三〕漢陰句，莊子天地：「子貢南遊於楚，反於晉，過漢陰，見一丈人，方將爲圃畦，鑿隧而入井，抱甕而出灌，搰搰然，用力甚多，而見功寡。子貢曰：『有械於此，一日浸百畦，用力甚寡，而見功多，夫子不欲乎？』爲圃者卬而視之曰：『奈何？』曰：『鑿木爲機，後重前輕，挈水若抽，數如泆湯，其名爲槔。』爲圃者忿然作色而笑曰：『吾聞之吾師，有機械者，必有機事，有機事者，必有機心。……吾非不知，羞而不爲也。』」（百）

〔九四〕擊壤，論衡藝增：「有年五十擊壤於路者，觀者曰：『大哉，堯德乎！』擊壤者曰：『吾日出而作，日入而息，鑿井而飲，耕田而食，堯何等力！』」（百）論衡感虚及帝王世紀記載略同。謝靈運初去郡：「即是羲唐化，獲我擊壤情。」

〔九五〕秋毫，孟子梁惠王上：「明足以察秋毫之末。」鳥獸之毛，至秋更生，細而末鋭，謂之秋毫。以喻細微也。○汪森曰：「『苟伸』字與『安得』字相應，極見筆法。」

〔九六〕蓊鬱，曹丕感物賦：「瞻玄雲之蓊鬱。」盛貌。

〔九七〕饒，廣雅釋詁：「饒，多也。」

〔九八〕魑魅，左傳文公十八年：「投諸四裔，以禦魑魅。」杜預注：「魑魅，山林異氣所生，爲人害者。」史記五帝本紀注：「魑魅，人面獸身四足，好惑人。」

〔九九〕焄蒿，原注：「蒿與蒿同。」禮記祭義：「衆生必死，死則歸土，……其氣發揚於上爲昭明，焄蒿悽愴，此百物之精也，神之著也。」（百）鄭玄注：「焄謂香臭也；蒿謂烝氣出貌也。」按：「齊焄蒿」，謂死亡也。

〔一〇〇〕知罃句，左傳成公三年：「知罃之在楚也，鄭賈人有將置諸褚中以出。既謀之，未行，而楚人歸之。賈人如晉，知罃善視之，如實出己。」（百）

〔一〇一〕范叔句，史記范雎蔡澤列傳：「范雎既相秦，……魏使須賈於秦，范雎聞之，爲微行，敝衣間步之邸，見須賈。……賈意哀之，留與坐飲食，曰：『范叔一寒如此哉！』乃取一綈袍以賜之。……於是范雎盛帷帳，侍者甚衆，見之。……范雎曰：『汝罪有三耳。……然公所以得無死者，以綈袍戀戀有故人之意，故釋公。』」（百）按：此用其事但取綈袍故人不忘舊情之意。

〔一〇二〕伊人，孫汝聽曰：「伊人謂褚中、綈袍者。」（百家注柳集引）

〔一〇三〕忉忉，詩齊風甫田：「無思遠人，勞心忉忉。」孔穎達疏：「忉忉，憂也。」（百）〇汪森曰：「『海霧』以下，仍收到投跡之地，纔見結束之密。知罃二語，頗爲援手之望，亦與起處相呼應也。」近藤元粹曰：「滿腹憤慨，極口吐露，使人憫然。」

【評箋】

孫月峯評點柳柳州集卷四十三曰：「意態大約近謝，寫景處甚工，但以篇太長，翻覺味減，若删去少半即盡善。」

蔣之翹柳集輯注卷四十三曰：「艱難險韻，頗類昌黎聯句諸詩。」

汪森韓柳詩選曰：「長篇中極能琢煉，用韻亦險峻，而兼以多用對句爲工。」又曰：「此詩約略分作四段，一起，一收，前半爲南亭夜還，後半則叙志也。通篇以『丘壑尚』爲主，南亭之遊，適起歸田之望，所叙之志，正謂此耳。」

王二梧唐四家詩評曰：「長古喜用窄韻，與昌黎同，生辣處亦間相似。」

## 自衡陽移桂十餘本植零陵所住精舍

謫官去南裔，清湘繞靈岳〔一〕。晨登蒹葭岸〔二〕，霜景霽紛濁。離披得幽桂〔三〕，芳本欣盈握。火耕困煙燼〔四〕，薪採久摧剝。道旁且不顧〔五〕，岑嶺況悠邈〔六〕。傾筐壅故壤〔七〕，棲息期鸞鷟〔八〕。路遠清涼宫，一雨悟無學〔九〕。南人始珍重〔一〇〕，微我誰先覺〔一一〕？芳意不可傳〔一二〕，丹心徒自渥〔一三〕。

零陵所住精舍，謂永州龍興寺。宗元永州龍興寺西軒記曰：「永貞年，余名在黨人，不容於尚書省。出爲邵州，道貶永州司馬。至則無以爲居，居龍興寺西序之下。」韓醇詁訓柳集卷四十二云：「與下木芙蓉詩，皆同時作，此元和三年（八〇八）間也。」不知何據。然宗元卜居冉溪之念起於元和四年（八〇九）秋後（參閱後冉溪詩題注），移栽之事，固當前此。今依舊説繫於元和三年秋冬。精舍，王觀國學林新編：「晉書：『孝武帝初奉佛法，立精舍於殿内，引諸沙門居之。』因此世俗謂佛寺爲精舍。觀國按：古之儒者，教授生徒，其所居皆謂之精舍。故後漢包咸傳曰：『咸往東海，立精舍講授。』又劉淑傳曰：『隱居立精舍講授。』又檀敷傳曰：『立精舍教授。』又姜肱傳曰：『盜就精廬求見。』注曰：『精廬，即精舍也。』以此觀之，精舍本爲儒士設。至晉孝武帝立精舍以居沙門，亦謂之精舍，非有儒釋之别也。」

〔一〕清湘，湘中記：「湘水至清，雖深五六丈，見底。」（太平御覽卷六十五引）靈岳，謂衡山也。

〔二〕蒹葭，詩秦風蒹葭：「蒹葭蒼蒼，白露爲霜。」蒹，荻；葭，蘆也。

〔三〕離披，宋玉九辯：「白露既下百草兮，奄離披此梧楸。」分散貌也。

〔四〕火耕，史記平準書：「江南火耕水耨。」應劭曰：「燒草，下水種稻，草與稻並生，高七八寸，因悉芟去，復下水灌之，草死，獨稻長，所謂火耕水耨也。」（百）後漢書杜篤傳：「火耕流種，功成得深。」李賢注：「以火燒所伐林株，引水溉之而布種也。」

〔五〕且不願，詁訓本「願」作「顧」。吴汝綸柳州集點勘：「『願』，疑當作『顧』。」

〔六〕岑，説文卷九：「岑，山小而高。」

〔七〕傾筐，參上首注〔三二〕。

〔八〕棲息句，離騷逸句曰：「桂樹列兮紛敷，吐紫花兮布條。實孤鸞之兩居，今集兮唯鴞。」（藝文類聚卷八十九引）句意本此。鸑鷟，説文卷四：「鸑，亦神靈之精也。赤色，五彩，鷄形。」國語周語上：「鸑鷟，鳳之別名。」皆鳳屬神鳥。

〔九〕路遠二句：路遠，鄭定本、世綵堂本注：「『路遠』，一作『遠植』。」雨悟，鄭定本、世綵堂本注：「『雨悟』，一作『悟兩』。」韓醇曰：「月中名廣寒清虛之府，清涼宮，指月而言也。」謂月中有仙桂而清涼，此桂樹得一雨而霑澤之，則亦敷榮矣，何用學月中耶？」（百）蔣之翹柳集輯注卷四十二曰：「『一雨』句不可解，舊注語意尚未明快。」按：此句疑作「遠植」是。清涼宮，謂龍興寺。意謂遠植龍興，一雨而枝葉峻茂，無須學栽種之法也。故引出下「南人始珍重，微我誰先覺」。

〔一〇〕始珍重，鄭定本、世綵堂本注：「『始』，一作『喜』。」

〔一一〕先覺，孟子萬章上：「天之生此民也，使先知覺後知，使先覺覺後覺也。」

〔一二〕不可傳，詁訓本「傳」作「得」。

〔一三〕徒自渥，鄭定本注：「『渥』，一作『握』。」劉向九嘆王逸注：「渥，厚也。」

## 湘岸移木芙蓉植龍興精舍

有美不自蔽〔一〕，安能守孤根！盈盈湘西岸〔二〕，秋至風露繁。麗影別寒水，穠芳委前軒。芰荷諒難雜〔三〕，反此生高原〔四〕。

元和三年（八〇八）秋冬作。詳見前篇題注。木芙蓉，俞文豹吹劍三録：「芙蓉有兩種：曰水芙蓉者，荷花也。曰木芙蓉者，拒霜也。……韓文公木芙蓉詩『新開寒露叢，遠比水邊紅。麗色寧相妬，佳名偶自同』，柳子厚木芙蓉詩『麗景別寒水，穠芳委前軒。芰荷諒難比，反此生高原』，此木芙蓉也。」參閱本草綱目卷三十六木三木芙蓉條。

〔一〕沈德潛唐詩別裁卷四曰：「『有美不自蔽，安能生孤根』，此遷謫後有得言。」

〔二〕盈盈，古詩十九首：「盈盈一水間。」

〔三〕芰荷，楚辭招魂：「芙蓉始發，雜芰荷些。」洪興祖注：「本草：其葉爲荷，其華未發爲菡萏，已發爲芙蓉。芰，荷葉也。」按：招魂謂水芙蓉，生於水中，此詠木芙蓉，故云「諒難雜」也。

〔四〕反此，吴汝綸柳州集點勘：「『反』，疑爲『及』。」

【評箋】

近藤元粹柳柳州詩集卷四：「與前首俱似有寓意，而未足以爲妙絶。」

## 茆簷下始栽竹

瘴茆葺爲宇，溽暑恒侵肌〔一〕。適有重膇疾〔二〕，蒸鬱寧所宜〔三〕？東鄰幸導我，樹竹邀涼颸〔四〕。欣然愜吾志，荷鍤西巖垂〔五〕。楚壤多怪石，墾鑿力已疲。江風忽云暮，輿曳還相追〔六〕。蕭瑟過極浦〔七〕，旖旎附幽墀〔八〕。貞根期永固，貽爾寒泉滋。夜窗遂不掩，羽扇寧復持？清泠集濃露，枕簟淒已知〔九〕。網蟲依密葉〔一〇〕，「網」，一作「細」。曉禽棲迴枝。豈伊紛囂間，重以心慮怡〔一一〕？嘉爾亭亭質〔一二〕，自遠棄幽期〔一三〕。不見野蔓草〔一四〕，蓊蔚有華姿〔一五〕。諒無凌寒色，一作「雲色」。豈與青山辭？

韓醇詁訓柳集卷四十二曰：「當元和五（八一〇）、六（八一一）年夏，時公方築愚溪居也。」未是。詩謂「適有重腿疾」，乃始得足疾之未久也。考宗元得足疾於元和三年，時尚寓居龍興寺西軒，故詩有「東鄰幸導我」之説，謂重巽也。詩又云「荷鍤西巖」取竹，而後「蕭瑟過極浦」，渡水而歸，龍興寺正處瀟水之東，若居愚溪，固已在湘西而鄰近西山矣。詩當元和三年（八〇八）間作也。參見前自衡陽移桂十餘本植零陵所住精舍題注。

〔一〕溽暑，禮記月令：「（季夏之月）土潤溽暑，大雨時行。」

〔二〕重腿，左傳成公六年：「於是乎有沉溺重腿之疾。」杜預注：「沉溺，濕疾。重腿，足腫。」

〔三〕蒸鬱，謂濕熱之氣鬱勃上升。

（百）

〔四〕涼颸，謝朓在郡卧病呈沈尚書：「珍簟清夏室，輕扇動涼颸。」颸，涼風。

〔五〕荷，公羊傳宣公六年何休注：「荷，負也。」

〔六〕輿曳，易睽：「見輿曳，其牛掣。」孔穎達疏：「欲載其輿，被曳失已所載也。」

〔七〕極浦，楚辭九歌湘君：「望涔陽兮極浦。」謝靈運山居賦：「入極浦而邅回。」極，遠也。

〔八〕旖旎，司馬相如上林賦：「旖旎從風。」史記索隱：「張揖云：『旖旎，阿那也。』」輕柔貌。

〔九〕近藤元粹柳柳州詩集卷四評「夜窗」四句曰：「叙來有清氣。」

〔一〇〕網蟲，沈約直學省愁臥詩：「網蟲垂戶織。」（百）蜘蛛之類。

〔一一〕孫月峯評點柳柳州集卷四十三曰：「豈能二句蓋本『人境無喧』意化來。」

〔一二〕嘉爾，鄭定本、世綵堂本注：「『嘉』，一作『喜』。」亭亭，張衡西京賦：「狀亭亭以迢迢。」薛綜注：「亭亭，高貌。」

〔一三〕棄幽期，鄭定本、世綵堂本注：「『棄』，一作『契』。」何焯義門讀書記：「『棄』作『契』。」

〔一四〕野蔓草，詩鄭風野有蔓草：「野有蔓草，零露溥兮。」（百）

〔一五〕蓊蔚，張衡南都賦：「晻曖蓊蔚，含芬吐芳。」李善注：「晻曖蓊蔚，言草木闇暝而茂盛也。」朝鮮本作「蓊鬱」。

【評箋】孫月峯評點柳柳州集卷四十三曰：「就事質叙，自有一種真味，即鍊法皆從質中出，蓋學陶。」

蔣之翹柳集輯注卷四十三曰：「情幽興遠，鮮淨有規矩，但末路自況，感慨意太露。」汪森韓柳詩選曰：「種植諸作，俱兼比興，其意亦由遷謫起見也。」

## 覺衰

久知老會至〔一〕，不謂便見侵。今年宜未衰，稍已來相尋〔二〕。齒疏髮就種〔三〕，奔走力不任〔四〕。咄此可奈何〔五〕，未必傷我心。彭聃安在哉〔六〕？周孔亦已沉〔七〕。古稱壽聖人，曾不留至今。但願得美酒，朋友常共斟〔八〕。是時春向暮，桃李生繁陰。日照天正綠，杳杳歸鴻吟〔九〕。出門呼所親，扶杖登西林。高歌足自快，商頌有遺音〔一〇〕。

宗元與蕭翰林俛書：「人生少得六七十者，今已三十七矣。長來覺日月益促，歲歲更甚，大都不過數十寒暑，則無此身矣。是非榮辱，又何足道。……居蠻夷中久，慣習炎毒，昏眊重膇，意以爲常。忽遇北風晨起，薄寒中體，則肌革瘮懔，毛髮蕭條。」此自覺衰老也。又寄許京兆孟容書、與楊京兆憑書皆有覺衰之嘆，諸書皆作於元和四年（八〇九），此詩當亦同時所作。今繫於元和四年春。

〔一〕老會至，屈原離騷：「老冉冉其將至。」

〔二〕稍，張相詩詞曲語辭匯釋卷二：「稍，猶已也，既也。……柳宗元覺衰詩『稍已來相尋』，『稍已』，亦重言，言業已來相尋也。」○劉辰翁曰：「眼前事，眼前語，跌怨動人，能道人所不能道。」（唐詩品彙引）

〔三〕髮就種，左傳昭公三年：「齊侯田於莒，盧蒲嫳見，泣且請曰：『余髮如此種種，余奚能爲。』」杜預注：「種種，短也。」（百）

〔四〕力不任，謝靈運登池上樓：「進德智所拙，退耕力不任。」唐汝詢唐詩解卷十曰：「『齒疏』二語，曲盡老態。」

〔五〕咄此，張協詠史：「咄此蟬冕客。」李善注：「說文曰：『咄，相謂也。』」

〔六〕彭聃，嵇紹贈石季倫：「遠希彭聃壽，虚心處冲默。」彭祖、老聃，古之長壽者也。

〔七〕周孔，周公、孔子。

〔八〕方東樹昭昧詹言曰：「『但願得美酒』二句似陶。」劉辰翁評「彭聃」以下六句曰：「其最近陶，然意尤佳。」（唐詩品彙引）

〔九〕唐汝詢曰：「『是時春向暮』四句，景佳。」

〔一〇〕商頌，莊子讓王：「曳縱而歌商頌，聲滿天地，若出金石。」（百）禮記樂記：「一唱而三嘆，有遺音者矣。」○劉須溪曰：「怨之又怨，而疑於達者。」（唐詩正聲卷六引）陸時雍曰：「末數語寫得興濃，自謂適情，正是其愁緒種種。」（唐詩選脈會通引）何焯義門讀書記曰：「『是時春向暮』至『商頌有遺音』，旨趣在此，蓋感十年不召也。」

【評箋】

曾季貍艇齋詩話曰：「柳子厚覺衰、讀書二詩，蕭散簡遠，穠纖合度，置之淵明集中，不復可辨。」

顧璘曰：「起二語善説，『古稱壽聖人』四句達。」（唐詩選脈會通引）

吴山民曰：「起説得出，『未必傷我心』，好自寬解。下四句見老不足傷。『但願』二語意超。末四句從『美酒』聯生意。」（唐詩選脈會通引）

唐汝詢唐詩解卷十曰：「此因衰而行樂自慰也。言衰老之徵，雖未足爲我憂，正以修短賢愚同歸於盡耳。不然，壽如彭、聃，聖如周、孔，獨不留至今乎？我但願有酒，即與朋友共之，及此暮春，景物明麗，而登高賦詩，以快我志，乘化而歸盡可也。其真樂天知命耶？」

孫月峯評點柳柳州集卷四十三曰：「全學陶，然比陶力量較薄。起四句佳甚，道情真切，以歎惋意出之，尤覺有味。」

周珽曰：「絶透，絶靈，絶勁，絶淡。前無古人者以此，言人當及時行樂也。『人生忽如寄，壽無金石固。萬歲更相送，聖賢莫能度』，古人言之熟矣。『能向花前幾回醉，十年沽酒莫辭貧』，人人識得破，人人行不出，奈何！」（唐詩選脈會通）

賀裳載酒園詩話又編曰：「覺衰詩極有轉摺變化之妙，起曰『久知老會至，不謂便見侵。今年宜未衰，稍已來相尋』，一句一轉，每轉中下字俱有層折。『齒疏髮就種，奔走力不任』二語，正見『見侵』處，若一直説去，便是俗筆。遽曰『咄此可奈何，未必傷我心。……商頌有遺音』，中間轉筆處，如良御回轅，長年捩舵。至文情之美，則如疾風捲雲，忽吐華月，危峯纔度，便入錦城也。」

王二梧唐四家詩評曰：「此詩似摹陶公，然語氣思力不若韋蘇州之神似也。」按：論韋柳者，大抵以似陶稱之。惟蔣之翹曰：「詩不可學，皆人自爲人詩耳。只如此詩，子厚乃有意學靖節者，讀之覺神氣索然，反失却子厚本色。」甚是。

## 酬韶州裴曹長使君寄道州吕八大使因以見示二十韻一首 并序

韶州幸以詩見及，往復奇麗，邈不可慕，用韻尤爲高絶，余因拾其餘韻酬焉。凡爲韶州所用者置不取，其聲律言數如之。

金馬嘗齊入〔一〕，銅魚亦共頒〔二〕。疑山看積翠〔三〕，湞水想澄灣〔四〕。標榜同驚俗〔五〕，清明兩照姦。乘軺參孔僅〔六〕，公自注曰：韶州嘗隨潘户部出征賦。按節服侯珊〔七〕。公自注曰：道州昔使絶域，遂無猾夏之虞。賈傅辭寧切〔八〕，虞童髮未鬋〔九〕。秉心方的的〔一〇〕，騰口任嚬嚬〔一一〕。聖理高懸象〔一二〕，爰書降罰鍰〔一三〕。德風流海外，和氣滿人寰。禦魅恩猶貸〔一四〕，思賢淚自潸〔一五〕。存亡均寂寞〔一六〕，零落間惸鰥〔一七〕。夙志隨憂盡，殘肌觸瘴痻〔一八〕。月光摇淺瀨，風韻碎枯菅。海俗衣猶卉〔一九〕，山夷髻不鬟〔二〇〕。泥沙潛虺蜮〔二一〕，榛莽鬭豺獌〔二二〕。循省誠知懼，安排祇自憪〔二三〕。食貧甘莽鹵〔二四〕，被褐謝斕斒〔二五〕。遠物裁青罽〔二六〕，時珍饌白鷴〔二七〕。長捐楚客珮〔二八〕，未賜大夫環〔二九〕。異政徒云仰，高蹤不可攀。空勞慰顦顇〔三〇〕。妍唱劇妖嫺〔三一〕。

唐國史補卷下：「尚書丞郎、郎中相呼爲曹長。」韶州裴曹長，不詳其名。宗元與裴塤書言及裴十四兄，陳景雲柳州點勘云：「蓋塤之從昆弟嘗酬其詩，十三（按：「三」當作「四」）兄嘗得數書，集中有酬裴韶州詩，疑即其人。韶、永道近，故頻得書也。」新史世系表中有韶州刺史裴禮，亦未審是一人否也。」吕八大使，吕温也。舊唐書吕温傳：「温字化光，貞元末登進士第，與翰林學士韋執誼善。……尤爲叔文所睠，起家再命拜左拾遺。二十年冬，副工部侍郎張薦爲吐蕃使。……元和元年（八〇六）使還，轉户部員外郎。時柳宗元等九人坐叔文貶逐，唯温以奉使免。温天才俊拔，文彩贍逸，爲時流柳宗元、劉禹錫所稱。……三年貶道州刺史。五年轉衡州。」按：温自元和三年十月貶均州，旋貶道州，五年轉衡州，詩當元和四年作。又詩云「月光摇淺瀨，風韻碎枯菅」，作於是年秋也。

〔一〕金馬，史記滑稽列傳：「金馬門者，宦署門也。門傍有銅馬，故謂之曰金馬門。」漢代徵士，皆待詔公車（署名），才能卓異者，則待詔金馬門。

〔二〕銅魚，隋書高祖紀：「（開皇十五年五月）丁亥，制京官五品以上佩銅魚符。」舊唐書高祖紀：「（武德元年）九月乙巳，……改銀菟符爲銅魚符。」共頒，孫汝聽曰：「言温與裴同出爲刺史也。」（百家注柳集引）

〔三〕疑山，九疑山。元和郡縣志卷三十九江南道道州：「延唐縣：九疑山在縣東南一百里。舜所葬也。九山相似，行者疑惑，故爲名。」

〔四〕湞水，説文卷十一：「湞水出南海龍川，西入溱。」（百）元和郡縣志卷三十四嶺南道韶州：「曲江縣：湞水，在縣東一里。元鼎五年征南越，樓船將軍下横浦，入湞水，即此水。」○汪森韓柳詩選曰：「『齊入』、『共頒』，兼言裴、吕，疑山、湞水，則分言之，下四句亦然。」又孫月峯評點柳柳州集卷四十二曰：「起四句總説，如破題然。」

〔五〕標榜，後漢書黨錮傳序：「海内希風之流，遂共相標榜。」李賢注：「標榜，猶相稱揚也。」（百）搒、榜通。

〔六〕乘軺，晉書輿服志：「軺車，古之時軍車也。一馬曰軺車，二馬曰軺傳。漢世貴輜軿而賤軺車，魏晉重軺車而賤輜軿。」孔僅，漢書食貨志：「孔僅，南陽大冶，……使天下鑄作器，三年中至大司農，列於九卿。」（百）此借指潘户部。按：潘户部謂潘孟陽也。舊唐書潘孟陽傳：「潘孟陽，禮部侍郎炎之子也。……德宗末，王紹以恩倖，數稱孟陽之材，因擢授權知户部侍郎。……時憲宗新即位，乃命孟陽巡江淮省財賦，仍加鹽鐵轉運副使，且察東南政理。」

〔七〕按節，孫汝聽曰：「按節，持節也。節以竹爲之，柄長八尺，以氂牛尾爲毦三重，取象竹節，因以爲名。」（百家注本引）侯狦，匈奴虛閭權渠單于子稽侯狦，後立爲呼韓邪單于，稱臣事漢。見漢書匈奴傳。又匈奴傳贊曰：「（孝宣之世），權時施宜，覆以威德，然後單于稽首臣服。」服侯狦，以喻使吐蕃賓服。

〔八〕賈傅句，史記屈賈列傳：「賈生以適（同謫）去，意不自得，及渡湘水，爲賦以弔屈原。」

〔九〕虞童句，吳書：「（虞）翻少好學，有高氣。年十二，客有候其兄者，不過翻，翻追與書曰：『僕聞虎魄不取腐芥，磁石不受曲鍼，過而不存，不亦宜乎？』客得書而奇之，由是見稱。」（三國志吳書虞翻傳裴松之注引）（百）後翻觸罪孫權，貶徙交州。裴注引翻别傳載翻上書孫權云：「臣年耳順，思咎憂憤，形容枯悴，髮白齒落，雖未能死，自悼終没。」「髮未䰉」，反用其語意。廣韻卷一：「䰉，髮半白。」通斑。

〔一〇〕的的，淮南子説林：「的的者獲，提提者射。」楊倞注：「的的，明也。爲衆所見，故獲。」劉向新序雜事：「的的然若白黑。」

〔一一〕嚬嚬，韓非子揚權：「一棲兩雄，其鬬嚬嚬。」（百）争鬬貌。

〔一二〕聖理，猶聖治，避高宗諱改。懸象，易繫辭上：「懸象著明，莫大乎日月。」（百）

〔三〕爰書，史記張湯傳：「傳爰書，訊鞫論報。」索隱：「韋昭曰：『爰，换也。古者重刑，嫌有愛惡，故移换獄書，使他官考實之，故曰傳爰書也。』」漢書張湯傳顔師古注：「爰，换也。以文書代换其口辭也。」（百）王先謙補注：「傳爰書者，傳囚辭而著之文書。」謂具獄之書也。罰鍰，書呂刑：「墨辟疑赦，其罰百鍰，閲實其罪。」孔安國傳：「六兩曰鍰。鍰，黄鐵（按：銅）也。」（百）古贖金以「鍰」計，故後以罰鍰爲罰款也。句意猶言減輕罪責，指呂温被貶道州。

〔四〕禦魅，左傳文公十八年：「投諸四裔，以禦魑魅。」杜預注：「放之四遠，使當魑魅之災。魑魅，山林異氣所生，爲人害者。」（百）恩猶貸，孫汝聽曰：「公自言雖被竄謫，猶未至死，是爲寬貸也。」（百家注柳集引）

〔五〕思賢，孫汝聽曰：「思賢，謂思裴、呂也。」（百家注柳集引）按：此當兼指貞元諸友也。潸，詩大東毛傳：「涕下貌。」〇汪森曰：「『禦魅』句轉入自己，『思賢』句帶上見筆法。」

〔六〕存亡，鄭定本、音辯本、世綵堂本、游居敬本、濟美堂本、蔣之翹本、朝鮮本及全唐詩皆作「在亡」。疑作「在亡」是。章士釗柳文指要通要之部卷十二：「在亡若易作死生或存亡，便無味之極，即此見柳州錘煉功深。」按：時王叔文、凌準已謝世。

〔七〕零落，詁訓本作「寥落」。惸鰥，周禮秋官大司寇：鄭玄注：「無兄弟曰惸。」孟子梁惠王：「老而無妻曰鰥。」（百）謂孑然一身也。〇汪森曰：「在亡二句，正見同在南方而益動懷思也。」

〔一八〕瘴癘，嶺表録異卷上：「嶺表山川，盤鬱結聚，不易疏泄，故多嵐霧作瘴，人感之多病。」廣韻卷一：「癘，痹也。」

〔一九〕海俗句，書禹貢：「島夷卉服。」孔安國傳：「南海島夷草服葛越。」孔穎達疏：「葛越，南方布名，用葛爲之。左思吴都賦云『蕉葛生越，弱於羅紈』是也。顏師古漢書注：『卉服，絺葛之屬。』」（百）

〔二〇〕山夷，此當謂永州土著。張文潛齊安行：「客檣朝集暮四散，夷言啁哳來湖湘。」可見至宋時湖湘猶得稱之爲「夷」也。髻不鬟，孫汝聽曰：「鬟，謂曲髮爲髻也。」（百家注柳集引）

〔二一〕虺，毒蛇。蜮，詩小雅何人斯：「爲鬼爲蜮。」（百）毛傳：「蜮，短狐也。」釋文：「狀如鱉，三足，一名射工，俗呼之水弩，在水中含沙射人，一曰射人影。」

〔二二〕莽，揚子方言：「草，南楚江湘之間謂之莽。」猨，爾雅釋獸：「貓猨似貍。」釋文：「字林云：猨，狼屬，一曰貓。」

〔二三〕惆，鄭定本、世綵堂本、濟美堂本、何焯校本作「痼」。説文卷十：「惆，愉也。」（百）

〔二四〕莽鹵，猶鹵莽。揚雄長楊賦：「夷坑谷，拔鹵莽。」李善注：「鹵莽，中多草莽也。」此謂荒蕪之地。

〔二五〕斕編，猶「編斕」，廣韻卷一：「編斕，色不純也。」後漢書南蠻傳：「衣裳斑蘭，語言侏離。」

〔二六〕青罽，爾雅釋言：「氂，罽也。」郭璞注：「毛氂所以爲罽。」

〔二七〕白鷳，西京雜記卷四：「閩越王獻高帝石蜜五斛、蜜燭二百枚、白鷳黑鷳各一雙。」南方之禽俗名銀雉，似山鷄而白。

〔二八〕楚客珮，見同劉二十八院長奉寄澧州張使君八十韻。

〔二九〕未賜句，荀子大略：「絶人以玦，反絶以環。」楊倞注：「古者臣有罪，待放於境，三年不敢去，與之環則還，與之玦則絶，皆所以見意也。」（百）

〔三〇〕顑頷，猶憔悴。

〔三一〕妍唱，張華輕薄篇：「妍唱出西巴。」妖嫺，司馬相如上林賦：「妖冶嫺都。」李善注：「字書曰：妖，巧也。說文曰：嫺，雅也。」孫月峯曰：「『妖』字終未雅。」〇汪森曰：「結意收出酬和本旨。」

【評箋】曾吉甫筆墨閑録曰：「酬韶州裴使君二十韻，尤見夺險之功，蓋『山』字不比『遐』字之多也。」

徐師曾文體明辯序説曰：「和韻詩，有因韻而增爲之者，如唐柳宗元河東集有同劉二十八院長述舊言懷感事書事奉寄澧州張員外使君五十二韻之作因其韻增之八十是也。又有拾其餘韻，凡爲所用者置不取，如河東集載酬韶州裴曹長使君寄道州吕八大使因以其示二十韻，自序云：『……余因拾其餘韻酬焉，凡爲韶州所用者置不取，其聲律言數如之』是也。」

孫月峯評點柳柳州集卷四十二曰：「拾餘韻格，前所未有，此亦只是鬭險。」

汪森韓柳詩選曰：「觀小序意專以用韻見奇，然裴之所用者平，而公之所用者險，非大手筆不能如此雅馴。」又曰：「用韻奇險，不讓昌黎，然昌黎之用險韻也，以險峻之氣馭之；而河東則一歸之典雅，使險者帖然不覺：皆能事也。」

## 湘口館瀟湘二水所會

九疑濬傾奔〔一〕，臨源委縈迴〔二〕。會合屬空曠〔三〕，泓澄停風雷〔四〕。高館軒霞表〔五〕，危樓臨山隈。茲辰始澂霽〔六〕，纖雲盡褰開。天秋日正中，水碧無塵埃。杳杳漁父吟〔七〕，叫叫羈鴻哀〔八〕。境勝豈不豫〔九〕，慮分固難裁〔一〇〕。升高欲自舒，彌使遠念來〔一一〕。歸流駛且廣〔一二〕，汎舟絶沿洄〔一三〕。

宗元始得西山宴遊記曰：「自余爲僇人，居是州，恒惴慄。其隟也，則施施而行，漫漫而遊，日與其徒上高山，入深林，幽泉怪石，無遠不到。……以爲是州之山水有異態者，皆我有也，而未始知西山之怪特。」是知宗元於遊西山之前，足迹已幾乎遍及「是州之山水有異態」者。記作於元和四年（八〇九）九月二十八日，此詩當作於其前也。韓醇詁訓柳集卷四十三據原集編次定元和四年秋作，從之。明史地理志：「零陵北有湘水，經城西，瀟水自南來合焉，謂之湘口，有湘口關。」清一統志湖南：「湘口關在零陵縣西北瀟湘二水合流處。」讀史方輿記要湖廣：「今爲湘口驛，會典有湘口水驛。」

〔一〕濬，爾雅釋言：「濬，亦深也。」

〔二〕臨源，嶺名，在今湖南境。孫汝聽曰：「九疑、臨源，瀟湘所出。」（百家注柳集引）縈迴，水經注卷三十六：「傾側縈迴，下臨峭壑。」

〔三〕會合，孫汝聽曰：「會合，謂合流於湘口館也。」（百家注柳集引）

〔四〕泓澄，水清廣貌。停風雷，謂波平濤息，水流轉緩。

〔五〕軒，顏延年五詠君李善注：「軒，飛貌。」軒霞表，高聳於雲霄之外。

〔六〕澂霽，天色清朗。揚雄方言：「澂，清也。」

〔七〕杳杳，屈原九章懷沙：「眴兮杳杳，孔静幽默。」遠貌。

〔八〕近藤元粹柳柳州詩集卷三評「高軒」句至此句曰：「開曠之景，敘來如見，宛然一幅活畫。」

〔九〕豫，爾雅釋詁：「豫，樂也。」

〔一〇〕裁，廣雅釋言：「裁，制也。」

〔一一〕遠念，謂鄉關之思也。〇近藤元粹評「升高」二句曰：「又入感慨。」

〔一二〕駛，華嚴經音義：「倉頡篇：駛，速疾也。」

〔一三〕沿洄，李白淮陰書懷寄王宋城：「沿洄且不定，飄忽悵徂征。」順流而下曰沿，逆水而上曰洄。

【評箋】

汪森韓柳詩選曰：「柳州於山水文字最有會心，幽細澹遠，實兼陶謝之勝。」

陳衍石遺室詩話卷四曰：「曾剛甫有壬子八九月間所讀書題詞十五首，實論詩絶句也。……謝康樂集云：『漫道凡夫聖可齊，不經意處耐攀躋。後人率爾談康樂，且向前賢學制題。』康樂詩，記室贊許允矣。至其制題，正復妙絶今古，倘張天如所謂出處語默，無一近人者耶。柳州五言刻意陶、謝，兼學康樂制題，如湘口館瀟湘二水所會、登蒲洲石磯望横江口潭島深迴斜對香零山等題，皆極用意。惜此旨自柳州至今，無聞焉爾。」

## 登蒲洲石磯望横江口潭島深迴斜對香零山

隱憂倦永夜〔一〕，凌霧臨江津。猿鳴稍已疏，登石娛清淪〔二〕。日出洲渚静〔三〕，澄明晶無垠〔四〕。浮暉翻高禽，沉景照文鱗〔五〕。雙江匯西奔〔六〕，詭怪潛坤珍〔七〕。孤山乃北時〔八〕，「時」，當作「峙」字。森爽棲靈神。洄潭或動容，島嶼疑摇振。陶埴兹擇土〔九〕，蒲魚相與鄰〔一〇〕。信美非所安〔一一〕，羈心屢逡巡。糺結良可解〔一二〕，紆鬱亦已伸〔一三〕。「已」，一作「以」。高歌返故室，自調非所欣。

韓醇詁訓柳集卷四十三曰：「與前詩同時作。」清一統志湖南：「蒲洲在（零陵縣）東南六里浦江之涯。」又：「香零山在縣東瀟水中，山中所産草木，當春皆有香氣。」

〔一〕永夜，駱賓王別李嶠得勝字：「寒更承永夜。」

〔二〕清淪，詩魏風伐檀：「河水清且淪猗。」微波也。

〔三〕洲渚静，音辯本、游居敬本、朝鮮本「静」作「浄」。

〔四〕皛無垠，蔣之翹本、全唐詩「皛」作「皛」。蔣本并注云：「皛，音了，諸本作『皛』非是。」

〔五〕浮暉二句，近藤元粹柳柳州集卷三曰：「警聯妙絶，浮暉句五平，唐人古詩不拘聲律如此。」

〔六〕雙江句，即謂瀟湘合流也。

〔七〕坤珍，後漢書班固傳：「於是聖皇乃握乾符，闡坤珍。」李賢注：「乾符、坤珍，謂天地符瑞也。」

〔八〕孤山，謂香零山。時，音辯本、詁訓本、游居敬本、全唐詩作「峙」，鄭定本、蔣之翹本、世綵堂本、濟美堂本皆注云：「『時』當作『峙』。」按：時、峙通，山屹立貌也。

〔九〕陶埴，莊子馬蹄：「陶者曰：『我善治埴。』」釋文：「司馬彪曰：埴土可以爲陶器。」一切經音義卷十七：「字林：黏土曰埴。」此以指製瓦器者。

〔一〇〕蒲魚，詩大雅韓奕毛傳：「蒲，蒲蒻也。」蒲可製席，嫩者可食。蒲魚，此指採蒲捕魚者也。

〔一一〕信美，王粲登樓賦：「雖信美而非吾土兮，曾何足以少留。」（百）

〔一二〕糺結，纏結。「糺」同「糾」。

〔一三〕紆鬱，劉向九歎：「願假簧以舒憂兮，志紆鬱其難釋。」抑鬱也。

【評箋】

蘇軾東坡題跋卷二曰：「子厚此詩，遠在靈運上。」

孫月峯評點柳柳州集卷四十三曰：「此殆所謂雙聲疊韻體者。」

蔣之翹柳集輯注卷四十三曰：「不特閑静，氣概又闊，可諷。」

陸夢龍韓退之柳子厚集選曰：「便入謝室。」

汪森韓柳詩選曰：「一題便抵一篇遊記，妙在言簡而曲折無窮。詩便是逐筆皴染而出。」

## 遊石角過小嶺至長烏村

志適不期貴〔一〕，道存豈偷生〔二〕？久忘上封事〔三〕，復笑昇天行〔四〕。竄逐宦湘浦，摇心劇懸旌〔五〕。始驚陷世議〔六〕，終欲逃天刑〔七〕。歲月殺憂慄，慵疏寡將迎〔八〕。追遊疑所愛〔九〕，且復舒吾情。石角恣幽步，長烏遂遐征。磴迴茂樹斷〔一〇〕，景晏寒川明〔一一〕。曠望少行人，時聞田鸛鳴〔一二〕。風篁冒水遠〔一三〕，霜稻侵山平。稍與人事間〔一四〕，益知身世輕。爲農信可樂，居寵真虚榮。喬木餘故國〔一五〕，願言果丹誠〔一六〕。四支反田畝〔一七〕，釋志東皋耕〔一八〕。

此當亦元和四年（八〇九）九月前作。參見前湘口館瀟湘二水所會詩題注。湖南通志卷十八地理山川：「石角山在（零陵）縣東北十里，山有小洞，極深遠。（一統志）連屬十餘小石峯，奇峭如畫。（明一統志）」

〔一〕不期貴，詁訓本作「不自期」。全唐詩注：「一作『不自期』。」

〔二〕豈偷生，詁訓本「豈」作「貴」。全唐詩注：「一作『貴』。」

〔三〕封事，漢書宣帝紀：「而令羣臣得奏封事，以知下情。」（百）文心雕龍奏啓：「自漢置八儀，密奏陰陽，皁囊封板，故曰封事。」此謂章奏。

〔四〕昇天行，樂府解題：「昇天行，曹植云『日月何時留』，鮑照云『家世宅關輔』，皆傷人世不永，俗情險艱，當求神仙翱翔六合之外。」（百）此謂學仙之舉也。

〔五〕搖心句，戰國策楚策一：「寡人臥不安席，食不甘味，心搖搖如懸旌。」

〔六〕世議，鮑照代白頭吟：「人情賤恩舊，世議逐興衰。」

〔七〕天刑，謂天之懲罰。

〔八〕將迎，莊子知北遊：「無有所將，無有所迎。」詩召南鵲巢毛傳：「將，送也。」謝靈運初去郡：「負心二十載，於今廢將迎。」猶送迎也。

〔九〕疑所愛，鄭定本、世綵堂本注：「『疑』一作『款』。」〇孫月峯評點柳柳州集卷四十三曰：「追遊兩句，調略滯。」

〔一〇〕磴，玉篇卷二十二：「磴，巖磴也。」

〔一一〕蔣之翹柳集輯注卷四十三曰：「二句荒寒之景如畫。」

〔一二〕鸛鳴，詩豳風東山：「鸛鳴於垤。」（百）

〔一三〕風篁，謝莊月賦：「風篁成韻。」李善注：「風篁，風吹篁也。」楚辭九歌王逸注：「篁，竹叢。」冒水遠，鄭定本、世綵堂本注：「『冒』，一作『映』。」

〔一四〕稍，張相詩詞曲語辭匯釋卷二：「稍，猶已也，既也。」

〔一五〕喬木句，孟子梁惠王下：「所謂故國者，非謂有喬木之謂也，有世臣之謂也。」（百）餘故國，鄭定本、世綵堂本注：「『餘』，一作『望』。」

〔一六〕丹誠，曹植請存問親戚疏：「承答聖問，拾遺左右，乃臣丹誠之至願，不離於夢想者也。」

〔一七〕四支，易坤文言：「暢於四支。」支通肢。

〔一八〕東皋，阮籍奏記：「方將耕於東皋之陽。」張銑曰：「澤畔曰皋。」潘岳秋興賦：「耕東皋之沃壤兮。」李善注：「水田曰皋。東者，取其春意。」陶潛歸去來辭：「登東皋以舒嘯。」又唐初王績自號東皋子，「葛巾聯牛，躬耕東皋」。（呂才東皋子集序）按：音辯本曰：「『釋志』，一本作『擇志』，潘本作『澤志』。釋，土解也。詩云：『其耕釋釋。』箋云：『耕之則釋釋然解。』」〇汪森韓柳詩選曰：「『故國』正與『竄逐』相應。『東皋耕』乃一詩感觸歸結處也。」

【評箋】

孫月峯評點柳柳州集卷四十三曰：「全倣謝池上樓篇。」

蔣之翹柳集輯注卷四十三曰：「昔人論此詩，以爲逼真韋左司遊覽諸作，予深不然之。子厚意志感慨已不如韋之恬淡，句調工緻已不如韋之蕭散，是本同道而異至，烏可謾論云乎？」

汪森韓柳詩選曰：「先用虛寫，後用實叙，章法自變。」

## 遊朝陽巖遂登西亭二十韻

謫棄殊隱淪〔一〕，登陟非遠郊〔二〕。所懷緩伊鬱〔三〕，詎欲肩夷巢〔四〕？高巖瞰清江，幽窟潛神蛟。開曠延陽景，迴薄攢林梢〔五〕。西亭構其巔，反宇臨呀庨〔六〕。它本或作「呀哮」。背瞻星辰興，下見雲雨交。惜非吾鄉土〔七〕，得以蔭菁茆〔八〕。羈貫去江介〔九〕，世仕尚函崤〔一〇〕。故墅即灃川〔一一〕，數畝均肥磽〔一二〕。臺館集荒丘〔一三〕，「集」，一作「葺」。池塘疏沉坳〔一四〕。會有圭組戀，遂貽山林嘲〔一五〕。薄軀信無庸〔一六〕，瑣屑劇斗筲〔一七〕。囚居固其宜〔一八〕，厚羞久已包。庭除植蓬艾，隟牖懸蠨蛸〔一九〕。所賴山水客〔二〇〕，扁舟枉長梢〔二一〕。挹流敵清觴，掇野代嘉肴。適道有高言，取樂非絃匏〔二二〕。逍遥屏幽昧〔二三〕，澹薄辭喧呶〔二四〕。晨雞不余欺，風雨聞嘐嘐〔二五〕。再期永日閑，提挈移中庖。

韓醇詁訓柳集卷四十三曰：「西亭，即法華寺西亭。……始得西山宴遊記云元和四年（八〇九）九月二十八日登法華寺西亭。詩是時作。」按：西亭之築於宗元貶永之初（見構法華寺西亭題注），後亦屢次登臨，詩非必作於始得西山之時。唯詩中「故墅即灃川」、「囚居固所宜」數語，與元和四年寄許京兆孟容書「城西有數頃田」云云、「年少氣鋭，不識幾微。……果陷刑法皆自所求取得之」云云意近，或作於同時。今姑仍舊說。朝陽巖，元結朝陽巖銘序：「永泰丙午中，自舂陵詣都使計兵至零陵，愛其郭中有水石之異，泊舟尋之，得巖與洞，此邦之形勝也。自古荒之而無名稱，以其東向，遂以朝陽命焉。」清一統志湖南永州府：「朝陽巖在零陵縣西南。」

〔一〕隱淪，桓譚新論：「天下神人五：一曰神仙，二曰隱淪……」（百）隱逸之士。

〔二〕遠郊，周禮地官載師：「以官地、牛地、賞地、牧地，任遠郊之地。」鄭玄注：「杜子春曰：百里爲遠郊。」

〔三〕伊鬱，班彪北征賦：「伊鬱其誰訴。」張銑注：「伊鬱，憂怨也。」

〔四〕夷巢，謂伯夷、巢父，古之高士。按：孟子萬章下：「伯夷……當紂之時，居北海之濱，以待天下之清也。故聞伯夷之風者，頑夫廉，懦夫有立志。」嵇康高士傳：「巢父，堯時隱人。年老，以樹爲巢，而寢其上，故人號爲巢父。堯之讓許由也，由以告巢父。巢父曰：『汝何不隱汝形、藏汝光？非吾友也。』乃擊其膺而下之。」

〔五〕迴薄，賈誼鵩鳥賦：「萬物迴薄兮，振蕩相轉。」李善注：「鶡冠子曰：水激則悍，矢激則遠，精神迴薄，振蕩相轉。」

〔六〕反宇，班固西都賦：「上反宇以蓋載，激日景以納光。」屋檐突起之瓦頭也。呀庨，字林：「呀，大空也。」(後漢書班彪傳注引)馬融長笛賦李善注：「庨，深空之貌。」

〔七〕惜非句，王粲登樓賦：「雖信美而非吾土兮。」

〔八〕菁茆，書禹貢：「包匭菁茆。」(百)穀梁傳僖公四年：「菁茆之貢不至。」范甯注：「菁茅，香草，所以縮酒，楚之職貢。」楚地之草也。參看巽公院五詠禪堂注。○孫月峯評點柳柳州集卷四十三曰：「轉入思鄉意，覺稍有痕。」

〔九〕羈貫，穀梁傳昭公十九年：「羈貫成童，不就師傅，父之罪也。」范甯注：「羈貫，謂交午翦髮以爲飾，成童八歲以上。」(百)江介，楚辭九章哀郢：「悲江介之遺風。」介，猶界。江岸也。按何焯義門讀書記：「天寶之亂，柳氏舉族如吳，柳子之父爲宣城令者四年。」

〔一〇〕函崤，賈誼過秦論：「秦孝公據崤函之固，擁雍州之地。」謂二崤山及函谷，在今河南寶應界。按：章士釗柳文指要通要之部曰：「蓋謂少時從父入吳，旋又去而之京入仕。」

〔一一〕故墅句，見前遊南亭夜還叙志七十韻注。

〔一二〕肥磽，孟子告子上：「雖有不同，則地有肥磽，雨露之養，人事之不齊也。」磽，多石瘠薄之地。

〔一三〕集荒丘，詁訓本、音辯本，「集」作「胥」，通「葺」。

〔一四〕汪森韓柳詩選評「故墅」四句：「此言故里之荒蕪，下乃言目前之取適，仍結還題面也。於此可見開合照應之密。」

〔一五〕山林嘲，孔稚珪北山移文：「於是南嶽獻嘲，北隴騰笑，列壑爭譏，攢峯竦誚。」（百）

〔一六〕庸，用也。

〔一七〕斗筲，論語子路：「斗筲之人，何足算也。」（百）爲古量器名，此喻才識短淺之人。

〔一八〕囚居句，宗元答周君巢餌藥久壽書：「宗元以罪大擯廢，居小州，與囚徒爲朋，行則若帶纆索，處則若關桎梏。」亦以處永州如囚居也。

〔一九〕蠨蛸，詩豳風東山：「蠨蛸在户。」陸璣毛詩草木蟲魚疏卷下：「荆州河内人謂之喜母。此蟲來者著人衣，當有親客至，有喜也。幽州人謂之親客。亦如蜘蛛網羅居之。」（百）今俗稱喜蜘。

〔二〇〕山水客，全唐詩作「山川客」。

〔二一〕梢，通「艄」。○蔣之翹柳集輯注卷四十三：「此詩前有『迴薄攢林梢』，又有『扁舟枉長梢』，梢字凡二叶，韓柳詩不避重韻，無多疑也。」近藤元粹柳柳州詩集卷三曰：「按是蓋偶然之失耳，不可以爲後人模範也。」

〔二二〕絃匏，琴瑟爲絃，笙竽爲匏。○蔣之翹評「挹流」四句曰：「數語悠悠然當自有會心。」

〔二三〕幽昧，屈原離騷：「惟夫黨人以偷樂兮，路幽昧以險隘。」

〔二四〕喧呶，聲音嘈雜刺耳。

〔二五〕風雨句，詩鄭風風雨：「風雨瀟瀟，鷄鳴嘐嘐。」（百）

【評箋】汪森韓柳詩選曰：「先岩後亭，叙次如話，點出『惜非吾鄉土』一句，便爲一詩興感之由。」

章士釗柳文指要通要之部卷十二曰：「全篇二十韻，直抒胸臆，典雅高華，尤爲集中雋作。」

## 種仙靈毗

窮陋闕自養，癘氣劇囂煩〔一〕。隆冬乏霜霰，日夕南風温。杖藜下庭際，曳踵不及門。門有野田吏〔二〕，慰我飄零魂。及言有靈藥，近在湘西原。服之不盈旬，蹩躠皆騰騫〔三〕。笑抃前即吏〔四〕，爲我擢其根。蔚蔚遂充庭，英翹忽已繁。晨起自採曝，杵臼通夜喧。靈和理内藏，攻疾貴自源。壅覆逃積霧〔五〕，伸舒委餘暄〔六〕。奇功苟可徵，寧復資蘭蓀〔七〕？我聞畸人術〔八〕，一氣中夜存〔九〕。能令深深息，呼吸還歸跟〔一〇〕。疎放固難效，且以藥餌論。痿者不忘起〔一一〕，窮者寧復言？神哉輔吾足，幸及兒女奔。

宗元與李翰林建書曰：「僕自去年八月來，痞疾稍已。往時間一二日作，今一月乃二、三作。……行則膝顫，坐則髀痹。所欲者，補氣豐血，彊筋骨、輔心力。有與此宜者，更致數物。」仙靈毗即其一也。詩當元和四年（八〇九）冬作。證類本草卷八：「淫羊藿，味辛寒……益氣力，强志，堅筋骨。」圖經：「淫羊藿，俗名仙靈脾，生上郡陽山山谷，今江東、陝西、泰山、漢中、湖湘間皆有之。葉青似杏，葉上有刺，莖如粟稈，根紫色，有鬚。」

〔一〕汪森韓柳詩選曰：「起法與前首（按：指茆簷下始栽竹）同，由南方瘴癘興感。」

〔二〕野田吏，鄭定本、世綵堂本注：「吕作『田野』。」何焯義門讀書記：「『吏』，疑『更』。列子有『田更商邱開』之文，即叟字分書也。」按：下又有「笑抃前即吏」之句，則作「吏」爲是。

〔三〕蹩躠，莊子馬蹄：「蹩躠爲仁。」（百）本爲跛者行走貌，此謂行走艱難者也。

〔四〕笑抃，魏略：「聞之驚喜，笑與抃俱。」（三國志魏書鍾繇傳注引）楚辭天問王逸注：「擊手曰抃。」

〔五〕壅覆，文淵閣本：「壅」作「擁」。

〔六〕伸舒，原作「神舒」，據鄭定本、世綵堂本、音辯本、詁訓本、游居敬本及全唐詩改。按：「伸舒」與上「壅覆」爲對，作「神」者誤。餘暄，即應前「日夕南風温」也。

〔七〕蘭蓀，即菖蒲。證類本草卷六：「菖蒲，味辛温，無毒，主風寒濕痹。……利四肢濕痹，不得屈伸。」衍義：「菖蒲，世又謂之蘭蓀，生水次，失水則枯。」

〔八〕畸人，莊子大宗師：「畸人者，畸於人而侔於天。」成玄英疏：「畸者，不耦之名也。」（百）○汪森曰：「拓開一筆，是襯染之法，與前首又變。」

〔九〕一氣句，楚辭遠遊：「壹氣孔神兮於中夜存。」

〔一〇〕能令二句，莊子大宗師：「古之真人，……其息深深。真人之息以踵，衆人之息以喉。」（百）按：氣功有踵息法，運氣可至脚踵（經湧泉穴），莊子之説，恐非無稽，但神其事耳。宗元亦沿用其意。

〔一一〕痿者句，史記韓王信傳：「痿人不忘起，盲者不忘視。」痿，風痹病也。（百）

【評箋】

孫月峯評點柳柳州集卷四十三曰：「種藥諸篇，大約是陶調，然亦微兼古樂府意。」

## 植靈壽木

白華鑒寒水〔一〕，怡我適野情。前趨問長老，重復欣嘉名。蹇連易衰朽〔二〕，方剛謝經營〔三〕。敢期齒杖賜〔四〕？聊且移孤莖。叢萼中競秀，分房外舒英。柔條乍反植，勁節常對生。循翫足忘疲，稍覺步武輕。安能事翦伐，持用資徒行〔五〕。

元和四年（八〇九）冬作。參閲前篇題注。靈壽木，漢書孔光傳：「太后詔曰：『太師光，聖人之後……賜太師靈壽杖。』」孟康曰：「扶老杖也。」服虔曰：「靈壽，木名。」師古曰：「木似竹，有枝節，長不過八九尺，圍三四寸，自然有合杖制，不須削治也。」

〔一〕鑒寒水，詁訓本及全唐詩「鑒」作「照」。廣韻卷四：「鑒，照也。」

〔二〕蹇連，易蹇：「往蹇來連。」（百）班固幽通賦：「紛屯亶與蹇連兮。」曹大家曰：「屯、蹇，皆難也。」艱難、困厄也。

〔三〕方剛句，詩小雅北山：「旅力方剛，經營四方。」（百）此句反用其意。

〔四〕齒杖，周禮秋官伊耆氏：「掌國之大祭祀……共王之齒杖。」鄭玄注：「王所以賜老者之杖。」（百）陳景雲柳集點勘：「孔光、李靖並賜靈壽杖，見漢書、唐史，舊注未及。」按：孔光事已見題注，李靖事見舊唐書李靖傳：「（貞觀九年）正月，賜靖靈壽杖，助足疾也。」

〔五〕徒行，論語先進：「以吾從大夫之後，不可徒行也。」步行也。

【評箋】孫月峯評點柳柳州集卷四十三曰：「此兩首（按謂始見白髮題所植海石榴樹及本首）猶稍有意趣。」汪森韓柳詩選曰：「『叢萼』四句，寫物極能刻畫。『循玩』四句，寫扶杖意亦極醒露。『徒行』亦與『齒杖賜』相應，中寓感歎。」

# 種术

守閑事服餌〔一〕，採术東山阿〔二〕。東山幽且阻，疲苶煩經過〔三〕。戒徒劚靈根〔四〕，封植閟天和〔五〕。違爾澗底石，徹我庭中莎。土膏滋玄液〔六〕，松露墜繁柯。南東自成畝〔七〕，繚繞紛相羅。晨步佳色媚，夜眠幽氣多。離憂苟可怡，孰能知其他〔八〕？爨竹茹芳葉〔九〕，寧慮瘵與瘥〔一〇〕？留連樹蕙辭〔一一〕，婉娩採薇歌〔一二〕。悟拙甘自足，激清愧同波〔一三〕。單豹且理内，高門復如何〔一四〕？

柳州府志藝文類收録此詩，然宗元在柳乃一州之長，不得言「守閑」。又詩云「采术東山」，清一統志湖南永州府：「高山在城東隅，亦名東山。」詩永州作無疑。宗元元和四（八〇九）五年間頗事種植藥物，詩或其時作也。參見前種仙靈毗詩題注。

〔一〕守閑，唐大詔令廣德元年尊號赦文：「員外及攝試官不得釐務。」宗元永州法華寺新作西亭記云：「余時謫爲州司馬，官外乎常員，而心得無事。」故云。亦猶韋使君黄溪祈雨見召從行至祠下口號所謂「俟罪非真吏」者也。服餌，裴伯茂豁情賦：「余攝養舛和，服餌寡術。」道家服藥養身之法。

〔二〕阿，屈原九歌山鬼：「若有人兮山之阿。」王逸注：「阿，曲隅也。」

〔三〕疲苶，莊子齊物論：「苶然疲役而不知其所歸。」杜甫詠懷：「疲苶苟懷策，棲屑無所絶。」困極貌也。文淵閣本作「疲薾」，同。

〔四〕黄徹䂬溪詩話卷四：「舊觀臨川集『肯顧北山如慧約，與公西崦斸蒼苔』，嘗愛其『斸』字最有力。後讀杜集『當爲斸青冥』、『藥許鄰人斸』，退之『詩翁憔悴斸荒棘』、『穿豁斸株橛』，子厚『戒徒斸靈根』，雖一字之法，不無所本。」靈根，陸機嘆逝賦：「痛靈根之夙隕。」劉良注：「靈木之根。」此謂朮也。

〔五〕天和，莊子知北遊：「若正若形，一若視，天和將至。」此謂天地靈和之氣。

〔六〕土膏，國語周語上：「陽氣俱蒸，土膏其動。」韋昭注：「膏，潤也。」（百）

〔七〕南東句，詩小雅信南山：「南東其畝。」（百）

〔八〕其他，音辯本「他」作「多」。按：與「夜眠」句重韻，誤。

〔九〕爨，説文卷三：「爨，齊謂之炊。」

〔一〇〕瘵，説文卷七：「瘵，病也。」三蒼：「今江東呼病皆曰瘵。」（一切經音義卷十一引）瘥，爾雅釋詁：「瘥，病也。」左傳昭公十九年杜預注：「小疫曰瘥。」

〔一一〕樹蕙辭，謂屈原離騷。離騷有「余既滋蘭之九畹兮，又樹蕙之百畝」之句，故稱。（百）

〔一二〕婉娩，禮記内則：「婉娩聽從。」柔順貌。采薇歌，謂詩召南草蟲。草蟲有「陟彼南山，言采其薇。未見君子，我心傷悲」之句，思友之作也。舊注引伯夷、叔齊不食周粟，隱首陽而採薇作歌，似未切。樹蕙、采薇，此皆以喻種朮。

〔三〕愧同波，詁訓本作「貴同波」。莊子天道：「静而與陰同德，動而與陽同波。」（百）

〔四〕單豹二句，莊子達生：「魯有單豹者，巖居而水飲，不與民共利，行年七十而猶有嬰兒之色。不幸遇餓虎，餓虎殺而食之。有張毅者，高門縣薄，無不走也，行年四十而有内熱之病以死。豹養其内而虎食其外，毅養其外而病攻其内。此二子者，皆不鞭其後者也。」（百）按：二句僅取單豹、張毅所養不同，以明己悟拙自足，不遊高門之意，與莊子原意有異。

【評箋】汪森韓柳詩選曰：「朮之功效，人多知之，故詩中只略點，與前後二首（按前爲種仙靈毗，後爲種白蘘荷）不同。亦可知論事、論人，端以表微爲貴耳。」

近藤元粹柳柳州詩集卷四曰：「有放曠之意，雖然未免憤激。」

## 讀書

幽沉謝世事〔一〕，俛默窺唐虞〔二〕。上下觀古今，起伏千萬途。遇欣或自笑，感戚亦以吁。縹帙各舒散〔三〕，前後互相逾。瘴痾擾靈府〔四〕，日與往昔殊。臨文乍了了〔五〕，徹卷兀若無〔六〕。竟夕誰與言？但與竹素俱〔七〕。倦極更倒臥，熟寐乃一蘇。欠伸展肢體〔八〕，吟詠心自愉。得意適其適，非願爲世儒〔九〕。道盡即閉口，蕭散捐囚拘〔一〇〕。巧者爲我拙〔一一〕，智者爲我愚。書史足自悦，安用勤與劬〔一二〕？貴爾六尺軀〔一三〕，勿爲名所驅！

詩云「瘴痾擾靈府，日與往昔殊。臨文乍了了，徹卷兀若無」，此即其寄許京兆孟容書所謂「往時讀書，自以不至底滯，今皆頑然無復省録。每讀古人一傳，數紙已後，則再三伸卷，復觀姓氏，旋又廢失」之意。書又云「伏念得罪來五年」，當作於元和四年（八〇九），詩似亦同時作。又與李翰林建書云：「僕近求得經史諸子數百卷，常候戰悸稍定，即時伏讀，頗見聖人用心，賢士君子立志之分。」此書亦作於元和四年（八〇九），可參證。據此，則其詠史、詠三良、詠荆軻等，似當皆其時讀書有感之作也。

〔一〕世事，史記屈原列傳：「上稱帝嚳，下道齊桓，中述湯武，以刺世事。」謝世事，謂不問世事也。

〔二〕唐虞，論語泰伯：「唐虞之際，於斯爲盛。」有唐氏堯，有虞氏舜也。

〔三〕縹帙句，徐陵玉臺新詠序：「開此縹帙，散此緗編。」謝靈運酬從弟惠連：「散帙問所知。」説文卷七：「帙，書衣也。」按：古時書卷必有帙包之，如裹袱之類。散帙者，謂解散其書外所裹之帙而翻閲之也。

〔四〕瘴痾，濕熱之病。玉篇卷十一：「痾，同疴，病也。」靈府，莊子德充符：「不可入於靈府。」成玄英疏：「靈府者，精神之宅也，所謂心也。」

〔五〕乍，詩詞曲語辭匯釋卷一：「纔也。」了了，李白秋浦歌之十七：「桃波一席地，了了語聲聞。」清晰貌。

〔六〕兀，這裏是枯寂空無貌，猶「兀坐」之「兀」。

〔七〕竹素，葛洪抱朴子論仙：「況列仙之人，盈於竹素。」張景陽雜詩：「遊思竹素園。」（百）李善注：「風俗通曰：『劉向爲孝成皇帝典校書籍，皆先書竹，爲易刊定；可繕寫者，以上素也。』」竹、素皆古供書寫之物，故後世以喻典籍。句意謂耽玩於書籍之林。

〔八〕欠伸，儀禮士相見禮：「君子欠伸，問日之早晏。」鄭玄注：「志倦則欠，體倦則伸。」

〔九〕非願句，曹植贈丁翼：「君子通大道，無願爲世儒。」按王充論衡：「説經者爲世儒。」

〔一〇〕蕭散，西京雜記卷二：「司馬相如作上林賦，意思蕭散，不復與外事相關。」水經注卷三江水：「惡衣粗食，蕭散自得。」閑散也。囚拘，賈誼鵩鳥賦：「愚士繫俗，窘若囚拘。」

〔一一〕爲，通謂。下句同。

〔一二〕劬，説文卷十四：「劬，勞也。」

〔一三〕六尺軀，疑爲七尺之誤。後漢書李固傳：「今委君以六尺之孤。」李善注：「六尺，謂年十五以下。」謂未成年之人，宗元不當誤用。

【評箋】

曾季貍艇齋詩話曰：「柳子厚覺衰、讀書二詩，蕭散簡逸，穠纖合度，置之淵明集中，不復可辨。予嘗三復其詩。」

孫月峯評點柳柳州集卷四十三曰：「鍊濬意入妙。」

賀裳載酒園詩話又編曰：「讀書曰：『上下觀古今，起伏千萬途。遇欣或自笑，感戚亦以吁。』殆爲千古書淫墨癖人寫照。又曰：『臨文乍了了，徹卷兀若無』，則如先爲余輩一種困學人解嘲矣。」

汪森韓柳詩選曰：「觀此亦可見古人讀書苦志，然樂境亦只在此。」

何焯義門讀書記曰：「詩亦無窮起伏。」

## 詠史

燕有黃金臺〔一〕，遠致望諸君〔二〕。嗛嗛事強怨〔三〕，三歲有奇勳〔四〕。悠哉闢疆理〔五〕，東海漫浮雲。寧知世情異，嘉穀坐熇焚〔六〕。致令委金石〔七〕，誰顧蠹蠕羣〔八〕。風波歘潛構〔九〕，遺恨意紛紜。豈不善圖後，交私非所聞。爲忠不內顧，晏子亦垂文〔一〇〕。

韓醇詁訓柳集卷四十三曰：「與以下二詩皆不詳其作之時日，當附次讀書後。」按似爲元和四年讀書有感而作也。參見前詩題注。

〔一〕黄金臺，上谷郡圖經：「黄金臺在易水東南十里，燕昭王置千金於臺上，以延天下之士。」（百）

〔二〕望諸君，謂樂毅。史記燕召公世家：「燕昭王於破燕之後即位，卑身以招賢者……樂毅自魏往。」又樂毅列傳載昭王卒，樂毅蒙讒，離燕歸趙，「趙封樂毅於觀津，號曰望諸君」。索隱：「望諸，澤名，在齊。蓋趙有之，故號焉。」

〔三〕嗛嗛，語出國語晉語：「嗛嗛之德，不足就也。……嗛嗛之食，不足狃也。」韋昭注：「嗛嗛，猶小小也。」（百）此處有銜恨隱忍之意。史記外戚世家：「景帝恚，心嗛嗛而未發。」注：「嗛，音銜，漢書作銜。」

〔四〕三歲句，謂破齊七十餘城之事。史記樂毅列傳：「樂毅於是并護趙楚韓魏燕之兵以伐齊，破之濟西，諸侯兵罷而歸，而燕軍樂毅獨追，至於臨菑。……樂毅留狥齊五歲，下齊七十餘城，皆爲郡縣，以屬燕。」（百）

〔五〕疆理，猶疆治，諱治字。

〔六〕寧知二句，史記樂毅列傳：「燕昭王死，子立爲燕惠王，惠王自爲太子時嘗不快於樂毅，及即位，齊之田單聞之，乃縱反間於燕。……燕惠王固已疑樂毅，得齊反間，乃使騎劫代將而召樂毅。樂毅知燕惠王之不善代之，畏誅，遂西降趙。」（百）嘉穀，書呂刑：「農殖嘉穀。」説文卷七：「禾，嘉穀也。」坐，張相詩詞曲語辭匯釋卷四：「坐，猶遂也，頓也，遽也。」熇，同烤，集韻：「熇，焅熇也，或從告。」

〔七〕委金石，即謂樂毅棄燕歸趙事。後漢書五常傳：「輔翼漢室，心如金石。」

〔八〕蠢蠕羣，謂惠王、騎劫輩。説文卷十三：「蠢，蟲動也。」蠕亦蟲動貌。

〔九〕欻，欻本字。張衡西京賦李善注：「欻之言忽也。」

〔一〇〕晏子，史記管晏列傳：「晏平仲嬰者，萊之夷維人也。事齊靈公、莊公、景公，以節儉力行重於齊，食不重肉，妾不衣帛。其在朝，君語及之，即危言；語不及言，即危行。國有道，即順命；無道，即衡命，以此三世顯名於諸侯。……太史公曰：方晏子伏莊公尸哭之，成禮然後去，豈所謂見義不爲無勇者邪！至其諫説犯君之顔，此所謂進思盡忠，退思補過者哉。假令晏子尚在，余雖爲之執鞭所忻慕焉。」垂文，謂晏子春秋。

【評箋】

孫月峯評點柳柳州集卷四十三曰：「鍊意儘深妙，但太涉議論，頗乏圓活之致。」

何焯義門讀書記曰：「『誰顧蠢蠕羣』，此句怒而怨矣。樂生報書，自温厚也。此詩以燕惠王比憲宗，然以此稱樂生，自爲工也。下三良篇亦有指斥。」章士釗柳文指要通要之部卷二曰：「詩全爲弔王叔文而作。望諸君，樂毅也，詩即以影射叔文。」

## 詠三良

束帶值明后〔一〕，顧盼流輝光〔二〕。一心在陳力〔三〕，鼎列夸四方〔四〕。款款効忠信〔五〕，恩義皎如霜。生時亮同體，死没寧分張〔六〕？壯軀閉幽隧〔七〕，猛志填黄腸〔八〕。殉死禮所非〔九〕，況乃用其良〔一〇〕？霸基弊不振〔一一〕，晋楚更張皇〔一二〕。疾病命固亂〔一三〕，魏氏言有章〔一四〕。從邪陷厥父〔一五〕，吾欲討彼狂〔一六〕。一作「彼康」。

元和四年（八〇九）讀書有感作。左傳文公六年：「秦伯任好卒，以子車氏之三子奄息、仲行、鍼虎爲殉，皆秦之良也。國人哀之，爲之賦黄鳥。」任好，秦穆公。詩秦風黄鳥序：「黄鳥，哀三良也。刺穆公以人從死，而作是詩也。」按：宗元此詩刺康公而美三良，抑意在刺憲宗之信讒貶賢耶？

〔一〕束帶，論語公冶長：「子曰：赤也，束帶立於朝，可使與賓客言也。」明后，明君，謂秦穆公。

〔二〕顧盼，原作「顧眄」。説文卷四：「眄，恨視也。」於文意不甚合，古盼、眄常混用，詁訓本、全唐詩作「盼」，據改。曹植美女篇：「顧盼遺光采，長嘯氣若蘭。」

〔三〕陳力，班彪王命論：「英雄陳力，羣策畢舉。」

〔四〕鼎列，謂欲强秦而使之得與列國鼎足而立。

〔五〕款款，屈原卜居：「吾寧悃悃款款朴以忠乎？」王逸注：「志純一也。」司馬遷報任少卿書：「誠欲効其款款之愚。」忠信，曹植怨歌行：「忠信事不顯，乃見有疑患。」楊炯巫峽：「忠信吾所蹈，泛舟亦何傷。」説文卷五：「信，誠也。」

〔六〕分張，宋書武三王傳：「今既分張，言集未日。」北齊顔之推顔氏家訓：「與汝分張，甚心惻愴。」分離也。

〔七〕幽隧，墓道。

〔八〕黄腸，漢書霍光傳：「賜……梓宫、便房、黄腸題湊各一具。」蘇林曰：「以柏木黄心致累棺外，故曰黄腸。木頭皆内向，故曰題湊。」（百）謂棺木也。

〔九〕殉死句，禮記檀弓下：「陳子車死於衛，其妻與其家大夫謀以殉葬。陳子亢曰：『以殉葬，非禮也。』」（百）

〔一〇〕近藤元粹柳柳州詩集卷四評二句曰：「正論堂堂，可以一掃紛紛之論。」

〔一一〕霸基句，穆公卒，秦國勢一度趨衰，霸主爲楚莊王所得，故云「霸基弊不振」也。按：春秋霸主，古史所記頗有異同。左傳注、吕氏春秋注、荀子王霸注皆無穆公。宗元當據孟子趙岐注及白虎通之説。

〔二〕張皇，書康誥：「張皇六師。」張大也。

〔三〕疾病句，左傳宣公十五年：「魏武子有嬖妾，無子。武子疾，命顆曰：『必嫁是。』疾病則曰：『必以爲殉。』及卒，顆嫁之，曰：『疾病則亂，吾從其治也。』」(百)顆，武子子。

〔四〕有章，詩小雅都人士：「其容不改，出言有章。」鄭玄箋：「其動作容貌既有常，吐口言語又有法度文章。」此猶謂言之有理也。

〔五〕從邪，前言殉葬非禮，故此云「從邪」。

〔六〕彼狂，詁訓本作「彼康」，注：「一作狂。」孫汝聽曰：「彼狂，謂穆公子康公也。」(百家注柳集引)○韓醇詁訓柳集卷四十三：「後人以殉葬當是後君爲之，此不刺康公而刺穆公者，是穆公命從已死，此臣自殺從之，非後主之過。然公末句云『從邪陷厥父，吾欲討彼康。』是責在康公矣。」

【評箋】葛立方韻語陽秋卷九曰：「三良以身殉秦繆之葬，黄鳥之詩哀之。序詩者謂『國人刺繆公以人從死』，則咎在秦繆而不在三良矣。王仲宣云：『結髮事明君，受恩良不貲。臨没要之死，焉得不相隨。』陶元亮云：『厚恩固難忘，君命安可違。』是皆不以三良之死爲非也。至李德裕則謂社稷死則死之，不可許之。死欲與梁丘據、安陵君同，譏則是罪。三良之死，非其所矣。然君命之於前，而衆驅之於後，爲三良者，雖欲不死得乎？唯柳子厚云：『疾病命故亂，魏氏言有章。從邪陷厥父，吾欲討彼狂。』使康公能如魏顆不用亂命，則豈至陷父於不義如此者？東坡和陶亦云：『顧命有治亂，臣子得從違。魏顆真孝愛，三良安足希。』似與柳子之論合。而過秦繆墓詩乃云：『繆公生不誅孟明，豈有死之日而忍用其良。乃知三子殉公意，亦如齊之二子從田横。』則又言三良之殉非繆公意也。」

嚴有翼藝苑雌黄曰：「秦繆公以三良殉葬，詩人刺之，則繆公信有罪矣。雖然，臣之事君，猶子之事父也。以陳尊己、魏顆之事觀之，則三良亦不容無譏焉。昔之詠三良者，有王仲宣、曹子建、陶淵明、柳子厚。或曰『心亦有所施』，或曰『殺身誠獨難』，或曰『君命安可違』，或曰『死没寧分張』，曾無一語辨其是非者。惟東坡和陶云：『殺身故有道，大節要不虧。君爲社稷死，我則同其歸。顧命有治亂，臣子得從違。魏顆真孝愛，三良安足希。』審如是言，則三良不能無罪。東坡一篇，獨冠絶古今。」按，藝苑此説，王若虚頗不然之。其滹南遺老集卷三十曰：「三良殉葬，秦伯之命。詩人刺之，左氏譏之，皆以見繆公之不道。而後世文士，或反以是罪三子。葛立方曰：『君命之於前，衆驅之於後，三良雖欲不死，得乎？』此説爲當。東坡詩云：『顧命有治亂，臣子得從違。魏顆真孝愛，三良安足希。』若以魏顆事律之，則正可責康公耳。柳子厚所謂『從邪陷厥父，吾欲討彼狂』是也。」

孫月峯評點柳柳州集卷四十三曰：「前半祖陳思，後半評論多，翻覺板拙，似史斷不似詩。」蔣之翹柳集輯注卷四十三曰：「曹子建詠三良云：『功名不可爲，忠義我所安。秦穆先下世，三良皆自殘。生時等榮樂，既没同憂患。誰言捐軀易，殺身誠獨難。』彼三臣者，國人皆謂之良而哀之，黄鳥之詩既著之聖經矣，而後世猶有不同之議，如李德裕之不念其殺生之難者，何哉？此詩誠定論也。」

## 詠荆軻

燕秦不兩立〔一〕，太子已爲虞〔二〕。千金奉短計〔三〕，匕首荆卿趨〔四〕。窮年徇所欲〔五〕，兵勢且見屠。微言激幽憤〔六〕，怒目辭燕都。朔風動易水〔七〕，揮爵前長驅。函首致宿怨，獻田開版圖〔八〕。炯然耀電光〔九〕，掌握罔正夫〔一〇〕。「正」，一作「匹」。造端何其鋭〔一一〕，臨事竟趑趄〔一二〕。長虹吐白日〔一三〕，蒼卒反受誅〔一四〕。按劍赫憑怒〔一五〕，風雷助號呼。慈父斷子首，狂走無容軀〔一六〕。夷城芟七族〔一七〕，臺觀皆焚污。始期憂患弭，卒動災禍樞。秦皇本詐力〔一八〕，事與桓公殊〔一九〕。奈何效曹子〔二〇〕，實謂勇且愚。世傳故多謬，太史徵無且〔二一〕。

此亦讀書有感而作也。參見前讀書題注。史記刺客列傳：「荆軻者，衛人也。……好讀書擊劍。……其爲人沈深好書，其所遊諸侯，盡與其賢豪長者相結。其之燕，燕之處士田光先生亦善待之。」後受燕太子丹所遣，入秦刺秦王嬴政。

〔一〕不兩立，史記刺客列傳：「秦日出兵山東以伐齊、楚、三晉，稍蠶食諸侯，且至於燕。燕君臣皆恐禍之至，太子丹患之。……田光坐定，左右無人，太子避席而請曰：『燕秦不兩立，願先生留意也。』」（百）

〔二〕虞，國語晉語韋昭注：「虞，備也。」

〔三〕千金，史記刺客列傳：「（荆軻）乃遂私見樊於期曰：『今聞購將軍首，金千斤，邑萬家，將奈何？』於期仰天太息流涕曰：『於期每念之，常痛於骨髓，顧計不知所出耳。』荆軻曰：『今有一言，可以解燕國之患，報將軍之仇者。……願得將軍之首以獻秦王，秦王必喜而見臣，臣左手把其袖，右手揕其胸。』……（於期）遂自剄。」（百）此以千金指代樊於期之首也。短計，鮑照升天行：「窮塗悔短計，晚志重長生。」此謂刺秦也。

〔四〕匕首句，史記刺客列傳：「於是太子豫求天下之利匕首，得趙人徐夫人匕首，取之百金，使工以藥焠之。以試人，血濡縷，人無不立死者。乃裝爲遣荆卿。」（百）

〔五〕窮年，謝靈運擬魏太子鄴中詩徐幹：「窮年迫憂慄。」謂整年也。徇所欲，謂順其所欲以奉之也。史記刺客列傳：「於是尊荆卿爲上卿，舍上舍，太子日造門下，供太牢具，異物間進，車騎美女恣荆軻所欲，以順適其意。」

〔六〕微言，吕氏春秋精喻：「人可與微言乎？」注：「微言，陰謀密事也。」幽憤，崔寔政論：「斯賈生之所以排於絳灌，屈子之所以據其幽憤。」按：史記刺客列傳：「荆軻有所待，欲與俱；其人居遠未來，而爲治行。頃之，未發，太子遲之，疑其改悔，乃復請曰：『日已盡矣，荆卿豈有意哉？丹請先遣秦舞陽。』荆軻怒，叱太子曰：『何太子之遣？往而不返者，豎子也！且提一匕首入不測之彊秦，僕所以留者，待吾客與俱。今太子遲之，請辭決矣。』遂發。」

〔七〕朔風句，史記刺客列傳：「太子及賓客知其事者，皆白衣冠以送之，至易水之上，既祖取道，高漸離擊筑，荆軻和而歌，爲變徵之聲，士皆垂淚涕泣，又前而歌曰：『風蕭蕭兮易水寒，壯士一去兮不復還。』復爲羽聲慷慨，士皆瞋目，髮盡上指冠。於是荆軻就車而去，終已不顧，遂至秦。」（百）

〔八〕函首二句，史記刺客列傳：「（軻）持千金之資幣物厚遺秦王寵臣中庶子蒙嘉，嘉爲先言於秦王曰：『（燕王）謹斬樊於期之頭，及獻燕督亢之地圖，函封，燕王拜送於庭，使使以聞大王。』」（百）宿怨，謂秦王。樊於期與秦王有舊仇，故云。

〔九〕炯然句，謂圖窮而匕見也。史記刺客列傳：「軻既取圖奏之，秦王發圖，圖窮而匕首見。」

〔一〇〕罔正夫，孫月峯評點柳柳州集卷四十三：「罔正夫，不可解。」按：此句即當謂史記傳載荆軻「因左手把秦王之袖，而右手持匕首揕之，未至身，秦王驚，自引而起，袖絶」之事。又按

「罔正夫」，意當謂把握未正，而功敗垂成。唯字義未獲確解。

〔一二〕造端，禮中庸：「君子之道，造端乎夫婦。」

〔一三〕趑趄，張載劍閣銘：「一人荷戟，萬夫趑趄。」猶豫不進貌。

〔一三〕長虹句，鄒陽獄中上梁孝王書：「昔荆軻慕燕丹之義，白虹貫日。」（百）應劭注：「精誠感天，白虹爲之貫日也。」列士傳：「荆軻發後，太子自相氣，見虹貫日不徹，曰：『吾事不成矣。』後聞荆軻死，事不立，曰：『吾知其然也。』」

〔一四〕蒼卒，漢書王嘉傳：「臨事倉卒乃求。」論衡問孔：「倉卒吐言，安能皆是。」倉卒、蒼卒同，急遽匆忙貌。史記刺客列傳：「（秦王）遂拔劍以擊荆軻，斷其左股，荆軻廢，乃引其匕首以擿秦王，不中，中桐柱，秦王復擊軻，軻被八創……於是左右既前殺軻。」（百）

〔一五〕按劍，李白古風其四十八：「秦皇按寶劍，赫怒震威神。」二句謂秦王赫怒伐燕。

〔一六〕慈父二句，史記刺客列傳：「於是秦王大怒，益發兵詣趙，詔王翦軍以伐燕。……代王嘉乃遺燕王喜書曰：『秦所以尤追燕急者，以太子丹故也。今王誠殺丹獻之秦王，秦王必解，而社稷幸得血食。』其後李信追丹，丹匿衍水中，燕王乃使使斬太子丹，欲獻之秦，秦復進兵攻之，後五年，秦卒滅燕。」（百）

〔一七〕芟七族，鄒陽獄中上梁孝王書：「荆軻湛七族，要離燔妻子。」（百）張晏曰：「七族，上至曾祖，下至曾孫。」索隱：「七族，父之姓，一也；姑之子，二也；姊妹之子，三也；女之子，四也；母之姓，五也；從子，六也；及妻父母，凡七族也。」

〔一八〕詐力，賈誼過秦論：「（秦王）廢王道而立私愛，焚文書而酷刑法，先詐力而後仁義。」又：「夫并兼者高詐力，安危者貴順權。」

〔一九〕桓公，齊桓公，春秋五霸之一。齊稱霸主，以「信」爲號召，與秦之并兼詐力不同，故云「事與桓公殊」也。

〔二〇〕曹子，謂曹沫。史記刺客列傳：「曹沫者，魯人也，以勇力事魯莊公。……齊桓公許與魯會於柯而盟。桓公與莊公既盟於壇上，曹沫執匕首劫齊桓公，桓公左右莫敢動，而問曰：『子將何欲？』曹沫曰：『齊强魯弱，而大國侵魯亦以甚矣，今魯城壞，即壓齊境，君其圖之。』桓公乃許盡歸魯之侵地。既已言，曹沫投其匕首，下壇北面就羣臣之位，顏色不變，辭令如故。桓公怒，欲倍其約。管仲曰：『不可，夫貪小利以自快，棄信於諸侯，失天下之援，不如與之。』於是桓公乃遂割魯侵地。」按：荆軻事敗後，駡曰：「事所以不成者，以欲生劫之，必得約契以報太子也。」是欲効曹沫也，故宗元云云。○孫月峯評點柳柳州集卷四十三曰：「返侵地是荆卿無奈何狂言耳，如此詰責，恐爲强魄所笑。」

〔二一〕故多謬，詁訓本「故」作「固」。無且，夏無且，秦侍醫，即當荆軻刺秦王時，「以其所奉藥囊提荆軻」者也。史記刺客列傳：「太史公曰：世言荆軻，其稱太子丹之命，天雨粟，馬生角也，太過。又言荆軻傷秦王，皆非也。始公孫季功、董生與夏無且遊，具知其事，爲余道之如是。」（百）按：論衡感虚：「傳書言：燕太子丹朝於秦，不得去，從秦王求歸。秦王執留之，與之誓曰：『使日再中，天雨粟，令烏頭白，馬生角，廚門木象生肉足，乃得歸。』當此之時，天地祐之，日爲再中，天雨粟，烏頭白，馬生角，廚門木象生肉足。秦王以爲聖，乃歸之。」風俗通亦載之。又稗言燕丹子曰：「軻拔匕首，擿之，決秦王耳。」世傳多謬，即謂此類傳説。○劉辰翁曰：「結得此事有體。」（蔣之翹柳集輯注卷四十三引）

【評箋】劉克莊後村先生大全集新集卷五曰：「詠荆卿者多矣，此篇『勇且愚』之評，與淵明『惜哉劍術疎』之語，同一意脈。」

孫月峯評點柳柳州集卷四十三曰：「亦嫌實叙多，襯貼少。起句用得恰好，以下亦有鍊法，但鬱而不暢，看淵明詩彼何等磊落。」

何焯義門讀書記曰：「『長虹吐白日』，用事變换。『秦皇本詐力』以下，又即荆軻必欲生劫之，以報太子之意，與上『臨事竟趦趄』一層反覆呼應，言所患不在無勇，而反失『燕秦不兩立』之本謀，則短於計而失諸愚也。」

## 楊白花

楊白花，風吹渡江水。坐令宫樹無顔色〔一〕，摇蕩春光千萬里。茫茫曉日下長秋〔二〕，哀歌未斷城鴉起〔三〕。

南史王神念傳：「（楊）華，本名白花，武都仇池人。父大眼爲魏名將。華少有勇力，容貌瓌偉，魏胡太后逼幸之。華懼禍，及大眼死，擁部曲，載父屍，改名華，來降。胡太后追思不已，爲作楊白花歌辭，使宮人晝夜連臂蹋蹄歌之，聲甚淒斷。」韓醇詁訓柳集卷四十三曰：「觀詩意亦謫永後作。詩云『風吹渡江水』，又云『摇蕩春光千萬里』，亦以自況也。」按：此讀書詠史，非必有自況意也。似亦元和四年（八〇九）讀書有感之屬，姑繫於此。

〔一〕坐令，張相詩詞曲語辭匯釋卷四：「坐，猶遂也，頓也，遽也。」〇唐汝詢唐詩解卷十八：「宮樹無色，太后憔悴也。」

〔二〕長秋，全唐詩注：「『秋』，一作『林』。」三輔黃圖長信宮：「長信宮，太后常居之。案通靈記：『后宮在西，秋之象也。秋主信，故宮殿皆以長信、長秋爲名。』」又後漢書馬皇后紀李賢注：「皇后所居宮也。長者，久也；秋者，萬物成熟之初也，故以名焉。」〇吳山民曰：「此句見得是太后。」（唐詩選脈會通引）

〔三〕城鴉，文津閣本作「晨鴉」。〇周珽曰：「言憂思之深，幾忘旦暮。」（唐詩選脈會通）

【評箋】

許顗彥周詩話曰：「言婉而情深，古今絶唱也。」

劉辰翁曰：「語調適與事情俱美，其餘音杳杳，可以泣鬼神者，惜不令連臂者歌之。」（蔣之翹柳集輯注卷四十三引）

胡應麟詩藪内編卷三曰：「李、杜外，短歌可法者，岑參蜀葵花、登鄴城，李頎送劉昱、古意，王維寒食，崔顥長安道，賀蘭進明行路難，郎士元塞下曲，李益促促曲、野田行，王建望夫石、寄遠曲，張籍節婦吟、征婦怨，柳宗元楊白花，雖筆力非二公比，皆初學易下手者。但盛唐前，語雖平易而氣象雍容；中唐後，語漸精工而氣象促迫，不可不知。」

唐汝詢唐詩解卷十八曰：「此爲太后懷人之詞，而借楊花以托意也。風吹渡江者，謂白花南奔於梁也。所懷既遠，足使我宫樹無顔，而彼揺蕩春光於萬里之外，於是作此哀歌，幾忘晷刻，譏覩曉日，忽聞晚鴉之起矣。唐人用樂府舊題，咸别自造意，惟此篇爲擬古。」

孫月峯評點柳柳州集卷四十三曰：「微而顯，語簡而含味長。音節最妙。『江水』、『宫樹』、『長秋』、『哀歌』字點得最醒。」

蔣之翹柳集輯注卷四十三曰：「子厚樂府小曲，如楊白花，似得太白遺韻。」

賀裳載酒園詩話卷一曰：「凡編詩者，切不宜以樂府編入七言古。如柳詩：『楊白花，風吹渡江水。……』真可謂微而顯，宛肖胸中所欲言。然不先知胡太后事，安知此詩之妙。」

沈德潛唐詩别裁集卷八曰：「長秋宫太后所居，通篇不露正旨，而以『長秋』二字逗出，用筆用意在微顯之間。」

章士釗柳文指要體要之部卷三曰："「吾嘗怪子厚詩中有楊白花詞一首（詩略），集中廑刊白文，别無綫索可資省釋，子厚固何所爲，而必著録此詞，使人長言詠嘆，以自感其不足乎？……雖楊白花歌，比之子厚楊白花詞高下如何？吾未嘗深加比覈，然料定此終是宫中淫亂之象，持較『梁家宅里秦宫入，趙后樓中赤鳳來』，妖艷一無遜色。」

# 柳宗元詩箋釋卷二

（起元和五年，訖元和九年）

## 冉溪

少時陳力希公侯〔一〕，許國不復爲身謀。風波一跌逝萬里〔二〕，壯心瓦解空縲囚〔三〕。縲囚終老無餘事，願卜湘西冉溪地。却學壽張樊敬侯，種漆南園待成器〔四〕。

宗元愚溪詩序曰：「灌水之陽有溪焉，東流入於瀟水，或曰冉氏嘗居也，姑姓是溪爲冉溪。或曰可以染也，名之以其能，故謂之染溪。余以愚觸罪，謫瀟水上，愛是溪，入二、三里，得其尤絶者家焉。古有愚公谷，今予家是溪，而名莫能定，土之居者，猶齗齗然，不可以不更也，故名之爲愚溪。」按元和五年（八一〇）十一月，宗元與楊誨之書曰：「方築愚溪東南爲室。」此詩「願卜冉溪湘西地」，則作於遷居愚溪之前。又宗元於元和四年（八〇九）九月二十八日因坐法華寺西亭，始異西山之奇而往探幽，渡湘江，緣冉溪，而得鈷鉧潭、小石潭、小丘之勝，其卜居冉溪之念，當起於其時。故此詩當作於元和四年冬至五年春夏之際也。清一統志湖南永州府：「愚溪在零陵縣西南。」

〔一〕陳力，論語季氏：「陳力就列，不能者止。」（百）班彪王命論：「英雄陳力，羣策畢舉。」施展才力也。希，後漢書盧植傳李賢注：「希，求也。」又同書趙壹傳注：「希，慕也。」

〔二〕跌，童宗説曰：「失足也。」（百家注本引）

〔三〕瓦解，淮南子泰族訓：「武王左操黄鉞，右執白旄以麾之，則瓦解而走，遂土崩而下。」喻崩潰之勢如瓦碎裂。縲囚，左傳成公三年：「兩釋縲囚，以成其好。」杜預注：「縲，繫也。」按宗元貶永，每以囚徒自居，其問答答問亦云：「吾縲囚也，逃山林入江海無路，其何以容吾軀乎？」

〔四〕却學二句，後漢書樊宏傳：「（樊重）嘗欲作器物，先種梓漆，時人嗤之，然積以歲月，皆得其用，向之笑者咸求假焉。」又：「（建武）十八年，帝（劉秀）南祠章陵，過湖陽，祠重墓，追爵謚爲壽張敬侯。」器，易繫辭：「備物致用，立成器以爲天下利。」器具也。

## 溪居

久爲簪組累〔一〕，幸此南夷謫〔二〕。閑依農圃鄰〔三〕，偶似山林客〔四〕。曉耕翻露草，夜榜響溪石〔五〕。來往不逢人，長歌楚天碧〔六〕。

宗元與楊誨之書云：「方築愚溪東南爲室，耕野田，圃堂下，以詠至理，吾有足樂也。」觀詩意即當作於元和五年（八一〇）秋遷居之初。參見前冉溪詩題注。

〔一〕簪組，王勃秋日宴洛陽序：「簪組盛而車馬喧。」謂官服也。

〔二〕南夷，屈原九章涉江：「哀南夷之莫我知兮，旦余濟乎江湘。」此指永州。○章燮唐詩三百首注疏曰：「謫而曰幸，不怨之怨，怨深哉！」

〔三〕農圃，北史甄深傳：「專事産業，躬親農圃。」

〔四〕山林客，韓詩外傳卷五：「朝廷之士爲禄，故入而不出。山林之士爲名，故往而不返。」郭璞遊仙詩：「長揖當涂人，去來山林客。」謂隱士也。

〔五〕榜，李舟切韻：「榜，進船也。」○章燮曰：「『曉耕』一聯，言既是山林客，則所事俱是山林矣。『曉』、『夜』二字寓日月淹留意。」

〔六〕長歌，古詩：「長歌正激烈。」傅玄豔歌行：「長歌續短歌。」楚天，章燮曰：「楚居南夷，故曰楚天。」按：宗元對賀者曰：「嘻笑之怒，甚於裂眦；長歌之哀，過於慟哭。庸詎知吾之浩浩，非戚戚之大者乎？」與此參看，則詩意愈顯矣。

【評箋】

劉辰翁曰：「境與神會，不由詩得，欲重見自難耳。」（唐詩品彙引）

顧璘曰：「超逸。」（唐詩選脈會通引）

陸時雍曰：「音如琢玉。」（同上）

周珽曰：「因謫居尋出樂趣來，與雨後尋愚溪、曉行至愚溪二詩，點染情興欲飛。」（唐詩選脈會通）

孫月峯評點柳柳州集卷四十三曰：「脱洒。」

黄周星唐詩快卷五曰：「如此亦得。」

賀裳載酒園詩話又編曰：「（東坡）語曰：『所貴於枯淡者，謂外枯而中膏，似淡而實美，淵明、子厚之流是也。若中邊皆枯，淡亦何足道。』自是至言。即如『曉耕翻露草，夜榜響溪石』；『引杖試荒泉，解帶圍新竹』；『寒花疎寂歷，幽泉微斷續』；『風窗疎竹響，露井寒松滴』，孰非目前之景，而句字高潔，何嘗不澹，何病於穠。」

沈德潛唐詩别裁卷四曰：「愚溪諸詠，處連蹇困厄之境，發清夷淡泊之意，不怨而怨，怨而不怨，行間言外，時或遇之。」

近藤元粹柳柳州集卷三曰：「似仄律。」

高步瀛唐宋詩舉要卷四曰：「清泠曠遠。」

章士釗柳文指要通要之部卷十四曰：「子厚自表謫居，不一其態，而此云『久爲簪組累，幸此南夷謫』，頗近於隱居求志，自適其適，與平時伊鬱自懟者迥乎不同。末云『來往不逢人，長歌楚天碧』，又與『煙消日出不見人，欸乃一聲山水緑』，彷彿一致。顧讀者於漁翁一首，千人共噪，而溪居則渺無人知，可見人於柳詩，大抵以耳代目，能精心治之者，罕已。」

## 聞籍田有感

天田不日降皇輿〔一〕，留滯長沙歲又除〔二〕。宣室無由問釐事〔三〕，周南何處託成書〔四〕？

宗元與楊誨之書云：「今日有北人來，示將籍田敕。」據與楊誨之第二書，知其時爲元和五年（八一〇）十一月，故詩云「歲又除」也。又，與楊誨之書舊註：「按憲宗紀：『元和五年十月，詔以來年正月十六日東都籍田。』」今本新、舊唐書不載。籍田，詩周頌載芟毛傳：「籍田，甸師氏所掌，王載耒耜所耕之田。天子千畝，諸侯百畝。籍之言借也，借民力治之，故謂之籍田。」亦作藉田。漢書文帝紀詔：「其開藉田，朕親率耕。」古帝王於春耕前親耕之，以奉祀宗廟，且寓勸農之意。

〔一〕天田，張衡東京賦：「躬三推於天田，修帝籍之千畝。」吕延濟注：「天田，天子之籍田也。」皇輿，屈原離騷：「恐皇輿之敗績。」王逸注：「皇，君也。輿，君之所乘，以喻國也。」（百）此用其本義，謂天子車乘。

〔二〕留滯句，此以賈誼謫長沙以自況。

〔三〕宣室句，史記屈賈列傳：「賈生爲長沙王太傅，三年……後歲餘，賈生徵見，孝文帝方受釐，坐宣室，上因感鬼神事，而問鬼神之本，賈生因具道所以然之狀。」（百）釐，徐廣曰：「祭祀福胙也。」祭餘之福食。宣室，蘇林曰：「未央前正室。」索隱：「三輔故事云宣室在未央殿北。」皇帝齋戒之處。問釐事，即謂問鬼神之事。

〔四〕周南句，太史公自序：「（元封元年）天子始建漢家之封，而太史公留滯周南，不得與從事，故發憤而卒。而子遷適使反，見父於河洛之間。太史公執遷手而泣曰：『余先周室之太史也……今天子接千歲之統，封泰山，而余不得從行，是命也夫。余死汝必爲太史，無忘吾所欲論著矣。』」（百）徐廣曰：「摯虞曰：『古之周南，今之洛陽。』」索隱曰：「張晏云：『自陝已東，皆周南之地。』」孫汝聽曰：「公自言留滯永州，如太史公不得從行也。」（百家注柳集引）

【評箋】近藤元粹柳柳州詩集卷四曰：「一聲一淚，自負亦甚矣。」

## 夏初雨後尋愚溪

悠悠雨初霽，獨繞清溪曲。引杖試荒泉，解帶圍新竹〔一〕。沉吟亦何事？寂寞固所欲。幸此息營營〔二〕，嘯歌靜炎燠〔三〕。

「愚溪」，原作「漁溪」，據諸校本改。此篇與後雨後曉行獨至愚溪北池、雨晴至江渡二詩疑皆同時所作。雖年月無可考，然率應作於卜居愚溪後未久。今姑繫於元和六年（八一一）夏。百家注柳集卷四十三曰：「補注：觀公前後諸詩序，溪居之勝可見矣。公歿未幾，而故址廢焉。劉夢得集有傷愚溪詩三首，其引云：『子厚之謫永州，得勝地，結茆樹蔬，爲沼沚，爲臺榭，目曰愚溪。子厚歿三年，有僧遊零陵，告余曰：愚溪無復曩時矣。一聞僧言，悲不能自勝，遂以所聞爲七言以寄恨。』」

〔一〕引杖二句，王二梧唐四家詩評曰：「幽人韻事，人未曾道。」

〔二〕營營，詩小雅青蠅：「營營青蠅。」毛傳：「營營，往來貌。」

〔三〕炎燠，謝朓出下館：「涼雨銷炎燠。」燠，音育，舊讀入聲，暖也。

【評箋】

黄周星唐詩快卷五：「可知避暑之方矣。」

高步瀛唐宋詩舉要卷一：「『引杖試荒泉』一聯，情景真切。」

【附録】

**傷愚溪三首**　劉禹錫

溪水悠悠春自來，草堂無主燕飛回。隔簾唯見中庭草，一樹山榴依舊開。

其二

草聖數行留斷壁，木奴千樹屬鄰家。唯見里門通德榜，殘陽寂歷出樵車。

其三

柳門竹巷依依在，野草青苔日日多。縱有鄰人解吹笛，山陽舊侶更誰過！

## 雨後曉行獨至愚溪北池

宿雲散洲渚〔一〕，曉日明村塢〔二〕。高樹臨清池，風驚夜來雨〔三〕。予心適無事，偶此成賓主〔四〕。

宗元愚溪詩序曰：「愚溪之上，買小丘爲愚丘，自愚丘東北行六十步，得泉焉，又買居之爲愚泉。愚泉凡六穴，皆出山下平地，蓋上出也。合流屈曲而南，爲愚溝，遂負土累石，塞其隘爲愚池。」愚溪北池，當即此謂也。餘參見前篇題注。

〔一〕洲渚，屈原九章悲回風：「望大河之洲渚兮。」爾雅釋水：「水中可居者曰洲，小者曰渚。」

〔二〕村塢，庾信杏花：「依稀映村塢，爛漫開山城。」謂村莊也。後漢書馬援傳李賢注：「字林：塢，小障也。一曰小城。」

〔三〕陸時雍曰：「『高樹』二語，高韻卓出。」（唐詩選脈會通引）蔣之翹柳集輯注卷四十三曰：

「『高樹』二句，與韋左司『微雨夜來過，不知春草生』同一機趣。」王文濡唐詩評注讀本卷一曰：「『風驚夜來雨』，言樹上餘雨，被風驚落也。」

〔四〕予心二句，王文濡曰：「言予心適然無事，偶值此境，相對如賓主矣。」

【評箋】

唐汝詢唐詩解卷十曰：「宿雨初霽，樹間餘點未消，風觸之而散灑若驚之使然。對此景而心無掛礙，所遇之物皆良朋也。」

吴山民曰：「境清心寂。」（唐詩選脈會通引）

郭璿曰：「閒適之興，寂悟之言。」（同上）

孫月峯評點柳柳州集卷四十三曰：「澹而腴，意調同南澗首。」

王堯衢古唐詩合解卷二曰：「夜雨初晴，隔宿之雲散於洲渚，初升之日明於村塢。有高樹下臨北池，樹間尚有餘雨，因風一觸而灑落，若驚之者。吾心適然無事，偶值此景，獨步無侶，即此便成賓主矣。」

方東樹昭昧詹言卷七曰：「奇逸。」

王文濡唐詩評注讀本卷一曰：「心與物化，結句是『獨至』二字反襯法。」

高步瀛唐宋詩舉要卷一曰：「諸詩（按：謂詠愚溪諸作）皆神情高遠，詞旨幽雋，可與永州山水諸記並傳。」

## 雨晴至江渡

江雨初晴思遠步，日西獨向愚溪渡。渡頭水落村逕成，撩亂浮槎在高樹〔一〕。

參見前夏初雨後尋愚溪詩題注。

〔一〕槎，玉篇：「楂，水中浮木也。」楂、槎通。浮木挂樹與上句水落逕成，皆渡口退潮之景。○孫月峯評點柳柳州集卷四十三評末句曰：「偶然景。」

## 旦攜謝山人至愚池

新沐換輕幘〔一〕，曉池風露清〔二〕。自諧塵外意〔三〕，況與幽人行〔四〕。霞散衆山迥，天高數雁鳴。機心付當路〔五〕，聊適羲皇情〔六〕。

韓醇詁訓柳集卷四十三曰：「愚溪之作在元和五年（八一〇），此詩當六年（八一一）間秋時作歟？」從之。愚池，見前雨後曉行獨至愚溪北池詩注。

〔一〕新沐，楚辭漁父：「吾聞之，新沐者必彈冠，新浴者必振衣，安能以身之察察，受物之汶汶者乎?」(百)輕幘,詁訓本「輕」作「巾」。急就篇卷二師古注:「幘者,韜髮之中,所以整嫧髮也。常在冠下,或單著之。」

〔二〕風露,音辯本、詁訓本、游居敬本「露」作「霧」。

〔三〕塵外,晉書謝安傳論:「始居塵外,高謝人間。嘯詠山林,遊泛江海。」塵外意,超脱世俗之心。

〔四〕況與,詁訓本「況」作「向」。幽人,易履:「履道坦坦,幽人貞吉。」謝靈運登永嘉緑嶂山:「幽人常坦步,高尚邈難匹。」隱士也。此謂謝山人。

〔五〕機心,莊子天地:「爲圃者忿然作色而笑曰:『吾聞之吾師曰,有機械者必有機事,有機事者必有機心。機心存於胸中,則純白不備。』」當路,孟子公孫丑上:「夫子當路於齊。」(百)此謂權要也。○紀昀瀛奎律髓刊誤曰:「七句太激,便少藴藉。」

〔六〕羲皇,伏羲氏。皇甫謐帝王世紀:「故號曰庖犧氏,是爲羲皇。」晉陶淵明與子儼等疏:「常言五六月中,北窗下卧,遇涼風暫至,自謂羲皇上人。」(百)

【評箋】

孫月峯評點柳柳州集卷四十三曰:「意興灑然。」

方回瀛奎律髓卷十四曰:「詩不純於律,然起句與五、六,乃律詩也。幽而光,不見其工而不能忘其味,與韋應物同調。韋達,故淡而無味。」按:方回此説,後人頗有不以爲然者。馮舒曰:

「律與不律，不在平仄，方君一生不解也。」陸貽典曰：「所謂律詩者初不在平仄，何云『不純於律』。」（瀛奎律髓彙評卷十四引）

黄周星唐詩快卷九曰：「發付機心最妙。」

汪森韓柳詩選曰：「柳詩短章極有言外之意，故佳。」

## 酬婁秀才寓居開元寺早秋月夜病中見寄

客有故園思〔一〕，瀟湘生夜愁〔二〕。病依居士室〔三〕，夢繞羽人丘〔四〕。味道憐知止〔五〕，遺名得自求。壁空殘月曙，門掩候蟲秋〔六〕。謬委雙金重〔七〕，難徵雜珮酬〔八〕。碧霄無枉路〔九〕，徒此助離憂。

婁秀才，婁圖南也。唐初侍中婁師德曾孫。詩云「客有故園思，瀟湘生夜愁」，知圖南其時寓居永州也。又宗元送婁圖南秀才遊淮南將入道序：「僕未冠，求進士，聞婁君名甚熟。其所爲歌詩，傳詠都中。……後十餘年，僕自尚書郎謫來零陵，覯婁君，猶爲白衣，居無室宇，出無僮御。僕深異而訊之……因爲余留三年。他日又曰：『吾所以求於心者未克，今其行也。』」文安禮柳譜繫于元和三年（八〇八），當據「因爲余留三年」句，然宗元元和四年（八〇九）所作序飲述同飲鈷鉧潭西小丘者，圖南猶在，則此「留三年者」，疑是圖南途經永，而爲宗元留三年，非圖南先在永也。韓醇詁訓柳集卷四十三曰：「集有送之淮南序，在元和五（八一〇）、六年間，二詩（按：謂此篇及下酬婁秀才將之淮南見贈之什）皆當同是時作。」亦推測之詞，然較近之，今姑繫于元和六年秋。秀才，李肇國史補卷下：「進士時所尚久矣。……其都會謂之舉場，通稱謂之秀才。」開元寺，唐會要卷四十八：「天授元年（六九〇）十月二十九日，兩京及天下諸州各置大雲寺一所。至開元二十六年（七三八）六月一日，併改爲開元寺。」胡三省通鑑注：「開元寺，今諸州間亦有之，蓋唐開元中所作也。」

〔一〕客有句，孫汝聽曰：「客，謂婁秀才圖南也。」（百家注柳集引）〇何焯義門讀書記曰：「謂婁將入道。」

〔二〕瀟湘，陶岳零陵總記：「瀟水在永州西三十步，（出）自道州營道縣九疑山中。湘水在永州北十里，出自桂林陽海山中。至零陵北，與瀟水合。二水……自零陵合流謂之瀟湘，故零陵亦有瀟湘之稱。」王士性廣志繹卷四：「三湘，總之一湘江也。其源始陽海而北入洞庭。其流過永而瀟水入之，是謂瀟湘。」

〔三〕居士室，孫汝聽曰：「維摩居士丈室。」（百家注柳集引）按：維摩詰所說經載維摩居士病，「即以神力，空其室內，除去所有及諸侍者，唯置一床，以疾而卧」。此即用其事。僧肇注：「什曰：『外國白衣多財富樂者，名爲居士。』」慧遠維摩義記：「居士有二：一廣積資產，居財之士，名爲居士。二在家修道，居家道士，名爲居士。」此居士室，謂開元寺舍也。

〔四〕羽人丘，楚辭遠遊：「仍羽人於丹丘兮，留不死之舊鄉。」王逸注：「山海經言：有羽人之國，不死之民，或曰人得道身生羽毛也。」「丹丘晝夜常明。」（百）章士釗柳文指要體要之部卷二十五曰：「子厚嘗作夢歸賦，不夢則已，夢則思歸。而婁夢羽人之丘，則其入道之志堅矣。」

〔五〕味道，後漢書申屠蟠傳：「安貧樂潛，味道守真。」知止，老子：「知足不辱，知止不殆。」（百）

〔六〕門掩句，詩豳風七月：「七月在野，八月在宇，九月在户，十月蟋蟀入我床下。」謂秋蟲入室而鳴也。

〔七〕雙金，張載擬四愁詩：「佳人遺我緑綺琴，何以贈之雙南金。」（百）南金，良金也。

〔八〕雜珮，詩鄭風女曰鷄鳴：「知子之來之，雜佩以贈之。」毛傳：「雜佩者，珩、璜、琚、衝牙之類。」（百）佩、珮通。委金酬珮，謂唱和酬答也。

〔九〕枉路，鄭定本、世綵堂本注：「枉，一作往。」孫汝聽曰：「枉路，猶徑路也。」（百家注柳集引）

【評箋】

葉夢得石林詩話卷上曰：「蔡天啓云：嘗與張文潛論韓、柳五言警句，文潛舉退之『暖風抽宿麥，清風捲歸旗』，子厚『壁空殘月曙，門掩候蟲秋』，皆爲集中第一。」

曾季貍艇齋詩話曰：「柳子厚『壁空殘月曙，門掩候蟲秋』語意極佳。東湖詩云『明月江山夜，候蟲天地秋』，蓋出於子厚。」

百家注柳集引補注：「張文潛嘗論公『壁空殘月曙，門掩候蟲秋』爲集第一。洪駒父則云『明月江山夜，候蟲天地秋』最爲奇警。」按：蔣之翹曰：「余則左袒張説。」

孫月峯評點柳柳州集卷四十二曰：「起有逸思。律中帶古意。」

汪森韓柳詩選曰：「起極超，似王孟。『壁空』二句，聲光俱見，正在『曙』字、『秋』字用得活耳。」

薛雪一瓢詩話曰：「賈長江『獨行潭底影，數息樹邊身』只堪自愛；柳子厚『壁空殘月曙，門掩候蟲秋』恨少人知。」

陳衍石遺室詩話卷十四曰：「蘇堪平日論詩，甚注意寫景，以爲不易於言情，較難於叙事。所舉名句，若柳州之『壁空殘月曙，門掩候蟲秋』；『迴風一蕭瑟，林影久參差』……皆各極超妙者。」

章士釗柳文指要體要之部卷二十五曰：「『壁空』一聯，张文潛譽爲柳詩第一，然此詩亦善於描寫開元寺之月夜寂寞景象而已。」

## 酬婁秀才將之淮南見贈之什

遠棄甘幽獨，誰言值故人〔一〕？好音憐鎩羽〔二〕，濡沫慰窮鱗〔三〕。困志情惟舊〔四〕，「困」，一作「同」。相知樂更新〔五〕。浪遊輕費日，醉舞詎傷春？風月歡寧間〔六〕，星霜分益親〔七〕。已將名是患，還用道爲鄰〔八〕。機事齊飄瓦〔九〕，嫌猜比拾塵〔一〇〕。高冠余肯賦〔一一〕，長鋏子忘貧〔一二〕。晼晚驚移律〔一三〕，睽攜忽此辰〔一四〕。開顔時不再，絆足去何因〔一五〕？海上銷魂別〔一六〕，天邊弔影身〔一七〕。衹應西澗水〔一八〕，寂寞但垂綸〔一九〕。

元和六年（八一一）秋作。參見前篇注。

〔一〕詵言，全唐詩「言」作「云」，注：「一作『言』。」故人，宗元送婁圖南之淮南序云：「僕未冠，求進士，聞婁君名甚熟，其所爲歌詩傳詠都中。」據此，似二人原非舊識，但神交之友耳。

〔二〕好音，詩邶風凱風：「載好其音。」按舊注兼引詩魯頌泮水：「懷我好音。」章士釗柳文指要體要之部卷十二曰：「此詩所用乃前者，非後者也。若用後者，則爲差對。」章説是也。鎩羽，謂羽毛摧落之鳥。見前零陵贈李卿元侍御簡吴武陵詩注。

〔三〕濡沫，莊子大宗師：「泉涸，魚相與處於陸，相呴以濕，相濡以沫，不如相忘於江湖。」（百）窮鱗，困窘之魚。鎩羽、窮鱗，皆宗元自喻。

〔四〕困志，陳景雲柳集點勘：「『困』，一作『同』爲是。」國語晉語四：「同德則同心，同心則同志。」周禮大司徒鄭玄注：「同志曰友。」

〔五〕相知句，楚辭九歌少司命：「悲莫悲兮生別離，樂莫樂兮新相知。」（百）

〔六〕間，漢書西域傳顔師古注：「間，隔也。」

〔七〕分，曹植贈白馬王彪：「在遠分日親。」李善注：「分，猶志也。」按：詩大序：「在心爲志。」志，猶今言感情。

〔八〕已將二句，謂已將虚名視爲憂患，而與道親近也。

〔九〕機事，莊子天地：「有機械者必有機事，有機事者必有機心。」飄瓦，莊子達生：「雖有忮心，不怨飄瓦。」（百）喻指無意識之行爲。

〔一〇〕拾塵，吕氏春秋任數：「孔子窮於陳蔡之間，……顔回索米得而爨之。幾熟，孔子望見顔回攫其甑中而食之。少選間食熟，謁孔子而進食。孔子佯爲不見之。孔子起曰：『今者夢見先君，食絜，故饋。』顔回對曰：『不可，嚮者炱煤入甑中，棄食不祥，回攫而飯之。』孔子笑曰：『所信者目矣，目猶不可信；所恃者心矣，而心猶不足恃。弟子記之。』」（百）高誘注：「炱煤，煙塵也。」（百）後世遂以拾塵喻誤會致疑。晉陸機君子行：「掇蜂滅天道，拾塵惑孔顔。」

〔一一〕高冠，屈原九章涉江：「高余冠之岌岌兮，長余佩之陸離。」（百）

〔一二〕長鋏，戰國策齊策四：「馮諼客孟嘗君，「左右以君賤之也，食以草具。居有頃，倚柱彈其劍歌曰：『長鋏歸來乎，食無魚。』左右以告，孟嘗君曰：『食之比門下之客。』居有頃，復彈其鋏歌曰：『長鋏歸來乎，出無車。』左右皆笑之，以告。孟嘗君曰：『爲之駕，比門下之車客。』……後有頃，復彈其劍鋏，歌曰：『長鋏歸來乎，無以爲家。』……孟嘗君使人給其食用，無使乏，於是馮諼不復歌」。此句謂圖南雖同馮諼之貧而不以爲意。

〔三〕晼晚，楚辭哀時命：「白日晼晚其將入兮，哀余壽之弗將。」陸機歎逝賦：「老晼晚其將及。」劉良注：「晼晚，日暮也。比人之年老也。」移律，猶言歲月遷移也。律，古之樂調。古有十二律。崔述補上古考信録上：「自吕氏春秋始以律與曆强相附會，以十二律應十二月，而劉歆、班固等遞述之。」

〔四〕睽攜，謝靈運南樓中望所遲客：「即事怨睽攜，感物方悽慘。」分離也。

〔五〕絆足，淮南子俶真訓：「身蹈于濁世之中，是猶絆騏驥而求致千里也。」喻有所拘束而不得逞才者也。

〔六〕銷魂别，江淹别賦：「黯然銷魂者，惟别而已矣。」（百）

〔七〕弔影，謝朓拜中軍記室辭隨王箋：「輕舟反溯，弔影獨留。」

〔八〕西澗，孫汝聽曰：「西澗，永州水名。」（百家注柳集引）

〔九〕垂綸，嵇康兄秀才公穆入軍贈詩：「流磻平皋，垂綸長川。」

【評箋】孫月峯評點柳柳州集卷四十二曰：「柳律詩大約以屬對妙。」

何焯義門讀書記曰：「發端直貫注『銷魂』、『弔影』一聯。」

近藤元粹柳柳州集卷二：「辭旨淒惋，怨意自深，是其境遇使然也。」

## 同劉二十八哭吕衡州兼寄江陵李元二侍御

衡岳新摧天柱峯〔一〕，士林顦顇泣相逢〔二〕。祇令文字傳青簡〔三〕，不使功名上景鍾〔四〕。三畝空留懸磬室〔五〕，九原猶寄若堂封〔六〕。遥想荆州人物論，幾回中夜惜元龍〔七〕。

劉二十八，劉禹錫也。吕衡州，謂吕温。見前酬韶州裴曹長使君寄道州吕八大使因以見示二十韻。宗元唐故衡州刺史東平吕君誄：「維唐元和六年（八一一）八月日，衡州刺史東平吕君卒，爰用十月二十四日，蒿葬於江陵之野。」時劉禹錫先有哭吕衡州時予方謫居詩，本篇乃和作，當於誄文相後先，作于元和六年秋冬。衡州，舊唐書地理志：「江南西道衡州，治衡陽。」今湖南衡陽。江陵，舊唐書地理志：「山南東道荆州江陵府，上元二年九月以荆州爲江陵府，治江陵。」今湖北江陵。李、元二侍御，陳景雲柳集點勘卷四：「舊注但云是時監察御史元稹貶江陵士曹參軍，而不悉李侍御爲何人；兼引或説元、李二侍御是李深源、元克己，尤爲疏誤。深源、克己皆零陵遷客，與江陵無涉，又深源嘗歷太府卿，非侍御也。此所寄者乃李景儉耳。景儉由御史謫江陵掾，與元稹同幕。稹有哭呂衡州詩，亦見集中，蓋亦呂之宿好，而景儉則尤其死友，故子厚兼寄元、李二人。」按：陳説是。舊唐書李景儉傳：「（景儉）自負王霸之略，于士大夫無所屈降。貞元末，韋執誼、王叔文東宫用事，尤重之，待以管、葛之才。叔文竊政，屬景儉居母喪，故不及從坐。」舊唐書王叔文傳：「（叔文）密結當代知名之士而欲僥倖進者，與韋執誼、陸質、呂温、李景儉、韓曄、韓泰、陳諫、柳宗元、劉禹錫等十數人，定爲死交。」又曰：「王叔文最重者，李景儉、呂温。」景儉於元和三年（八〇八）以監察御史貶江陵士曹參軍，此詩爲寄景儉者無疑。又元稹有題藍橋驛留呈夢得、子厚、致用，此亦可證四人互有來往，亦李侍御確爲景儉之一傍證也。

〔一〕衡岳，爾雅卷下釋山：「江南：衡。」郭璞注：「衡山，南岳。」今湖南衡山縣西。天柱，九域志：「衡山七十二峯，祝融、紫蓋、雲密（或作芙蓉）、石廩、天柱五峯爲最大云。」潛確類書：「天柱峯形如雙柱聳拔。」金聖嘆選批唐才子詩甲集卷五曰：「衡岳五峯，天柱其一。呂温卒於衡州，故遂以天柱比之。」按：此猶史記孔子世家「泰山壞乎，梁柱摧乎，哲人萎乎」之意。

〔二〕士林，三國志吴書魯肅傳：「交遊士林。」此句謂呂温之死，悲者甚衆。宗元唐故衡州刺史東平呂君誄曰：「君由道州以陟爲衡州。君之卒，二州之人哭者逾月。湖南人重社飲酒，是月上戊，不酒去樂，會哭於神所而歸。余居永州，在二州中間，其哀聲交於北南，舟船之下上，必呱呱然，蓋嘗聞於古而覩於今也。」可與詩參照讀之。惟蘇軾頗不然之，其雜著柳子厚敢爲誕妄條曰：「柳宗元敢爲誕妄，居之不疑。吕温爲道州、衡州，及死，二州之人哭者逾月，客舟之道於永者，必呱呱然，雖子産不至此，温何以得之？」何孟春餘冬叙録又駁蘇軾云：「蘇子瞻謂宗元敢爲誕妄……蓋以温特八司馬之一耳（按：此誤），柳又其黨，其言不足取信於世也。予觀温知衡州時，送毛令絶句曰：『布帛精粗任土宜，疲人識信每先期。今朝别後無他囑，任是蒲鞭也莫施。』其愛民之心，發於言語乃如此。温之爲政，視他人蓋必有可觀，而足感乎人者。」章士釗柳文指要通要之部卷四亦曰：「此可以誇張謚之，究不得曰誕妄。」

〔三〕青簡，後漢書吴祐傳：「恢（吴祐父）欲殺青簡，以寫經書。」李賢注：「以火炙簡令汗，取其青易書，復不蠹，謂之殺青。」（百）後世遂以之指典籍。

〔四〕景鍾，國語晉語七：「昔克潞之役，秦來圖敗晉功，魏顆以其身却退秦師於輔氏，親止杜回，其勳銘于景鍾。」韋昭注：「勳，功也。景鍾，景公鍾。」按：宗元東平吕君誄曰：「世徒讀君之文章，歌君之理行，不知二者之於君其末也。……萬不試而一出焉，猶爲當世甚重；若使幸得出其什二三，則巍然爲偉人，與世無窮，其可涯也？」又吕侍御恭墓誌曰：「温洎恭名爲豪傑，知者以爲是必立王功，活生人。」亦與此二句意近。

〔五〕三畝，淮南子：「任一人之能不足以治三畝之宅也。」極言狹小也。唐人習用，如盧綸送姨弟裴均：「舊業廢三畝，弱歲成一門。」杜牧贈宣州元處士：「蓬蒿三畝居，寬於一天下。」懸磬室，左傳僖公二十六年：「室如懸罄（按：罄亦作磬），野無青草；何恃而不恐？」朱翌猗覺寮雜記曰：「左氏『室如懸磬』，言室中之物垂盡，以罄訓盡也。其下云『野無青草』，則磬恐是器物，但非今之僧磬也。若以古之鍾磬言之，則磬皆曲折片石，無中虚之理。説文：『罄，虚器。』以是知爲器物，但不知今爲何器？」王觀國學林亦持此説。章士釗曰：「其説甚是，則不必斤斤於何器也。」

〔六〕九原，禮記檀弓：「趙文子與叔譽觀乎九原。」晉卿大夫墓地所在。若堂封，禮記檀弓：「吾見封之若堂者矣。」鄭玄注：「封，築土爲壟。堂，形四方而高。」（百）○汪森韓柳詩選曰：「用經傳事極穩貼。」

〔七〕遥想二句，三國志魏書陳登傳：「陳登者，字元龍，在廣陵有威名，又掎角吕布有功，加伏波將軍，年三十九卒。後許汜與劉備並在荆州牧劉表坐，表與備共論天下人。……備因言曰：『若元龍文武膽志，當求之於古耳，造次難得比也。』」按：時李、元二侍御正在江陵，故用此典。中夜，書冏命：「怵惕惟厲，中夜以興。」謂夜半也。○蔣之翹柳集輯注卷四十三曰：「使事甚切而且化。」

【評箋】

范温潛溪詩眼曰：「哭吕衡州詩，足以發明吕温之俊偉。」

廖文炳唐詩鼓吹注解卷一曰：「首言温之死，士林相逢者，莫不悲切而顣頞，蓋惜其傳文字於青簡，未勒功名於景鍾也。且官清且貧，室如懸磬，今已物化，見其封若高堂耳。昔劉備知惜元龍，豈二侍御而不惜衡州哉！」

黄周星唐詩快卷十一曰：「哀輓詩中最爲得體。」

朱三錫東𡑞草堂評訂唐詩鼓吹卷一曰：「吕温卒於衡州，故以天柱峯比之。泣相逢，言與劉同哭也。三、四傷其才不逢時，五、六哀其貧不能葬，七、八寫寄江陵二侍郎，故即以劉荆州比之，言下有責望二公之意。」

吴以梅唐詩貫注卷二十三曰：「名家必一句擒題。起處妙在是哭，吕在衡州，推尊現成，不可移易。『顛頮』二字，更寫得淋漓有神。罄室，言其原籍；堂封，則謂施葬之處。結言寄江陵之意也。……陳登卒年三十九，温卒年亦壯，故比之。」

【附録】

**哭吕衡州時余方謫居**

劉禹錫

一夜霜風彫玉芝，蒼生望絶士林悲。空懷濟世安人略，不見男婚女嫁時。遺草一函歸太史，旅墳三尺近要離。朔方徙歲行將滿，欲爲君刊第二碑。

# 弘農公以碩德偉材屈於誣枉左官三歲復爲大僚天監昭明人心感悦宗元竄伏湘浦拜賀未由謹獻詩五十韻以畢微志

知命儒爲貴〔一〕，時中聖所臧〔二〕。處心齊寵辱，遇物任行藏〔三〕。關識新安地〔四〕，封傳臨晉鄉〔五〕。挺生推豹蔚〔六〕，遐步仰龍驤〔七〕。幹有千尋竦，精聞百鍊剛〔八〕。茂功期舜禹〔九〕，高韻狀羲黄〔一〇〕。「狀」，一作「上」，又作「挟」。足逸詩書囿，鋒摇翰墨場。雅歌張仲德〔一一〕，頌祝魯侯昌〔一二〕。憲府初騰價〔一三〕，神州轉耀鋩〔一四〕。右言盈簡策〔一五〕，左轄備條綱〔一六〕。響切晨趨佩，煙濃近侍香〔一七〕。司儀六禮洽〔一八〕，論將七兵揚〔一九〕。合樂來儀鳳〔二〇〕，尊祠重餼羊〔二一〕。卿材優柱石〔二二〕，公器擅巖廊〔二三〕。峻節臨衡嶠〔二四〕，和風滿豫章〔二五〕。人歸父母育〔二六〕，郡得股肱良〔二七〕。細故誰留念〔二八〕？煩言肯過防〔二九〕。璧非真盜客〔三〇〕，金有誤持郎〔三一〕。龜虎休前寄〔三二〕，貂蟬冠舊行〔三三〕。訓刑方命吕〔三四〕，理劇復推張〔三五〕。直用明銷惡，還將道勝剛。敬逾齊國社〔三六〕，恩比召南棠〔三七〕。希怨猶逢怒〔三八〕，多容競忤彊〔三九〕。火炎侵琬琰〔四〇〕，鷹擊謬鸞凰〔四一〕。刻木終難對〔四二〕，焚芝未改芳〔四三〕。遠遷逾桂嶺〔四四〕，中徙滯餘杭〔四五〕。顧士雖懷趙〔四六〕，知天詎畏匡〔四七〕。論嫌齊物誕〔四八〕，騷愛遠遊傷〔四九〕。麗澤周羣品〔五〇〕，重明照萬方〔五一〕。斗間收紫氣〔五二〕，臺上掛清光〔五三〕。福爲深仁集，妖從盛德禳。秦民啼畎畝〔五四〕，周士舞康莊〔五五〕。采綬還垂艾〔五六〕，華簪更截肪〔五七〕。高居遷鼎邑〔五八〕，遥傳好書王〔五九〕。碧樹環金谷〔六〇〕，丹霞映上陽〔六一〕。留歡唱容與，要醉對清涼。故友仍同里，常僚每合堂〔六二〕。淵龍過許劭〔六三〕，冰鯉弔王祥〔六四〕。公自注云：許侍郎尹河南，許司業分司東都，王舍人居憂在洛，皆弘農公平生親友。玉漏天門静〔六五〕，銅駝御路荒〔六六〕。澗瀍秋瀲灔〔六七〕，嵩少暮微茫〔六八〕。遵渚徒云樂〔六九〕，沖天自不遑〔七〇〕。降神終入輔〔七一〕，種德會明敭〔七二〕。獨棄傖人國〔七三〕，難窺夫子牆〔七四〕。通家殊孔李〔七五〕，舊好即潘楊〔七六〕。世議排張摯〔七七〕，時情棄仲翔〔七八〕。不言縲紲枉〔七九〕，徒恨纆牽長〔八〇〕。賈賦愁單閼〔八一〕，鄒書怯大梁〔八二〕。炯心那自是〔八三〕？昭世懶佯狂〔八四〕。鳴玉機全息，懷沙事不忘〔八五〕。戀恩何敢死？垂涙對清湘〔八六〕。

弘農公，謂楊憑。舊唐書楊憑傳：「楊憑字虚受，弘農人。……元和四年（八〇九），拜京兆尹，爲御史中丞李夷簡劾奏憑前爲江西觀察使贓罪及其他不法事。……先是，憑在江西，夷簡自御史出，官在巡屬，憑頗疏縱，不顧接之，夷簡常切齒。及憑歸朝，修第於永寧里，功作併興，又廣蓄妓妾於永樂里之别宅，時人大以爲言。夷簡乘衆議，舉劾前事，且言修營之僭，將欲殺之。及下獄，置對數日，未得其事，夷簡持之益急，上聞，且貶焉。」新唐書楊憑傳：「始，德宗時假借方鎮，習爲僭擬事，夷簡首按憑，時以爲宜，而緣私怨，論者亦不與。」按：憑江西贓罪事，據呂温代李侍郎賀德音表及劉禹錫答饒州元使君書，憑因旱歉，征居地之羡，修税茶之法，以補財賦之不足，而坐簿書舛錯。以受贓論者，實是李夷簡挾嫌報復，故宗元謂之「屈於誣枉」也。韓醇詁訓柳集卷四十二曰：「據憑貶在元和四年，而詩云『三歲復爲大僚』，蓋自元和四年乙丑至七年壬辰爲三載矣。是歲立遂王宥爲皇太子，肆赦。故詩有『重明照萬方』之語，詩蓋是時作也。」韓説是，立遂王宥爲太子爲元和七年（八一二）七月事，詩云：「澗瀍秋瀲灧」，則作於是年秋也。

〔一〕知命，論語堯曰：「不知命，無以爲君子也。」（百）孔穎達疏：「命謂窮達之分。」

〔二〕時中，禮記中庸：「仲尼曰：『君子中庸，小人反中庸。君子之中庸也，君子而時中。』」（百）孔穎達疏：「謂喜怒不過節也。」臧，爾雅釋詁：「臧，善也。」

〔三〕行藏，論語述而：「用之則行，舍之則藏。」〇孫月峯評點柳柳州集卷四十二曰：「起四句泛論，點出大意。」汪森韓柳詩選：「起四句虚冒，下乃述其門第人品。『憲府』以下又詳叙其所歷之官，而推出左官之故也。」

〔四〕關識新安，漢書武帝紀：「元鼎三年冬，徙函谷關於新安，以故關爲弘農縣。」應劭曰：「時樓船將軍楊僕，數有大功，恥爲關外民，上書乞徙東關，以家財給其用途。武帝意亦好廣闊，於是徙關於新安，去弘農三百里。」（百）

〔五〕封傳臨晉，孫汝聽曰：「楊氏譜：楊朗爲秦將，有功，封臨晉君。」（百家注柳集引）按：二句述憑先世。

〔六〕豹蔚，易革：「君子豹變，其文蔚也。」（百）此以喻文采。

〔七〕遐步，詁訓本「遐」作「高」。龍驤，後漢書吳漢傳贊：「吳公鷙强，實爲龍驤。」三國志魏書陳琳傳：「今將軍總皇威，握兵要，龍驤虎步，高下在心。」（百）此以狀威武。

〔八〕百煉剛，「剛」原作「鋼」，據詁訓本改。劉琨重贈盧諶：「何意百煉剛，化爲繞指柔。」（百）

〔九〕茂功，三國志吳書諸葛恪傳：「以旌茂功，以慰劬勞。」猶豐功。期堯舜，猶孟子萬章：「伊尹曰：『吾豈若使是君爲堯舜之君哉！』」之意。

〔一〇〕高韻，世説品藻：「頠性弘方，愛喬之有高韻。」羲黄，伏羲、黄帝。

〔一一〕雅歌句，詩小雅六月：「侯誰在矣，張仲孝友。」（百）毛傳：「張仲，賢臣也。善父母爲孝，善兄弟爲友。」

〔一二〕頌祝句，詩魯頌閟宫序：「閟宫，頌僖公能復周公之宇也。」詩曰：「俾爾熾而昌……俾爾昌而熾……俾爾昌而大。」（百）按：此謂憑交遊酬贈，皆賢士達貴也。

〔三〕憲府，應劭漢官儀：「尚書爲中臺，御史爲憲臺。」按：舊唐書楊憑傳：「舉進士，累佐使府，徵爲監察御史。」

〔四〕神州，史記鄒衍列傳：「中國名赤縣神州。」左思詠史其五：「皓天舒白日，靈景耀神州。」此謂京師也。

〔五〕右言，新唐書百官志：「中書省起居舍人二人，掌修記言之史，録制誥德音，如記事之制，季終，以授國史。」又曰：「門下省起居郎二人，掌録天子起居法度。天子御正殿，則郎居左，舍人居右。」（百）按：唐起居郎、起居舍人分當古左史記動、右史記言之職。憑嘗爲起居舍人，故稱「右言」。

〔六〕左轄，舊唐書職官志：「左丞掌管轄諸司，糾正省内，勾吏部、户部、禮部十二司，通判都省事。……左右司郎中、員外郎各掌副十有二司之事，以舉正稽違，省署符目焉。」盧照鄰贈許左丞從駕萬年宫：「左轄去南臺。」按：憑嘗爲左司員外郎，副左丞以轄諸司，故亦以「左轄」稱之。

〔七〕烟濃句：新唐書儀衛志：「朝日殿上設黼扆躡席熏爐香案，宰相兩省官對班於香案前，百官班於殿庭。」按：二句寫早朝也。唐人詠早朝詩每每言及佩聲、煙香，如賈至早朝大明宫呈兩省僚友「劍佩聲隨玉墀步，衣冠身惹御爐香」。

〔八〕六禮，禮記王制：「司徒脩六禮以節民性。」孔穎達疏：「六禮謂冠一、婚二、喪三、祭四、鄉

五、相見六。」(百)韓醇曰:「此謂憑嘗爲禮部郎中也。」

〔一九〕通典卷二十三職官五:「周禮夏官大司馬之職掌以九伐之法,……即今兵部之任也。魏置五兵尚書,五兵謂中兵、外兵、騎兵、別兵、都兵也。晉初無,太康中乃有五兵尚書,而又分中兵、外兵各爲左右。……後魏爲七兵尚書。」(百)按:隋改爲兵部,唐因之。憑嘗爲兵部侍郎,故云。

〔二〇〕合樂句,書益稷:「簫韶九成,鳳皇來儀。」(百)

〔二一〕尊祠句,論語八佾:「子貢欲去告朔之餼羊。子曰:『賜也,爾愛其羊,我愛其禮。』」儀禮聘禮鄭玄注:「凡賜人以牲,生曰餼。」(百)餼羊,用以告廟之生羊。韓醇曰:「二句皆謂憑嘗爲太常寺少卿也。」

〔二二〕卿材,左傳襄公二十六年:「晉卿不如楚,其大夫則賢,皆卿材也。」(百)柱石,漢書辛慶忌傳:「通於兵事,明略威重,任國柱石。」

〔二三〕公器,莊子天運:「名,公器也。」注:「夫名者,天下之所共用。」巖廊,漢書董仲舒傳:「蓋聞虞舜時,遊於巖廊之上,垂拱無爲,而天下太平。」晉灼曰:「巖廊,謂巖峻之郎也。」(百)郎,古廊字。後遂以喻朝堂也。

〔二四〕衡嶠,顔延年和謝監靈運:「跂于間衡嶠。」衡山也。李賢注:「嶠,嶺也。」按:孫汝聽曰:「貞元十八年九月,憑自太常少卿爲湖南觀察使。」(百家注柳集引)

〔二五〕豫章，元和郡縣志卷二十八江南道：「洪州豫章，今爲江南西道觀察使理所。」今江西南昌。按：孫汝聽曰：「永貞元年（八〇五）十一月，憑自湖南遷江西觀察使。」（百家注柳集引）

〔二六〕父母，孟子梁惠王：「爲民父母，行政不免于率獸而食人，惡在其爲民父母也。」此處譽憑愛民如子也。

〔二七〕股肱良，書益稷：「元首明哉，股肱良哉，庶事康哉！」（百）王褒四子講德論：「蓋君爲元首，臣爲股肱。」

〔二八〕細故，賈誼鵩鳥賦：「細故蔕芥兮，何足以疑。」微瑣之事。

〔二九〕煩言，左傳定公四年：「會同難，嘖有煩言，莫之治也。」（百）杜預注：「煩言，忿事。」謂争執也。按：二句言與李夷簡結怨事。

〔三〇〕璧非句，史記張儀列傳：「（儀）嘗從楚相飲，已而楚相亡璧，門下意張儀，曰：『儀貧無行，必此盗相君之璧。』共執張儀，掠笞數百，不服，釋之。」（百）

〔三一〕金有句，史記范石張叔列傳：「直不疑者，南陽人也。爲郎事文帝，其同舍有告歸，誤持同舍郎金去，已而金主覺，妄意不疑。不疑謝有之，買金償，而告歸者來而歸金，而前亡金郎者大慚，以此稱爲長者。」（百）○孫月峯謂二句「豫點出見誣意，蓋事正在此時耳」。按：舊唐書本傳載憑「性尚簡傲，不能接下，以此人多怨之，及歷二鎮，尤事奢侈」，則其行原有可非議者，唯夷簡挾嫌張大其事耳。

〔三二〕龜虎，衛宏漢舊儀卷上：「丞相、列侯、將軍，金印紫綬；中二千石、二千石，銀印青綬，皆龜紐。」史記孝文本紀：「（文帝二年）初與郡國守相爲銅虎符、竹使符。」（百）謂印符也。休前寄，韓醇集曰：「『休前寄』者，謂去官也。」

〔三三〕貂蟬，新唐書百官志：「侍中、中書令、左右散騎常侍有黄金璫，附蟬貂尾。」唐習以貂蟬稱散騎常侍。蘇頲授王晙左散騎常侍制：「用憑龍豹之韜，更踐貂蟬之位。」按：此謂元和二年楊憑自觀察使入爲散騎常侍。

〔三四〕訓刑句，書呂刑：「穆王訓夏贖刑，作呂刑。」孔穎達疏：「呂侯得穆王之命爲天子司寇之卿，穆王於是用呂侯之言訓暢夏禹贖刑之法，呂侯稱王之命而布告天下，史録其事作呂刑。」（百）命呂，喻謂任憑爲刑部侍郎。

〔三五〕理劇句，漢書張敞傳：「（敞）自請治劇郡非賞罰無以勸善懲惡。……京師寖廢，長安市偷盜尤多，百賈苦之。上以問敞，敞以爲可禁。……京兆典京師，長安中浩穰，於三輔尤爲劇。郡國二千石以高弟入守，及爲真，久者不過二、三年，近者數月一歲，輒毁傷失名，以罪過罷。唯廣漢及敞爲久任職。」（百）理，猶治也，避高宗諱改。劇，指治安不佳，政務繁重。按：憑元和四年拜京兆尹。宗元祭楊憑詹事文云：「京兆之難，下多怨怒。或由以黜，瓦石盈路。公捍其强，仁及童孺。左遷而出，擁道牽慕。」亦謂憑治京兆有政績也。

〔三六〕齊國社，史記萬石張叔列傳：「（石慶）爲齊相，舉齊國皆慕其家行，不言而齊國大治，爲立石相祠。」（百）

〔三七〕召南棠，詩召南甘棠序曰：「甘棠，美召伯也。召伯之教，明於南國。」（百）按：周召伯巡行鄉邑，嘗决訟於甘棠之下，人懷其德而頌之。

〔三八〕希怨，論語公冶長：「子曰：伯夷叔齊不念舊惡，怨是用希。」（百）稀爲人所怨恨也。逢怒，詩邶風柏舟：「薄言往愬，逢彼之怒。」（百）

〔三九〕多容，多所寬容也。按：二句暗寫憑得罪於李夷簡事。

〔四〇〕火炎，書胤征：「火炎崑崗，玉石俱焚。」（百）琬琰，楚辭遠遊：「懷琬琰之華英。」洪興祖曰：「琬音宛，琰音剡，皆玉名。」

〔四一〕鷹擊，史記義縱傳：「縱以鷹擊毛摯爲治。」漢書孫寶傳：「（立秋日，孫寶）曰：『今日鷹隼始擊，當順天氣，取姦惡，以成嚴霜之誅。』」後世常以稱御史彈劾。此即以言李夷簡奏劾憑江西贓罪及其他不法事。

〔四二〕刻木句，漢書路温舒傳：「俗語曰：『畫地爲獄議不入，刻木爲吏期不對。』」顔師古注：「畫獄、木吏尚不入對，況真實乎！」（百）

〔四三〕焚芝，陸機歎逝賦：「信松茂而柏悦，嗟芝焚而蕙歎。」喻賢者被禍也。

〔四四〕桂嶺，元和郡縣志卷三十七嶺南道賀州：「桂嶺縣：……屬連州，因界内桂嶺爲名。武德四年改屬賀州。桂嶺在縣東十五里。」在今廣西富川東一百二十里處，與湖南江華接界。

〔四五〕滯餘杭，按憑元和四年自京兆謫臨賀尉，後又自臨賀徙杭州長史，前後共三載，即祭楊憑詹事文所云「南過九疑，東逾秣陵，顛沛三載」者也。

〔四六〕懷趙，史記廉頗藺相如列傳：「楚聞廉頗在魏，陰使人迎之。廉頗一爲楚將無功，曰：『我思用趙人。』」廉本趙將。（百）

〔四七〕知天句，論語子罕：「子畏於匡，曰：『文王既没，文不在兹乎？……天之未喪斯文也，匡人其如予何？』」（百）

〔四八〕齊物誕，莊子有齊物論。（百）王羲之蘭亭序：「固知一死生爲虚誕，齊彭殤爲妄作，後之視今，亦猶今之視昔。」

〔四九〕遠遊傷，楚辭有遠遊篇。王逸曰：「遠遊者，屈原之所作也。屈原履方直之行，不容于世。上爲讒佞所譖毁，下爲俗人所困極……遂叙妙思，託配仙人，與俱遊戲，周歷天地，無所不到。」（百）

〔五〇〕麗澤，易兑：「麗澤兑，君子以朋友講習。」王弼注：「麗，猶連也。」（百）此逕指德澤也。○汪森曰：「『麗澤』以下，乃述其逢赦召還之事。」

〔五一〕重明，易離：「重明以麗乎正，乃化成天下。」（百）謂日月也。○韓醇曰：「篇首題云『三歲復爲大僚』。蓋憑自元和四年乙丑貶，至七年壬辰爲三歲。是歲立遂王宥爲皇太子，肆赦，故又有『麗澤周羣品，重明照萬方』之句。」

〔五二〕斗間句，晉書張華傳：「初，吴未滅也，斗牛之間常有紫氣。……及吴平之後，紫氣愈明。……（雷）焕曰：『寶劍之精上徹於天耳。……在豫章豐城。』……張華大喜，即補焕爲豐城令。焕到縣，掘獄屋基，入地四丈餘，得一石函，光氣非常，中有雙劍，並刻題，一曰龍泉，一曰太阿。其夕，斗牛之間氣不復見焉。」（百）按：地下之劍復出，喻冤獄平反，憑獲昭雪。

〔五三〕臺上，疑指三台之上。三台，星名，又名泰階。古人以爲三台平則「陰陽和，風雨時，歲大登，民人息，天下平，是謂太平」（左思魏都賦張載注）。又晉書天文志上：「在人曰三公，在天曰三台。」掛清光，喻政治清明也。

〔五四〕畎，書益稷孔安國傳：「一畝之間，廣尺深尺爲畎。」按：此句謂秦民感極而泣，與下「周士舞康莊」同爲聞憑復用而欣悦之意。應前「敬逾齊國社」數句。

〔五五〕康莊，爾雅釋官：「四達謂之衢，五達謂之康，六達謂之莊。」大道也。（百）

〔五六〕采綬句，後漢書輿服志下：「紱佩既廢，秦乃以采組連結於璲，光明表章，轉相結受，故謂之綬。」後漢書董宣傳：「以宣嘗爲二千石，賜艾綬，葬以大夫禮。」同書馮魴傳李賢注：「艾即盭，緑色也，其色似艾。」韓醇曰：「焦贛易林曰：『二千石官，白艾綬也。』」

〔五七〕截肪，曹丕與鍾繇書：「竊見玉書，稱美玉白如截肪。」（百）

〔五八〕遷鼎邑，左傳桓公二年：「武王克商，遷九鼎於洛邑。」謂洛陽也。（百）

〔五九〕好書王，史記屈賈列傳：「拜賈生爲梁懷王太傅。梁懷王，文帝之少子，愛而好書，故令賈生傅之。」（百）此即謂憑自杭州召還，居洛陽爲諸王傅事。其祭楊憑詹事文亦云：「顛沛三載，天書乃徵，入傅王國，嘉聲聿興。」唯此事不載本傳。

〔六〇〕金谷，水經注卷十六穀水：「金谷水東南流，逕晉衛尉即石崇之故居。石季倫金谷詩集叙曰：『余以元康七年從太僕出爲征虜將軍，有別廬在河南界金谷澗中。』」即世傳之金谷園也。在今河南洛陽西北。

〔六一〕上陽，新唐書地理志：「東都注：上陽宫在禁苑之東，東接皇城之西南隅，上元中置，高宗之季常居以聽政。」舊唐書地理志：「東都上陽宫在宫城之西南隅，南臨洛水，西距穀水，東即宫城，北連禁苑。」

〔六二〕故友二句，宗元自注文中許侍郎謂許孟容，王舍人謂王仲舒。陳景雲柳集點勘：「舍人謂仲舒也。仲舒官中舍在柳子没後，前此但以考功郎知制誥，亦得稱舍人者，蓋以職同耳。如劉夢得有哭獨孤郁舍人詩，郁亦以郎官典誥，未嘗正除舍人也。又于邵、元稹皆以他官知制誥，而邵亦自言忝西掖舍人。稹與同僚諸舍人會食閣下，足知其官曹一也。」

〔六三〕淵龍句，後漢書郭符許列傳：「許劭字子將，汝南平輿人也。……兄虔亦知名，汝南人稱平輿淵有二龍焉。」此以指許孟容侍郎及許司業。（百）

〔六四〕冰鯉句，晉書王祥傳：「祥性至孝……母常欲生魚，時天寒冰凍，祥解衣將剖冰求之，冰忽自解，雙鯉躍出。」此借指王仲舒舍人。（百）

〔六五〕玉漏，張衡漏水轉渾天儀制：「以銅爲器，再疊差置，實以清水。下各開孔，以玉虬吐漏水入兩壺，左爲晝，右爲夜。」（百）按：初學記卷二十五器物引。蘇味道正月十五：「金吾不禁夜，玉漏莫相催。」

〔六六〕銅駝，陸機洛陽記：「漢鑄銅駝二枚，在宮之南四會道，夾路相對。俗語曰：『金馬門外聚羣賢，銅駝陌上集少年。』言人物之盛也。」○曾吉甫筆墨間録曰：「此對妙同於老杜矣。」（百家注柳集引）

〔六七〕澗瀍，書洛誥：「我乃卜澗水東，瀍水西，惟洛食。」（百）瀲灩，木華海賦：「浟湙瀲灩，浮天無岸。」李善注：「瀲灩，相連之貌。」波蕩漾貌也。

〔六八〕嵩少，戴延之西征記：「嵩高山，巖中也。其東爲太室，其西爲少室，相去七十里，嵩高，總名也。」（百）

〔六九〕遵渚，詩豳風九罭：「鴻飛遵渚。」鄭玄箋：「鴻，大鳥也，不宜與鳧鷖之屬飛而遵渚，以喻周公今與凡人處東都之邑失其所也。」（百）遵，循也。

〔七〇〕沖天，史記滑稽列傳：「（淳于髡説齊威王）曰：『國中有大鳥，止王之庭，三年不飛又不鳴，王知此鳥何也？』王曰：『此鳥不飛則已，一飛沖天；不鳴則已，一鳴驚人。』」（百）

〔七一〕降神，詩大雅崧高：「維嶽降神，生甫及申。」（百）

〔七二〕種德，書大禹謨：「皋陶邁種德，德乃降，黎民懷之。」（百）孔安國傳：「種，布也。」謂布行德澤。明敭，書堯典：「明明揚側陋。」（百）孔穎達疏：「當明白舉其明德之人於僻隱鄙陋之處。」敭、揚同。

〔七三〕傖人國，永州古楚地，故稱。見同劉二十八院長述舊言懷……因其韻增至八十通贈二君子注。○汪森曰：「獨棄以下乃自叙，意即題中所云『竄伏湘浦，拜賀未由』者也。帶『夫子牆』一筆作轉，筆法極緊。」

〔七四〕夫子牆，論語子張：「子貢曰：『夫子之牆數仞，不得其門而入不見宗廟之美，百官之富。』」（百）此借指楊憑門牆。

〔七五〕通家句，後漢書孔融傳：「融幼有異才，年十歲，隨父詣京師。時河南尹李膺以簡重自居，不妄接士賓客，勑外自非當世名人及與通家，皆不得白。融欲觀其人，故造膺門，語門者曰：『我是李君通家子弟。』門者言之。膺請融，問曰：『高明祖父，嘗與僕有恩舊乎？』融曰：『然，先君孔子與君先人李老君同德比義而相師友，則融與君累世通家。』衆坐莫不歎息。」（百）按：孔李通家，乃孔融杜撰，柳楊則真世交，故云「殊孔李」也。

〔七六〕舊好句，潘岳懷舊賦：「余十二而獲見於父友東武戴侯楊君，始見知名，遂申之以姻好。」（百）楊仲武誄：「潘楊之穆，有自來矣。」按：宗元爲楊憑婿，故比以「潘楊」。孫汝聽謂「公娶憑弟凝之女，故及之」誤。

〔七七〕世議句，史記張釋之列傳：「（釋之之子）張摯，字長公，官至大夫，免，以不能取容當世，故終身不仕。」（百）

〔七八〕時情句，三國志吴書虞翻傳：「虞翻，字仲翔，會稽餘姚人。……孫權以爲騎都尉。翻數犯顔諫争，權不能悦，又性不協俗，多見謗毁，坐徙丹陽涇縣。」（百）張摯、仲翔，皆宗元自喻。

〔七九〕縲紲，論語公冶長：「雖在縲紲之中，非其罪也。」（百）

〔八〇〕纆牽長，牽，原作「徽」，注：「徽，一作牽。」世綵堂本作「牽」。按：作「牽」是，據改。戰國策韓策：「馬，千里之馬也；服，千里之服也。而不能致千里，何也？曰：『子纆牽長。』」張華勵志：「纆牽之長，實累千里。」李善注：「千里之馬，繫以長索，則爲累矣。」

〔八一〕賈賦句，賈誼鵩賦：「單閼之歲，鵩集吾舍。」（百）

〔八二〕鄒書句，史記魯仲連鄒陽列傳：「鄒陽者，齊人也，遊於梁。……勝等嫉陽，惡之梁孝王。孝王怒，下之吏，將欲殺之。鄒陽客遊，以讒見禽，恐死而負累，乃從獄中上書，曰：『臣聞忠無不報，信不見疑，臣常以爲然，徒虚語耳。……』書奏梁孝王，孝王使人出之，卒爲上客。」（百）

〔八三〕炯心，李白感興之六：「高節不可奪，炯心如凝丹。」

〔八四〕佯狂，荀子堯問：「然則孫卿懷將聖之心，蒙佯狂之色，視天下以爲愚。」

〔八五〕懷沙，史記屈賈列傳：「（屈原）乃作懷沙之賦，……於是懷石，遂自投汨羅以死。」（百）

〔八六〕清湘，湘中記：「湘水至清，雖深五、六丈，見底。」（太平御覽卷六十五引）○孫汝聽曰：「自『獨棄傖人國』以下，皆公自叙己意。」孫月峯曰：「此自叙一段最得鍊意之妙，借事驅使，不爲事縛。」

【評箋】汪森韓柳詩選曰：「春容而能警練，其筆力不減少陵，然須其見脱化處。」又曰：「使事屬對之工，無一懈筆。此程不識之行軍也。雖其比擬不無過當之處，然用意則精切矣。」

何焯義門讀書記曰：「比前詩（按：指同劉二十八院長述舊言懷詩）尤工，字字鎔冶經史，無半點草料。」

## 與崔策登西山

鶴鳴楚山静〔一〕，露白秋江曉。連袂渡危橋〔二〕，縈迴出林杪〔三〕。西岑極遠目，毫末皆可了〔四〕。重疊九疑高〔五〕，微茫洞庭小〔六〕。迥窮兩儀際〔七〕，高出萬象表〔八〕。馳景泛頹波，遥風遞寒篠〔九〕。謫居安所習？稍厭從紛擾〔一〇〕。生同胥靡遺〔一一〕，壽等彭鏗夭〔一二〕。蹇連困顛踣〔一三〕，愚蒙怯幽眇〔一四〕。非令親愛疏〔一五〕，誰使心

神悄?偶茲遁山水,得以觀魚鳥〔一六〕。吾子幸淹留,緩我愁腸繞。〔一七〕

崔策,字子符,宗元姊夫崔簡弟。宗元送崔子符罷舉詩序稱之「少讀經書,爲文辭,本於孝悌,理道多容,以善別時,剛以知柔,進於有司,六選而不獲」,是亦懷利器而淹蹇科場者也。序又曰:「僕智不足而獨爲文,故始見進而卒以廢,居草野八年,……崔子幸來親(一作覯)余。……未及悉,而告余以行。」據此則知崔策至永爲元和七年(八一二),未幾旋去,詩云「吾子幸淹留」,又云「露白秋江曉」,疑作於元和七年秋,今姑繫於此。西山,清一統志湖南永州府:「西山在零陵縣西。……縣志:在縣西隔河二里,自朝陽巖起,至黄茅嶺北,長亘數里,皆西山也。」

〔一〕何焯義門讀書記曰:「『鶴鳴楚山静』,是不眠待曉,即『隱憂倦永夜』之意。尤不露骨也。」

〔二〕連袂,抱朴子疾謬:「攜手連袂,以遨以集。」

〔三〕劉辰翁評二句曰:「參差隱約,可盡不可盡。」(唐詩品彙引)

〔四〕毫末,老子:「合抱之木,生於毫末。」莊子:「知毫末之爲秋山也。」

〔五〕九疑,見前湘口館瀟湘二水所會注。

〔六〕洞庭,史記蘇秦列傳:「楚南有洞庭、蒼梧。」索隱:「在岳州界,水經注:『洞庭湖水廣圓五百餘里,日月若出没於其中』。」在今湖南北部、長江南岸。

〔七〕兩儀,易繫辭:「太極生兩儀。」(百)謂天地也。

〔八〕萬象，淮南子俶真訓：「四時未分，萬象未生。」萬物也。○汪森韓柳詩選曰：「『兩儀』、『萬象』下接『馳景』二句，便覺生動有情，不止作廓落語。」

〔九〕篠，書禹貢：「篠蕩既敷。」孔穎達疏：「篠爲小竹。」○近藤元粹柳柳州詩集卷三評「重叠」以下六句曰：「叙風景處清便宛轉，別成風調。」

〔一〇〕稍厭，張相詩詞曲語辭匯釋卷二：「稍，猶頗也，深也。甚辭，與小或少之本義相反。……柳宗元與崔策登西山詩：『謫居安所習，稍厭從紛擾。』稍厭，猶云深厭也。」

〔一一〕生同句，莊子庚桑楚：「胥靡登高而不懼，遺生死也。」成玄英疏：「胥靡，徒役之人。」○沈德潛唐詩別裁集卷四：「言被罪之人，輕生身也。次語即齊物論意。」章士釗柳文指要體要之部卷一：「言司馬乃微末小吏，與賤役同被人遺忘。」

〔一二〕壽等句，莊子齊物論：「天下莫大於秋毫之末，而大山爲小；莫壽於殤子，而彭祖爲夭。」（音）按：楚辭天問：「彭鏗斟雉，帝何饗？受壽永多，夫何久長？」即謂彭祖。劉向列仙傳：「彭祖者，殷大夫也。姓籛名鏗，歷夏至殷末八百餘歲。」二句謂刑餘之人，生死壽夭已不介於懷也。○孫月峯評點柳柳州集卷四十三曰：「夭字押得妙。」

〔一三〕蹇連，易蹇：「往蹇來連。」孔穎達疏：「往來皆難，故曰往蹇來連也。」蔡邕述行賦：「途迍邅其蹇連兮，潦污滯而爲災。」

〔一四〕愚蒙，漢書楊惲傳：「足下哀其愚蒙，賜書教督以所不及。」幽眇，幽深微妙。指天道人事之幽微難測也。

〔一五〕親愛，曹植贈白馬王彪：「親愛在離居。」

〔一六〕觀魚鳥，嵇康與山巨源絶交書：「遊山澤，觀魚鳥。」

〔一七〕緩我句，劉辰翁評曰：「南澗落句猶有以自遣，此懷似殊可念。」（唐詩品彙引）

【評箋】

蘇軾東坡題跋曰：「此詩遠在靈運之上。」

唐汝詢唐詩解曰：「此詩首叙向曉之景，次狀西山之高，次紀謫居之況，末冀崔之暫留也。言於鶴鳴露白之時，與崔君連袂而行，歷危橋、林杪，以至西山之頂，極目而望，毫末了然，若登九疑而臨洞庭，信象外之壯觀也。我之謫居，本非所習，紛擾頗亦厭從此生既同胥靡，雖年齊彭祖，亦不爲壽，豈有心於養生哉！且始以連蹇而遭顛沛，終以愚蒙而怯幽微，每以親人見疏爲苦。今得與君遁山水、觀魚鳥，良足樂矣。子何不淹留於此，以緩我之愁腸乎？」

吴山民曰：「景語清微。遁山水、觀魚鳥亦足寄慨。結語鍊。」（唐詩選脈會通引）

陸時雍曰：「謝靈運：『猿鳴誠知曙，谷幽光未顯。岩下雲方合，花上露猶泫。』語勢如峯巒起伏，委有餘態。柳子厚『鶴鳴楚山静』一聯，陡然直上矣。『連袂度危橋』一聯，語堪入畫。」（唐詩選脈會通引）

周珽曰：「『重疊』句，援喻西岑。『微茫』句，指秋江説。『迥窮』四句，遠景。『生同』、『壽等』

二句，假放達。『非令親愛疏，誰使心神悄』，『疎』、『悄』二字相應。」（唐詩選脈會通）

孫月峯評點柳柳州集卷四十三曰：「是響調，讀之令人心快。類張景陽。」

蔣之翹柳集輯注卷四十三曰：「論詩者往往以此詩與南澗並稱，然一起一結，殊無意味，已大不如矣。」

吴昌祺删定唐詩解曰：「劉（辰翁）謂此詩語奇，非也。謂南澗勝此，則深於古矣。言九疑、洞庭皆在指顧中，可以攬天地、凌萬物，而日馳風起，遊興盡矣。我安逐客而離紛擾，生無用、壽無益也。唐（汝詢）多未到。」

## 送元暠師詩

侯門辭必服〔一〕，忍位取悲增〔二〕。去魯心猶在〔三〕，從周力未能〔四〕。家山餘五柳〔五〕，人世遍千燈〔六〕。莫讓金錢施〔七〕，無生道自弘〔八〕。

此詩不見諸本，惟宋乾道永州本柳柳州外集及日静嘉堂藏唐柳先生文集（殘本）録之。元暠與宗元、禹錫皆有交遊，宗元另有送元暠師序，詩亦可信爲宗元作。序云：「元暠，陶氏子，其上爲通侯，爲高士，爲儒先。資其儒，故不敢忘孝；跡其高，故爲釋；承其侯，故能與達者遊。」又謂其「與劉遊久且暱，持其詩與引而來」。禹錫送元暠南遊詩引曰：「予策名二十年，百慮而無一得，然後知世所謂道，無非畏途，惟出世間法可盡心爾。」禹錫貞元九年（七九三）登進士第，下推二十年爲元和七年（八一二），翯謁宗元當在其時，詩亦必是年作也。

〔一〕服，漢書禮樂志顔師古注：「服謂衣服之色。」

〔二〕忍位，高僧傳不空傳：「測其忍位，莫定高卑。」佛教總謂證真諦之法。忍者，心住於真諦而不動也。大乘義章卷九：「慧心安法，名之爲忍。」三藏法教卷五：「忍即忍耐，亦安忍也。」悲增，悲增菩薩之省稱。謂大悲之性分增上，欲久住生死，利樂有情，不欲疾進菩提之果者。按此兩句謂元翯棄侯門之服色，而以忍位求達悲增菩薩之境地。

〔三〕去魯，史記孔子世家：「定公十四年，孔子年五十六，由大司寇行攝相事。……齊人聞而懼……於是選齊國中女子好者八十人……遺魯君。……（魯君）往觀終日，怠於政事……三日不聽政，郊又不致膰俎於大夫，孔子遂行。……孔子之去魯，凡十四歲而返乎魯。」按：孔子魯人，此以喻元翯離鄉也。

〔四〕從周，禮檀弓下：「殷既封而弔，周反哭而弔。孔子曰：『殷已慤，吾從周。』」按：宗元送元翯師序稱翯「以其先人之葬未返其土，無族屬以移其哀，行求仁者，以冀終其心」，即所謂「從周力未能」者也。

〔五〕五柳，陶潛五柳先生傳：「先生不知何許人也，亦不詳其姓字，宅邊有五柳樹，因以爲號焉。」元翯，陶潛後裔，故用此典。餘五柳，謂他無餘物也。

〔六〕千燈，維摩詰所説經菩薩品：「有法門名無盡燈，汝等當學。無盡燈者，譬如一燈燃百千燈，冥者皆明，明終不盡。……夫一菩薩開導百千衆生，令發阿耨多羅三藐三菩提心於其道意，亦不滅盡，隨所説法，而自增益一切善法，是名無盡燈也。」遍千燈，贊元暠弘法之廣。

〔七〕金錢施，賢愚經曰：「波婆梨自竭所有，爲設大會，一切都集。設會已訖，大施達嚫，人得五百金錢。」（法苑珠林引）王維過盧員外宅看飯僧共題：「上人飛錫杖，檀越施金錢。」

〔八〕無生，魏書釋老志：「凡其經旨，大抵言生生之類，皆因行業而起，有過去、當今、未來三世。識神常不滅。凡爲善惡，必有報應，漸積勝業，陶冶粗鄙，經無數形，澡鍊神明，乃致無生，而得佛道。」佛言萬物之體，無生無滅。無生之道，即謂佛法也。宗元永州龍興寺修浄土院記云：「有能求無生之生者，知舟筏之存乎是。」亦猶此意也。

# 南澗中題

秋氣集南磵〔一〕，獨遊亭午時〔二〕。迴風一蕭瑟〔三〕，林影久參差〔四〕。始至若有得〔五〕，稍深遂忘疲。羈禽響幽谷〔六〕，寒藻舞淪漪〔七〕。去國魂已游〔八〕，懷人淚空垂。孤生易爲感〔九〕，失路少所宜〔一〇〕。索寞竟何事〔一一〕？徘徊祇自知。誰爲後來者，當與此心期。〔一二〕

韓醇詁訓柳集卷四十二曰：「公永州諸記，自朝陽巖東南水行至袁家渴，自渴西南行不能百步得石渠，石渠既窮爲石澗。石澗在南，即此詩所題也。」按宗元石澗記曰：「其水之大，倍石渠三之一。亘石爲底，達於兩涯，若床若堂，若陳筵席，若限閫奥。水平布其上，流若織文，響若操琴。……古人之有樂乎此耶？後之來者，有能追予之踐履耶？」末兩句之意類詩結句「誰爲後來者，當與此心期」，記與詩或同時作。唯記狀石澗之貌，而詩則抒失路之悲也。記又曰：「得之日，與石渠同。」宗元得石渠爲元和七年（八一二）十月十九日（見石渠記），姑繫此詩于是時。

〔一〕秋氣，宋玉九辯：「悲哉秋之爲氣也，蕭瑟兮草木摇落而變衰。」春秋繁露卷十一：「春氣愛，秋氣嚴，夏氣樂，冬氣衰。」○何焯義門讀書記曰：「萬感交集，忽不自禁，發端有力。」

〔二〕亭午，孫綽遊天臺山賦：「羲和亭午，遊氣高褰。」劉良注：「亭，定也。」梁元帝纂要：「日在午曰亭午。」（初學記天部引）○劉辰翁評「秋氣」二句曰：「子厚每詩起語如法，更清峭奇整。」劉履曰：「初秋篇『稍稍雨侵竹，翻翻鵲驚叢』，發語頗新巧，猶未失爲沈謝；此詩『獨遊亭午時』，自是唐韻。」（蔣之翹柳集輯注卷四十三引）

〔三〕迴風，爾雅釋天：「迴風爲飄。」旋風也。○洪亮吉北江詩話曰：「静者心多妙，體物之工，亦惟静者能之。如柳柳州『迴風一蕭瑟，林影久參差』……鹵莽人能體會及此否？」

〔四〕參差，詩周南關雎：「參差荇菜，左右流之。」不齊貌。○吴可藏海詩話評「迴風」二句曰：「能形容出體態，而又省力。」王文濡唐詩評註讀本卷一曰：「四句叙南澗秋景。」

〔五〕始至二句，蔣之翹柳集輯注評曰：「二語已入妙理，然讀之了與人意不異，不知後當如何下注脚也。劉辰翁曰：『精神在此十字，遂覺一篇蒼然。』」

〔六〕幽谷，詩小雅伐木：「鳥鳴嚶嚶，出於幽谷，遷於喬木。」毛傳：「幽，深也。」

〔七〕淪漪，詩魏風伐檀：「河水清且淪漪。」毛傳：「小風，水成紋轉如輪也。」（百）按：漪本語助，後世逕作波紋意用之。○何焯曰：「『羈禽響幽谷』一聯，似緣上『風』字直書即目，其實乃興中之比也。羈禽哀鳴者，友聲不可求，而斷喬遷之望也，起下『懷人』句。寒藻獨舞者，潛魚不能依，而乖得性之樂也，起下『去國』句。」王文濡曰：「四句言得靜中真趣。」

〔八〕去國，禮記曲禮：「去國三世，爵禄有列於朝，出入有詔於國。」此謂貶謫。魂已遊，濟美堂本、蔣之翹本及全唐詩「遊」作「遠」。陳景雲柳集點勘曰：「『遊』，一作『遠』，恐皆誤，似當作『逝』。楚辭：『魂一夕而九逝。』又懲咎賦及哭凌準詩中皆用『魂逝』語。」按：陳説未必是。易繫辭：「精氣爲物，遊魂爲變。」謂精氣聚則生，精氣散則亡。詩即用其語。魂已遊，謂精神頹喪恍惚也。

〔九〕孤生，古詩十九首：「冉冉孤生竹，結根泰山阿。」陸機園葵：「慶彼晚彫福，忘此孤生悲。」

〔一〇〕失路，見哭連州凌員外司馬注。○王文濡曰：「四句觸目感懷，是翻因南澗而生愁也。」

〔一一〕索寞，鮑照行路難：「今日見我顏色衰，意中索寞與先異。」

〔一二〕劉辰翁曰：「結得平澹不可言。」王世貞曰：「使人自遠。」（蔣之翹柳集輯注引）王文濡曰：

「四句言此索寞况味，惟後來遷謫於此者，當能與我心相合也。結得平淡。」

【評箋】

蘇軾東坡題跋卷二曰：「柳子厚南遷後詩，清勁紆徐，大率類此。」

蘇軾又曰：「柳儀曹南澗詩，憂中有樂，樂中有憂，蓋絶妙古今矣。然老杜云：『王侯與螻蟻，同盡隨丘墟。』儀曹何憂之深也。」

曾吉甫筆墨閒録曰：「南澗詩平淡有天工，在與崔策登西山上，語奇故也。」

鍾惺唐詩歸曰：「非不似陶，只覺音調外不見一段寬然有餘處。」

唐汝詢唐詩解卷十曰：「因遊南澗而寫遷謫之意。言此地風景冷落，而我愛之，故始至恍若有得，久則忘倦矣。但悲懷觸物而生，即羈禽寒藻動我去國之思，正以孤客易傷，失路鮮所宜耳。今斯情既難語人，詩雖留題，誰謂後來者知我心乎？蓋柳州以叔文之黨而被黜，悔恨之意，每見於篇。」

陸時雍曰：「言言深訴，却有不能訴之情。『索莫』、『徘徊』，末二語大堪喟息。」（唐詩選脈會通引）

陳繼儒曰：「讀柳州南澗、田家諸詩，覺雅裁深識，菲菲來會，令人目不給賞，意無留趣。」（同上引）

周珽曰：「古雅，絶無霸氣，結末有章法，亦在魏晉之間。」（唐詩選脈會通引）

孫月峯評點柳柳州集卷四十三曰：「此是入選最有名詩，興趣音節俱佳，蓋以鍊意妙，若字句則鍊入無痕，遂近自然，調不陶却得陶之神。」

蔣之翹柳集輯注卷四十三曰：「柳州南礀詩意致已似恬雅，而中實孤憤沈鬱，此是境與神會，非一時湊泊可成。先正李于麟嘗選柳古詩，特取此作，大是具眼。」

徐增而菴説唐詩卷二曰：「時方深秋，南礀落莫，若秋氣於此獨聚，故云『集』。又是一人去遊，到南澗曰亭午矣，忽風迴轉來，覺身上一寒，風去林影摇動，良久猶參差不歇也。其始至時若有所得，稍至深處，遂忘罷疲，聽失侶之禽鳴於幽谷，又見澗中之藻舞於淪漪。……所聞所見，惟此而已。於是遷謫之况，頓起於懷，去故國日久，而魂已遠，懷人不見，下淚皆空。蓋人孤則易爲感傷，失路則百無一宜。始慕南澗而來，今則不耐煩南澗矣。遷謫同於我者，當與此心期而已。柳州潦倒乃至於此，何其不自廣也。」

賀裳載酒園詩話又編曰：「南澗詩從樂而説至憂，覺衰詩從憂而説至樂，其胸中鬱結則一也，柳子之答賀者曰：『庸詎知吾之浩浩，非戚之尤者乎？』讀此文可解此詩。每見評者曰近陶，或曰達，余以山樞之答蟋蟀，猶謂其憂深音蹙，然即陶詩『今我不爲樂，知有來歲不』意也。」

汪森韓柳詩選曰：「起結極有遠神，正以平淡中有紆徐之致耳。」

沈德潛唐詩别裁卷四曰：「語語是獨遊。東坡謂柳儀曹南澗詩，憂中有樂，妙絶古今，得其旨矣。『始至若有得，稍深遂忘疲』，爲學仕宦亦如是觀。」

吴昌祺删定唐詩解卷十曰：「以唐之風韻兼謝之蒼深，五言詩若此已足，不必言漢人也。」劉熙載藝概詩概曰：「韋云『微雨夜來過，不知春草生』，是道人語；柳云『迴風一蕭瑟，林影久參差』，是騷人語。」施補華峴傭説詩曰：「柳子厚幽怨有得騷旨，而不甚似陶公，蓋怡曠氣少，沈至語少也。南澗一作，氣清神斂，宜爲坡公所激賞。」

# 入黄溪聞猿

溪路千里曲，哀猿何處鳴〔一〕？孤臣淚已盡，虚作斷腸聲〔二〕。

據宗元遊黄溪記，其元和八年（八一三）五月十六日曾遊黄溪，既歸而爲記。此詩疑亦同時作。然其年秋，宗元又從刺史袁彪黄溪祈雨（參見下篇題解），韓醇詁訓柳集卷四十二：「下篇韋使君黄溪祈雨亦在八年，此詩豈公從韋君入溪時作耶？」姑以存疑。黄溪，遊黄溪記曰：「黄溪距州治七十里。」輿地紀勝山川曰：「黄溪水在零陵縣東七十里，蓋九疑之西境，柳宗元遊彼，愛其山水。」清一統志湖南永州府：「黄溪在零陵縣東七十里。府志：源出陽明山（在今零陵縣東一百里處），流經福田山，又北至祁陽縣，合白水入湘。」

〔一〕哀猿，楚地古多猿，宗元詩文屢屢言及之，懲咎賦云：「聽嗷嗷之哀猿。」

〔二〕斷腸聲，水經注卷三十四江水：「自三峽七百里中……每至晴初霜旦，林寒澗肅，常有高猿長嘯，屬引淒異，空谷傳響，哀轉久絶。故漁者歌曰：『巴東三峽巫峽長，猿鳴三聲淚沾裳。』」○唐汝詢唐詩解卷二十三曰：「猿聲雖哀而我無淚可滴，此於古詞中翻一新意，更悲。」汪森韓柳詩選曰：「翻斷腸意，更深一層。」

【評箋】

孫月峯評點柳柳州集卷四十三曰：「翻舊爲新。」

吴逸一唐詩正聲評曰：「只就猿聲播弄，不添意而意自深。」

周珽曰：「上二句盡題，下二句入情。多感思，得翻案法。」（唐詩選脈會通引）

黄周星唐詩快卷十四曰：「總是一悲。」

沈德潛唐詩别裁集卷十九曰：「翻出新意，愈苦。」

吴昌祺删定唐詩解卷二十三曰：「此種所謂窮而後工也。」

## 韋使君黄溪祈雨見召從行至祠下口號

驕陽愆歲事〔一〕，良牧念菑畬〔二〕。列騎低殘月，鳴笳度碧虚。稍窮樵客路，遥駐野人居〔三〕。谷口寒流浄，叢祠古木疏〔四〕。焚香秋霧濕，奠玉曉光初〔五〕。肸蠁巫言報〔六〕，精誠禮物餘〔七〕。惠風仍偃草〔八〕，靈雨會隨車〔九〕。俟罪非真吏〔一〇〕，翻慚奉簡書〔一一〕。

韋使君，謂永州刺史韋彪。彪元和七年（八一二）涖任，而九年（八一四）八月永州刺史已是崔能，據黃溪記知宗元八年（八一三）夏始遊黃溪，此詩有「焚香秋霧濕」語，當爲八年秋作也。祠，黃溪記曰：「黃溪距州治七十里，由東屯南行六百步，至黃神祠。」

〔一〕歲事，尚書大傳略説：「耰鉏已藏，祈樂已入，歲事既畢。」謂農事也。

〔二〕良牧，謂韋使君。禮記曲禮下：「九州之長，入天子之國，曰牧。」後以稱州官。菑畬，易无妄：「不耕穫，不菑畬。」（百）爾雅釋地：「田一歲曰菑，二歲曰新田，三歲曰畬。」

〔三〕何焯義門讀書記曰：「『遥駐』二字，已暗括『見召從行』。」

〔四〕叢祠，史記陳涉世家：「令吴廣之次近所旁叢祠中，夜篝火狐鳴。」（百）索隱：高誘注戰國策云：「叢祠，神祠叢樹也。」急就篇曰：「祠祀社稷叢臘奉。」注：「叢謂草木岑蔚之所，因立神祠也。」鄉野林間之神祠。

〔五〕奠玉，蔣之翹柳集輯注卷四十二：「凡祭祠必用嘉玉，故云。」

〔六〕肸蠁，「肸」原作「盻」，據音辯本、世綵堂本、游居敬本、蔣之翹本、朝鮮本及全唐詩改。漢書司馬相如傳：「衆香發越，肸蠁布寫。」顔師古注：「肸蠁，盛作也。」後常用喻神靈感應、靈感通微，杜甫朝獻太清宫賦：「若肸蠁而有憑。」是也。報，謂神顯靈應賜雨也。

〔七〕精誠，文淵閣本作「精神」。

〔八〕惠風句，論語顔淵：「草上之風必偃。」晉書索靖傳：「又似和風吹林，偃草扇樹。」

〔九〕靈雨，詩鄘風定之方中：「靈雨既零。」鄭玄箋：「靈，善也。」猶言佳雨。謝承後漢書鄭弘傳：「弘消息繇賦，政不煩苛。行春大旱，隨車致雨。」（百）

〔一〇〕俟罪，賈誼弔屈原賦：「恭承嘉惠兮，俟罪長沙。」（百）按：白居易江州司馬廳記云自武德以來：「司馬之事盡去，唯員與俸在。凡内外文武官右移者第居之」。至宗元所爲司馬員外置同正員，朝廷更有不得釐務之明令，故云「俟罪非真吏」也。

〔一一〕簡書，詩小雅出車：「豈不懷歸，畏此簡書。」（百）此謂韋使君見召之書札也。

【評箋】

何焯義門讀書記曰：「此詩天然自工，政使極意彫飾，意莫加也。」

## 同劉二十八院長述舊言懷感時書事奉寄澧州張員外使君五十二韻之作因其韻增至八十通贈二君子

弱歲遊玄圃〔一〕，先容幸棄瑕〔二〕。名勞長者記〔三〕，文許後生誇〔四〕。鶡翼嘗披隼〔五〕，蓬心類倚麻〔六〕。繼酬天禄署〔七〕，「酬」，當作「讎」。俱尉甸侯家〔八〕。憲府初收迹〔九〕，丹墀共拜嘉〔一〇〕。分行參瑞獸〔一一〕，傳點亂宮鴉〔一二〕。執簡寧循枉〔一三〕，持書每去邪〔一四〕。鸞凰標魏闕〔一五〕，熊武負崇牙〔一六〕。辨色宜相顧，傾心自不譁。金爐仄流月，紫殿啓晨緺〔一七〕。未竟遷喬樂〔一八〕，俄成失路嗟〔一九〕。還如渡遼水〔二〇〕，更似謫長沙〔二一〕。别怨秦城暮〔二二〕，途窮越嶺斜〔二三〕。訟庭閑枳棘〔二四〕，候吏逐麇麚〔二五〕。一作「麏麚」。三載皇恩暢，千年聖曆遐〔二六〕。朝宗延駕海〔二七〕，師役罷梁溠〔二八〕。京邑搜貞幹〔二九〕，南宮步渥洼〔三〇〕。世推材是梓〔三一〕，一作「杍」。人仰驥中驊〔三二〕。欻刺苗人地〔三三〕，仍逾贛石崖〔三四〕。禮容垂琕琫〔三五〕，琕，一作「琕」。戎備響鋋鍜〔三六〕。寵即郎官舊，威從太守加。建旟翻鷙鳥〔三七〕，負弩繞文蛇〔三八〕。册府榮八命〔三九〕，中闈盛六珈〔四〇〕。「闈」，一作「闌」。肯隨胡質矯〔四一〕，方惡馬融奢〔四二〕。褒德符新换〔四三〕，懷仁道併遮〔四四〕。俗嫌龍節晚〔四五〕，朝訝介圭賒〔四六〕。禹貢輸苞匭〔四七〕，周官賦秉秅〔四八〕。雄風吞七澤〔四九〕，異産控三巴〔五〇〕。即事觀農稼，因時展物華。秋原被蘭葉，春渚漲桃花〔五一〕。令肅軍無擾，程懸市禁貰〔五二〕。不應虞竭澤〔五三〕，寧復歎棲苴〔五四〕。蹀躞驕先駕〔五五〕，籠銅鼓報衙〔五六〕。染毫東國素〔五七〕，濡印錦溪砂〔五八〕。貨積舟難泊，人歸山倍畬〔五九〕。吳歈工折柳〔六〇〕，楚舞舊傳芭〔六一〕。隱几松爲曲〔六二〕，傾樽石作汙〔六三〕。寒初榮橘柚，夏首薦枇杷。祀變荆巫禱〔六四〕，風移魯婦髽〔六五〕。已聞施愷悌〔六六〕，還覩正奇衺〔六七〕。慕友慚連璧〔六八〕，言姻喜附葭〔六九〕。沉埋全死地，流落半生涯。入郡腰恒折〔七〇〕，逢人手盡叉〔七一〕。敢辭親恥汙〔七二〕，唯恐長疵瘕〔七三〕。善幻迷冰火〔七四〕，齊諧笑柏塗〔七五〕。東門牛屢飯〔七六〕，中散蝨空爬〔七七〕。逸戲看猿鬬〔七八〕，殊音辨馬撾〔七九〕。渚行狐作孽〔八〇〕，林宿鳥爲蹉〔八一〕。同病憂能老〔八二〕，新聲厲似姱〔八三〕。豈知千仞墜，祇爲一毫差〔八四〕。守道甘長絶〔八五〕，明心欲自剄〔八六〕。貯愁聽夜雨，隔淚數殘葩。梟族音常聒〔八七〕，豺羣喙競呀〔八八〕。「喙」，一作「啄」。岸蘆翻毒蜃，磎竹鬬狂麏〔八九〕。野鶩行看弋，江魚或共扠。瘴氛恒積潤〔九〇〕，訛火亟生煆〔九一〕。耳靜煩喧蟻〔九二〕，魂驚怯怒蛙〔九三〕。風枝散陳葉，霜蔓綖寒瓜〔九四〕。「綖」，一作「縋」。霧密前山桂，冰枯曲沼蕸〔九五〕。思鄉比莊舄〔九六〕，遯世遇眭夸〔九七〕。「遇」，一作「慕」。漁舍茨荒草〔九八〕，村橋卧古槎〔九九〕。御寒衾用罽〔一〇〇〕，挹水勺仍椰〔一〇一〕。窗蠹惟潛蝎，甍涎競綴蝸。引泉開故竇，護藥插新笆。樹怪花因槲〔一〇二〕，蟲憐目待蝦〔一〇三〕。驟歌喉易嗄〔一〇四〕，饒醉鼻成皻〔一〇五〕。曳捶牽羸馬〔一〇六〕，垂蓑牧艾豭〔一〇七〕。已看能類鼈〔一〇八〕，猶訝雉爲鷨〔一〇九〕。誰采中原菽〔二〇〕，徒巾下澤車〔二一〕。俚兒供苦筍〔二二〕，傖父饋酸樝〔二三〕。勸策扶危杖，邀持當酒茶。道流徵裋褐〔二四〕，禪客會袈裟。香飯舂菰米〔二五〕，珍蔬折五茄〔二六〕。方期飲甘露〔二七〕，更欲吸流霞〔二八〕。屋鼠從穿穴，林狙任攫拏。春衫裁白紵，朝帽掛烏紗。屢歎恢恢網〔二九〕，頻摇肅肅罝〔三〇〕。衰榮困蓂莢〔三一〕，盈缺幾蝦蟆〔三二〕。路識溝邊柳，城聞隴上笳。共思捐珮處〔三三〕，千騎擁青緺〔三四〕。

劉二十八，謂劉禹錫。李肇國史補卷下：「外郎御史遺補相呼爲院長。」澧州張員外，謂張署。韓愈唐故河南令張君墓誌銘稱署「方質有氣，形貌魁碩，長於文詞，以進士舉博學宏詞爲校書郎，自京兆武功尉拜監察御史。爲幸臣所讒（按：謂李實），與同輩韓愈、李方叔三人俱爲縣令南方。二年逢恩赦，俱還掾江陵，半歲，邕管奏君爲判官，改殿中侍御史。不行，拜京兆府司録。……京兆改鳳翔尹以節鎮京西，請與君俱，改禮部員外郎，爲觀察使判官。帥他遷，君不樂久去京師，謝歸，用前能拜三原令，歲餘遷尚書刑部員外郎，守法争議，棘棘不阿，改虔州刺史……改澧州刺史」。按：詩末云「共思捐佩處，千騎擁青騶」，則其時署正刺澧也。考署遷刑部確知是元和五年（八一〇），此後刺虔州、刺澧州，徙河南令。劉禹錫酬竇員外郡齋宴客偶命柘枝因見寄兼呈張十一院長元九侍御自注：「員外郎兼節度判官佐平蠻策，張初罷郡，元方從事。」竇常爲節使判官，元稹爲從事，隨嚴綬討溆州蠻首張伯靖，乃元和八年（八一三）五月事，八月而伯靖降，則署罷澧必於八月前也。詩當作於此前。今繫於元和八年作。

〔一〕弱歲，禮記曲禮上：「二十曰弱，冠。」江總讓尚書令表：「臣弱歲立朝，本無奇志。」水經注卷一河水：「崐侖之山三級：下曰樊桐，一名坂桐；二曰玄圃，一名閬風；上曰層城，一名天庭，是爲太帝仙居。」此指京師文苑。按：宗元年十七求進士，四年乃得第，故云。

〔二〕先容，鄒陽獄中上書自明：「蟠木根柢，輪囷離奇，而爲萬乘器者，何則？以左右先爲之容也。」（百）李善注：「容，謂雕飾。」

〔三〕長者，史記陳丞相世家：「（陳平）門外多有長者車轍。」（百）隋書劉炫傳：「昔在幼弱，樂參長者。」

〔四〕後生，論語子罕：「後生可畏。」（百）按：何焯義門讀書記曰：「子厚弱冠升名，遽呼未遇者爲後生，毋乃器識之淺歟！」此説誤。陳景雲柳集點勘曰：「子厚齒少於澧州十五，故稱之爲長者，自謂後生。」○孫月峯評點柳柳州集卷四十二曰：「首四句自叙。『鷃翼』以下，入張、劉同官意。」

〔五〕鷃翼披隼，猶言鷃披隼翼也。庾信哀江南賦：「隼翼鷃披，虎威狐假。」莊子逍遥遊陸德明音義：「鷃，鷃雀也。今野澤中鶕鶉是也。」

〔六〕蓬心句，莊子逍遥遊：「夫子猶有蓬之心也夫。」荀子：「蓬生麻間，不扶自直。」（百）按：蓬心，後世作自歉淺陋之詞。顔延之北洛使：「蓬心既已矣，飛薄殊亦然。」此句猶潘岳河陽縣作「曲蓬何以直，託身依叢麻」之意。類倚麻，鄭定本、音辯本、朝鮮本、詁訓本、游居敬本「類」作「賴」。○何焯曰：「發端三聯，統謂與張、劉投分之切，故下云『繼酬天禄署』。」按：此謂與張，尚未涉劉。

〔七〕天禄署，三輔黄圖卷六：「天禄閣，藏典籍之所。漢宫殿疏云：天禄麒麟閣，蕭何造以藏秘書，處賢才也。」按：張署嘗爲校書郎，宗元亦爲集賢殿正字。

〔八〕甸侯，左傳桓公二年：「師服曰：『今晉，甸侯也，而建國，本既弱矣，其能久乎！』」杜預注：「諸侯而在甸服者。」按：署嘗爲京兆武功尉，宗元爲藍田尉，俱京畿之地。

〔九〕憲府，謂御史之職。見前弘農公以碩德偉材屈於誣枉……詩注。按：貞元十九年，署自武功尉拜監察御史，宗元自藍田尉入爲監察御史裏行。孫汝聽曰：「公亦自集賢殿正字入爲監察御史。」（百家注柳集引），誤也。

〔一〇〕丹墀，張衡西京賦：「青瑣丹墀。」李善注：「漢官典職：『丹漆地，故稱丹墀。』」（百）拜嘉，左傳襄公四年：「晉享魯使臣穆叔，歌鹿鳴之詩。穆叔曰：『鹿鳴，君所以嘉寡君也，敢不拜嘉。』」（百）此爲拜受所任之意。

〔一一〕瑞獸，獬豸。晉書輿服志：「獬豸，神羊，能觸邪佞。異物志云：『北荒之中有獸，名獬豸，一角，性别曲直。見人鬭，觸不直者；聞人争，咋不正者。』」此指戴獬豸冠之御史。舊唐書輿服志：「法冠，一名獬豸冠，以鐵爲柱，其上施珠兩枚，爲獬豸之形，左右御史臺流内九品以上服之。」按：此句謂參御史之列，分立於朝班也。新唐書百官志：「監察御史分日值朝堂。……天授中詔側門置籍，得至殿庭。開元七年，又詔隨仗入閤。」唐會要卷二十五：「文武官五品以上及監察御史……每日朝參。」

〔二〕點，即雲板。皇帝視朝前，按時敲擊以集合司事之人。按：二句寫朝見也。新唐書儀衛志上：「朝日……御史大夫領屬官至殿西廡，從官朱衣傳呼，促百官就班，文武列於兩觀。監察御史二人立於東西朝堂甎道以涖之。平明，傳點畢，內門開。監察御史領百官入。」

〔三〕執簡，左傳襄公二十五年：「齊南史氏聞太史盡死，執簡以往。」韓醇詁訓柳集卷四十二曰：「沈約爲御史中丞，彈奏王源文云：『臣輒奉白簡以聞。』任昉爲中丞，彈曹景宗亦云：『謹奉白簡。』又崔篆御史箴曰：『簡上霜凝。』蓋御史奏劾以簡也。」

〔四〕持書，後漢書蔡邕傳：「（邕）舉高第，補侍御史，又轉持書御史。」（百）按：唐六典卷十三：「持書侍御史者，本漢宣帝元鳳中因路温舒上書宜尚德緩刑，帝深采覽之。季秋清讞，時帝幸宣室，齋居而决事，令侍御史二人持書，故曰持書侍御史。……貞觀中，避高宗諱，省持書侍御史，依前代置御史中丞。」則持書侍御史，御史中丞之舊稱也。監察御史似不得稱持書，此當謂監察御史珥丹筆、持簿書，糾察違失，非官稱也。

〔五〕鸞凰句，魏闕，周禮天官大宰：「布治於邦國都鄙，乃縣治象之法於象魏。」鄭玄注：「象魏，闕也。」莊子讓王：「身在江海之上，心居乎魏闕之下。」（百）宮門外樓觀，喻指朝廷。按楚辭九章涉江：「鸞鳥鳳皇日以遠兮」以鸞鳳喻賢士，此句亦喻賢士在朝也。

〔一六〕熊武，周禮司常：「熊虎爲旗。」（百）熊武，即熊虎，唐諱虎字，改。崇牙，禮記檀弓上：「設崇，殷也。」孔穎達疏：「旌旗之旁，刻繒爲崇牙。殷必以崇牙爲飾者，殷湯以武受命，恒以牙爲飾。」旌旗之齒狀邊飾。此即謂旌旗也。

〔一七〕金爐，新唐書儀衛志上：「朝日，殿上設黼扆、躡席、熏爐、香案。」赧，廣韻卷二：「日朝，赤色。」○孫汝聽曰：「自『弱歲遊玄圃』至此，皆叙其與張歷仕及同爲御史之意。」（百家注柳集引）汪森韓柳詩選曰：「此段總叙交情，兼及劉亦在內，以劉亦同爲御史也。」

〔一八〕遷喬，詩小雅伐木：「出自幽谷，遷於喬木。」（百）

〔一九〕失路，揚雄解嘲：「當涂者入青雲，失路者委溝渠。」按：署拜監察御史之同年冬，即忤幸臣李實而貶郴州臨武，因有「未竟」、「俄成」之歎。○孫月峯曰：「此下單叙張事。」

〔二〇〕渡遼水，漢書崔駰傳：「（竇）憲擅權驕恣，駰數諫之。及出擊匈奴，道路愈多不法。駰爲主簿，前後奏記數十，指切長短，憲不能容，稍疏之。因察駰高第，出爲長岑長。」李賢注：「長岑縣，屬樂浪郡，其地在遼東。」

〔二一〕謫長沙，用賈誼典，屢見前注。

〔二二〕秦城，此謂長安。孫汝聽曰：「言別於長安。」（百家注柳集引）

〔二三〕越嶺，南方百越地之山嶺。此借以指郴州地。

〔二四〕訟庭句，後漢書循吏列傳：「考城令河内王涣政尚威猛，聞（仇）覽以德化人，署爲主簿。……涣謝遣曰：『枳棘非鸞鳳所棲，百里非大賢之路。』」（百）

〔二五〕候吏，國語周語中：「敵國賓至，關尹以告，行理以節逆之，候人爲導。」王維送封太守：「百城多候吏，露冕一何尊。」迎送官員之吏。麋，説文卷十八：「麋，鹿屬。」司馬相如上林賦李善注：「麋似水牛。」麃，廣韻卷二：「牡鹿也。」按：二句歎賢者投閑置散，不得其用。

〔二六〕聖曆，猶「聖歷」。劉勰文心雕龍時序：「今聖歷方興，文思光被。」按：張署自貞元十九年被貶，至永貞元年八月憲宗即位爲三年。二句言憲宗登基，恩披天下。

〔二七〕朝宗，書禹貢：「江漢朝宗於海。」鄭玄注：「二水經此州而入海，有似於朝百川，以海爲宗。宗，尊也。」駕海，「駕」原作「架」，據蔣之翹本、朝鮮本、全唐詩改。孫汝聽曰：「駕海猶航海。」（百家注柳集引）

〔二八〕梁溠，左傳莊公四年：「令尹鬭祁、莫敖屈重除道梁溠，營軍臨隨。」杜預注：「溠水，在義陽厥縣西，東南入鄖水。梁，橋也。」韓醇詁訓柳集曰：「梁溠，作橋於溠水上。」

〔二九〕貞幹，論衡語增：「夫三公鼎足之臣，王之貞幹也。」按：語源易乾：「貞者，事之幹也。」

〔三〇〕南宫，書洪範孔穎達疏：「南宫，星座名，包含井、鬼、柳、星、張、翼、軫七宿，總稱朱鳥星座。」漢尚書省像列宿之南宫，後因以爲尚書省之稱。東漢尚書令鄭宏、南齊尚書右丞丘仲孚均著有南宫故事。渥洼，史記樂書：「（武帝）嘗得神馬渥洼水中。」後遂以名良馬。按：

此二句即謂署元和二年拜京兆府司録，歲餘又遷刑部員外郎事。

〔二一〕世推，鄭定本、濟美堂本、蔣之翹本「推」作「惟」。材是梓，書梓材：「若作梓材，既勤樸斲。」孔安國傳：「爲政之術，如梓人之治材爲器。」（百）此句謂世人皆以張爲良材也。

〔二二〕驊，驊騮，莊子秋水：「騏驥驊騮，一日而馳千里。」駿馬也。

〔二三〕欻，猶欻，舊讀入聲，忽也。苗人地，史記五帝本紀：「三苗在江淮荆州。」正義：「吴起曰：『三苗之國，左洞庭而右彭蠡。』」則三苗西徙之前，當在長江中游以南之地。此即指虔州也。

〔二四〕贛石，陳書高帝紀：「南康贛石，舊有二十四灘，灘多巨石，行旅者以爲難。」即今贛江十八灘也。在江西境内，唐屬虔州。按：二句言署刺虔州事。郴州及虔州州治，皆在贛石之南，故云「仍逾」。

〔二五〕琕、琫，詩小雅瞻彼洛矣：「君子至止，鞞琫有珌。」毛傳：「鞞，容刀鞞也。琫，上飾；珌，下飾。……天子玉琫而珧珌，諸侯璗琫而璆珌。」珌，古文作「琕」。珌琫，刀劍鞘之玉飾。飾於鞘端曰珌，鞘口曰琫。按：「垂琕琫」，謂佩劍。唐官員五品以上朝服有劍（見舊唐書輿服志）。

〔二六〕戍備，指儀仗衛隊。錏鍜，説文卷十四：「錏鍜，頸鎧也。」（百）按：唐四品官以上出行鹵簿皆有刀、楯、弓、箭、戟、矟，唯數量不等（見新唐書車服志）。虔州，上州也，爲從三品。「響錏鍜」，謂儀仗器械鎧甲相擊聲也。

〔三七〕建旗，周禮春官司常：「鳥隼爲旟。……州里建旟。」旟畫有鳥隼圖像之旗幟。後世刺史類古之州里之長，署爲州刺史，故云「建旟」。翻鷙鳥，謂旗幟飄揚。鷙鳥即謂鳥隼也。

〔三八〕負弩，史記司馬相如傳：「相如爲中郎將……至蜀，蜀太守以下郊迎，縣令負弩矢先驅。」（百）文蛇，謂弩上蛇形圖紋。

〔三九〕八命，鄭定本、世綵堂本注：「『八』一作『三』。」周禮春官大宗伯：「以九儀之命，正邦國之位。一命受職……八命作牧。」（百）榮八命，即謂署授刺史職也。又章士釗柳文指要通要之部卷十二曰：「『八』字明明梗韻，子厚未必肯如此下字。正考父鼎云：『一命而僂，再命而傴，三命而俯。』詩取三命意正愜。」按：觀下句「六珈」，疑作「三命」是。「八」、「六」、平仄失對，周禮春官云「三命受位」，署自臨武量移江陵掾後，先入爲京兆府司録參軍，繼又遷尚書刑部員外郎，而終乃授州刺史，即所謂「三命」也。然作「八命」意亦順。

〔四〇〕六珈，詩鄘風君子偕老：「君子偕老，副笄六珈。」毛傳：「珈，笄飾之最盛者。」（百）後漢書輿服志下：「熊、虎、赤羆、天鹿、辟邪、南山豐大特六獸，詩所謂『副笄六珈』者。」女子簪髮之金玉飾物也。

〔四一〕胡質矯，晉陽秋：「胡質爲荆州刺史，其子威自京都來省之。告歸，質賜其絹一匹。威跪曰：『丈人清白，不審於何得此絹。』質曰：『是吾俸禄之餘，以爲汝糧耳。』其父子清慎如此。」（百）劉知幾史通暗惑曰：「古人謂方牧爲二千石者，以其禄有二千石故也。名以定體，貴實甚焉。……如胡威之别其父也，一縑之財，猶且發問，則千石之俸，其費安施？……然人自有身安弊緼、口甘粗糲，而多藏鏹帛無所散用者。故公孫弘位至三公，而卧布被，食脱粟飯，汲黯所謂齊人多詐者是也。安知胡威之徒其儉亦皆如此，而史臣不詳厥理，直謂清白當然，繆矣哉！」宗元所謂「矯」者，當亦是此意也。

〔四二〕馬融奢，後漢書馬融傳：「馬融字季長，扶風茂陵人也。……達生任性，不拘儒者之節。居宇器服，多存侈飾。常坐高堂，施絳紗帳，前授生徒，後列女樂。」（百）〇汪森曰：「此段歷叙張之遷轉，自貶郴州縣令以及爲澧州刺史中間情事，一一寫出，筆力最健。」

〔四三〕符，史記孝文本紀：「（文帝三年）初與郡國守相爲銅虎符、竹使符。」（百）换符，即謂改授官職。此指署自虔州改授澧州刺史。

〔四四〕道併遮，後漢書鄧寇列傳：「即日車駕南征，（寇）恂從至潁川，盜賊悉降，而竟不拜郡。百姓遮道曰：『願從陛下復借寇君一年。』」（百）孫汝聽曰：「謂署赴澧州，虔人懷其仁惠，遮道留之。」（百字注柳集引）按：韓愈張君墓誌銘曰：「（署）改虔州刺史。民俗相朋黨，不訴殺牛，牛以大耗，又多捕生鳥雀魚鼈，可食與不可食，相買賣，時節脱放期爲福祥：君視事，一皆禁督立絶。使通經吏與諸生之旁大郡學鄉飲酒喪婚禮，張施講説，民吏歡聽從化，大喜。度支符州，折民户租，歲徵綿六千屯，比郡承命，惶怖，立期日，唯恐不及事被罪。君獨疏言『治迫嶺下，民不識蠶桑』。月餘，免符下，民相扶攜，守州門叫讙爲賀。改澧州刺史。」

觀此，知詩云「褒德」、「懷仁」，固非諛辭也。

〔四五〕龍節，周禮地官掌節：「凡邦國之使節，山國用虎節，土國用人節，澤國用龍節，皆以金爲之。使節者，卿大夫聘於天子諸侯，行道所執之信也。」（百）

〔四六〕介圭，詩大雅韓奕：「以其介圭，入覲於王。」（百）詩大雅崧高：「錫爾介圭，以作爾寶。」鄭玄箋：「圭長尺二寸謂之介。」孫汝聽曰：「賒，遠也。言其入覲之晚。」（百家注柳集引）

〔四七〕禹貢句，書禹貢載荆州所貢有「包匭菁茅」。孔安國傳：「包，橘柚。匭，匣也。」（百）澧州，元和郡縣志云乃「禹貢荆州之域」。（輿地紀勝澧州引）

〔四八〕周官句：周禮秋官掌客：「凡諸侯之禮，上公……車米眡生牢，牢十車，車秉有五籔；車禾眡死牢，牢十車，車三秅。」儀禮聘禮：「十斗曰斛，十六斗曰籔，十籔曰秉，二百四十斗。四秉曰筥，十筥曰稯，十稯曰秅，四百秉爲一秅。」（百）二句言澧物資之饒也。

〔四九〕雄風，宋玉風賦：「此特大王之雄風也。」（百）吕延濟注：「謂雄俊之風也。」此猶言威風。七澤，司馬相如子虚賦：「楚有七澤。」（百）

〔五〇〕三巴，韓醇曰：「華陽國志曰：『武王克商，以其宗姬於巴，爵之以子。漢末益州牧劉璋以墊江以上爲巴郡，江州至臨江爲永寧郡，朐忍至魚腹爲固陵郡，巴遂分矣。璋復改永寧爲巴郡，以固陵爲巴東，徙龐羲爲巴西太守，是爲三巴。』又樂史寰宇記於渝州記云：『閬、白兩水東西流，三曲如巴字，是謂三巴。』其説不同。然詩意則謂張爲澧州，屬山南東道，而劉璋所分三巴之地屬山南西道及劍南道，山南、劍南兩道相接，故曰『控三巴』也。」按：永寧在今四川巴縣至忠縣一帶，固陵在今雲陽、奉節等地，巴西即閬中縣地。

〔五一〕漲桃花，謂桃花汛也。漢書溝洫志：「來春桃花水盛。」顏師古曰：「月令：『仲春之月，始雨水，桃始華。』蓋桃方華時，既有雨水，川谷冰泮，衆流猥集，波瀾盛長，故謂之桃花水耳。」

〔五二〕程，法規、章程。貰，廣雅卷十二：「貰，賒也。」

〔五三〕竭澤，呂氏春秋義賞：「竭澤而漁，豈不獲得，而明年無魚。」

〔五四〕棲苴，詩大雅召旻：「如彼歲旱，草不潰茂，如彼棲苴。」毛傳：「苴，水中浮草也。」鄭玄箋：「王無恩惠於天下，天下之人，如旱歲之草，皆枯槁無潤澤，如樹上之棲苴。」（百）按：「竭澤」、「棲苴」皆以喻爲政苛暴，此贊署施仁政，民安樂而無復憂歎也。

〔五五〕蹀躞，白頭吟：「蹀躞御溝上。」小步貌。騶，說文卷十：「騶，厩御也。」（百）按漢書惠帝紀顏師古注：「騶，本厩之馭者，後又令爲騎，因謂騶騎耳。」

〔五六〕籠銅，胡震亨唐音癸籤卷二十四：「古樂府秦女休行『朣朧擊鼓赦書下』，朣朧，鼓聲也。唐人所用字不同，沈佺期『籠僮上西鼓』，柳子厚『籠銅鼓報衙』，第取其音之同耳。即秦女本曲，見太平御覽者亦作『隴橦』，各異。」

〔五七〕東國，史記孟嘗君列傳：「其攻秦也，欲王之令楚王割東國以與齊。」正義：「東國，齊、徐夷。」陸機演連珠：「是以三卿世及，東國多衰弊之政。」李善注：「謂魯也。」是古之齊、魯、徐夷皆可稱東國也。新唐書地理志載唐時徐、齊、兗諸州皆貢絹，「東國素」，抑此謂耶！

〔五八〕錦溪砂，新唐書地理志五：「江南道錦州：土貢：光明丹砂，犀角。」政和證類本草卷三：「圖經：『丹砂，辰州者最勝，謂之辰砂。』陶隱居注：『今辰州乃武陵故地，雖號辰砂而本州境所出殊少，往往在蠻界中溪溆錦州得之。』」

〔五九〕畬，謂火耕也。温庭筠燒歌：「自言楚越俗，燒畬作旱田。」是知唐楚越有畬地之俗。宋范成大勞畬耕詩序謂畬地云：「春初斫山，衆木盡蹶，至當種時，伺有雨候，則前一夕火之，藉其灰以糞。」農書：「荆楚多畬地，先縱火熂爐，候經雨下種，歷三歲土脈竭，復熂旁山。」

〔六〇〕吴歈，楚辭招魂：「吴歈蔡謳，奏大吕些。」梁元帝纂要：「吴歌曰歈。」（百）折柳，古樂府有折楊柳歌，見樂府詩集梁鼓角横吹曲。

〔六一〕楚舞，史記留侯世家：「（劉邦）曰：『爲我楚舞，我爲若楚歌。』」庾信：哀江南賦：「吴歈越吟，荆豔楚舞。」傳芭，楚辭九歌禮魂：「成禮兮會鼓，傳芭兮代舞。」王逸注：「芭，巫所持香草名也。」（百）

〔六二〕隱几，莊子徐無鬼：「南伯子綦隱几而坐，仰天而噓。」隱，據也。言以曲松爲几也。

〔六三〕石作汙，禮記禮運：「汙尊而抔飲。」（百）鄭玄注：「汙尊，鑿地爲尊也。抔飲，手掬之也。」此即元結窊樽銘「窊石可以爲樽」之意也。汙、窊同，窪也。

〔六四〕荆巫，史記封禪書：「長安置祠祝官女巫……荆巫祠堂下，巫先、司命、施糜之屬。」（百）

〔六五〕魯婦髽，左傳襄公四年：「（魯）侵邾，敗於狐駘。國人逆喪者皆髽。魯於是乎始髽。」（百）杜預注：「髽，麻髮合結也。遭喪者多，故不能備凶服，髽而已。」按：二句贊署除淫祀、移風俗也。

〔六六〕愷悌，左傳僖公十二年：「愷悌君子，神所勞矣。」杜預注：「愷，樂也；悌，易也。」詩大雅旱麓又作「豈弟」。

〔六七〕奇衺，周禮天官宮正：「去其淫怠與其奇衺之民。」鄭玄注：「奇衺，譎觚非常。」衺，猶邪。按：宗元時令論：「是故聖人爲大經以存其直道，將以遺後世之君臣，必言其中正而去其奇衺。」〇韓醇曰：「自『未竟遷喬樂』至此，皆叙張出爲南方令及改刺二州之意。」汪森曰：「此處叙移刺澧州事特詳，正爲與永州相較生情，乃一篇用意處也。其詳風物之變自佳。」孫月峯曰：「此下叙己事，題云通贈二君子，然篇中並不及劉，蓋夢得與子厚同貶，自叙内即含贈劉意耳。」

〔六八〕慚連璧，蔣之翹本「慚」作「漸」，誤。晉書夏侯湛傳：「湛幼有盛才，文章宏富，善構新詞，而美容觀，與潘岳友善，每行止，同輿接茵，京都謂之連璧。」（百）

〔六九〕附葭，漢書中山靖王傳：「今羣臣非有葭莩之親。」顔師古注：「葭，蘆也。莩者，其甬中白皮至薄也。」（百）古以喻中闈之親。按：韓愈張君墓誌銘謂署「娶河東柳氏子」，則與宗元乃姻親也。〇汪森曰：「『慕友』二句乃承上啓下之法，是從張而轉入自叙也。」

〔七〇〕腰恒折，宋書隱逸傳：「（陶潛）復爲鎮軍建威參軍……郡遣督郵至，縣吏白應束帶見之。潛歎曰：『我不能爲五斗米折腰向鄉里小人。』即日解印綬去職，賦歸去來。」（百）

〔七一〕手盡叉，後漢書馬援傳：「豈有知其無成，而但萎腇咋舌，叉手從族乎？」（百）

〔七二〕汙，漢書晁錯傳顔師古注：「汙，辱也。」親恥汙，謂含恥忍垢也。親，近也。

〔七三〕疵瘕，猶疵瑕。左傳僖公七年：「予取予求，不汝疵瑕也。」杜預注：「不以汝爲罪釁也。」哭連州凌員外司馬正作「疵瑕」。

〔七四〕善幻，韓愈送高閑上人序云：「然吾聞浮屠人善幻多技能。」又送崔十六少府攝伊陽以詩及書見投因酬三十韻云：「又言致猪鹿，此語乃善幻。」韓文考異曰：「今按：漢書西域傳有善眩之語，顔注云：『眩，讀與幻同。眩，相詐惑也。即今吞刀吐火植瓜種樹屠人截馬之術。』韓公蓋用此語。」此處「善幻」，當亦此意。「迷冰火」，即詐惑之術也。

〔七五〕齊諧，莊子逍遥遊：「齊諧者，志怪者也。」釋文：「司馬（彪）及崔（譔）並云人姓名，（梁）簡文帝云書。」栢塗，漢書東方朔傳：「幸倡郭舍人滑稽不窮……即妄爲諧語曰：『……老栢塗……何謂也？』朔曰：『……老者，人所敬也；栢者，鬼之廷也；塗者，漸洳徑也。』」（百）按：栢塗，鬼行之濕地。此喻困窘之境。二句意謂善幻者玩弄手段，變詐百端；己身陷窘境，徒遭譏嘲。

〔七六〕東門句，淮南子道應：「桓公郊迎客，甯越（按即甯戚）飯牛車下，望見桓公而悲，擊牛角而疾商歌。桓公聞之，撫其僕之手曰：『異哉！歌者非常人也。』命後車載之。」牛屨飯，謂己之始終不遇也。

〔七七〕中散句，晉書嵇康傳：「（嵇康）與魏宗室婚，拜中散大夫。」與山巨源絶交書：「性復多蝨，把搔無已。」（百）

〔七八〕猿鬭，音辯本、文淵閣本「猿」作「猴」。

〔七九〕馬檛，「檛」原作「撾」，據音辯本、文淵閣本、朝鮮本改。玉篇卷十二：「檛，策也。」馬檛，馬鞭，此謂鞭聲。按：二句與白居易琵琶行：「潯陽地僻無音樂，終歲不聞絲竹聲。……其間旦暮聞何物，杜鵑啼血猿哀鳴。」意近，極言其地之枯索寂寥也。

〔八〇〕狐作孽，蜮，短狐。陸璣毛詩草木鳥獸蟲魚疏廣要卷下：「蜮，短狐也。一名射影，如鼈，三足，江淮水濱皆有之。人在岸上，影見水中，投人影則殺之，故曰射影也。南方人將入水，先以瓦石投水中，令水濁，然後入。或曰含細沙射人，入肌，其瘡如疥。」孽，左傳昭公十年：「孽，妖害也。」説文卷十三：「禽獸蟲蝗之怪謂之蠥。」段玉裁云：「蠥從蟲，諸書多用孽字，俗作孽。」按宗元與李翰林書：「永州於楚爲最南，僕悶即出遊，遊復多恐。近水則畏射工沙蝨，中人形影，動成瘡痏。」

〔八一〕瘥，廣韻卷二：「瘥，小疫病也。」

〔八二〕同病，吴越春秋闔閭内傳：「同病相憐，同憂相救。」何焯義門讀書記：「同病謂劉。」

〔八三〕新聲，國語晉語八：「平公悦新聲。」韓非子十過：「昔者衛靈公將之晉，至濮水之上，夜分聞鼓新聲者而悦之。」厲，詁訓本、音辯本、游居敬本、朝鮮本作「麗」。按：厲、麗通，呂氏春秋有始：「西北曰厲風。」淮南子地形訓作「麗風」。曹植七啓：「飛聲激塵，依違厲響。」激越之聲也。似，何焯校本作「以」。姱，九歌禮魂王逸注：「姱，好貌。」○汪森曰：「『同病』指劉，『新聲』謂所寄詩也。此處見與劉同作詩意。」按：新聲當爲合樂可歌之作，疑指禹錫貶朗州時所作竹枝之類。舊唐書劉禹錫傳謂「蠻俗好巫，每淫辭鼓舞，必鼓俚辭。禹錫或從事於其間，乃依騷人之作，爲新辭，以教巫祝。故武陵谿洞間夷歌，率多禹錫之辭也」。厲似姱，猶禹錫竹枝詞序所謂「聆其音，中黃鐘之羽，卒章激訐如吴聲，雖傖儜不可分，而含思婉轉，有淇澳之豔」也。

〔八四〕衹，詁訓本亦作「衹」，諸本皆作「秖」。説文段玉裁注云：「衹謞衹，俗又作秖。唐人詩文用之，讀如支。今則改用只，讀如質。」後世傳寫又往往益一點，「衹」、「祇」、「秖」，皆通用也。

〔八五〕守道，左傳昭公二十四年：「守道不如守官。」

〔八六〕自剄，國語吴語：「自剄於客前以酬客。」廣韻卷二：「剄，自刎。」

〔八七〕梟，爾雅釋鳥：「梟，惡聲之鳥也。」説文卷四：「梟，不孝鳥也。」按：梟同鴞，今俗稱猫頭鷹。舊傳梟食母，以爲惡鳥也。聒，廣韻卷五：「聒，聲擾也。」

〔八八〕呀，説文卷二：「呀，張口貌。」

〔八九〕犘，爾雅釋畜：「牛屬，犘牛。」郭璞注：「出巴中，重千斤。犘音麻。」（百）郝懿行曰：「野牛也。……犘之爲言莽也。莽者，大也。今俗言莽牛者即此。」

〔九〇〕瘴氛，范成大桂海虞衡志：「瘴者，山嵐水毒與草莽沴氣鬱勃蒸熏之所爲也。其中人如瘧狀。」

〔九一〕訛火，即譌火。山海經西山經：「章莪之山有鳥焉。其狀如鶴，一足，赤文青質而白喙，名曰畢方。其鳴自叫也，見則邑有譌火。」此謂野火。煅，廣韻卷二：「煅，火氣猛也。」

〔九二〕喧蟻，晉書殷仲堪傳：「仲堪父嘗患耳聰，聞牀下蟻動，謂之牛鬬。」（百）

〔九三〕怒蛙，韓非子内儲上七術：「越王慮伐吴，欲人之輕死也，出見怒蛙而爲之式。從者曰：『奚敬於此？』王曰：『爲其有氣故也。』」（百）

〔九四〕縋，諸本皆注：「一作縋。」按作「縋」是，墜也，掛也。

〔九五〕蘧，爾雅釋草：「荷，芙渠，其莖茄，其葉蘧。」（百）。

〔九六〕莊舄，史記張儀列傳：「越人莊舄仕楚執圭，有頃而病。楚王曰：『舄，故越之鄙細人也，今仕楚執圭，貴矣，亦思越不？』中謝對曰：『凡人之思故，在其病也。彼思越則越聲，不思越則楚聲。』使人往聽之，猶越聲也。」（百）

〔九七〕眭夸，魏書逸士傳：「睦夸，一名昶，趙郡高邑人。……少有大度，不拘小節，耽志書傳，未曾以世務經心。好飲酒，浩然物表。……高尚不仕，寄情丘壑。」（百）

〔九八〕茨，説文卷一：「茨，以茅葦蓋屋。」

〔九九〕古槎，江總山庭春雨曰：「古楂横近澗。」槎、楂通。玉篇卷十二：「楂，水中浮木也。」

〔一〇〇〕罽，爾雅釋言：「氂，罽也。」漢書東方朔傳顔師古注：「罽，織毛也，即氍毹之屬。」

〔一〇一〕椰，異物志：「椰子，木名，出交州。樹高五、六丈，無枝條，其葉如束蒲，背面相似。在其上，實如瓠，横剖之可作椀。或微長如括蔞子，從破之可爲爵。」（百）

〔一〇二〕花因槲，童宗説曰：「木槲花，南方所有，多生於古樹朽壤中。」（百家注柳集引）

〔一〇三〕目待蝦，劉恂嶺表録異：「水母，蝦爲目。水母者，閩人謂之蛇，渾然凝潔，大如覆帽，腹如懸絮，有口而無目。常有蝦隨之，食其涎，浮涎水上。人或取之，則歘然而没。乃蝦有所見耳。」（百）

〔一〇四〕嗄，老子：「終日號而不嗄，和之至也。」（百）廣韻卷四：「嗄，聲敗。」猶啞也。

〔一〇五〕皻，正字通：「紅暈似瘡浮起，著面鼻者，曰酒皻。」今俗言酒糟鼻也。

〔一〇六〕捶，通「箠」，馬鞭。

〔一〇七〕艾猳，左傳定公十四年：「既定爾婁豬，盍歸吾艾豭。」（百）杜預注：「艾，老也。豭，音加，牝豕也。」猳，豭俗字。按禮記曲禮云「五十曰艾」，故可釋老也。

〔一〇八〕能類鼈，爾雅釋魚：「鼈三足，能。」（百）按邢昺疏：「鼈之三足者，名能。」

〔一〇九〕鶇，廣韻卷二：「鶇，鳥名，似雉。」（百）

〔一一〇〕誰采句，詩小雅小宛：「中原有菽，庶民采之。」（百）

〔一一一〕下澤車，後漢書馬援傳：「乘下澤車，御款段馬。」（百）按周禮冬官考工記下：「車人爲車……行澤者欲短轂，行山者欲長轂；短轂則利，長轂則安。」下澤車即利於澤行之短轂車也。此處「巾」字用如動字，謂披以車衣也。二句言無家園之樂也。○汪森曰：「此下頗有掛冠之願，而以懷友之思結之。」

〔一一二〕俚兒，博物志卷二異俗：「交州夷名俚子。」後漢書西南蠻西南夷列傳李賢注：「里，蠻之别號，今呼爲俚人。」即今黎族也。

〔一一三〕傖父，晉陽秋：「吴人謂中州人爲傖人。俗又總謂江淮間雜楚爲傖人。」（一切經音義卷十六引）樝，説文卷六：「樝，果似梨而酢。」（百）今俗言山楂。

〔一一四〕裋褐，鄭定本、音辯本、蔣之翹本及全唐詩「裋」作「短」，全唐詩并注曰：「一作裋。」漢書貢禹傳：「裋褐不完。」注：「褐，毛布之衣也。」按：裋褐、短褐，古通用。史記秦始皇記：「夫寒者利裋褐。」集解引徐廣曰：「裋，一作短，小襦也。」

〔一一五〕菰米，西京雜記：「菰之有米者，長安人謂之雕胡。」按：菰，今俗言茭白，穎果狹圓柱形，名「菰米」，又名「雕胡米」，可煮食。

〔一一六〕五茄，本草綱目集解：「别録曰：『五加皮，五葉者良，生漢中及冤句。五月七月採莖，十月採根。』李時珍：此植物以五葉交加者爲良，故名五加。……亦作茄。」○曾吉甫筆墨間錄：「子厚長韻，屬對最精。如以『死地』對『生涯』，『中原菽』對『下澤車』，『右言』對『左轄』，皆的對。至於『香飯舂菰米，珍蔬折五茄』，假『菰』爲孤獨之『孤』，以對『五』也。」（百家注柳集引）

〔二七〕甘露，老子：「天地相合，以降甘露。」

〔二八〕流霞，揚雄甘泉賦：「吸青雲之流瑕兮，飲若木之露英。」注：「霞與瑕古字通。」又參見前巽上人以竹間自採新茶見贈酬之以詩注。

〔二九〕恢恢綱，老子：「天網恢恢，疏而不漏。」（百）

〔三〇〕肅肅罝，詩周南兔罝：「肅肅兔罝。」（百）

〔三一〕困蓂莢，文淵閣本、蔣之翹本、朝鮮本及全唐詩「困」作「因」。瑞應圖：「蓂莢，葉圓而五色，一名曆莢，十五葉，日生一葉，從朔至望，畢。從十六日毀一葉，至晦而盡。月小則一葉卷而不落。聖明之瑞也。」

〔三二〕盈缺句，禮記禮運：「月三五而盈，三五而缺。」（百）淮南子精神訓：「月中有蟾蜍。」蝦蟆，即蟾蜍，此指代月也。

〔三三〕捐珮處，屈原九歌湘君：「捐余玦兮江中，遺余珮兮澧浦。」（百）洪興祖曰：「今澧州有佩浦，因楚辭爲名也。」此即謂澧州也。

〔三四〕青緺，史記滑稽列傳褚少孫附作：「（東郭先生）拜二千石，佩青緺，出宫門。」後漢書輿服志李賢注：「紫綬名緺，其色青紫。」〇韓醇曰：「『自慕友悌連璧』至此，皆自叙其貶黜之意。」孫月峯曰：「收歸寄張。『共思』字見和劉意。」汪森曰：「結出思張之意。捐珮，謂澧州也；共思，兼劉院長在内。」

【評箋】

謝榛四溟詩話卷一曰：「古采蓮曲、隴頭流水歌皆不協聲韻，而有清廟遺意。作詩不可用難字，若柳子厚奉寄張使君八十韻之作，篇長韻險，逞其學問故爾。」

孫月峯評點柳柳州集卷四十二曰：「屬對工，用事摘字最巧，雖多合掌對，然却不甚板，排置有法，可謂金聲玉振。增韻體亦前所未有。」

蔣之翹柳集輯注卷四十二曰：「屬對極工而詞不窒，故無癡重之弊，此長律所難。」

宋長白柳亭詩話卷三十曰：「大曆以前，用險韻者不過數字而止，韓孟聯句始濫觴矣。如皮襲美新秋書懷寄魯望三十韻用三爻，江南書情二十韻用十五咸；魯望皆步韻和之。元微之江邊四十韻亦用三爻，痁卧三十韻用九佳。白樂天和令狐公二十二韻用十四鹽。柳柳州述舊感時詩用六麻，增至八十韻，愈出愈奇，始覺髯蘇叉尖二字未足多也。」

汪森韓柳詩選曰：「局度寬，格律緊，韻脚險，屬對精，於此見柳詩力量。」又曰：「前半是述舊，後半是感時，總因柳州與張同爲御史，故起處揭出此意，而下乃分叙其遭遇也。」又曰：「柳詩雅煉整密，其勝人處亦自好學中得來，固非小家數所能仿佛也。長律尤其奇偉。」又曰：「用韻極奇險而無字不典，無意不穩。六麻韻中字幾盡矣，而筆力寬綽有餘，此可悟長詩用險韻之法。」管世銘讀雪山房唐詩鈔五排凡例曰：「柳子厚同劉二十八述舊言情八十韻，韻愈險而詞愈工，氣愈勝，最爲長律中奇作，稱柳詩者，未有及之者也。」近藤元粹柳柳州詩集卷二曰：「奇語錯出，足見其才鋒。雖然此等詩徒在鬬奇，非渾然温厚之真面目。」

## 段九秀才處見亡友吕衡州書迹 一本止作「段秀才處」。

交侣平生意最親〔一〕，衡陽往事似分身〔二〕。袖中忽見三行字〔三〕，拭淚相看是故人。

段九秀才，謂段弘古。宗元處士段弘古墓誌謂吕温、李景儉器之，「留門下或一歲，或半歲，與言，不知日出。温卒，景儉逐……南見中山劉禹錫、河東柳宗元。二人者言於御史中丞崔公。公時降治永州，知其信賢，徼其去。又南抵好義容州扶風竇羣，途過桂。……居六月，死逆旅中。……君之死，元和九年（八一四）八月十六日」。御史中丞崔公謂崔能。能莅永爲元和九年春，弘古「居六月，死逆旅中」，知其于九年二月間至永，宗元於其時覩吕温書迹而有此作。

〔一〕交侣，吴汝綸柳州集點勘：「『侣』當作『吕』。子厚用事最精切。」按：顔延年五君詠向常侍：「交呂既鴻軒，攀嵇亦鳳舉。」呂，謂呂安，此以譬呂温也。

〔二〕衡陽，衡州治所。今湖南衡陽市。

〔三〕袖中句，古詩客從遠方來：「置書懷袖中，三歲字不滅。」（百）

【評箋】

近藤元粹柳柳州詩集卷三：「悲痛之語。」

## 從崔中丞過盧少府郊居

寓居湘岸四無鄰，世網難嬰每自珍〔一〕。蒔藥閑庭延國老〔二〕，開罇虚室值賢人〔三〕。泉迴淺石依高柳，逕轉垂藤間緑筠〔四〕。聞道偏爲五禽戲〔五〕，出門鷗鳥更相親〔六〕。

宗元湘源二妃廟碑云：「元和九年（八一四）八月二十日，湘源二妃廟災，主簿安邑衡之武告於州刺史御史中丞清河崔公能。」是知崔中丞，謂崔能也。崔能刺永在元和九年春，而宗元於次年正月即詔追赴都，故詩當元和九年春夏之際作也。盧少府，未詳其人。容齋隨筆卷一：「唐人呼縣令爲明府，丞爲贊府，尉爲少府。」懶真子：「令呼爲明府，故尉呼少府，以亞於縣令。」

〔一〕世網難嬰，反用陸機赴洛道中作「借問子何之，世網嬰我身」語意。嬰，繞也。

〔二〕蒔，廣雅釋地：「種也。」國老，吳景旭歷代詩話卷四十九：「杭州小説，甘草，市語國老。然此不可謂市語，確有至理。按本草云：甘草一名國老，解百藥毒。安和七十二種石，一千二百種草，故號國老之名。國老者，賓師之稱。蓋藥有一君、二臣、三佐、四使，甘草又其賓師也，故藥罕不用者。雖非其君，而君實宗焉。」

〔三〕虛室，莊子人間世：「虛室生白，吉祥止止。」賢人，魏志徐邈傳：「鮮于樞進曰：『平日醉客謂酒清爲聖人，酒濁爲賢人。』」（百）何焯義門讀書記：「國老比中丞，賢人則謙言己非清流也。」○孫月峯評點柳柳州集卷四十三曰：「頷聯非大雅，然意巧語工，間爾爲之亦足嬉。」黄周星唐詩快卷十二曰：「國老、賢人，天然妙侶，不獨對偶之工。」

〔四〕泉迴二句，金聖歎選批唐才子詩甲集卷五評曰：「此下方寫是日出門，從崔過盧一路間景。」

〔五〕五禽戲，後漢書華佗傳：「佗語（吳）普曰：『……吾有一術，名五禽之戲：一曰虎，二曰鹿，三曰熊，四曰猨，五曰鳥。亦以除疾，並利蹏足，以當導引。體有不快，起作一禽之戲，怡而汗出，因以著粉，身體輕便而欲食。』」（百）

〔六〕鷗鳥相親，列子黄帝篇：「海上之人有好鷗鳥者，每旦之海上，從鷗鳥遊，鷗鳥之至者百住（張湛注：「當作數」。）而不止。其父曰：『吾聞鷗鳥皆從汝遊，汝取來，吾玩之。』明日之海上，鷗鳥舞而不下也。」（百）三國志魏書高柔傳注引孫盛曰：「機心内萌，則鷗鳥不下。」此言「更相親」者，言無機心也。

【評箋】

陳巖肖庚溪詩話曰：「古今以體物語形於詩句，或以人事喻物，或以物喻人事，如唐許渾題崔處士幽居云：『荆樹有花兄弟樂，橘林無實子孫忙。』語亦工矣。及觀柳子厚過盧少府郊居云：『蒔藥閑庭延國老，開樽虚室值賢人。』則語尤自在而意勝。」

黄徹䂬溪詩話曰：「賓客集：『添鑪擣鷄舌，灑水浄龍鬚。』駱賓王：『桃花嘶別路，竹葉瀉離尊。』此體甚衆。惟柳子厚從崔中丞過盧少府郊居一聯最工，云：『蒔藥閑庭延國老，開尊虚室值賢人。』只似稱坐客，而有兩意：蓋甘草爲國老，濁酒爲賢人故也。」

吴以梅唐詩貫注卷三十七曰：「通首言盧少府也。國老，甘草；濁酒爲賢人，句有綫索，雙夾，且賢人也可指崔中丞相過，搆思饒仙靈之氣。結以五禽引出鷗鳥，更通。」

## 晨詣超師院讀禪經

汲井漱寒齒〔一〕，清心拂塵服〔二〕。閑持貝葉書〔三〕，步出東齋讀。真源了無取〔四〕，妄跡世所逐〔五〕。遺言冀可冥〔六〕，「遺」，一作「遣」。繕性何由熟〔七〕？道人庭宇靜〔八〕，苔色連深竹〔九〕。日出霧露餘，青松如膏沐〔一〇〕。澹然離言説，悟悦心自足〔一一〕。

此詩下迄中夜起望西園值月上各篇，皆作於永州，而年月不可考。茲依原集序次先後排列。

超師，永州之僧也。宗元霹靂琴贊引記零陵湘水西有震餘之枯桐，超道人取以爲三琴，疑即此超師。詩云「道人庭宇静」，亦稱之道人。

〔一〕汲井，謝靈運田南樹園激流植援：「激澗代汲井。」○范温詩眼：「『汲井漱寒齒』，工在『汲』字。」

〔二〕塵，塵土。又佛教有「六塵」之説，浄心誠觀下：「云何名塵，坋污浄心，觸身成垢，故名塵。」此似兼而言之。章燮唐詩三百首詩注疏曰：「『清心』句言，漱井水，内可以清心；拂塵服，外可以去垢。謂内外潔浄誠心，方可讀禪經也。」

〔三〕貝葉書，酉陽雜俎前集卷十八廣動植：「貝多，出摩伽陀國，長六、七丈，經冬不凋。此樹有三種：一者多羅娑力叉貝多，二者多梨婆力叉貝多，三者部婆力叉多羅梨，并書其葉，部闍一色，取其皮書之。貝多是梵語，漢翻爲葉。貝多婆力叉者，漢言樹葉也。西域經書用此三種皮葉，若能保護，亦得五、六百年。」

〔四〕真源，劉潛和昭明太子鍾山解講詩：「迴輿下重閣，降道訪真源。」按：宗元南岳大明寺律和尚碑：「一歸真源，無大小乘。」南岳般舟和尚第二碑：「浩入性海，洞開真源。」皆謂佛教真諦。

〔五〕妄跡，大乘義章五：「謬執不真，名之爲妄。」又何焯義門讀書記：「妄跡，其達摩所謂有爲法乎？」佛謂一切法相均妄心所生，是爲妄跡。按：此真源、妄跡，皆就佛遺説而言，宗元龍安海禪師碑曰：「佛之生也，遠中國僅二萬里；其没也，距今兹僅二千歲，故傳道益微，而言禪者最病。拘則泥乎物，誕則離乎真，真離而誕益勝。」則真源謂佛教之真諦，而妄跡謂言禪而拘誕者也。

〔六〕遺言，禮緇衣：「古之遺言。」此指佛典。宗元送琛上人南遊序曰：「佛之跡去乎世久矣，其留而存者，佛之言也。言之著者爲經，翼而成之者爲論，其流而來者，百不能一焉，然而其道則備矣。」

〔七〕繕性，莊子繕性：「繕性於俗學。」（百）。修心養性也。按：此二句謂佛祖遺言或可望合契，然修行功果，難臻圓熟之境也。

〔八〕道人，釋氏要覽上：「智度論：得道者名爲道人，餘出家未得道者，亦名道人。」按：葉夢得避暑録話卷下：「晉宋間佛學初行，其徒猶未有僧稱，通曰道人。」此謂超師。

〔九〕筆墨閒録云：「山谷學徒筆此詩於扇，作『翠色連深竹』。『翠色』語好，而『苔色』義是。」（百家注柳集引）

〔一〇〕膏沐，詩衛風伯兮：「豈無膏沐，誰適爲容。」（百）曹植求通親親表：「膏沐之遺。」吕正濟注：「膏，脂也；沐，甘漿之屬。」女子潤髮之脂。孫汝聽曰：「如膏沐者，言霧露之餘，松柏皆如洗沐也。」（百家注本引）○何焯曰：「日來霧去，青松如沐，即去妄跡而取真源也。故下云澹然有悟。」

〔二〕澹然二句，唐汝詢唐詩解卷十曰：「此讀經而迷，覽物而悟也。言清潔身心取經以讀，專精如此，而不獲其真源，彼世之所逐，特其妄跡耳。然言尚可冀其默悟，性何由治之使純一哉！今觀草木自得之天而性在是矣，是以不待言説而心自悟也。經豈必深讀哉。」吴昌祺删定唐詩解駁之曰：「詩言佛家真源在一無所取，世所逐者皆妄耳。我欲忘言而悟，治性殊難，偶對晨光，又如有得也。詩眼論結爲『遺經而得道』，唐因解真源句爲讀經無得，不知結乃轉換語耳。」又周珽曰：「讀經本期悟悦真源，如世徒逐紙上遺言，祇循妄跡而已迷日甚，曷取繕性爲也。故清潔身心以事言悦，何如覽物境自得之天，而性自多了然耶！」（唐詩選脈會通引）○蔣之翹柳集輯注卷四十二曰：「結極解脱。」

【評箋】

范温詩眼曰：「識文章者當如禪家有悟門。夫法門百千差别，要須自一轉語悟入，如古人文章真須先悟得一處乃可通其他妙處。向因讀子厚晨詣超師院讀禪經詩一段，至誠潔清之意，參然在前。『真源了無取，妄跡世所逐。遺言冀可冥，繕性何由熟』，真妄以盡佛理，言行以盡熏修，此外亦無詞矣。『道人庭宇静，苔色連深竹』，蓋遠過『竹徑通幽處，禪房花木深』。『日出霧露餘，青松如膏沐』，予家舊有大松，偶見露洗而霧披，真如洗沐未乾，染以翠色，然後知此語能傳造化之妙。『澹然離言説，悟悦心自足』，蓋言因指而見月，遺經而得道，於是終焉。其本末立意遣詞，

可謂曲盡其妙，毫髮無遺恨者也。」（據苕溪漁隱叢話前編引）

許顗彦周詩話曰：「柳柳州詩，東坡云在陶彭澤下，韋蘇州上。若此詩，即此語是公論。」

劉辰翁云：「妙處欲不可盡，然去淵明尚遠，是唐詩中轉换耳。」（唐詩品彙引）

元好問木庵詩集序曰：「柳州超師院晨起讀禪經五言，深入理窟，高出言外。」（遺山先生文集三七）

楊慎曰：「不作禪語，却語語入禪，妙，妙。」

吴山民曰：「起清極，『道人』二語幽境，『離言説』三字是真悟。」

陸時雍曰：「起語往往整策，『道人』四語，景色霑對如冰。」（以上周珽唐詩選脈會通引）

李開鄴文章正宗卷二十四評曰：「公詩非不似陶，但音調外不見一段寬然有餘處。」

汪森韓柳詩選曰：「胸無真得而作心性語，終是捕空捉影之談耳。若陶公則實有所見，是春風沂水之流，與佛氏迥别。」

章燮唐詩三百首詩注疏曰：「首四句總起，『真源』四句正寫禪經也。『道人』以下言超師院之景，幽閒清浄，遊目賞心，反得雅趣也。」

## 贈江華長老

老僧道機熟〔一〕，默語心皆寂〔二〕。去歲别舂陵〔三〕，沿流此投跡〔四〕。室空無侍者〔五〕，巾屨唯掛壁。一飯不願餘，跏趺便終夕〔六〕。風窗疏竹響，露井寒松滴〔七〕。偶地即安居〔八〕，滿庭芳草積。

韓醇詁訓柳集卷四十二曰：「道州，即古之春陵。自道沿流亦可至永，故云『沿流此投跡』。」謂詩作於永州。按：瀟水流貫道州，至永與湘水合，韓説近是。今姑仍之。江華，舊唐書地理志：「江南西道：道州江華郡。」「道州又有縣名江華。元和郡縣志卷二十九道州：「江華縣，本漢馮乘縣地，故城在縣南七十里，至隋不改。武德四年，分馮乘縣置江華縣。屬營州。八年，屬道州。」長老，本謂釋迦上首弟子，後用以尊稱寺廟住持或德高年長之僧。

〔一〕道機熟，謂精熟佛理也。

〔二〕默語，易繫辭：「君子之道，或出或處，或語或默。」陶淵明命子：「時有語默，運有隆窊。」

〔三〕春陵，元和郡縣志卷二十九江南道道州：「延唐縣……春陵故城在縣北五十里。長沙定王封中子買爲春陵侯是也。」○方東樹昭昧詹言卷七曰：「去歲句倒入。」

〔四〕投跡，揚雄解嘲：「欲談者宛舌而固聲，欲行者擬足而投跡。」謂止而不行也。

〔五〕室空句，維摩詰所説經卷四文殊師利問疾品：「（維摩詰）即以神力空其室内，除去所有及侍者，唯置一床，以疾而卧。文殊師利既入其舍，見其室空，無諸所有，獨寢一牀。……文殊師利言：『居士此室，何以空無侍者？』」

〔六〕跏趺，即所謂「結跏趺坐」。義聲論曰：「以兩足趺加致兩髀，如龍蟠結。」即交疊左右足背於左右股上而坐，僧徒静坐之姿也。

〔七〕露井，古樂府鷄鳴高樹顛：「桃生露井上，李樹生道傍。」無蓋之井也。○何焯義門讀書記曰：「『風窗疏竹響』二句借竹風、松露喻老僧之真寂也。」

〔八〕偶，遇也。

【評箋】近藤元粹柳柳州詩集卷三曰：「贈方外人，故詩亦清逸，無努目掀髯之狀。」

## 首春逢耕者

南楚春候早〔一〕，餘寒已滋榮〔二〕。土膏釋原野〔三〕，百蟄競所營〔四〕。綴景未及郊〔五〕，穡人先耦耕〔六〕。園林幽鳥囀，渚澤新泉清。農事誠素務，羈囚阻平生。故池想蕪没，遺畝當榛荆〔七〕。慕隱既有繫，圖功遂無成。聊從田父言，款曲陳此情〔八〕。眷然撫耒耜〔九〕，迴首煙雲横。

宗元與李翰林建書：「永州於楚爲最南。」詩云「南楚春候早」，當作於永州。年月不可考。

首春，梁元帝纂要：「孟春曰首春。」正月也。

〔一〕南楚，史記貨殖列傳：「衡山、九江、江南、豫章、長沙，是南楚也。」此謂永州。春候，黄帝内經素問：「五日謂之候，三候謂之氣，六氣謂之時，四時謂之歲。」

〔二〕榮，爾雅釋草：「木謂之華，草謂之榮。」

〔三〕土膏，國語周語上：「陽氣俱蒸，土膏其動。」韋昭註：「膏，潤也。其動，潤澤欲行。」（百）土壤中之肥力。釋，溶也。

〔四〕蟄，禮記月令：「（孟春之月）東風解凍，蟄蟲始振。」土中越冬之蟲豸。

〔五〕綴，博雅：「綴，連也。」此句言郊外寒冷，春景尚未及此。鄭定本、世綵堂本注：「綴，一作掇。」

〔六〕穡人，左傳襄公四年：「邊鄙不聳，民狎其野，穡人成功。」農夫也。耦耕，「耦」原作「偶」，據音辯本、詁訓本、游居敬本、朝鮮本改。論語微子：「長沮、桀溺耦而耕。」兩人各持一耜，駢肩而耕。

〔七〕故池二句，宗元寄許京兆孟容書：「（長安）城西有數頃田，樹果數百株，多先人手自封植，今已荒穢，恐便斬伐，無復愛惜。」猶此意也。

〔八〕款曲，秦嘉留郡贈婦：「念當遠離别，思念叙款曲。」殷勤委曲之意。

〔九〕眷然，曹丕善哉行：「眷然顧之，使我心愁。」深情留戀貌。耒耜，易繫辭下：「神農氏作，斫木爲耜，楺木爲耒。耒耜之利，以教天下。」禮記月令孔穎達疏：「耒者以木爲之，長六尺六寸，底尺長尺有一寸，中央直者三尺有三寸，勾者二尺有二寸。底謂耒，下彎前曲接耜者；頭而著耜，耜，金鐵爲之。」

【評箋】

宋琠曰：「差有淵明風味。」（蔣之翹柳集輯注卷四十三引）

孫月峯評點柳柳州集卷四十三曰：「近陶。」

沈德潛唐詩別裁集卷四曰：「因逢耕者而念及田園之蕪，羈人心事，不勝黯然。」

近藤元粹柳柳州詩集卷三曰：「貶謫不平之意片時不能忘於懷，故隨處發露，平澹中亦有憤懣，可厭也。」

## 中夜起望西園值月上

覺聞繁露墜，開户臨西園。寒月上東嶺，泠泠疏竹根〔一〕。石泉遠逾響，山鳥時一喧〔二〕。倚楹遂至旦〔三〕，寂寞將何言〔四〕？

詩云「寒月上東嶺」，據宗元柳州山水近治可游者記，柳州東向無山，知詩作於永州也。東嶺，當即謂永州東山。年月不可考。

〔一〕孫月峯評點柳柳州集卷四十三評曰：「偶然景，道得妙。」王堯衢古唐詩合解卷二曰：「睡醒而聞中庭之露滴，起而開户，臨彼西園，只見寒月出於東山，泠泠然漸照至疏竹根矣。」

〔二〕石泉二句，王堯衢曰：「夜静則石泉雖遠而逾響，月明則山鳥有時而一喧。」

〔三〕楹，説文卷十六：「楹，柱也。」至旦，鄭定本、世綵堂本注：「『至』，一作『達』。」「旦」，原作「曰」，據鄭定本、音辯本、詁訓本、世綵堂本、游居敬本改。

〔四〕何言，吴昌祺删定唐詩解曰：「何言謂人不知我之委曲也。然失足權奸，實有欲言而不能者。」按：此自傷無罪遷謫之憤慨語也，「失足權奸」云云，大謬。王堯衢曰：「蓋不忘遷謫之情耳。」是。

【評箋】

唐汝詢唐詩解卷十曰：「此傷志之不伸也。言睡醒而聞滴露之聲，於是開户臨園，則月已映於竹間矣。泉響鳥喧，夜景清絶，令人竟夕不寐，寂寞之懷，將復何言。此蓋有不堪者，其遷謫之意乎？」

陸時雍曰：「語有景趣，在冥心獨寤者領之。」（唐詩選脈會通引）

周珽曰：「傷己志之見屈，故對幽景，情有未易語人者。」（唐詩選脈會通引）

蔣之翹柳集輯注卷四十三曰：「語語得自實景，故其神意尤覺悄然。」

王堯衢古唐詩合解卷二曰：「上三首（按謂秋曉行南谷經荒村、雨後曉行至愚溪北池及本篇）即事成詠，隨景寫情，頗有自得之趣矣。然畢竟有遷謫二字横於意中，欲如陶、韋之脱，難矣。」

## 零陵春望

平野春草緑，晚鶯啼遠林〔一〕。日晴瀟湘渚〔二〕，雲斷岣嶁岑〔三〕。仙駕不可望，世途非所任〔四〕。凝情空景慕，萬里蒼梧陰〔五〕。

作於永州，年月不可考。

〔一〕晚，鄭定本、世綵堂本、濟美堂本、蔣之翹本及全唐詩作「曉」。

〔二〕瀟湘，見前酬婁秀才寓居開元寺早秋月夜病中見寄詩注。

〔三〕岣嶁，元和郡縣圖志卷二十九江南道衡州：「岣嶁山，即衡山也。」按：岣嶁，衡山主峯，故又兼名衡山。

〔四〕世途句，黄叔燦唐詩箋注卷三：「言不耐塵世也。」

〔五〕蒼梧，禮檀弓上：「舜葬於蒼梧之野。」山海經海内經：「南方蒼梧之丘，蒼梧之淵，其中有九疑山。舜之所葬，在長沙、零陵界中。」郭璞注：「山在今零陵營道縣南，其山九谿皆相似，故云九疑。古者總名其地爲蒼梧也。」按：漢唐所置蒼梧郡皆祇在今廣西一隅，長沙零陵則非其統。宗元此謂「萬里蒼梧」，則謂古蒼梧之野也。

【評箋】

蔣之翹柳集輯注卷四十三曰：「此以處末世而思聖君也，即詩人西方美人之意。」

## 種白蘘荷

皿蟲化爲癘〔一〕，夷俗多所神。銜猜每腊毒〔二〕，謀富不爲仁〔三〕。蔬果自遠至，杯酒盈肆陳。言甘中必苦〔四〕，何用知其真？華潔事外飾，尤病中州人〔五〕。錢刀恐賈害〔六〕，飢至益逡巡。竄伏常戰慄，懷故逾悲辛。庶氏有嘉草，「氏」，一作「民」，恐非。攻襘事久泯〔七〕。炎帝垂靈編〔八〕，言此殊足珍。崎嶇乃有得，託以全余身〔九〕。紛敷碧樹陰〔一〇〕，眄睞心所親〔一一〕。

按溪居稱永州爲「南夷」，酬韶州裴曹長……又稱永州土著爲「山夷」，元和五年作讀韓愈所著毛穎傳後題亦云「自吾居夷，不與中州人通書」，此詩言「夷俗多所神」，又云「竄伏常戰慄，懷故逾悲辛」，當作於永州。柳州府志藝文收此詩，誤。蘘荷，藥草，史記司馬相如傳正義：「蘘，人羊反。柯根旁生筍，若芙蓉，可以爲俎，又治蠱毒也。」

〔一〕皿蟲，音辯本、詁訓本及全唐詩「皿」作「血」，全唐詩注：「一作『皿』。」按：「皿」、「蟲」二字合而爲「蠱」，作「血」誤。左傳昭公元年：「趙孟曰：『何謂蠱？』對曰：『淫溺惑亂之所生也。於文，皿蟲爲蠱。』」杜預注：「皿，器也。器受蟲害者爲蠱。」（百）隋書地理志下：「然此數郡（按謂鄱陽九江諸郡），往往蓄蠱，而宜春偏甚。其法以五月五日聚百種蟲，大者至蛇，小者至蝨，合置器中，令自相啖，餘一種存者留之，蛇則曰蛇蠱，蝨則曰蝨蠱，行以殺人。因食入人腹中，食其五臟，死則其產移入蠱主之家，三年不殺他人，則畜者自鍾其弊。累世子孫相傳不絶。亦有隨女子嫁焉。干寶謂之鬼，其實非也。」按：觀宗元此詩，則知唐南方尚存其俗也。又明黃一正事物紺珠曰：「蠱毒，中州他省所無，獨閩、廣、滇、貴有之。行廣右見草有斷腸物，有蛇、蜘蛛、蜥蜴、蜣蜋，食而中之，絞痛吐逆，十指俱黑。遠發十年，近發一時，吐水不沈，嚼豆不腥，含礬不苦，皆是物色也。又有挑生蠱，食魚則腹變生魚，食鷄則腹孕活鷄，滇畜蠱甚衆，不害人，其神多蛇、蟾、騾、馬之狀。取死兒墳土灑牀下，置蠱神於上，其土或化爲錢貝。」知明時猶有遺俗，唯地更南，且已不爲人害也。

〔二〕腊毒，國語周語下：「高位寔疾顛，厚味寔腊毒。」（百）韋昭注：「腊，亟也。」又鄭語注：「腊，極也。」

〔三〕謀富句，孟子滕文公上：「陽虎曰：『爲富不仁矣，爲富不仁矣。』」（百）

〔四〕國語晉語一：「言之大甘，其中必苦，譖在中矣。」（音）

〔五〕中州，司馬相如大人賦：「世有大人兮在乎中州。」注：「中州，中國也。」

〔六〕錢刀，古樂府白頭吟：「男兒重意氣，何用錢刀爲？」賈害，左傳昭公十年：「其以賈害也。」（音）猶言致禍也。

〔七〕攻禬，周禮秋官庶氏：「庶氏掌除毒蠱，以攻説禬之，嘉草攻之。」（百）鄭玄注：「攻説，祈名，祈其神求去之也。嘉草，藥物，其狀未聞。攻之，謂燻之。鄭司農云：禬，除也。玄謂此禬讀若潰癰之潰。」按：周禮天官女祝鄭注：「除災害曰禬。禬，猶刮去也。」又本草白蘘荷圖經即引周禮庶氏以嘉草除毒蠱，宗懔以爲嘉草即白蘘荷，疑是。二句謂草燻之法幸存，而祭祈禳除之法已無傳矣。

〔八〕炎帝，神農氏。皇甫謐帝王世紀：「炎帝神農氏長於姜水，始教天下耕，種五穀而食之，以省殺生。嘗味百草，宣藥療疾，救夭傷之命，百姓日用而不知。著本草四卷。」（太平御覽卷七二一引）靈編，即謂本草。按隋書經籍志著録有神農本草數種，然皆後人僞託。

〔九〕託以句，汪森韓柳詩選曰：「一路説來，只爲『託以全余身』一句，點明便足。」

〔一〇〕紛敷，潘岳西征賦：「華實紛敷，桑麻條暢。」茂盛貌。碧樹陰，潘岳閑居賦：「蘘荷依陰。」李善注：「崔豹古今注曰：『蘘荷，葉似薑，宜陰翳地，依陰而生也。』」又潘緯曰：「蘘荷性好陰，在木下生者尤美。」（音辯柳先生集引）此句謂蘘荷在樹陰下茂密生長。

〔一一〕眄睞，古詩十九首：「眄睞以適意。」顧盼也。

【評箋】

汪森韓柳詩選曰：「前詩種术只略點术之功效，此詩直爲推原種白蘘荷之故，便見因題用意之别。」

# 新植海石榴

弱植不盈尺〔一〕，遠意駐蓬瀛〔二〕。月寒空堦曙，幽夢綵雲生。糞壤擢珠樹〔三〕，莓苔插瓊英〔四〕。芳根閟顔色〔五〕，徂歲爲誰榮〔六〕？

永州作。詳見後始見白髮題所植海石榴詩。海石榴，太平廣記卷四百九十：「新羅多海紅並海石榴。唐贊皇李德裕言，花名中帶海者，悉從海東來。章川花差類海石榴，五朵簇生，葉狹長，重沓承。」范成大桂海虞衡志：「石榴花，南中一種，四季常開。夏中既實之後，秋深忽又大發花，且實。枝頭碩果罅裂，而其傍紅英，粲然併花。」詩云「徂歲爲誰榮」，謂此一種也。

〔一〕弱植，左傳襄公三十年：「陳，亡國也。……其君弱植。」孔穎達疏：「周禮謂草木爲植物，植爲樹立，君志弱不樹立也。」按：此處用「弱植」本義，謂幼苗也。

〔二〕蓬瀛，漢書郊祀志上：「自威宣燕昭，使人入海，求蓬萊、方丈、瀛州。此三神山者，其傳在渤海中。」許敬宗遊清都觀：「方士訪蓬瀛。」按：此句切海石榴。

〔三〕珠樹，山海經海外南經：「三珠樹在厭火北，生赤水上，其爲樹如柏，葉皆爲珠。」

〔四〕瓊英，詩齊風著：「尚之以瓊英乎而。」毛傳：「瓊英，美石似玉者。」（百）按：凡似玉者皆可用以取譬。裴夷直和周侍御洛城雪：「天街飛轡踏瓊英，四顧全疑在玉京。」以比白雪；宋璟梅花賦：「若夫瓊英綴英，絳萼著霜。」以比梅花。宗元此詩則比紅榴也。二句言海榴植非其所，乃宗元有感而云也。

〔五〕閟，詩魯頌閟宫毛傳：「閟，閉也。」

〔六〕徂歲，韋孟諷諫：「歲月其徂。」謝靈運撰征賦：「謂徂歲之悠濶，結幽思之方根。」

【評箋】孫月峯評點柳柳州集卷四十三曰：「花木諸詩，俱以澹意勝。蓋畏墮落耳。然於情境未極，且連篇觀之，更覺一律。」

近藤元粹柳柳州詩集卷四曰：「幽婉。」

## 戲題堦前芍藥

凡卉與時謝〔一〕，妍華麗兹晨。欹紅醉濃露〔二〕，窈窕留餘春〔三〕。孤賞白日暮，暄風動摇頻〔四〕。夜窗藹芳氣，幽卧知相親〔五〕。願致溱洧贈〔六〕，悠悠南國人〔七〕。

芍藥，此謂牡丹也。松窗録：「開元中（七一三——七四一），禁中初重木芍藥，即今牡丹也。」自注：「開元天寶花木記：『禁中呼木芍藥爲牡丹。』」（太平廣記卷二〇四引）牡丹著花於春末，故詩云「窈窕留餘春」也。觀詩末句，當作於永州也。詳具注。

〔一〕與時謝，謂隨時令變遷而彫落。

〔二〕欹紅，全唐詩作「攲紅」。

〔三〕窈窕，詩周南關雎：「窈窕淑女，君子好逑。」〇黄徹䂬溪詩話卷五：「柳子厚牡丹曰：『欹紅醉濃露，窈窕留餘春。』坡云：『殷懃木芍藥，獨自殿餘春。』『留』與『殿』，輕重雖異，用各有宜也。」吴喬圍爐詩話評此二句曰：「近體中好句皆不及，可見體物之妙，古體勝唐體。」按：芍藥花發於春末，故云「窈窕留餘春」，東坡詩「獨自殿餘春」，亦猶此意也。

〔四〕暄風，暖風。

〔五〕夜窗二句，謂香氣濃鬱，自窗外透入，似來與人相親也。

〔六〕溱洧贈，詩鄭風溱洧：「溱與洧，方涣涣兮。……維士與女，伊其相謔，贈之以芍藥。」(百)按：馬瑞辰通釋曰：「古之芍藥非今之所云芍藥，蓋蘼蕪之類，故傳以爲香草。」

〔七〕南國，詩小雅四月：「滔滔江漢，南國之紀。」國語韋昭注：「南國，江漢之間也。」又楚辭橘頌：「受命不遷，生南國兮。」王逸注：「南國，謂江南也。」按：永州唐屬江南道，故宗元自謂「南國人」。〇何焯義門讀書記曰：「『願致溱洧贈』二句，陳思王詩『南國有佳人，容華若桃李』，結句雖戲，亦楚辭以美人爲君子之旨也。」

【評箋】

姚範援鶉堂筆記卷四十四曰：「花卉九首（按謂柳宗元戲題階前芍藥，東坡和陶胡西曹示顧賊詩，王伯敭所藏趙昌畫四首，党懷英西湖晚菊、西湖芙蓉，王庭筠獄中賦雪）……元裕之嘗請趙閑閑秉文共作一軸寫，自題其後云：『柳州怨之愈深，其辭愈緩，得古詩之正，其清新婉麗，六朝辭人少有及者。東坡愛而學之，極形似之工，其怨則不能自掩也。党承旨出於二家，辭不足而意有餘。王公翰無意追配古人，而偶與之合，遂爲集中第一。大都柳出於雅，坡以下皆有騷人之遺，所謂生不並世俱名家者也。』遺山北學之雄，五、七古並多傑作，於天水南渡諸家，可以追儷放翁，尤、范諸公，殆所不論。而其論詩如此，雖云揚搉騷雅，要不離乎膚似，且芍藥之作，亦平平耳，而言六朝少及。東坡諸作，本非其至，且詠趙昌之畫，殊無怨意，而曲而深之，亦豈衷論耶？」

近藤元粹柳柳州詩集卷四曰：「可爲後人詠物軌範也。」

# 始見白髮題所植海石榴樹

幾年封植愛芳叢，韶豔朱顏竟不同〔一〕。從此休論上春事〔二〕，看成古木對衰翁〔三〕。

按：宗元元和十二年寄韋珩詩云「邇來氣少筋骨露，蒼白瀊汨盈顛毛」，始見白髮必在此前也。此詩首句謂「幾年封植」，則新植海石榴至始生白髮又隔數年矣，知題所植海石榴二詩，皆當作於永州也。年月不可考。

〔一〕韶豔，謂海榴。朱顔，自謂。

〔二〕上春，周禮天官内宰賈公彦疏：「上春者，亦謂正歲，以其春事將興，故云上春也。」梁元帝纂要：「正月孟春……亦曰上春。」農曆正月。上春事，此謂栽植之事也。

〔三〕看成句，此承次句「韶豔朱顔竟不同」言，歎己垂垂將衰老矣。

【評箋】近藤元粹柳柳州詩集卷四：「有衰颯之氣。」

## 早梅

早梅發高樹，迥映楚天碧。朔吹飄夜香〔一〕，繁霜滋曉白〔二〕。欲爲萬里贈，杳杳山水隔。寒英坐銷落〔三〕，何用慰遠客〔四〕？

柳詩多以楚稱永州之地。漁翁「曉汲清湘燃楚竹」、與崔策登西山「鶴鳴楚山静」、茆簷下始栽竹「楚壤多怪石」皆是。此詩曰「迥映楚天碧」，亦作於永州。年月不可考。

〔一〕朔吹，蔣之翹柳集輯注卷四十三曰：「朔吹，羌笛也。律十二月位在北方，故云朔。」按：此當作北風解。張正見寒樹晚蟬踈：「寒蟬噪楊柳，朔吹犯梧桐。」（藝文類聚卷九十七）唐太宗擬飲馬長城窟：「寒沙連騎迹，朔吹斷邊聲。」皆是。

〔二〕曉白，濟美堂本、蔣之翹本「白」作「日」。

〔三〕坐銷落，張相詩詞曲語辭匯釋卷四：「坐，將然辭，猶寖也，旋也，行也。……柳宗元早梅詩：『寒英坐銷落，何用慰遠客。』坐銷落，猶云旋銷落也。此蓋憂其早開早落。」

〔四〕何用，何以。蔣之翹曰：「此詩後四句全憑陸凱詩『江南無所有，聊贈一枝春』翻出，而意致自不同。」陸凱贈范曄詩：「折梅逢驛使，寄與隴頭人。江南無所有，聊贈一枝春。」

## 南中榮橘柚

橘柚懷貞質，受命此炎方〔一〕。密林耀朱綠〔二〕，晚歲有餘芳〔三〕。殊風限清漢〔四〕，飛雪滯故鄉。攀條何所歎？北望熊與湘〔五〕。

〔一〕宗元元和五年作祭崔君敏文云：「某頃以罪戾，謫此炎方。」謂永州也。此詩次句云「受命此炎方」，又謂「殊風限清漢」，或亦作於永州也。姑編於此。謝玄暉酬王晉安：「南中榮橘柚，寧知鴻雁飛。」此用其句爲題。史記正義：「小曰橘，大曰柚，樹有刺，冬不凋，葉青花白子黄，亦二樹相似，非橙也。」年月不可考。

〔一〕橘柚二句，楚辭九章橘頌：「后皇嘉樹，橘徠服兮。受命不遷，生南國兮。」王逸注：「南國，謂江南也。遷，徙也。言橘受天命生於江南，不可移徙，種於北地則化爲枳也。」（百）按：橘枳本非同類，古人混爲一談，相沿成説，遂成典故。又，古人橘柚連用者，往往僅指橘。謝惠連橘賦：「園有嘉樹，橘柚煌煌。」古詩：「橘柚垂嘉實，乃在深山側。」皆是。

〔二〕耀朱緑，曹植橘賦：「朱實不萌，焉得素榮。」異物志：「橘白花赤實。」（藝文類聚卷八十六引）謂橘實及橘葉紅緑相映。

〔三〕晚歲句，與張九齡感遇：「江南有丹橘，經冬猶緑林。豈伊地氣暖，自有歲寒心。」意同。

〔四〕殊風句，謂長江南北土風隔異。漢，書禹貢：「嶓冢導漾，東流爲漢。」長江支流。

〔五〕熊湘，史記五帝本紀：「（黄帝）南至於江，登熊湘。」正義：「括地志云：熊耳山在商州洛縣西十里，齊桓公登之以望江漢也。湘山一名艑山，在岳州巴陵縣南十八里也。」

## 梅雨

梅實迎時雨〔一〕，蒼茫值晚春。愁深楚猿夜，夢斷越雞晨〔二〕。海霧連南極，江雲暗北津。素衣今盡化，非爲帝京塵〔三〕。

詩云「愁深楚猿夜，夢斷越鷄晨」，以作於永州爲近，詳見注。年月不可考。梅雨，梁元帝纂要：「梅熟而雨，曰梅雨。」注：「江東呼爲黄梅雨。」（百）陸佃埤雅釋木：「今江湘二浙，四五月之間，梅欲黄落，則水潤土溽，礎壁皆汗，蒸鬱成雨，其霏如霧，謂之梅雨。」

〔一〕迎時雨，尸子：「神農氏治天下，欲雨則雨，五日爲行雨，旬爲穀雨，旬五日爲時雨。」風土記：「江南夏至霖霪，至前爲黄梅雨，先時爲迎梅雨，及時爲梅雨，後之爲送梅雨。若沾衣服皆黴。」王堯衢古唐詩合解卷八：「晚春梅未熟而先雨，故曰迎時。」

〔二〕越雞，莊子庚桑楚：「越鷄不能伏鵠卵，魯鷄固然矣。」（百）成玄英疏：「越鷄，荆鷄也。魯鷄，今之蜀鷄也。越鷄小，不能伏鵠卵。」按：永州，古荆地，此用荆鷄義，正與「楚猿」切合。又西京雜記卷四：「成帝時，交阯越嶲獻長鳴鷄，伺晨鷄，即下漏驗之，晷刻無差。」以越鷄爲越嶲之鷄，亦通。○王堯衢曰：「因雨生愁，聞夜猿而更苦；因雨驚夢，聽晨鷄而忽醒，此時不勝凄怨矣。」

〔三〕素衣二句，陸士衡爲顧彦先贈婦：「京洛多風塵，素衣化爲緇。」（百）○唐汝詢唐詩解曰：「雲霧四塞，雨勢未已，濕氣薰蒸，素衣改色，此豈帝京之塵乎？借士衡詩而反之。」紀昀瀛奎律髓刊誤曰：「末二句點化得妙。」沈德潛唐詩别裁集卷四曰：「活用陸士衡語，所以念帝鄉，傷放逐也。」

【評箋】

曾吉甫筆墨閒録曰：「此詩不改老杜。」（按：杜甫亦有梅雨詩）

張耒明道雜志曰：「退之作詩，其精工乃不及柳子厚。子厚詩律尤精，如『愁深楚猿夜，夢斷越鷄晨』、『亂松知野寺，餘雪記山田』之類，當時人不能到。退之以高文大筆，從來便忽略小巧，故律詩多不工，如陳商小詩，叙情賦景，直是至到，而已脱詩人常格矣。柳子厚乃兼之者，良由柳子厚少習時文，自遷謫後始專古學，有當世詩人之習耳。」

孫月峯評點柳柳州集卷四十三曰：「不深不淺，意興有餘。」

唐汝詢唐詩解卷三十八曰：「南方多雨，梅時尤甚。子厚北人，因遷柳（按：唐以爲是遷柳作。）而感風氣之殊，故以託興，所以念帝京、傷放逐之意不淺。」

周珽曰：「前四句寫嶺外（按：周以爲是柳州作）梅天情緒之悽楚，後四句寫梅雨時景物變化之慘悲。蘇東坡謂『柳子厚詩在陶淵明下，韋蘇州上，退之豪放奇麗則過之，而温麗清深不及也。』今讀梅雨詩，乃知高古藴秀，不獨古體，而五律亦足範世。始信坡老之語不我欺也。」（唐詩選脈會通引）

蔣之翹柳集輯注卷四十三曰：「此詩頗有氣格，可駕中唐，論者乃以爲不改老杜，又太過也。」

汪森韓柳詩選曰：「夜猿、晨鷄用事極穩貼入情，更能無字不典切，故佳。素衣意用古翻新，極典極切，此種可爲用古之法。」

王堯衢古唐詩合解曰：「前解因雨起愁，後解有念帝京之意。」

## 零陵早春

問春從此去，幾日到秦原？憑寄還鄉夢，慇懃入故園〔一〕。

作於永州，年月不可考。

〔一〕唐汝詢唐詩解卷二十三曰：「零陵在南，春最早；秦原在北，春稍遲。故問春從此而去，幾日而到秦原乎？我欲憑寄還鄉之夢以入故園耳。」○王堯衢古唐詩合解卷四曰：「此意殷勤，惟思故園，故亦作殷勤之夢，身不能到而夢到，庶同春以入故園耳。」

【評箋】

劉辰翁曰：「皆自精切。」（蔣之翹柳集輯注卷四十二引）

孫月峯評點柳柳州集卷四十二曰：「是常意，却道得醒快。」

黄叔燦唐詩箋注卷七：「與岑嘉州『渭水東流去，何時到雍州。憑添兩行淚，寄向故園流』同意。」

## 田家三首

蓐食徇所務〔一〕，驅牛向東阡。雞鳴村巷白，夜色歸暮田〔二〕。札札耒耜聲〔三〕，飛飛來烏鳶〔四〕。竭兹筋力事，持用窮歲年〔五〕。盡輸助徭役〔六〕，聊就空舍眠〔七〕。子孫日已長〔八〕，世世還復然〔九〕。

韓醇詁訓柳集卷四十三曰：「以詩意觀之，亦在永州也。」今從。年月不可考。

〔一〕蓐食，左傳文公七年：「秣馬蓐食。」（百）杜預注：「蓐食，早食於寢蓐也。」經義述聞引方言曰「蓐，厚也」，謂蓐食即厚食；然觀「鷄鳴」二句，宗元似仍用早食之義。

〔二〕雞鳴二句，吴昌祺删定唐詩解曰：「宋人稱其『鷄鳴』句，然下云夜色，豈謂日暮鷄鳴而日色已去耶？」姚範援鶉堂筆記則疑之有誤，曰：「『鷄鳴村巷白』，乃言徇務驅車時也，其意未足，而遽云『夜色歸暮田』，且與『耒耜』句不相接。又『夜』、『暮』字相犯，疑此句有誤。」又孫月峯評點柳柳州集卷四十三曰：「『鷄鳴』句絶佳，『夜色』句亦鍊，但二句不對，又不串合，讀來覺調不甚協。」按：暮田，疑指歲晚之田，則二句謂鷄鳴巷白，夜色退隱向秋田。然亦難遽定，故以存疑。

〔三〕耒耜，見首春逢耕者注〔九〕。

〔四〕飛飛句，謝靈運悲哉行：「灼灼桃悦色，飛飛燕弄聲。」章士釗柳文指要通要之部卷一曰：「謂烏鳶聞耒耜聲而飛來攫食。」按：喻里胥旋來徵租也。

〔五〕竭兹二句，章士釗曰：「謂持筋力事以窮歲年也。……窮歲年者，謂年年如是，以至於死。」

〔六〕徭役，鄭定本、世綵堂本注：「一作『淫侈』。」何焯義門讀書記：「徭役，一作淫侈。此不知詩意之婉者也。」

〔七〕空舍眠，「舍」，原作「自」，鄭定本、世綵堂本注：「『自』一作『舍』。」據改。

〔八〕日已長，音辯本、詁訓本、世綵堂本、文淵閣本、游居敬本「已」作「以」。

〔九〕鍾惺唐詩歸曰：「結得味永，似儲、王田居諸作。」

【評箋】曾吉甫筆墨閒録曰：「田家詩『鷄鳴村巷白』云云，又『里胥夜經過』云云，絶有淵明風味。」

陸時雍曰：「『鷄鳴』二語何必效陶，三復之，覺冲美可愛。『子孫日以長，世世還復然』，此是唐人作用。」（唐詩選脈會通引）

周珽曰：「朝作暮歸，終歲勤勤，祇足供上官之征，子孫還相服業，田家能事止於如此，有憫農之思者，讀是詩寧無惻然。」（唐詩選脈會通引）

**其二**

籬落隔煙火，農談四鄰夕〔一〕。庭際秋蟲鳴，疎麻方寂歷〔二〕。蠶絲盡輸稅，機杼空倚壁〔三〕。里胥夜經過〔四〕，雞黍事筵席。各言官長峻，文字多督責。東鄉後租期，車轂陷泥澤。公門少推恕，鞭扑恣狼籍〔五〕。努力慎經營，肌膚真可惜〔六〕。迎新在此歲，唯恐踵前跡〔七〕。

〔一〕汪森韓柳詩選曰：「起筆如畫。」吴山民曰：「『農談四鄰夕』，『談』字是一詩骨子，先含着幾許感慨。」周珽曰：「際秋空青黄不接，而官府催科威逼，無容少緩，如此窮苦真可私談莫從控訴者。」

〔二〕疎麻，南越志：「疎麻大二圍，高數丈，四時結實無衰落，乃佳菓也。」又一説，疎麻，乃稀疏之麻田。寂歷，江淹雜體詩王徵君微：「寂歷百草晦。」李善注：「寂歷，彫疎貌。」〇陸時雍曰：「起四句如繪。」

〔三〕章士釗曰：「『庭際秋蟲鳴』四句，是農淡時村中景象。『機杼空倚壁』爲關目語。」

〔四〕里胥，漢書食貨志：「春將出民，里胥平旦坐於右塾，鄰長坐於左塾。」孟康曰：「里胥，如今之里吏也。」〇蔣之翹柳集輯注卷四十三：「家春甫曰：『援里胥來説，便鬆暢，是亦捕蛇者説光景。』」

〔五〕狼籍，史記滑稽列傳：「履舄交錯，杯盤狼籍。」雜亂貌。何焯義門讀書記曰：「『東鄉後租期』四句，車陷泥澤，非敢後期而遽遭鞭扑，故曰『少推恕』。」

〔六〕章士釗曰：『「各言官長峻」以下八句，轉述里胥之語。』沈德潛唐詩別裁集卷一曰：「里胥恐嚇田家之言，如聞其聲。」按：「努力」二句，田家相勸言也。周珽曰：『「肌膚真可惜」，寫盡農夫抱怨幽懷。』

〔七〕惟恐句，蔣之翹曰：「一結，説似太盡。」

【評箋】

鍾惺唐詩歸曰：「訴得静，益覺情苦。」

周敬曰：「本實事真情以寫痛懷，如泣如訴，讀難終篇。」（唐詩選脈會通引）

周珽曰：「柳州此詩與李長吉感諷篇詞意俱同，然李起四語開拓深沉，較此似勝，而後調多委曲、悲慨、盡情，柳文覺得氣機暢美也。」又曰：「前段叙得冷落，中段令吴下人所不忍聞。」（唐詩選脈會通引）

汪森韓柳詩選曰：「怨而不怒，不失爲温厚和平之遺，當與捕蛇者、郭橐駞諸文相參看。」

## 其三

古道饒蒺藜〔一〕，縈迴古城曲〔二〕。蓼花被堤岸〔三〕，陂水寒更渌。是時收穫竟〔四〕，落日多樵牧〔五〕。風高榆柳疎，霜重梨棗熟〔六〕。行人迷去住，野鳥競棲宿。

田翁笑相念〔七〕，昏黑慎原陸〔八〕。今年幸少豐，無厭饘與粥〔九〕。

〔一〕鐃，玉篇卷九：「鐃，多也。」蒺藜，爾雅釋草郭璞注：「蒺藜，布地蔓生，細葉，子有三角，刺人。」

〔二〕何焯義門讀書記曰：「『古道饒蒺藜』二語，即含『迷去住』三字。」

〔三〕蓼，説文卷一：「蓼，辛菜，薔虞也。」有水蓼、馬蓼多種。

〔四〕竟，詩大雅瞻仰鄭玄箋：「竟，猶終也。」

〔五〕蔣之翹柳集輯注卷四十三評「是時」二句曰：「二語極出得閑澹自得，然三作中近淵明者，於此爲多。」

〔六〕汪森韓柳詩選評「是時」四句曰：「畫出村落光景。」

〔七〕蔣春甫曰：「笑相念，一轉，是生意。」（凌宏憲唐詩廣選集評卷一）

〔八〕昏黑句，章士釗曰：「謂日一入暮，即不可在道路上行走也。」

〔九〕厭，同「饜」。饘粥，禮記檀弓孔穎達疏：「厚曰饘，希曰粥。」汪森曰：「結語似是安分，不知其正爾深感。」

【評箋】唐汝詢唐詩解卷十曰：「此述田家之敦儉。前叙景平直，自然會心；末四語勤儉老人口氣，言道雖僻而紅蓼緑波之景佳，禾雖收而刈薪取果之事急；行人啖梨棗而忘歸，野鳥飽禾黍而蚤宿。於是田翁因夜歸而更相慰勞，且曰：『年雖豐，豈可奢於用度哉！仍當甘此饘粥耳。』其有邠人遺風耶！」

陸時雍曰：「起語景色絶佳，寫到至處殆無餘歉。」（唐詩選脈會通引）

問啓琦曰：「古雋酸驚，寫盡淳朴田家之意。」（同上）

周珽曰：「首四句田野間時景，中六句田家人情趣，尾四句得相助、相扶、相恤之意。古朴可味。」（唐詩選脈會通引）

吴昌祺删定唐詩解曰：「『迷去住』者，樂風土，非謂啖梨棗。『昏黑慎原陸』，恐是防盜竊也。年豐則人情懈，故囑之。」

章士釗柳文指要通要之部卷一曰：「第三首謂農民終日勞動，惟日暮始有餘隙樵牧，但此時野鳥須棲宿，農民反找不著通行道路，迷失方向。於是田翁笑語相念，諸公傍晚以不出門脚踏泥塗爲是。」

【田家三首總評】

周明輔曰：「柳老田家諸詩，直與陶、王並席。」（唐詩選脈會通引）

孫月峯評點柳柳州集卷四十三曰：「三作俱以真意勝，鍛鍊力亦到。」

蔣之翹柳集輯注卷四十三曰：「清真語，是田園本色，柴桑立法，千古一人。下及儲、柳，庶幾猶不失大檢，近多作者，累句連章，純用土風俚語，徵索煎炒，以求逼真。噫，成惡道矣。」

毛先舒詩辨坻卷三曰：「子厚田家，曾吉甫以比淵明，然叙事朴到，第去元白一塵耳，似不足方柴桑高韻。」

汪森韓柳詩選曰：「三詩極似陶，然陶詩是要安貧，此詩是感慨，用意故自不同。」

賀貽孫詩筏曰：「嚴滄浪謂柳子厚五言古詩在韋蘇州之上，然余觀子厚詩似得摩詰之潔，而頗近孤峭。其山水詩，類其鈷鉧潭諸記，雖邊幅不廣而意境已足，如武陵一隙自有日月，與蘇州詩未易優劣。唯田家詩，直與儲光羲争席，果勝蘇州一籌耳。」

余成教石園文稿曰：「柳子厚田家云：『蓐食徇所務……夜色歸暮田。』又云：『籬落隔煙火……疏麻方寂歷。』又云：『是時收穫竟……霜重梨棗熟。』真能寫出田家風景。」

章士釗柳文指要通要之部卷一曰：「田家三首，乃子厚代表農民之控訴書，諸注家謂是點染田園本色之清真語，饒有淵明風味，何啻癡人説夢。」

## 放鷓鴣詞

楚越有鳥甘且腴〔一〕，嘲嘲自名爲鷓鴣〔二〕。徇媒得食不復慮〔三〕，機械潛發罹罝罦〔四〕。羽毛摧折觸籠籞〔五〕，煙火煽赫驚庖廚〔六〕。鼎前芍藥調五味〔七〕，膳夫攘腕左右視〔八〕。齊王不忍觳觫牛〔九〕，簡子亦放邯鄲鳩〔一〇〕。二子得意猶念此，「二子」，他本作「二君」，或又作「二臣」。況我萬里爲孤囚？破籠展翅當遠去，同類相呼莫相顧〔一一〕。

詩謂「楚越有鳥甘且腴」，又云「況我萬里爲孤囚」，當作於永州。年月不可考。葛立方韻語陽秋曰：「柳子厚有鷓鴣詞，人徒知其不肯以生命供口腹，其仁如是也。余謂此詞乃作於詔追之時，有自悔自失之意。故前言『徇媒得食不復慮』，後言『同類相呼莫相顧』，媒與類，皆謂伾、文也。」按：葛謂此詩作於詔追之時，并無確據。詩云「況我萬里爲孤囚」，亦不類詔追時口吻，至謂「媒」與「類」爲伾、文，尤謬，宗元於叔文至死無一言以責之，安得有此怨恨之句。筆墨閒録謂「蓋以自況其欲遠儔類」，亦未確。鷓鴣觸機，爲人所得，己以不忍而放之，當實有其事。萬里孤囚與鷓鴣被囚是同病相憐，故作詩以寄意，不必曲爲比附也。鷓鴣，楊孚異物志：「鷓鴣，其形似雌雞，其志懷南，不思北。其名呼飛，但南不北。」（太平御覽卷九二四引）

〔一〕楚越有鳥，嶺表録異：「鷓鴣，吴楚之野悉有，嶺南偏多。此鳥肉白而脆，遠勝雞雉。」

〔二〕自名，禽經張華注：「鷓鴣，其名自呼，飛必南向。」

〔三〕徇媒，潘岳射雉賦序：「聊以講肄之餘暇，而習媒翳之事。」吕延濟注：「媒者，少養雉子，至長狎人，能招引野雉，因名爲媒。」俗又稱媒子，用以誘捕他鳥之所繫活鳥也。按本草集解：「鷓鴣，性畏霜，早晚稀出，夜棲以木葉蔽身。……其性好潔，獵人因以䊧竿黏之，或用媒誘取。」

〔四〕罝罦，即罝罘。禮記月令：「（季春之月），田獵，罝、罘、羅、網。」鄭玄注：「獸罟曰罝罘，鳥罟曰羅網。」此謂捕鳥之網。

〔五〕籠籞，鳥籠。漢書宣帝紀瓚曰：「籞者，所以養鳥也。」

〔六〕鷩庖廚，謂鷩置身於庖廚也。

〔七〕芍藥調五味，司馬相如子虛賦：「芍藥之和，具而後御。」（百）禮記禮運鄭玄注：「五味，酸、苦、辛、鹹、甘也。」

〔八〕膳夫，周禮天官冢宰：「膳夫，掌王之食飲膳羞。」此謂廚師也。

〔九〕齊王句，孟子梁惠王：「（齊宣）王坐於堂上，有牽牛過堂下者，王見之，曰：『牛何之？』對曰：『將以釁鍾。』王曰：『舍之，吾不忍其觳觫，若無罪而就死地。』」（百）觳觫，恐懼顫抖貌。

〔一〇〕簡子句，列子説符：「邯鄲之民以正月元旦獻鳩於簡子。簡子大悦，厚賞之。客問其故，簡子曰：『正旦放生，示有恩也。』」（百）

〔一一〕同類句，汪森韓柳詩選曰：「前云徇媒得食，故落句云然。」

【評箋】

汪森韓柳詩選曰：「已上三詩（按謂跂烏詞、籠鷹詞及本篇）皆兼比興，頗寓自傷之意也。」

沈德潛唐詩別裁卷八曰：「見此後當自檢束，勿更爲所引也。」

## 聞黃鸝

倦聞子規朝暮聲〔一〕，不意忽有黃鸝鳴。一聲夢斷楚江曲，滿眼故園春意生〔二〕。一本「意生」作「草綠」。目極千里無山河〔三〕，一本「目極」作「故園」。麥芒際天搖青波。王畿優本少賦役〔四〕，務閑酒熟饒經過。此時晴煙最深處，舍南巷北遥相語。翻日迴度昆明飛〔五〕，淩風邪看細柳翥〔六〕。我今誤落千萬山，身同傖人不思還〔七〕。鄉禽何事亦來此，令我生心憶桑梓〔八〕。閉聲迴翅歸務速，西林紫椹行當熟〔九〕。

詩云「一聲夢斷楚江曲」，亦作於永州也。參見前早梅詩題注。年月不可考。黃鸝，陸璣毛詩草木魚蟲疏卷下曰：「黃鳥，黃鸝留也。或謂之黃栗留，幽州人謂之黃鶯，一名倉庚，一名商庚，一名鵹黃，一名楚雀。齊人謂之搏黍，關西謂之黃鳥。一云鸝黃當桑椹熟時，往來桑間，故里語曰：『黃栗留，看我麥黃椹熟不！』」亦是應節趨時之鳥也。

〔一〕子規，埤雅：「杜鵑一名子規，苦啼啼血不止，一名怨鳥。夜啼達旦，血漬草木。凡鳴皆北向，啼苦倒懸於樹。」臨海異物志：「杜鵑至三月鳴，晝夜不止。」

〔二〕胡仔苕溪漁隱叢話後集卷十一評曰：「其感物懷土，不盡之意，備見於兩句中，不在多也。」

〔三〕目極千里，楚辭招魂：「目極千里兮傷春心。」

〔四〕王畿，周禮夏官職方氏：「乃辨九服之邦國，方千里曰王畿。」本，荀子天論楊倞注：「本謂農桑。」〇孫月峯評點柳柳州集卷四十三曰：「優本字稍覺生。」

〔五〕昆明，三輔黄圖卷四：「漢昆明池，武帝元狩四年穿，在長安西南，周圍十里。」西南夷傳曰：「天子遣使求身毒國市竹，而爲昆明所閉，天子欲伐之。越嶲昆明國有滇池，方三百里，故作昆明池以象之，以習水戰，因名昆明池。」參見太平御覽卷七六九漢宫殿疏。

〔六〕邪看，詁訓本、世綵堂本「邪」作「斜」。細柳，司馬相如上林賦：「登龍臺，掩細柳。」元和郡縣志卷一：「關内道京兆府咸陽縣：細柳倉在縣西南二十里，漢舊倉也。周亞夫軍次細柳，即此是也。」在今陝西咸陽市西南。是京兆有二細柳也。蔣之翹柳集輯注卷四十三：「昆明，池名。細柳，營名。或云只作細柳亦通，但恐於昆明不切屬耳。」

〔七〕傖人，見前同劉二十八院長述舊言懷……詩注。

〔八〕生心憶桑梓，音辯本、游居敬本、朝鮮本作「心憶桑梓間」。詩小雅小弁：「維桑與梓，必恭敬止。」（百）朱熹集傳：「桑梓二木，古者五畝之宅，樹之墻下，以遺子孫，給蠶食、具器用者也。」故習以桑梓爲鄉里之稱。

〔九〕紫椹，詩魯頌泮水：「食我桑椹，懷我好音。」（百）椹，桑實，生青，熟則紫色。

【評箋】

孫月峯評點柳柳州集卷四十三曰：「意態飛動。」

汪森韓柳詩選曰：「亦有生新之致，緣下筆時不走熟徑故也。」

## 漁翁

漁翁夜傍西巖宿〔一〕，曉汲清湘燃楚竹〔二〕。煙銷日出不見人，欸乃一聲山水緑〔三〕。迴看天際下中流，巖上無心雲相逐〔四〕。

詩云「清湘」、「楚竹」，當作於永州，年月不可考。按唐元結大曆（七六六——七七九）初年爲道州刺史，途經湘中作欸乃曲五首。其四云：「零陵郡北湘水東，浯溪形勝滿湘中。溪口石顛堪自逸，誰能相伴作漁翁。」宗元此詩，疑受元詩啓發。

〔一〕西巖，即西山也。

〔二〕清湘，湘中記：「湘水至清，雖深五六丈，見底。」（太平御覽卷六十五引）

〔三〕欸乃，欸原作「欵」，誤，據蔣之翹本、朝鮮本、全唐詩改。元結欸乃曲：「誰能聽欸乃，欸乃感人情。……昔聞扣斷舟，引釣歌此聲。始歌悲風起，歌竟愁雲生。遺曲今何在，逸在漁夫行。」自注：「欸音襖，乃音靄。棹船之聲。」按「欸乃」一詞讀音，論之者甚夥。大略言之，有四說。一、讀襖靄。即元結欸乃曲目注云，黄山谷亦從之（見苕溪漁隱叢話卷十九）。後姚寬西溪叢語、程大昌演繁露、高似孫緯略、何孟春叙冬餘録皆持此說。二、讀靄襖。胡仔苕溪漁隱叢話卷十九曰：「洪駒父詩話謂欸音靄，乃音襖。」孫奕履齋示兒篇卷十三曰：「胡仔漁隱叢話乃謂洪駒父反其音爲靄襖者非，奈何廣韻十五海欸音於改反，相然膺也。謂之相然膺，則正得『一聲山水緑』之本意。當從駒父『欸』音靄，『乃』音襖，爲正。」楊慎丹鉛雜録亦主此說。三、欸乃爲一字。惠洪冷齋夜話卷二曰：「洪駒父曰：柳子厚詩曰『⿱矣乃靄一聲山水緑』，⿱矣乃音襖，而世俗乃分⿱矣乃爲二字，誤矣。」（按惠洪引洪說與胡仔不同，二者必有一誤）俞文豹吹劍録亦如此說。郎瑛七修類稿則謂此說「尤爲可笑，不知此⿱矣乃字爲何字也。雖篇海雜字中亦無也。」李調元卍齋璅録卷五亦曰：「字書無⿱矣乃字，洪氏誤也。」四、二字有音無文。郎瑛七修類稿卷二十曰：「劉蜕文集有湖中靄迺歌，則知二字有音無文。特柳子用此二字。」胡震亨唐音癸籤卷二十四曰：「元次山湖南欸乃歌，劉蜕有湖中靄迺歌，劉言史瀟湘詩有『閑歌曖迺深峽裏』，字異而音則同。」吳景旭歷代詩話、宋長白柳亭詩話、俞正燮癸巳類稿意皆同。今按：諸家各執一理，亦難遽定其是非。唯宗元所用「欸乃」兩字與次山同，當亦從次山自註讀「襖靄」也。山水緑，原作「山水渌」，據鄭定本、世綵堂本、濟美堂本、蔣之翹本及全唐詩改。

〔四〕巖上句，陶淵明歸去來兮辭：「雲無心以出岫。」（百）按末二句東坡以爲可删，曰：「詩以奇趣爲宗，反常合道爲趣。熟味此詩有奇趣，然其尾兩句，雖不必亦可。」嚴羽從之，其滄浪詩話曰：「柳子厚『漁翁夜傍西巖宿』之詩，東坡删去後二句，使子厚復生，亦必心服。」劉辰翁以爲當存之，曰：「或謂蘇評爲當，非知言者，此詩氣澤不類晚唐，正在後兩句，非蛇安足者。」（蔣之翹柳集輯注引）後世論者紛紜，莫衷一是。李東陽懷麓堂詩話、王世貞藝苑卮言、章士釗柳文指要皆主存爲當，胡應麟詩藪、王士禎帶經堂詩話、宋長白柳亭詩話、沈德潛唐詩别裁皆主删。汪森韓柳詩選則曰：「歌行短章與絶句只是一例耳。此詩固短篇之有致者，謂當截去末二句與否者，皆屬迂論。」此説是也。

【評箋】

吴沆環溪詩話卷下曰：「柳子厚詩云：『漁翁夜傍西巖宿……』此賦中之興也。又唐詩云：『百尺絲綸直下垂，一波纔動萬波隨。夜静水寒魚不餌，滿船空載月明歸。』此全是興也。言外之意超然。又如張志和詩云：『西塞山前白鷺飛，桃花流水鱖魚肥，青箬笠，緑簑衣，斜風細雨不須歸。』此亦興也。大抵漁家詩要寫得似漁家，田圃詩要寫得似田圃人家，樵牧要寫得似樵牧，又要不犯正位，不隨古人語言。」

王文禄詩的曰：「柳柳州漁翁詩曰：『漁翁夜傍西巖宿……』氣清而飄逸，殆商調歟！」

唐汝詢唐詩解卷十八曰：「此盛稱漁翁之樂，蓋有欣慕之意，言彼寢食自適而放歌於山水之間，泛舟中流與無心之雲相逐，豈不蕭然世外耶！」

吴山民曰："首二句清，次二句有趨景慕，深推贊切，豈子厚失意時詩耶？"（唐詩選脈會通引）

孫月峯評點柳柳州集卷四十三曰："是神來之調，句句險絶，鍊得渾然無痕。後二句尤妙，意竭中復出餘波，含景無窮。"

蔣之翹柳集輯注卷四十三曰："此詩急節閒奏，氣已太峻削矣，自是中、晚伎倆，宋人極賞之，豈以其蹊逕似相近乎！"

## 飲酒

今旦少愉樂〔一〕，起坐開清樽。舉觴酹先酒〔二〕，本注云：始爲酒者也。爲我驅憂煩〔三〕。須臾心自殊，頓覺天地暄〔四〕。連山變幽晦〔五〕，渌水函晏温〔六〕。藹藹南郭門〔七〕，樹木一何繁。清陰可自庇，竟夕聞佳言。盡醉無復辭，偃臥有芳蓀〔八〕。彼哉晉楚富，此道未必存〔九〕。

陶淵明有飲酒二十首，此用其詩題。韓醇詁訓柳集卷四十二曰："集中有與楊誨之書云『吾待子郭南亭上』，而詩云『藹藹南郭門』，此亦在永州也。"按：韓説是。子厚此書云"至永州七年矣"，作於永州；此"飲酒"，當即飲於永州郭南亭也。

〔一〕今旦，全唐詩作「今夕」。

〔二〕先酒，自注：「始爲酒者也。」按：古史考曰：「古有醴酪，禹時儀狄造酒。」舊又有杜康造酒之説。酹，以酒沃地。

〔三〕爲我，「爲」原作「遺」，據鄭定本、文淵閣本、世綵堂本、濟美堂本、蔣之翹本及全唐詩改。

〔四〕暄，素問五運行大論注：「暄，温也。」

〔五〕連山，木華海賦：「波若連山。」幽晦，楚辭九歌山鬼：「山峻高以蔽日兮，下幽晦以多雨。」

〔六〕晏温，史記孝武本紀：「至中山，晏温，有黄雲蓋焉。」如淳曰：「三輔謂日出清濟爲晏。晏而温也。」天氣晴暖也。

〔七〕藹藹，陶淵明和主簿：「藹藹堂前林。」繁盛貌。

〔八〕偃卧，列子湯問：「紀昌歸，偃卧其妻之機下。」謝靈運道路憶山中詩：「追尋棲息時，偃卧任縱誕。」

〔九〕彼哉二句，孟子公孫丑：「曾子曰：晉楚之富，不可及也。彼以其富，我以吾仁；彼以其爵，我以吾義。吾何慊乎哉！」(百)此道，謂飲酒之樂也。未必存，詁訓本「必」作「嘗」。

【評箋】

曾吉甫筆墨閒録曰：「飲酒詩絶似淵明。」

孫月峯評點柳柳州集卷四十三曰：「亦有澹趣，然効之却不難。」

蔣之翹柳集輯注卷四十三曰：「陶詩人信不可學。子厚讀書、飲酒二首，不知如何費許多力氣摹仿，終是自做自家詩耳。論者遂以逼真淵明，不特不知陶，並不知柳矣。」

## 掩役夫張進骸

生死悠悠爾，一氣聚散之〔一〕。偶來紛喜怒，奄忽已復辭〔二〕。爲役孰賤辱？爲貴非神奇。一朝纊息定〔三〕，枯朽無妍媸〔四〕。生平勤皁櫪〔五〕，剉秣不告疲〔六〕。既死給槥櫝〔七〕，葬之東山基〔八〕。奈何值崩湍〔九〕，蕩析臨路垂〔一〇〕。髐然暴百骸〔一一〕，「骸」，一作「體」。散亂不復支〔一二〕。從者幸告余，睠之涓然悲〔一三〕。猫虎獲迎祭〔一四〕，犬馬有蓋帷〔一五〕。佇立唁爾魂〔一六〕，豈復識此爲〔一七〕？畚鍤載埋瘞〔一八〕，溝瀆護其危〔一九〕。我心得所安，不謂爾有知。掩骼著春令〔二〇〕，茲焉適其時。及物非吾輩〔二一〕，一作「事」。聊且顧爾私。

韓醇詁訓柳集卷四十二曰：「詩云『及物非吾事』，此貶永後作。」按：宗元貶永爲員外司馬置同正員，唐制員外官不得釐務，故云「及物非吾事」。又詩云「葬之東山基」，東山，永州山名。故可斷其作於永州。年月無可考。

〔一〕生死二句，論衡言毒：「萬物之生，皆禀元氣。」宗元亦主元氣化生萬物之説，故云。○孫月峯評點柳柳州集卷四十三曰：「起句大妙，然用於役夫最切，若朋友便須哀痛，豈得用此寬語。」

〔二〕奄忽，馬融長笛賦：「奄忽滅没。」

〔三〕纊息，禮記喪大記：「屬纊以俟絶氣。」鄭玄注：「纊，今之新綿，易動摇，置口鼻之上，以爲候。」（百）息，呼吸之氣。

〔四〕妍媸，陸機文賦：「混妍媸而成體。」○王二梧（唐四家詩集）曰：「五字可以唤醒世人。」

〔五〕皁櫪，漢書鄒陽傳師古注：「皁，櫪也。」猶槽櫪。

〔六〕剉秣，世綵堂本注：「『剉』，一作『莝』。」文津閣本「剉」作「摧」。詩小雅鴛鴦：「乘馬在厩，摧之秣之。」（百）鄭玄箋：「摧，今莝字。」莝、剉亦通。漢書尹翁歸傳顔師古注：「莝，斬芻。」告疲，鄭定本注：「一本作『乏』。」

〔七〕槥櫝，漢書成帝紀：「其爲水所流壓死，不能自葬，令郡國給槥櫝葬埋。」顔師古注：「槥櫝，謂小棺。」（百）

〔八〕東山，永州山名。見前採朮詩注。

〔九〕崩湍，謂山洪也。

〔一〇〕蕩析，書盤庚下：「蕩析離居，罔有定極。」此謂肢骸散亂。

〔一一〕髐然，莊子至樂：「莊子之楚，見空髑髏，髐然有形。」枯骨暴露貌。

〔一二〕支，連也。

〔一三〕睠，視也。涓然，猶泫然也。

〔一四〕猫虎句，禮記郊特牲：「古之君子使之必報之。迎猫，爲其食田鼠也；迎虎，爲其食田豕也。迎而祭之也。」鄭玄注：「迎其神也。」（百）

〔一五〕犬馬句，禮記檀弓下：「仲尼之畜狗死，使子貢埋之，曰：吾聞之也，敝帷不棄爲埋馬也，敝蓋不棄爲埋狗也。」（百）按：二句感喟人而不及犬馬猫虎也。

〔一六〕佇立，詩邶風燕燕：「佇立以泣。」毛傳：「佇立，久立也。」唁，説文：「唁，吊生也。」詩鄘風載馳孔穎達疏：「吊死曰吊，則吊生曰唁。」此同吊義。

〔一七〕豈復句，謂死者豈復知此唁魂之事乎。

〔一八〕瘞，詩大雅雲漢孔穎達疏：「瘞，謂埋之於土。」猶埋也。

〔一九〕危，文選七命李善注：「危，高也。」謂墳。

〔二〇〕掩骼句，禮記月令：「孟春之月……掩骼埋胔。」鄭玄注：「骨枯曰骼，肉腐曰胔。」

〔二一〕吾輩，全唐詩「輩」作「事」，注：「一作『輩』。」

【評箋】

范温潛溪詩眼曰：「公哭吕衡州詩，足以發明吕温之俊偉。哭凌員外詩，書盡凌準平生。掩役夫張進骸，既盡役夫之事，又反覆自明其意。此一篇筆力規模，不減莊周、左丘明也。」劉辰翁曰：「學陶不如此篇逼近，亦事題偶足以發爾，故知理貴自然。」（蔣之翹柳集輯注卷四十三引）

謝榛四溟詩話卷四曰：「余讀柳子厚掩役夫張進骸詩，至『但願我心安，不爲爾有知』，誠仁人之言也。夫子厚一代文宗，故其摛詞振藻，能占地步如此。」

孫月峯評點柳柳州集卷四十三曰：「一團真意寫出自別，且事新亦自易爲辭。」又曰：「遣調以從容佳。三段禮插得自然，想見其一時感歎，漫出數語，宛然無要緊意，所以味長。」

汪森韓柳詩選曰：「起意極曠達，後意仍見凄惻，都是真實語耳，故足爲見道之言。」

沈德潛唐詩别裁集卷四曰：「『一朝纊息定』二語，見貴賤賢愚，古今同盡，此達人之言也。『我心得所安』二語，見求安惻隱，非以示恩，此仁人之言也。」

余成教石園詩話卷一曰：「柳子厚文章卓偉精緻，與古爲侔，尤擅西漢詩騷，一時行輩推仰。貶官後，自放山澤間，其堙厄感鬱，一寓於詩。『志適不期貴，道存豈偷生』，掩役夫張進骸云『我心得所安，不謂爾有知』，此等吐屬，大有見解。」

吴昌祺删定唐詩解曰：「此乃叙事耳。宋人極口，所以變爲楊廷秀一派也。」

許印芳詩法萃編卷九曰：「五言起句之妙……最警策者，如漢人擬蘇李詩：『紅塵蔽天地，白日何冥冥。』……李白：『朝披夢澤雲，笠釣青茫茫。』杜甫：『孤雲亦羣遊，神物有所歸。』韓愈：『李杜文章在，光燄萬丈長。』柳宗元：『生死悠悠爾，一氣聚散之。』此散行者也。」近藤元粹柳柳州詩集卷四曰：「後來王陽明瘞旅文，頗有此詩之況味。」

## 春懷故園

九扈鳴已晚〔一〕，楚鄉農事春。悠悠故池水，空待灌園人〔二〕。

詩云「楚鄉農事春」，亦作於永州。參見前早梅詩題注。年月不可考。故園，謂長安舊居。

〔一〕九扈，左傳昭公十七年杜預注：「扈有九種也。春扈鳻鶞，夏扈竊玄，秋扈竊藍，冬扈竊黃，棘扈竊丹，行扈唶唶，宵扈嘖嘖，桑扈竊脂，老扈鷃鷃。」（百）説文卷四作「九雇」，通。農桑候鳥也。

〔二〕灌園，韓醇詁訓柳集卷四十三：「於陵子辭卿相而桔槔灌園。戴宏爲河間相，自免歸而灌蔬，以經教授。向秀、呂安，灌園山陽，收餘利以供酒食之費。范丹學通三經，嘗自賃灌園。」按史記鄒陽傳獄中上書：「是以孫叔敖三去相而不悔，於陵子仲辭三公爲人灌園。」後世以灌園爲退隱家居之典，本此。

# 夏夜苦熱登西樓

苦熱中夜起，登樓獨褰衣。山澤凝暑氣，星漢湛光輝〔一〕。火晶燥露滋〔二〕，野静停風威。探湯汲陰井〔三〕，煬竈開重扉〔四〕。憑欄久徬徨，流汗不可揮。莫辨亭毒意〔五〕，仰訴璿與璣〔六〕。諒非姑射子〔七〕，静勝安能希〔八〕？

施子瑜柳譜謂柳集「編自劉禹錫，今本四十五卷雖非其舊，然繹其編列之序，固非無理次可尋。……今觀卷四十三之詩，其中一部分藉地名、時事之助，可確斷爲在永州作。其余一部分之格調，亦與之絶相類，故皆可定爲在永州作。當時編集者或即有意存於其間也。」按：施説疑是，然亦難遽定無柳州所作雜於其間，今姑從之，將原集卷四十三中無從確斷何處作者，本詩至紅蕉，凡七首，悉附於此。序次先後亦悉依原集。

〔一〕星漢，曹操步出夏門行：「星漢燦爛，若出其裏。」湛，班固答賓戲李善注：「湛，古沈字。」

〔二〕火晶，漢王仲任云：「夫日，火之精也。」（晉書天文志上引）衛元嵩元包明夷：「晶冥炎潛。」注：「晶，日也。」

〔三〕探湯，論語季氏：「見不善如探湯。」（百）

〔四〕煬竈，韓非子内儲上：「夫竈，一人煬焉，則後人無從見矣。」謂爐前烤火。○孫月峯評點柳柳州集卷四十二：「煬竈兩語鍛得刻酷。」

〔五〕莫辨，「辨」原作「辯」，據世綵堂本、何焯校本改。亭毒，老子：「長之育之，亭之毒之。」注：「化育之意，亭謂品其形，毒謂成其質。」劉峻辯命論：「生之無亭毒之心，死之豈虔劉之志。」

〔六〕璿、璣，文淵閣本作「璇、璣」。史記天官書：「北斗七星，所謂『旋璣玉衡，以齊七政』。」索隱：「春秋運斗樞云：『斗，第一天樞，第二旋，第三璣……合而爲斗。』文耀鉤云：『斗者，天之喉舌，玉衡屬杓，魁爲琁璣。』」按：旋、琁、璇皆同璿。句意猶言仰訴蒼穹也。○曾吉甫筆墨閒録：「莫辯二句以刺當時之政也。」蔣之翹柳集輯注卷四十二曰：「莫辯二句，子厚意似感慨，然亦可有可無。或謂專刺時政，尚屬影響。」

〔七〕姑射子，莊子逍遥遊：「藐姑射之山有神人居焉。肌膚若冰雪，淖約如處子。……大旱金石流，土山焦而不熱。」（百）

〔八〕静勝，老子：「静勝熱。」希，廣韻卷一：「希，望也。」蔣之翹曰：「安能希，謂不可望也。」

## 獨覺

覺來窗牖空〔一〕，寥落雨聲曉〔二〕。良游怨遲暮〔三〕，末事驚紛擾〔四〕。爲問經世心〔五〕，古人誰盡了〔六〕？

〔一〕窗牖空，謂百卉彫落也。

〔二〕孫月峯評點柳柳州集卷四十三評二句曰：「寫景妙。」

〔三〕良游，陸機答賈長淵：「念昔良遊，茲焉永歎。」盡興之遊。遲暮，屈原離騷：「惟草木之零落兮，恐美人之遲暮。」王逸注：「遲，晚也。」

〔四〕末事，呂氏春秋精喻：「淺智者之所爭者則末矣。」指世俗之事。

〔五〕經世，抱朴子審舉：「故披洪範而知箕子有經世之器。」謂治理世事。鄭定本、世綵堂本注：「『世』，一作『濟』。」

〔六〕了，爾雅序：「其所易了。」釋文：「了，照察也。」曉解之意。○孫月峯評末二句曰：「點得透快。」

## 郊居歲暮

屏居負山郭〔一〕，歲暮驚離索〔二〕。野迴樵唱來，庭空燒燼落〔三〕。世紛因事遠，心賞隨年薄〔四〕。默默諒何爲，徒成今與昨。

觀詩意，似作於永州，畬地亦楚俗，然亦難確斷也。

〔一〕屏居，史記魏其侯列傳：「魏其謝病，屏居藍田南山下數月。」隱居也。

〔二〕離索，禮記檀弓：「吾離羣而索居。」

〔三〕燼，左傳成公二年注：「燼，火餘木。」按：謂燒畬之燼也。農書：「荆楚多畬地，先縱火熂爐，候經雨下種。……杜田曰：『楚俗燒榛種田，曰畬。』」○汪森韓柳詩選曰：「野迥二語，自然生動，在四虚字下得恰好。」

〔四〕心賞，謝靈運石室山：「靈域久韜隱，如與心賞交。」又入東道路詩：「心賞貴所高。」謂有契於心，悠然自得也。

【評箋】章士釗柳文指要通要之部卷一曰：「唐、宋士大夫之引田家逸趣自慰，大致如此。然亦止於躬居田里，藉耕耨爲嘯詠而已。」

# 秋曉行南谷經荒村

杪秋霜露重〔一〕，晨起行幽谷。黄葉覆溪橋，荒村唯古木。寒花疏寂歷〔二〕，幽泉微斷續。機心久已忘〔三〕，何事驚麇鹿〔四〕？

南谷，不詳其地。南澗中題云「羈禽響幽谷，寒藻舞淪漪」，此詩云「幽泉微斷續」，知南澗有谷，而南谷有泉，二地疑相近也。姑以存疑。

〔一〕杪秋，宋玉九辯：「靚杪秋之遥夜兮，心繚悷而有哀。」梁元帝纂要：「九月季秋，亦曰暮秋、末秋、暮商、季商、杪秋。」

〔二〕寂歷，江淹雜體詩：「寂歷百草晦，欻吸鵾鷄悲。」李善注：「寂歷，彫疎貌。」

〔三〕機心，見前旦攜謝山人至愚池注。

〔四〕驚麋鹿，高步瀛唐宋詩舉要卷一：「金樓子興王篇曰：『伯夷、叔齊餓於首陽，依麋鹿以爲羣。叔齊起害鹿死，伯夷恚之而死。』此與列士傳言『伯夷、叔齊不食，經七日，天遣白鹿乳之，夷齊思此鹿肉食之必美，鹿知其意，不復來，二子遂餓死』，同一怪誕不經，然正機心驚鹿之一證也。」

【評箋】

顧璘曰：「意高妙。」（唐詩選脈會通引）

唐汝詢唐詩解卷十曰：「此叙山行之景。因言機心已忘，則當入獸不亂，曷爲驚此麋鹿乎？此乃輞川落句翻案。」按：吴昌祺删定唐詩解曰：「子厚自言不驚，唐以説驚，故易之云：何得復驚此麋鹿乎！」

## 夏晝偶作

南州溽暑醉如酒〔一〕，隱机熟眠開北牖〔二〕。日午獨覺無餘聲，山童隔竹敲茶臼〔三〕。

依前例隸於永，又柳州府志藝文類録此詩，題曰柳州署中作，亦不知何據。姑以存疑。

〔一〕南州，楚辭遠遊：「嘉南州之炎德，麗桂樹之冬榮。」溽暑，禮記月令：「孟夏之月，土潤溽暑。」説文卷十一：「溽，濕暑也。」

〔二〕隱机，蔣之翹本、朝鮮本「机」作「几」。玉篇卷十：「几，案也。亦作机。」通用也。莊子秋水：「公子牟隱机太息。」又齊物論：「南郭子綦隱几而坐。」

〔三〕敲茶臼，蔣之翹柳集輯注卷四十二：「古人治茶皆擣末作餅，必用杵臼，子厚云『山童隔竹敲茶臼』是也。至國朝特尚芽茶，而此器遂廢。」朱翌猗覺寮雜記卷上曰：「唐造茶與今不同，今采茶者，得芽茶即蒸熟焙乾，唐則旋摘旋炒，劉夢得試茶歌：『自傍芳叢摘鷹嘴，斯須炒成滿室香。』又云：『陽崖陰嶺各不同，未若竹下莓苔地。』竹間茶最佳，今亦如此。唐未有碾磨，止用臼，多是煎茶。張志和婢樵青，使竹裏煎茶。柳子厚云：『日午獨覺無餘聲，山童隔竹敲茶臼。』」章士釗柳文指要通要之部卷十四：「敲茶臼者，謂製新茶也。唐人飲茶不尚購買製成品種，往往自採而自製之，製就即飲，以新爲貴。此子厚所以聞茶臼也。」

【評箋】

范晞文對床夜語卷三曰：「七言仄韻尤難於五言。長孫佐輔有詩云：『獨訪山家歇還涉，茆屋斜連隔松葉。主人聞語未開門，遶籬野菜飛黄蝶。』好事者或繪爲圖。柳子厚云：『南州溽暑醉如酒……』言思爽脱，信不在前詩下。」

謝榛四溟詩話卷二曰：「詩有簡而妙者……亦有簡而弗佳者，若鮑泉『夕鳥飛向月』，不如曹孟德『月明星稀，烏鵲南飛』；劉禹錫『欲問江深淺，應如遠别情』，不如太白『請君試問東流水，别意與之誰短長』；李洞『藥杵聲中搗殘夢』，不如柳子厚『日午睡覺無餘聲，山童隔竹敲茶臼』。」

胡應麟詩藪内編卷六曰：「裴迪『艤舟一長嘯，四面來清風』，語亦軒爽，而會孟鄙爲不佳。子厚『日午睡覺無餘聲，山童隔竹敲石臼』，意亦幽閒，而華玉短其無味。二語皆當領略。」

周敬曰：「好一幅山居夏景圖。」（唐詩選脈會通引）

周珽曰：「暑窗熟眠，一茶臼外無餘聲，心地何等清静。惟静生凉，溽暑無能困之矣。日午獨覺，見一種凉思，有人所不及知者。」（唐詩選脈會通引）

黄叔燦唐詩箋注卷九曰：「清絶。柳州詩大概以清迥絶塵見長，同乎王、韋，却是别調。」

## 江雪

千山鳥飛絶，萬逕人蹤滅。孤舟蓑笠翁，獨釣寒江雪。

【評箋】

蘇軾東坡題跋卷二曰：「鄭谷詩云：『江上晚來堪畫處，漁人披得一簑歸。』此村學中詩也。柳子厚云：『千山鳥飛絶，萬徑人蹤滅。孤舟簑笠翁，獨釣寒江雪。』人性有隔也哉。殆天所賦，不可及也已。」

曾季貍艇齋詩話曰：「東湖言王維雪詩不可學，平生喜此詩。……又言柳子厚雪詩四句説盡。」

范晞文對床夜語卷四：「唐人五言四句，除柳子厚『釣雪』一首之外，極少佳者。」

劉辰翁曰：「得天趣，獨由落句五字道盡矣。」（高棅唐詩品彙引）

顧璘評點唐詩正音曰：「絶唱，雪景如在目前。」

胡應麟詩藪内編卷六曰：「二十字骨力豪上，句格天成，然律以輞川諸作，便覺太鬧。」

孫月峯評點柳柳州集卷四十三曰：「常景耳，道得峭快便入妙。」

唐汝詢唐詩解卷二十三曰：「人絶，鳥稀，而披簑之翁傲然獨釣，非奇士耶？按七古漁翁亦極褒美，豈子厚無聊之極，託以自高歟！」

蔣之翹柳集輯注卷四十二曰：「此詩特落句五字寫得悠然，故小有致耳，宋人乃盛稱之。」

黄周星唐詩快卷十四曰：「只爲此二十字，至今遂圖繪不休，將來竟與天地相終始矣。」

黄生唐詩摘鈔卷二曰：「此等作真是詩中有畫，不必更作寒江獨釣圖也。」

王士禎帶經堂詩話卷十二曰：「余論古今雪詩，唯羊孚一贊及陶淵明『傾耳無希聲，在目皓已潔』，及祖詠『終南陰嶺秀』一篇，右丞『灑空深巷静，積素廣庭閒』、韋左司『門對寒流雪滿山』句最佳。若柳子厚『千山鳥飛絶』，已不免俗。」按：漁洋此説，後人頗不贊同。沈德潛唐詩別裁集卷十九曰：「江雪清峭已極，王阮亭尚書獨貶此詩何也？」李瑛詩法易簡録卷十三曰：「前二句不沾着『雪』字，而確是雪景，可稱空靈。末句一點便足。阮亭論前人雪詩，於此詩尚有遺憾，甚矣詩之難也！」朱庭珍筱園詩話曰：「祖詠『終南陰嶺秀』一絶，阮亭最所心賞，然不免氣味凡近。柳子厚『千山鳥飛絶』一絶，筆意生峭，遠勝祖詠之平，而阮翁反有微詞，謂未免近俗，殆以人口熟誦而生厭心，非公論也。」錢振瑝詩話曰：「柳州『千山鳥飛絶』一首，上兩句措筆太重則有之，下二句天生清峭，士禎將一個俗字誣之，此兒真別有肺腸。」

孫洙唐詩三百首曰：「二十字可作二十層，却自一片，故奇。」

吴昌祺删訂唐詩解曰：「清極、峭極，傲然獨往。」

朱子荆增訂唐詩摘鈔卷二曰：「千、萬、孤、獨，兩兩對説，亦妙。寒江魚伏，釣豈可得，此翁意不在魚也。如可得魚，釣豈獨翁哉！」

劉文蔚唐詩合選詳解卷三曰：「置孤舟於千山萬徑之間，而一老翁披簑戴笠獨釣其間，雖江寒而魚伏，非釣之可得，彼老翁獨何爲而穩坐於孤舟風雪中乎？此子厚貶時取以自寓也。」

俞陛雲詩境淺説續編曰：「空江風雪中，遠望則鳥飛不到，近觀則四無人蹤，而獨有扁舟漁夫，一竿在手，悠然於嚴風盛雪間。其天懷之淡定，風趣之静峭，子厚以短歌爲之寫照。子和漁夫詞所未道之境也。」

劉永濟唐人絶句精華曰：「此詩讀之便有寒意，故古今傳誦不絶。」

## 紅蕉

晚英值窮節〔一〕，緑潤含朱光。以兹正陽色〔二〕，「陽」，一作「陰」。窈窕凌清霜。遠物世所重，旅人心獨傷。回暉眺林際，摵摵無遺芳〔三〕。

宋祁紅蕉花贊：「於芭蕉蓋自一種，葉小而花鮮明可喜。」范成大桂海虞衡志：「紅蕉花，葉瘦，類蘆箬，心中抽條，條端發花，葉數層，日拆一兩葉，色正紅，如榴花、荔子，其端各有一點鮮緑，尤可愛。春夏開，至歲寒猶芳。」

〔一〕晚英，秋冬之花。王勃春日宴樂遊園賦得樓字詩：「梅郊落晚英。」劉禹錫秋晚題湖城驛池上亭詩：「露菊含晚英。」皆是。此指紅蕉。

〔二〕正陽，傅玄述夏賦：「四月惟夏，運臻正陽。」指農曆四月。紅蕉「春夏開，至歲寒猶芳」，故謂其以「正陽色」而「凌清霜」也。

〔三〕摵摵，原作「戚戚」，注：「一作『摵摵』。」詁訓本、蔣之翹本、全唐詩作「摵摵」，據改。盧諶時興：「摵摵芳葉零，橤橤芳華落。」呂延濟注：「摵摵，葉落聲也。」

【評箋】

汪森韓柳詩選曰：「短章詠物，簡澹高古，都能於古人陳語脱化生新也。」

近藤元粹柳柳州詩集卷四曰：「寓感甚切。」

# 柳宗元詩箋釋卷三

（起元和十年正月，訖元和十四年）

## 朗州竇常員外寄劉二十八詩見促行騎走筆酬贈

投荒垂一紀〔一〕，新詔下荆扉。疑比莊周夢〔二〕，情如蘇武歸〔三〕。賜環留逸響〔四〕，五馬助征騑〔五〕。不羡衡陽雁，春來前後飛〔六〕。

元和十年（八一五）正月作。韓愈柳子厚墓誌銘：「元和中嘗例召至京師。」詩云「投荒垂一紀，新詔下荆扉」，正謂其事。考憲宗下詔乃元和九年（八一四）十二月，宗元於元和十年正月奉詔啓程。詩題云「見促行騎，走筆酬贈」，則當作於其時。舊唐書竇常傳：「常字中行，大曆十四年（七七九）登進士第，居廣陵之柳楊，結廬種樹，不求苟進，以講學著書爲事，凡二十年不出。……元和六年（八一一），自湖南判官入爲侍御史，轉水部員外郎，出爲朗州刺史。」竇常寄劉二十八詩今佚。劉二十八，劉禹錫也。

〔一〕垂一紀，韓醇詁訓柳集卷四十二：「公自永貞元年（八〇五）謫永州司馬，至是元和十年爲十一年，故云『垂一紀』。」

〔二〕莊周夢，莊子齊物論：「昔者莊周夢爲胡蝶，栩栩然胡蝶也。自喻適志歟！不知周也。俄然覺，則蘧蘧然周也。不知周之夢爲胡蝶歟？胡蝶之夢爲周歟？此謂之物化。」（百）

〔三〕蘇武歸，漢書蘇武傳：「武留匈奴凡十九歲，始以彊壯出，及還，鬚髮盡白。」

〔四〕賜環，賜還也。荀子大略：「絶人以玦，反絶以環。」注：「古者，以有罪，待放於境，三年不敢去，與之環則還，與之玦則絶。」

〔五〕五馬，陌上桑：「使君自南來，五馬立踟躕。」按：王琦李太白文集輯注卷六曰：「五馬事，古今説者不一。……唯沈約宋書引逸禮王度記曰：『天子駕六，諸侯駕五，卿駕四，大夫三，士二，庶人一。』後之太守即古之諸侯，故有五馬之稱，庶幾近之。」助征騑，童宗説曰：「助征騑，即謂促其行騎也。」（百家注柳集引）

〔六〕不羨二句，古人以爲雁南飛止於衡陽，春至則北返，故云。參見後過衡山見新開花却寄弟注。

# 離觴不醉至驛却寄相送諸公

無限居人送獨醒〔一〕，可憐寂寞到長亭〔二〕。荆州不遇高陽侣〔三〕，一夜春寒滿下廳〔四〕。

詔追赴都途中所作。

〔一〕居人，對行人而言，謂相送諸公。獨醒，楚辭漁夫：「屈原曰：『舉世皆濁我獨清，衆人皆醉我獨醒，是以見放。』」（百）

〔二〕長亭，秦漢十里置亭，亦謂之長亭。庾信哀江南賦：「十里五里，長亭短亭。」（百）白氏六帖卷九：「十里一長亭，五里一短亭。」孫汝聽曰：「長亭，短亭，乃傳舍也。」（百家注柳集引）

〔三〕高陽侣，文淵閣本作「南陽侣」。按作「高陽侣」是。晉書山濤傳：永嘉三年，山簡爲征南將軍，都督荆湘交廣四州軍事。「優遊卒歲，唯酒是耽。諸習氏，荆土豪族，有佳園池，簡每出嬉遊，多之池上，置酒輒醉，名之曰高陽池。」此句謂不遇嗜酒豪飲如山簡者。

〔四〕下廳，謂驛館之下舍也。

【評箋】

孫月峯評點柳柳州集卷四十二曰：「是戲語。」

陸夢龍韓退之柳子厚集選曰：「意深」。

## 詔追赴都迴寄零陵親故

每憶纖鱗遊尺澤，翻愁弱羽上丹霄〔一〕。岸傍古堠應無數〔二〕，次第行看別路遥〔三〕。

同前詔追赴都途中所作。

〔一〕丹霄，賈誼詩：「青青雲寒，上拂丹霄。」（北堂書鈔卷一百五十一引）青雲也。

〔二〕堠，封土爲壇，以記里者；五里隻堠，十里雙堠。按：韓愈路旁堠：「堆堆路旁堠，一雙復一隻。」知唐時尚多古堠也。

〔三〕次第，張相詩詞曲語辭匯釋卷四：「次第，多數之辭。」言無數古堠，於一一觀看之際，已知離永愈遠矣。

## 界圍巖水簾

界圍匯湘曲〔一〕，青壁環澄流〔二〕。懸泉粲成簾，羅注無時休。韻磬叩凝碧〔三〕，鏘鏘徹巖幽。丹霞冠其巔，想像凌虛游〔四〕。靈境不可狀，鬼工諒難求。忽如朝玉皇，天冕垂前旒〔五〕。楚臣昔南逐〔六〕，有意仍丹丘〔七〕。我今始北旋，新詔釋縲囚〔八〕。采真誠眷戀〔九〕，許國無淹留。再來寄幽夢，遺貯催行舟。

詩云「今我始北旋，新詔釋縲囚」，當爲元和十年（八一五）詔追赴都經界圍巖所作。據「界圍匯湘曲」句，知巖在湘江岸，距永州尚未遠。

〔一〕匯，倉頡：「匯，水迴也。」（一切經音義卷三引）

〔二〕青壁，嵇康琴賦：「青壁萬尋。」（百）此謂界圍巖。

〔三〕韻磬句，謂懸瀑下注，聲如磬、玉相擊。碧，山海經西次二經郭璞注：「碧，亦玉類也。」

〔四〕凌虛，阮籍詠懷其十九：「寄顏雲霄間，揮袖凌虛翔。」

〔五〕天冕，指玉皇之冕。淮南子主術訓：「古之王者，冕而前旒。」旒，冕前懸垂之珠串也。孫汝聽曰：「言水簾之狀，如冕旒之垂。」（百家注柳集引）宋長白柳亭詩話評以上四句曰：「骨力傲岸，撐柱全篇。」

〔六〕楚臣，謂屈原。屈原九章涉江：「哀南夷之莫我知兮，旦余濟乎江湘。」湖南正其流放之地。

〔七〕丹丘句，屈原遠遊：「仍羽人於丹丘兮，留不死之舊鄉。」仍，趨也。丹丘，參見酬婁秀才寓居開元寺早秋月夜病中見寄注。

〔八〕縲囚，囚犯。按：宗元貶永，時以囚徒自處。其答問亦云：「吾縲囚也，逃山林入江海無路，其何以容吾軀乎？」

〔九〕采真，莊子天運：「古之至人，假道於仁，託宿於義，以遊逍遥之虚，食於苟簡之田，立於不貸之圃。逍遥，無爲也；苟簡，易養也；不貸，無出也。古者謂是采真之遊。」（百）成玄英疏：「古者聖人行苟簡之等法，謂是神采真實而無假僞，逍遥任適而隨化遨遊也。」

【評箋】曾吉甫筆墨閒録曰：「此詩奇麗工壯，始言水簾之狀，不甚言，但發二語云：『忽如朝玉皇，天冕垂前旒。』簡而工矣。」（百家注柳集引）

孫月峯評點柳柳州集卷四十二曰：「寫景如謝，然多用單語，覺骨力更勝。」

汪森韓柳詩選曰：「體物極工，『玉皇』句尤見奇闢。」

## 過衡山見新花開却寄弟

故國名園久别離〔一〕，今朝楚樹發南枝〔二〕。晴天歸路好相逐，正是峯前迴雁時〔三〕。

陳景雲柳集點勘曰：「味詩意蓋已北還，而弟尚留永，故寄詩促其行耳。以祭從弟宗直文參證，似所寄即宗直也。」按：陳説是。宗直，宗元誌從父弟宗直殯稱其「生剛健好氣，自字曰正夫，聞人善，立以爲師；聞惡，若己讎，見佞色諂笑者，不忍坐與語。善操觚牘，得師法甚備。」宗元貶永，宗直與之俱。元和元年（八〇六）三月，嘗共至華嚴岩刻石題名。後宗元貶柳，又往從之。元和十年（八一五）七月病故。終年僅三十三歲。

〔一〕故國名園，即遊朝陽岩詩所云「故墅即灃川，數畝均肥饒」者。

〔二〕楚樹發南枝，白氏六帖梅部：「大庾嶺上梅，南枝落，北枝開，寒暖之候異也。」（百）此用其語，謂早春時節，新花始開也。

〔三〕峯前迴雁，方輿勝覽衡州：「回雁峯在衡陽之南，雁至此不過，遇春而回，故名。」吴曾能改齋漫録曰：「衡州有迴雁峯，皆謂雁至此而迴北耳。柳子厚此詩『……正是峯前迴雁時』，蓋自永還闕，過衡州正春時，適見雁自南而北耳。故詩云爾。豈專謂雁至此而迴乎？乃古今考柳詩不精故耳。」按：雁至衡陽而止，唐前即有此説，魏應瑒詠雁：「言我塞北來，將就衡陽棲。」劉孝綽賦得始歸雁：「洞庭春水緑，衡陽旅雁歸。」隋王胄送周員外充戍嶺表賦得雁詩：「旅雁別衡陽，天寒關路長。」唐李嶠詠雁：「春輝滿朔光，旅雁發衡陽。」皆是。此文人習用之典，不必深究其實否也。峯前迴雁時，指正月。禮月令：「孟春之月……鴻雁來。」鄭玄注：「正月……雁自南方來，將北返其居。」○汪森韓柳詩選：「末句兼括三意，極工。『雁』切『寄弟』，『迴雁』指『過衡山』，『迴雁時』則見『新花』之候也。」

【評箋】

劉辰翁曰：「酸楚。」（蔣之翹柳集輯注卷四十二引）

蔣之翹柳集輯注卷四十二曰：「後二語澹宕，亦有恨意。」

## 汨羅遇風

南來不作楚臣悲〔一〕，重入脩門自有期〔二〕。爲報春風汨羅道，莫將波浪枉明時〔三〕。

同前詔追赴都途中所作。汨羅，屈原自沉處。水經注卷三十八湘水：「汨水又西爲屈潭，即汨羅淵也。屈原懷沙自沉於此，故潭以屈爲名。昔賈誼、史遷皆嘗逕此，弭檝江波，投弔於淵。」按：汨水流經湘陰分爲二枝，南流者曰汨水，經羅城者曰羅水。至屈潭復合而稱汨羅。

〔一〕楚臣，謂屈原。韓醇詁訓柳集卷四十二：「屈原投汨羅而死，公方召回，故云『不作楚臣悲』也。」（百）

〔二〕脩門，楚辭招魂：「魂兮歸來，入脩門兮。」王逸注：「脩門，即郢城門。」（百）此指長安城門，句意謂返京已有日矣。

〔三〕枉，屈，寃也。句意謂傳語春風，莫興波浪而稱屈於清明之世也。

【評箋】

汪森韓柳詩選曰：「觀前後數詩，意極淒惻，君子於此不能不動憐才之嘆。」

# 北還登漢陽北原題臨川驛

驅車方向闕〔一〕，迴首一臨川。多壘非余恥〔二〕，無謀終自憐。亂松知野寺，餘雪記山田。惆悵樵漁事〔三〕，今還又落然〔四〕。

同前詔追赴都途中所作。漢陽，舊唐書地理志：「沔州漢陽郡治漢陽。大和七年併入鄂州。今湖北漢陽。」陳景雲柳集點勘：「時王師伐蔡，分道并進，鄂部正當東南一面，故有『多壘』句，言蔡寇未平也。」

〔一〕闕，蘇氏演義卷上：「闕者，缺也。門觀也。出於門兩旁，中間有道，遂謂之闕，蓋門觀者，闕於中間也。」向闕，謂返京。

〔二〕多壘，禮記曲禮上：「四郊多壘，此卿大夫之辱也。」(百)鄭玄注：「辱其謀人之國不能安也。壘，軍壁也。數見侵伐則多壘。」

〔三〕惆悵，宋玉九辯：「惆悵兮而私自憐。」馮衍顯志賦：「情惆悵而增傷。」

〔四〕落然，蔣之翹柳集輯注卷四十二：「落然，字不成句，疑誤。」按：莊子天地：「夫子盍行邪？無落吾事。」釋文：「落，猶廢也。」此謂漁樵閑逸之事，又將廢矣。白居易「生計方落然」，王安石「道德文章吾事落」，皆廢義。

## 善謔驛和劉夢得酹淳于先生

水上鵠已去〔一〕，亭中鳥又鳴〔二〕。辭因使楚重，名爲救齊成〔三〕。荒壠遽千古，羽觴難再傾〔四〕。劉伶今日意〔五〕，異代是同聲〔六〕。

同前詔追赴都途中所作。清一統志湖北襄陽府：「善謔驛在宜城縣北三十里。」輿地紀勝：「在宜城縣北，即淳于髡放鷹（按當作鵠）處。」

〔一〕水上句，史記滑稽列傳褚少孫補：「齊王使淳于髡獻鵠於楚，出邑門，道飛其鵠，徒揭空籠，造詐成辭，往見楚王曰：『齊王使臣來獻鵠，過於水上，不忍鵠之渴，出而飲之，去我飛亡。吾欲刺腹絞頸而死，恐人之議吾王以鳥獸之故令士自傷殺也。……故來服過，叩頭受罪大王。』楚王曰：『善，齊王有信士如此哉！』厚賜之，財倍於鵠在也。」（百）

〔二〕亭中，詁訓本作「庭中」。史記滑稽列傳：「齊威王之時喜隱，好爲淫樂長夜之飲，沉湎不治，委政卿大夫。百官荒亂，諸侯并侵，國且危亡，在於旦暮，左右莫敢諫。淳于髡說之以隱曰：『國中有大鳥，止王之庭，三年不蜚，又不鳴，王知此鳥何也？』王曰：『此鳥不飛則已，一飛衝天；不鳴則已，一鳴驚人。』於是乃朝諸縣令長七十二人，賞一人，誅一人，奮兵而出，諸侯皆驚。」（百）○孫月峯評點柳宗元集卷四十二：「鵲去往事，烏鳴見景，一正一借，相形來甚有致。」

〔三〕名爲句，史記滑稽列傳「（齊）威王八年，楚大發兵加齊。齊王使淳于髡之趙請救兵。齎金百斤，車馬十駟。淳于髡仰天大笑，冠纓索絶。……於是齊威王乃益齎黄金千鎰，白璧十雙，車馬百駟。髡辭而行。至趙，趙王與之精兵十萬，革車千乘，楚聞之，夜引兵而去。」（百）

〔四〕羽觴，漢書孝成班婕妤傳顔師古注：「孟康曰：羽觴，爵也，作生爵（雀）形。有頭尾羽翼。」又楚辭招魂王逸注「羽，翠羽也；觴，觚也」。張衡西京賦劉良注：「羽觴，杯上綴羽，以速飲也。」

〔五〕劉伶，孫汝聽曰：「劉伶以譬禹錫。」按：晉書劉伶傳載劉伶嗜酒，「常乘鹿車攜一壺酒，使人荷鍤隨之，謂曰：『死便埋我。』其放浪形骸如此。」禹錫詩尾聯云「我有一石酒，置君墳墓前」，故以劉伶稱之。

〔六〕同聲，易乾：「同聲相應，同氣相求。」（百）

【評箋】

何焯義門讀書記曰：「發端自比遠貶之人忽遇詔追也。」

【附録】

### 題淳于髡墓　劉禹錫

生爲齊贅婿，死作楚先賢。應以客卿葬，故臨官道邊。寓言本多興，放意能合權。我有一石酒，置君墳樹前。

## 清水驛叢竹天水趙云余手種一十二莖

簷下疏篁十二莖〔一〕，襄陽從事寄幽情〔二〕。祇應更使伶倫見〔三〕，寫盡雌雄雙鳳鳴。

韓醇詁訓柳集卷四十二曰：「元和十年（八一五）北還道中作。襄陽從事即趙公也。名字不詳。」按：觀詩意竹當是趙所植，則「云余」其名也。天水，趙氏郡望，今甘肅天水市西。清水，鄭定本、世綵堂本及濟美堂本作「青水」。鄭定本、世綵堂本並注：「吕本『云』作『公』。」

〔一〕篁，戴凱之竹譜：「篁竹，堅而促節，體圓而質堅，皮白如霜粉，大者宜作船，細者爲笛。」

〔二〕襄陽，新唐書地理志：「山南道襄州襄陽郡，治襄陽。」今湖北襄樊市。竹寄幽情，暗用王羲之蘭亭集序語：「此地有崇山峻嶺，茂林修竹……一觴一詠，亦足以暢叙幽情。」

〔三〕伶倫，吕氏春秋古樂：「昔黄帝令伶倫作爲律。伶倫自大夏之西，乃之崑崙之陰，取竹之嶰谷。……次制十二筩，以之崑崙之下，聽鳳凰之鳴，以別十二律。其雄鳴爲六，雌鳴亦六，以比黄鍾之宫。」高誘注：「伶倫，黄帝臣。」

## 李西川薦琴石

遠師騶忌鼓鳴琴〔一〕，去和南風愜舜心〔二〕。從此他山千古重〔三〕，殷勤曾是奉徽音〔四〕。

李西川，謂李夷簡。新唐書李夷簡傳：「李夷簡字易之，鄭惠王元懿四世孫。……元和時，至御史中丞。……俄檢校禮部尚書，山南東道節度使。……閲三歲，徙帥劍南西川。」舊唐書憲宗紀：「（元和八年〔八一三〕正月）以李夷簡檢校户部尚書、成都尹，充劍南西川節度使。」按山南東道節度使治襄州襄陽郡，薦琴石當在其地。宗元召還途中經襄陽時作也。薦，漢書張湯傳服虔注：「薦，藉也。」

〔一〕騶忌，史記田敬仲完世家：「騶忌子以鼓琴見威王，威王説而舍之右室。」（百）

〔二〕南風，淮南子泰族訓：「舜爲天子，彈五弦之琴，歌南風之詩，而天下治。」按南風有二説：鄭玄謂「南風，長養之風也，言父母長養己也」。王肅孔子家語辯樂曰：「南風，育養民之詩也。其辭曰：『南風之熏兮，可以解吾民之愠兮。』」宗元乃用王肅説，即謂夷簡往治西川、撫育百姓。

〔三〕他山，詩小雅鶴鳴：「它山之石，可以爲錯。」(百)釋文：「它，古他字。」此謂薦琴石也。

〔四〕徽音，王粲公讌詩：「管絃發徽音，曲度清且悲。」美妙之樂聲也。按：詩大雅思齊：「太姒嗣徽音。」鄭玄箋：「嗣太任之美音，謂續行其善教令。」此明言薦琴，亦兼寓褒美夷簡之意。

○吴汝綸柳州集點勘曰：「李西川即夷簡，陷楊憑者，故語含譏諷。」此説未是。元和六七年間，夷簡節度襄陽，嘗存問宗元，宗元有謝襄陽李夷簡尚書委曲撫問啓曰：「敢希大賢，曲見存念。是以展轉歔欷，晝詠宵興，願爲廝役，以報恩遇。」元和十三年夷簡入相，宗元又有上門下李夷簡相公陳情書，盼其援手，可知此詩固非有譏諷之意也。

## 詔追赴都二月至灞亭上

十一年前南渡客〔一〕，四千里外北歸人〔二〕。詔書許逐陽和至〔三〕，驛路開花處處新。

此詔追將入京時作也。元和郡縣志卷一關内道：「白鹿原在萬年縣東二十里，亦謂之灞上，漢文帝葬其上，謂之灞陵。」又云：「灞水在縣東二十里。」灞亭當在灞陵上。史記李將軍列傳：「(李廣)當夜從一騎出，從人田間飲，還至灞陵亭。」

〔一〕宗元自貶永至元和十年詔追返京凡十一年。

〔二〕四千里外，通典州郡卷十三：「零陵郡去西京三千二百七十四里。」水陸迂回，四千里乃舉其成數也。

〔三〕陽和，史記秦始皇本紀引之罘刻石：「時在中春，陽和方起。」胡笳十八拍：「漢家天子兮布陽和。」春暖之氣也。

## 奉酬楊侍郎丈因送八叔拾遺戲贈詔追南來諸賓二首

貞一來時送彩箋〔一〕，一行歸雁慰驚弦〔二〕。翰林寂寞誰爲主〔三〕，鳴鳳應須早上天〔四〕。

楊侍郎，謂楊於陵，字達夫。元和九年（八一四）任兵部侍郎。陳景雲柳集點勘：「拾遺，名歸厚，字貞一，行八，侍郎於陵之族叔。元和七年（八一二），自拾遺貶國子主簿，晚歷典大州。大和（八二七—八三五）中卒。劉夢得祭文有『一斥不復，名門邈然』語。蓋自拾遺左官後，回翔於外久矣。則侍郎送之南行，而詔追諸公相值於途，正其遷謫失意時也。」按：詔追諸賓，謂禹錫輩也。觀後詩，其時宗元似已知不得重用，故云「無由得見東周」。韓醇詁訓柳集卷四十二曰：

「元和十年（八一五）到京後未除官時作。」

〔一〕彩箋，補注：「即楊侍郎戲贈之什也。」（百家注柳集引）

〔二〕一行歸雁，補注：「以況南來諸賓。」驚弦，見戰國策楚四。庾信周大將軍襄城公鄭偉墓誌銘：「麋興麗箭，雁落驚弦。」驚弓之鳥，喻貞一也。

〔三〕翰林寂寞，漢書揚雄傳：「（雄）上長楊賦，聊因筆墨之成文章，故籍翰林以爲主人，子墨爲客卿以諷。」揚雄解嘲：「惟寂惟寞，守德之宅。」按：歸厚，楊氏，故用揚雄之典。

〔四〕鳴鳳句，陳景雲柳集點勘曰：「言今雖垂翅，行當沖霄，故以鳴鳳上天擬之。」

## 六言

一生判却歸休〔一〕，謂著南冠到頭〔二〕。冶長雖解縲紲，〔三〕無由得見東周〔四〕。

全唐詩無「六言」二字。按：此爲奉酬楊侍郎丈因送八叔拾遺戲贈詔追南來諸賓二首其二，似不應再加詩題。

〔一〕判，張相詩詞曲語辭匯釋卷五：「判，割捨之辭，亦甘願之辭。自宋後多用拚字或拼字，而唐人多用判字。」有今俗謂「豁出」之意。

〔二〕南冠，左傳成公九年：「晉侯觀於軍府，見鍾儀，問之曰：『南冠而縶者誰也？』」（百）謂羈囚也。

〔三〕冶長，公冶長。論語公冶長：「子謂公冶長可妻也，雖在縲紲之中，非其罪也。」（百）

〔四〕無由句，孫汝聽曰：「見，猶至也。東周，洛陽也，言不得至洛陽也。」（百家注柳集引）按：論語陽貨：「夫召我者，而豈徒哉！如有用我者，吾其爲東周乎？」句意似謂不得展其抱負也。一說，東周謂楊憑，時在洛陽。宗元憑婿也。

## 商山臨路有孤松往來斫以爲明好事者憐之編竹成援遂其生植感而賦詩

孤松停翠蓋，託根臨廣路。不以險自防，遂爲明所誤〔一〕。幸逢仁惠意，重此藩籬護。猶有半心存，時將承雨露。

韓醇詁訓柳集卷四十三曰：「元和十年（八一五）三月後，赴柳州道中作。詩蓋有自況之意。」按：詩云「幸逢仁惠意」，又云「猶有半心存，時將承雨露」，似作於詔追赴都途中。然亦難以遽定，故姑仍舊說。商山，帝王世紀：「南山曰商山。」通典州郡上洛郡：「上洛縣有商山，亦名地肺山，亦名楚山，四皓所隱，其地險阻。」在今陝西商縣東，終南山之支脈也。援，謂藩籬。

〔二〕不以二句，謂松不生於深山險峻之處，遂因其可資取明而爲人采斫戕殘也。

## 長沙驛前南樓感舊

公自注云：昔與德公別於此。

海鶴一爲別〔一〕，存亡三十秋〔二〕。今來數行淚，獨上驛南樓。

陳景雲柳集點勘曰：「長沙驛在潭州（屬湘江道中），此詩赴柳時作，年四十三。觀詩中『三十秋』語，則驛前之別甫十餘齡耳。蓋隨父在鄂時亦嘗渡湘而南。」按：德公，未詳其人。

〔一〕海鶴，孫汝聽曰：「海鶴以譬德公。」（百家注柳集引）○陸夢龍韓退之柳子厚集選曰：「好起句。」

〔二〕三十秋，孫汝聽曰：「貞元初至此。」（百家注柳集引）按：上溯三十年，則爲貞元元年，宗元年十三。時其父柳鎮任鄂岳沔都團練判官。

【評箋】

宋顧樂唐人萬首絶句選評曰：「有俯仰身世之感。」

俞陛雲詩境淺説續編：「一死一生，乃見交情。況歷三十年之久。重過南樓，歷歷前程，行行老淚，山陽聞笛之情，馬策西州之慟，無以過之。知子厚篤於朋友之倫矣。」

# 衡陽與夢得分路贈别

十年顦顇到秦京〔一〕，誰料翻爲嶺外行。伏波故道風煙在〔二〕，翁仲遺墟草樹平〔三〕。直以慵疏招物議〔四〕，休將文字占時名〔五〕。今朝不用臨河别，垂淚千行便濯纓〔六〕。

韓醇詁訓柳集卷四十二曰：「劉夢得集有重至衡陽傷柳儀曹詩，引云：『元和乙未（八一五）歲，與故人柳子厚臨湘水爲别。柳浮舟適柳州，余登陸赴連州。後五年，余從故道出桂嶺，至前别處，而君殁於南中，因賦詩以投弔。』詩云：『憶昨與故人，湘江岸頭别，我馬映林嘶，君帆轉山滅。馬嘶循故道，帆滅如流電。千里江蘺春，故人今不見。』元和乙未，即元和十年也。是時公與柳……至衡陽分路之。」

〔一〕秦京，秦都咸陽，此借指長安。

〔二〕伏波故道，後漢書南蠻西南夷列傳：「（建武）十六年，交阯女子徵側及其妹徵貳反。……十八年，遣伏波將軍馬援、樓船將軍段志，發長沙、桂陽、零陵、蒼梧兵萬餘人討之。」按劉禹錫時有經伏波神祠詩云：「蒙蒙篁竹下，有路上壺頭。……一以功名累，翻思馬少遊。」則劉所往，亦馬援之途也。

〔三〕翁仲，何焯義門讀書記曰：「沈佺期渡南海入龍編詩：『尉佗曾馭國，翁仲久遊泉。』亦以『翁仲』爲嶺外事，但檢之不得其原。皇甫録近峯聞略云：『阮翁仲，安南人，身長三丈三尺，氣質端勇，事秦始皇，守臨洮，聲振匈奴。秦範其像，置司馬門外，匈奴使來見之，猶以爲生。』惜不載所出何書。『出桂陽，下湟水』，正連州地。題云『分路』，則翁仲句乃適柳之途也。」

〔四〕慵疏句，舊唐書劉禹錫傳：「元和十年自武陵召還，宰相復欲置之郎署。時禹錫作遊玄都觀詠看花君子詩，語涉譏刺，執政不悦，復出爲播州刺史。」按：後藉裴度之力，得改連州。疏慵，即謂此類事也。

〔五〕孫月峯評點柳柳州集卷四十二曰：「『休將』字妙。」

〔六〕謝榛四溟詩話卷四曰：「孺子歌：『滄浪之水清兮，可以濯我纓。』孟子、屈原，兩用此語，各有所寓。李陵與蘇武詩：『臨河濯長纓，念子悵悠悠。』此偶然寫意爾。沈約渡新安江貽遊好詩：『願以潺湲水，沾君纓上塵。』所謂襲故而彌新，意更婉切。柳宗元衡陽别劉禹錫詩：『今朝不用臨河别，垂淚千行便濯纓。』至怨至悲，太不雅矣。」汪森韓柳詩選曰：「結語沉着，翻臨河濯纓語，可悟用古之法。」

【評箋】

方回瀛奎律髓卷四十三遷謫曰：「（柳宗元）元和十年乙未，詔追赴都，三月出爲柳州刺史。

劉夢得同貶朗州司馬，同召，又同出爲連州刺史。二人者，黨王叔文得罪，又才高，衆頗忌之，憲宗深不悦此二人。『慵疎招物議』，既不自反；尾句又何其哀也，其不遠到可覘。」按：紀昀瀛奎律髓刊誤曰：「五六乃規之以謹慎韜晦，言已往以戒將來，非追叙得罪之由。虚谷以爲『不自反』，失其命詞之意。」

孫月峯評點柳柳州集卷四十二曰：「起兩句點得事明，三、四點景渾雅，五、六申首聯，末以惜别意，結格最穩。」

金聖歎選批唐才子詩甲集卷五曰：「一、二，蓋紀實也。三、四，紀其分路處也。馬援爲隴西太守，斬羌首以萬計，教羌耕牧屯田；翁仲爲臨洮太守，身長二丈三尺，匈奴望見皆拜。今二人流離播越，乃正過其處也。」又：「不苦在嶺外行，正苦在到秦京，蓋嶺外行是憔悴又起頭，反不足又道；到秦京是憔悴已結局，不圖正不然也。」又曰：「莊子曰：人臣之於君，義也。無所逃於天地之間，奚暇至於悦生而惡死。夫子其行矣，有罪無罪，其勿辨也。自是千古至論。今看先生微辨附王一案，又是千古妙文，看他只將漁夫鼓枻一歌輕輕用他『濯纓』二字，便見已與夢得實是清流，不是濁流，更不再向難開口處多開一口，而千載下人早自照見寃苦也。」又曰：「慵疏，一罪也；文字，二罪也。此是先生親供招伏也。除二罪外，先生無罪，信也。」

何焯唐詩鼓吹卷一批語曰：「路既分而彼此相望，不忍遽行，惟有風煙草樹，黯然欲絶也。前此遠竄，猶云附麗伾文，今説雪詔退，復出之嶺外，則真爲才高見忌矣。」

趙臣瑗山滿樓唐詩箋注卷四曰：「十年憔悴，不爲不久，到秦京，意謂是憔悴結局矣，而翻爲嶺外之行，則又是憔悴起頭，此真人所不料也。三、四不過是記其分路處，而『風煙在』、『草樹平』，一片凄涼境界，便堪吊出離人無數眼淚。下乃放筆直書，究竟吾得何罪而至於此，則慵疏一罪也，文字二罪也。然慵疏之招物議，天使之也，故曰『直以』。『直以』者，無可奈何之詞也。文詞之占時名，自取之也，故曰『休將』。『休將』者，悔而戒之之詞也。噫，既不善媚人矣，又可令才名高出人上乎？難乎免於今之世矣。『垂淚千行』，言及此不得不放聲大哭也。怨天乎？尤人乎？只是自嗤其性之懶，自恨其才之高而已矣。」

朱三錫東嵒草堂評訂唐詩鼓吹卷一曰：「一、二，紀實也。三、四，紀分路處也。五、六，辨冤也。七、八，叙別也。先生以附王叔文論貶，復奉命召至闕下，是數年憔悴，至此已將結局矣，不料又出爲刺史，是顛頟又起頭來。細玩起聯詩意，先生不苦於嶺外行，而正苦於到秦京也。背馬伏波南征，道經衡陽；翁仲，係古墓前石人。曰『故道』，是分路處所聞，實事虚寫；曰『遺墟』，是分路處所見，虚字實寫，借以作對耳。楚三閭大夫被讒見放，奈君命大義，不敢言怨，假作漁夫問答之辭，發洩一腔忠憤，曰『世人皆濁我獨清，衆人皆醉我獨醒』，是一篇主意。今先生微辨王叔文一案，一以慵疏取罪，一以文字取罪，輕輕用『濯纓』兩字以見清濁之分，有罪無罪，千載下自有定論，無容更置一喙也。」

近藤元粹柳柳州詩集卷二曰：「慷慨凄惋，情景俱窮，直堪隕淚。」又曰：「劉再謫蓋文字之禍，故第六云如此。」

金湦生粟香隨筆三筆卷一曰：「凡律詩最重起結，七言尤然。起句之工於發端，如柳宗元『十年憔悴到秦京，誰料翻爲嶺外行……』落句以語盡意不盡爲貴，如柳宗元『今朝不用臨河別，垂淚千行便濯纓』，皆足爲一代楷式。」

【附録】

再授連州至衡州酬柳柳州贈别　劉禹錫

去國十年同赴召，渡湘千里又分歧。重臨事異黄丞相，三黜名慚柳士師。歸目併隨迴雁盡，愁腸正遇斷猿時。桂江東過連山下，相望長吟有所思。

## 重别夢得

二十年來萬事同〔一〕，今朝歧路忽西東。皇恩若許歸田去，晚歲當爲隣舍翁。

與前篇同時作。

〔一〕二十年來句，貞元九年，宗元禹錫同舉進士，後皆登博學宏辭科；禹錫由渭南主簿入監察御史，宗元由藍田尉入監察御史；又同爲王叔文獎掖，叔文當政，時號「二王、劉、柳」；後遭貶復召，至是復同出，共二十三年，故云。

【評箋】汪森韓柳詩選曰：「『二十年』、『今朝』、『晚歲』，筆法相生之妙。」

近藤元粹柳柳州詩集卷二曰：「交情可想。」

【附録】

答重别 劉禹錫

弱冠同懷長者憂，臨岐回想盡悠悠。耦耕若便遺身世，黄髮相看萬事休。

## 三贈劉員外

信書成自誤〔一〕，經事漸知非〔二〕。今日臨岐别，一作「臨湘别」。何年休汝歸〔三〕？

與前二詩同時作。按：劉集亦收此詩爲禹錫作。

〔一〕信書，孟子盡心下：「盡信書則不如無書。」

〔二〕經事句，莊子：「莊子謂惠子曰：『孔子行年六十而化，始時所是，卒而非之，未知今之所謂是之非五十九年非也。』」陶淵明歸去來兮辭：「覺今是而昨非。」○汪森韓柳詩選曰：「前二語自是閲歷之言，可爲躁進者戒。」近藤元粹柳柳州詩集卷二曰：「經世練磨之語。」

〔三〕休汝歸，「休」諸本校作「待」。按：此用謝朓休沐重還道中「還邛歌賦似，休汝車騎非」，故柳詩以「休汝」對「臨湖」。

【附録】

答三贈　劉禹錫

年方伯玉早，恨比四愁多。會待休車騎，相隨出罻羅。

## 再上湘江

好在湘江水〔一〕，今朝又上來。不知從此去，更遣幾時回？

赴柳途中作。按唐謫吏例貶南方，所謂「過洞庭，上湘江，非有罪左遷者罕至」（宗元送李渭赴京師序），故至此而生悲，而歎「更遣幾時回」也。云「再上」者，初貶永，今赴柳，皆經湘江也。

〔一〕好在，存問之辭也，有「無恙」、「依舊」之義。

【評箋】

蔣之翹柳集輯注卷四十二曰：「凄絶，一言腸斷矣。」

宋長白柳亭詩話卷六曰：「外苦中甘，超出『去國投荒』之句，進境也。」

# 再至界圍巖水簾遂宿巖下

發春念長違〔一〕，中夏欣再覩〔二〕。是時植物秀〔三〕，杳若臨玄圃〔四〕。歊陽訝垂冰〔五〕，白日驚雷雨。笙簧潭際起〔六〕，鸛鶴雲間舞〔七〕。古苔凝青枝，陰草濕翠羽〔八〕。蔽空素彩列，激浪寒光聚。的皪沉珠淵〔九〕，鏘鳴捐珮浦〔一〇〕。幽巖畫屏倚，新月玉鉤吐〔一一〕。夜涼星滿川〔一二〕，忽疑眠洞府〔一三〕。一作「恍惚迷洞府」。

通鑑卷二百三十九憲宗紀：「王叔文之黨坐謫官者，凡十年不量移，執政有惜其才欲漸進之者，悉召至京師。諫官争言其不可，上與武元衡亦惡之。三月乙酉，皆以爲遠州刺史。」按：以宗元爲柳州刺史、禹錫爲連州刺史，二人同行，復沿前返都舊途赴任，故重經界圍巖而有是詩。詩云「中夏欣再覩」，時十年（八一五）五月也。「遂宿」，詁訓本無「遂」字。

〔一〕發春，楚辭招魂：「獻歲發春兮，汨吾南征。」謝靈運登上戍石鼓山：「發春托登躡。」謂春氣奮揚。宗元初經界圍巖爲正月，故云。

〔二〕中夏，陶淵明和郭主簿：「藹藹堂前林，中夏貯清陰。」唐玄宗端午：「端午臨中夏，時清日復長。」

〔三〕植物，文淵閣本「植」作「值」。

〔四〕杳，玉篇：「深廣貌。」玄圃，張衡東京賦：「左瞰暘谷，右睨玄圃。」昆侖神境也。亦作「懸圃」、「縣圃」。楚辭哀時命：「願至昆侖之懸圃兮。」漢書郊祀志：「覽觀縣圃，浮遊蓬萊。」

〔五〕歊陽，炎熱之陽光。垂冰，與下句之「雷雨」，皆喻水簾。

〔六〕笙簧句，以樂聲喻水聲也。

〔七〕鸛鶴句，蔣之翹柳集輯注卷四十二：「鸛、鶴，二鳥名，俱色白，此言水之自高而下，如二鳥舞雲間耳。」

〔八〕翠羽，曹植洛神賦：「或采明珠，或拾翠羽。」説文卷四：「翠，青羽雀也。」俗謂翡翠鳥。

〔九〕的皪，司馬相如上林賦：「明月珠子，的皪江靡。」李善注：「説文曰：『玓瓅，明珠光也。』『玓瓅』與『的皪』音義同。」沉珠淵，班固東都賦：「捐金於山，沉珠於淵。」（百）的皪沉珠，狀水花飛濺也。

〔一〇〕鏘鳴，禮記玉藻：「進則揖之，退則揚之，然後玉鏘鳴也。」捐珮浦，楚辭九歌湘君：「捐余玦兮江中，遺余珮兮澧浦。」（百）捐，棄也。鏘鳴捐珮，喻水石相擊之聲也。

〔一一〕玉鉤，鮑照玩月城西門廨中：「始見西南樓，纖纖如玉鉤。」

〔一二〕川，此謂湘水。前界圍巖水簾詩：「界圍匯湘曲。」

〔一三〕洞府，隋煬帝步虛詞：「洞府凝玄液，靈山體自然。」神仙所居之洞天。

【評箋】

孫月峯評點柳柳州集卷四十二曰：「側韻排律，鍛語亦工，然只逐聯平遞去，無甚深致。」

汪森韓柳詩選曰：「前詩澹遠，此詩刻畫，各見其妙。『古苔』二句，葱蒨可喜。」

## 桂州北望秦驛手開竹逕至釣磯留待徐容州

幽徑爲誰開？美人城北來〔一〕。王程儻餘暇〔二〕，一上子陵臺〔三〕。

韓醇詁訓柳集卷四十二曰：「元和十年（八一五），以長安令徐俊爲容管經略使。徐容州即俊也。公是年三月出爲柳州，而徐之除在公後，故公先至桂州，留詩以待之。」按：舊唐書憲宗紀：「（元和十年三月）壬戌，以長安令徐俊爲邕管經略使。」非容管也。邕管經略使治邕州，州因邕溪水得名，異於容州。舊唐書地理志：「容州，以容山爲名，天寶元年（七四二）改爲普寧郡，乾元元年（七五八）復爲容州都督府，治北流。」今廣西北流縣。然觀後酬徐二中丞普寧郡内池館即事見寄，徐乃經略容州未誤。考唐方鎮表，容管經略使竇羣元和九年（八一四）召還，十年而任陽旻。疑徐俊初爲容管，旋改邕管，而以陽旻代之，史闕載也。桂州，元和郡縣志嶺南道卷四：「桂州，桂管經略使治所，因桂江以爲名。州治臨桂。」今廣西桂林市。秦驛，謂秦城。桂海虞衡志：「秦城相傳秦戍五嶺時築，在湘水之南，融、灕二水間。屬臨桂縣。」今廣西興安縣西南四十里處。

〔一〕美人，國策齊策一：「城北徐公，齊國之美麗者也。」徐俊與城北徐公同姓，此戲謂之也。

〔二〕王程，劉孝儀與永豐侯書：「王程有限，時及玉關。」奉王命之程。

〔三〕子陵臺，後漢書逸民傳：「嚴光，字子陵，一名遵，會稽餘姚人也。少有高名，與光武同遊學。及光武即位，乃變名姓，隱身不見。帝思其賢，乃令以物色訪之。……除爲諫議大夫，不屈，乃耕於富春山。後人名其釣處爲嚴陵瀨焉。」（百）顧野王輿地志：「桐廬縣南有嚴子陵漁釣處，今山邊有石，上平，可坐十人，臨水，名爲嚴陵釣臺也。」此借謂桂州釣磯也。

## 嶺南江行

瘴江南去入雲烟〔一〕，望盡黄茆是海邊。山腹雨晴添象跡〔二〕，潭心日暖長蛟涎〔三〕。射工巧伺游人影〔四〕，颶母偏驚旅客船〔五〕。從此憂來非一事，豈容華髮待流年〔六〕。

宗元答劉連州邦字云：「崩雲下灘水，劈箭上潯江。」其赴柳蓋由湘水下灘水經桂州，再逆流泝江而上。詩題云「嶺南江行」，當入桂赴柳途中作，故詩云「旅客船」，云「從此憂來非一事」也。時當元和十年六月。

〔一〕瘴江，元和郡縣志嶺南道廉州：「瘴江，州界有瘴名，爲合浦江。……自瘴江至此，瘴癘尤甚，中之者多死，舉體如墨。春秋兩時彌盛，春謂青草瘴，秋謂黄茆瘴。」

〔二〕山腹句，周去非嶺外代答卷二：「象州郡治西樓正面山雨晴，山腹忽起白雲，狀如白象，經時不滅。」何焯義門讀書記：「近峯聞略：廣西象州，雨後山中遍成象迹，而實非有象也。」

〔三〕長蛟涎，彭乘墨客揮犀：「蛟之狀如蛇，其首如虎，長者至數丈，多居溪潭石穴中，聲如牛鳴，岸行或溪谷者，時遭其害。見人先以腥涎繞之，既入水，即於腰下吮其血，血盡乃止。」○金湋生粟香隨筆二筆卷五曰：「嶺西，古稱蠻荒，風景絶異。李義山詩云『虎當官道鬥，猿上驛樓啼』，柳子厚詩云『山腹雨晴添象迹，潭心日暖長蛟涎』，皆在嶺西作也，皆善寫蠻荒風景者。」俞陛雲詩境淺説丁編曰：「柳州謫官以後詩，多紀嶺南殊俗。此聯與『射工巧伺遊人影，颶母偏驚旅客船』句，紀其風物之異也。寄友詩云『林邑東迴山似戟，牂牁南下水如湯』，紀山川之異也。峒岷詩云『青箬裹鹽歸峒客，緑荷包飯趁墟人。鵝毛禦臘縫山罽，鷄骨占年拜水神』，紀俗尚之異也。就見聞所及，語意既新，復工對仗，非親歷者不能道之。」

〔四〕射工，張華博物志三異蟲：「江南山溪中有射工蟲，甲蟲之類也。長一二寸，口中有弩形，氣射人影，隨所著處發瘡，不治則殺人。」（百）參見前酬韶州裴曹長二十韻注。

〔五〕颶母，國史補卷下：「南海人言，海風四面而至，名曰颶風。颶風將至，則多虹蜺，名曰颶母。」劉恂嶺表録異卷上：「南海秋夏間，或雲物慘然，則見其暈如虹，長六七尺，比候則颶風必發，故呼爲颶母。」○沈德潛唐詩别裁集卷十五曰：「射工、颶母，言在此而意不在此。」

屈復唐詩成法曰：「三聯寫江行之景，以比讒人也。」紀昀瀛奎律髓刊誤卷四曰：「五六舊説借比小人，殊穿鑿。」許印芳詩法萃編曰：「五六果有憂讒畏譏之意，舊説不爲穿鑿。」

〔六〕章士釗柳文指要通要之部卷二十四曰：「前六句寫瘴江之實際情況，而在末一聯表達一己志願。從此憂來非一事云者，謂整理瘴江而提高其文化準程，需要種種行政工作，而身被痞疾，誠恐年華之不我與，因以『豈以華髮待流年』一語卒成之。」按：憂者謂水土之惡也，章氏揚柳過甚，往往有此可笑之論。薛雪一瓢詩話曰：「詩有通首實看者，不可拘泥一偏，如柳河東此詩中，瘴江、黄茆、海邊、象跡、射工、颶母重見疊出，豈成詩？殊不知第七句云『從此憂來非一事』，以見謫居之如是種種，非復人境，遂不覺其重見疊出，反若必應如此重見疊出者也。」

【評箋】

王會昌詩話類編卷二十八曰：「柳宗元貶永州司馬（按：當爲柳州刺史），其嶺南郊行詩云：『瘴江南去入雲烟……』李德裕貶崖州司户參軍，嶺南道中詩云：『嶺水争分路轉迷，桄榔椰葉暗蠻溪。愁衝毒霧逢蛇草，畏落沙蟲避燕泥。五月畬田收火米，三更津吏報朝鷄。不堪腸斷思鄉處，紅槿花中越鳥啼。』宗元以附伾、文被罪，德裕以同列相擠致禍，觀其詩句，則一時風俗景象，皆畏土也。而流離困苦，何以堪之。二公之才之行，皆有可取，非純於小人者也。而卒貶死於炎荒之地，哀哉。」

孫月峯評點柳柳州集卷四十二曰：「兩首（按：謂此首及柳州峒氓）寫嶺南實事，堪入地志，且鍛語甚工，雖無深致，亦自可喜。」

廖文炳唐詩鼓吹注解卷一曰：「此叙嶺南風物異於中國，寓遷謫之愁也。言瘴江向南直抵雲烟之際，一望皆是海邊矣。雨晴則象出，日暖則蛟遊，射工之伺影，颶母之驚人，皆南方風物之異者，是以所愁非一端，而華髮不待流年耳。」

汪森韓柳詩選曰：「中四語極寫柳州風土之惡，故結語以『從此憂來』作收。三、四『添』字、『長』字，五、六『巧伺』、『偏驚』，俱見筆法。」

朱三錫東喦草堂評訂唐詩鼓吹卷一曰：「一、二寫地，言瘴江、海外，一望雲烟也。三、四寫景，嶺南山水皆在所望之中矣。五、六寫物，即七之憂非一事也。極言景物之異，以見所居之非地耳。」

吴以梅唐詩貫注卷四十八曰：「題曰『郊行』，（按貫注詩題作嶺南郊行），則瘴江似指柳江。然柳州之直南去六百餘里方抵廣東廉州府之海，詩中所言海邊，蓋南望中想象之辭。總之地方荒僻，一片雲烟與黄茆，似乎直抵近海耳。三述異也，以下皆可憂之事，加之以貶謫飄零，不止一端，髮必頓白，尚能緩待流年，老而後白乎？然中四句亦夾内意，謂天顔將霽而餘氣未消，日色雖融而黏帶猶在，暗傷播蕩未曾斷絶也。巧伺、偏驚，下得用力，其内意可見，而以此推之，則腹與心亦近乎人道。旅客謂己，皆非泛用也。」

查慎行初白庵詩評曰：「急於富貴人遭不得磨折，便少受用。學道人定不爾爾。尾句亦不值如此氣索。」

黄叔燦唐詩箋注卷五曰：「此言柳州山川風物之惡異於他郡。起二句寫其大局，象跡、蛟涎，時時出没，射工颶母，往往傷人，官之者能無憂？絶言不至於死不止也。」

紀昀瀛奎律髓刊誤卷四曰：「雖亦寫眼前景，而較元、白所叙風土有仙凡之别。此由骨韻之不同。」

洪亮吉北江詩話卷五曰：「有心作衰颯之詩，白香山是也。如『行年三十九，歲暮日斜時』，夫年始三十九，何便至歲暮日斜？此有心作衰颯之詩也。若無心作衰颯之詩，則亦非佳兆。如顧況之『老夫年七十，不作多時别』，柳宗元之『從此憂來非一事，豈容華髮待流年』等詩是矣。」

## 古東門行

漢家三十六將軍〔一〕，東方靁動横陣雲〔二〕。雞鳴函谷客如霧〔三〕，貌同心異不可數〔四〕。赤丸夜語飛電光〔五〕，徼巡司隸眠如羊〔六〕。「眠」，一作「眼」，一作「很」，皆非是。當街一叱百吏走，馮敬胸中函匕首〔七〕。兇徒側耳潛愜心〔八〕，悍臣破膽皆杜口〔九〕。魏王卧内藏兵符〔一〇〕，子西掩袂真無辜〔一一〕。羌胡轂下一朝起〔一二〕，敵國舟中非所擬〔一三〕。安陵誰辨削礪功〔一四〕？韓國詎明深井里〔一五〕？絶臏斷骨那下補〔一六〕，「下」，一作「可」。萬金寵贈不如土〔一七〕。

此詩詠盜殺武元衡事。元衡元和八年（八一三）三月爲門下侍郎同中書門下平章事，十年（八一五）六月，遇刺。舊唐書武元衡傳：「上討淮蔡，悉以機務委之。……武元衡宅在静安里，（元和）十年（八一五）六月三日，將朝，出里東門，有暗中叱使滅燭者。導騎訶之，賊射之中肩。又有匿樹陰突出者，以棓擊元衡左股。其徒馭已爲賊所格奔逸，賊乃持元衡馬東南行十餘步害之，批其顱骨懷去。」按：宗元是年三月十四日出爲柳州，此至柳後聞變而作。東門行，樂府古題。吴兢樂府古題要解卷上：「古詞『出東門，不顧歸』，言士有貧不安其居者，拔劍將去，妻子牽衣留之，願共餔糜，不求富貴，且曰：『今時清，不可爲非』也。若鮑照『傷禽惡弦驚』，但傷離別而已。」元衡遇害於里東門，故宗元借此舊題以詠其事。

〔一〕漢家句，史記吴王濞列傳：「（景帝三年）七國反，書聞天子，天子乃遣太尉條侯周亞夫將三十六將軍，往擊吴楚。」（百）

〔二〕陣雲，史記天官書：「陣雲如立垣。」（百）戰雲也。二句謂王師用兵淮蔡也。按舊唐書王承宗傳：「王師討吴元濟，姦計百端，以沮用兵。」詩首引七國事，乃謂元衡之變，實起於削藩也。

〔三〕雞鳴函谷，史記孟嘗君列傳：「（孟嘗君）更封傳變姓名以出關，夜半至函谷關。……關法，雞鳴而出客，孟嘗君恐追至，客之居下坐者能爲雞鳴，而雞盡鳴，遂發傳出。」（百）〇喬億劍溪説詩又編評「客如霧」曰：「三字妙。」

〔四〕貌同句，謂懷二心者不可勝數。二句寫朝中陰沮用兵、私通叛鎮者亦不乏其人。

〔五〕赤丸，前漢書尹賞傳：「長安中姦猾浸多，閭里少年羣輩殺吏，受賕報仇，相與探丸爲彈，得赤丸者斫武吏，得黑丸者斫文吏。白者主治喪。城中薄暮塵起，剽劫行者，死者横道，枹鼓不絶。」（百）〇喬億曰：「爲刺客傳神，讀之悚慄。」

〔六〕徼巡司隸，漢書百官公卿表上：「中尉，掌徼循。」師古注：「徼，謂遮遶也。」又：「司隸校尉……捕巫蠱，督大姦猾，後罷其兵，察三輔、三河、弘農。」韓醇曰：「徼巡司隸不舉職而眠如羊，故不知有變。四皓謂『太子將兵，無異以羊將狼』。蓋弱不能以敵强，況又眠耶？」（百家注柳集引）眠如羊，詁訓本作「如眠羊」。

〔七〕馮敬，漢書賈誼傳：「誼上疏曰：『……陛下之臣，雖有悍如馮敬者，適啓其口，匕首已陷其胸矣。』」如淳曰：「馮敬，無擇子，名忠貞，爲御史大夫，奏淮南厲王誅之。」師古注：「始欲發言節制諸侯王，則爲刺客所殺。」（百）此以喻元衡被刺。

〔八〕兇徒，謂李師道、王承宗輩。

〔九〕杜口，戰國策秦策三：「天下見臣盡忠而身蹶也，是以杜口裹足，莫肯即秦也。」漢書杜周傳：「結舌杜口。」閉口不言也。○孫月峯評點柳柳州集卷四十二曰：「悍臣事有來歷，故佳。以下略嫌用事多。」按：此句謂朝臣不敢言用兵及捕刺客之事。通鑑卷二百三十九：「其時京城大駭，於是詔宰相出入加金吾騎士，張弦露刃以衛之。所過坊門，呵索甚嚴。朝士未曉，不敢出門。上或御殿久之，班猶未齊。賊遺紙於金吾及府縣曰：『毋急捕我，我先殺汝。』故捕賊者不敢甚急。」○汪森韓柳詩選評二句曰：「上句賊發倉卒，而莫之禁禦。下言輦轂有儆而討賊計疏。蓋深爲當局者致諷也。」

〔一〇〕魏王句，史記信陵君列傳：「魏安釐王使將軍晉鄙將十萬衆救趙……實持兩端以觀望。……侯生乃屏人間語曰：『嬴聞晉鄙之兵符，常在王卧内，而如姬最幸，出入王卧内，力能竊之。……公子誠一開口請如姬，如姬必許諾，則得虎符，奪晉鄙軍，北救趙而西却秦，此王霸之伐也。』公子從其計請如姬，如姬果盜晉鄙兵符與公子。」（百）

〔一一〕子西掩袂，左傳哀公十六年：「（白公勝）遂作亂，秋七月，殺子西、子期於朝，而劫惠王。子西以袂掩面而死。」（百）按：二句謂憲宗於用兵舉棋不定，賊因乘隙得遂姦謀，故謂元衡之死，真無辜也。又，何焯義門讀書記曰：「『魏王卧内藏兵符』，言元衡既主用兵，又不能驅駕諸將，師老於外，變作於内，懷慚入地，深笑其智小謀大也。『子西掩袂真無辜』，真無辜，言豈真無辜耶？」何以二句乃譏元衡也。

〔一二〕羌胡句，司馬相如諫獵疏：「今陛下好陵阻險。射猛獸，卒然遇軼材之獸，駭不存之地……

是胡越起於轂下而羌夷接軫也，豈不殆哉！」（百）

〔一三〕敵國舟中，史記孫吴列傳：「吴起對曰：『由是觀之，在德不在險，若君不修德，舟中之人盡爲敵國也。』」（百）何焯曰：「非所擬，謂非平生排斥之人，忽出所備之外也。」○喬億曰：「魏王以下，似雜出不倫，及細按其用意，在每句下三字，固自有條不紊也。」

〔一四〕安陵句，史記袁盎傳載梁王遣刺客殺盎於安陵郭門外。梁孝王世家：「褚先生曰：（梁王）使人來殺袁盎。……刺之，置其劍，劍著身。視其劍新治，門長安中削礪工，工曰：『梁郎某子來治此劍。』以此知而發覺之。」（百）

〔一五〕韓國句，史記刺客列傳載聶政，軹深井里人。爲韓仲子刺韓相俠累，「因自皮面決眼，自屠出腸，遂以死」。（百）按：二句乃言刺客不知爲誰所遣也。舊唐書張弘靖傳：「盜殺宰相武元衡，京師索賊未得，時王承宗邸中有鎮卒張晏輩數人，行止無狀，人多意之，詔録付御史陳中師按之，皆附致其罪，如京中所説。弘靖疑其不直，驟於上前言之，憲宗不聽，竟殺張晏輩。及田弘正入鄆，按簿書，亦有殺元衡者。但事曖昧，互有所説，卒未得其實。」又舊唐書吕元膺傳亦載獲李師道將訾嘉珍、門察，皆稱害元衡者，則盜殺元衡竟不知誰主也。

〔一六〕絶臕，臕，肥也，絶臕似爲斷肌之意。音辯本、游居敬本、全唐詩及樂府詩集「臕」作「膔」。全唐詩並註：「一作臕，一作咽。」絶臕斷骨，謂遭刺殺，即舊唐書武元衡傳「批其顱骨」之意。下補，朝鮮本「下」作「可」。世綵堂本注：「『下』一作『可』，一作『暇』。」何焯曰：「『下』

一作『可』，然『下』字較勝，言如何下手也。」

〔一七〕萬金句，周敬唐詩選脈會通曰：「謂元衡已死，雖受榮贈，竟何益哉！」喬億曰：「結言死者不可復生，徒寵贈無益也。似寬實緊。」

【評箋】

蔡寬夫詩話曰：「劉禹錫、柳子厚與武元衡素不叶，二人之貶，元衡爲相時也。禹錫爲靖安佳人怨以悼元衡之死，其實蓋快之。子厚古東門行云：『赤丸夜語飛電光，徼巡司隸眠如羊。當街一叱百吏走，馮敬胸中函匕首。』雖不著所以，當亦與禹錫同意。」

劉克莊後村詩話後集卷二曰：「子厚古東門行、夢得靖安佳人，恐皆爲武相元衡作也。柳云『當街一叱百吏走，馮敬胸中陷匕首。凶徒側耳潛愜心，悍臣破膽皆杜口』，猶有嫉惡憫忠之意。夢得『昨夜畫堂歌舞人』之句，似傷乎薄。世言柳、劉爲御史，元衡爲中丞，待二人滅裂，果然，則柳賢於劉矣。」

瞿佑歸田詩話曰：「甘露之禍，王涯、賈餗、舒元輿輩皆預焉。樂天有詩云：『當君白首同歸日，是我青山獨往時。』或謂樂天幸之，非也，樂天豈幸人之禍者，蓋悲之也。……彼劉夢得之靖安佳人怨、柳子厚之古東門行，其於武元衡則真幸之矣。」

孫月峯評點柳柳州集卷四十二曰：「頗似李長吉，應是元和一時氣習。」

蔣之翹柳集輯注卷四十二曰：「語語典實，而氣亦雄悍。」

喬億劍谿説詩又編：「盜殺武元衡，與韓相俠累何異，非國家細故也。柳子厚古東門行直指其事，其義正，其詞危，可使當日君相動色。而劉夢得置國事勿論，乃爲靖安佳人怨詩，觀其小引，似與武有不相能者。顧夢得左官遠服，當不以私廢公，爲國惜相臣，又況其死以國事，胡託爲女子悽斷之詞，而猶以爲『裨於樂府』，過矣。」

陳景雲柳集點勘曰：「柳子厚東門行及劉夢得靖安佳人怨詩，皆爲盜殺武元衡事而作。武相遇盜於所居靖安坊之東門，故劉、柳題詩云爾。先是二人既坐伾、文黨，謫佐遠州，元和中召還，方冀進用，又俱出刺嶺外。時武相當國，二人深憾之，此二詩所由作也。史言伾、文之黨初召還，諫官交章，力言其不可用，尋有遠郡之斥，蓋當時君相亦採公議行遣，非緣政府之忮矣。憾時宰者蓋褊心之未化。二詩俱不作可也。」

章士釗柳文指要通要之部卷十二曰：「古東門行沈雄頓挫，神似昌谷，爲中唐出色當行之體裁，子厚特偶爾乘興爲之，非其本質如是也。中如『赤丸夜語飛電光，徼巡司隷眠如羊』一韻，隱含鬼氣，咄咄逼人，尤爲酷肖長吉。」又曰：「全篇氣象萬千，祇表弔歎而不及其他。獨末一句略帶陽秋，微欠莊重，不免爲白璧之瑕爾。」

## 答劉連州邦字

連璧本難雙〔一〕，分符刺小邦〔二〕。崩雲下灉水〔三〕，劈箭上潯江〔四〕。負弩啼寒狖〔五〕，鳴枹驚夜狵〔六〕。遥憐郡山好，謝守但臨窗〔七〕。

童宗説曰：「答連州刺史劉禹錫詩，猶紀其經途之意，蓋初到柳州時作也。」（百家注柳集引）

〔一〕連璧，見前同劉二十八院長寄澧州張使君詩注。

〔二〕分符，孟浩然送韓使君除洪州都曹：「述職撫荆、衡，分符襲寵榮。」

〔三〕灕水，元和郡縣志卷三十七嶺南道桂州臨桂縣：「桂江，一名灕水，經縣東，去縣十步。楊僕平南越，出零陵，下灕水，即此謂也。」

〔四〕潯江，元和郡縣志卷三十七嶺南道龔州：「陽川縣：潯江，南去縣三十五里。」按：在今柳州北。

〔五〕負弩，史記司馬相如列傳：「縣令負弩矢先驅。」（百）狖，淮南子覽冥訓，高誘注：「狖，猿屬也。長尾而昂鼻也。」今俗稱長尾猿。

〔六〕鳴枹，漢書張敞傳：「枹鼓稀鳴，市無偷盜。」王融三月三日曲水詩序：「稀鳴桴於砥路。」枹、桴同，擊鼓杖。鳴枹，以杖鳴鼓。狵，同尨。説文卷十：「尨，犬之多毛者。」（百）

〔七〕謝守，韓醇詁訓柳集卷四十三曰：「謝守，指安石也。安石嘗爲吴興太守。」按：疑當指謝靈運也。靈運嘗任永嘉太守，宋書本傳謂「郡有名山水，靈運素所愛好，出守既不得志，遂肆意遊遨」。

【評箋】

孫月峯評點柳柳州集卷四十二曰："險韻即用險句，亦係有意。"

## 登柳州城樓寄漳汀封連四州

城上高樓接大荒〔一〕，海天愁思正茫茫〔二〕。驚風亂颭芙蓉水〔三〕，密雨斜侵薜荔牆〔四〕。嶺樹重遮千里目〔五〕，江流曲似九回腸〔六〕。共來百越文身地〔七〕，猶自音書滯一鄉。

舊唐書憲宗紀："（元和十年〔八一五〕三月）乙酉，以虔州司馬韓泰爲漳州刺史，以永州司馬柳宗元爲柳州刺史，饒州司馬韓曄爲汀州刺史，朗州司馬劉禹錫爲播州刺史，台州司馬陳諫爲封州刺史。御史中丞裴度以禹錫母老，請移近處，乃改授連州刺史。"按唐嶺南道柳州治馬平縣，今廣西柳州西。江南道漳州治龍溪縣，今福建龍海縣西。江南道汀州治長汀縣，今福建長汀縣。嶺南道封州治封川縣，今廣東封川縣。嶺南道連州治陽山縣，今廣東陽山縣。韓醇詁訓柳集卷四十二曰："公六月到柳，此詩是年夏所寄也。"按：似當作於初秋。

〔一〕大荒，山海經大荒西經："大荒之中，有山名大荒之山，日月所入……是謂大荒之野。"（百此謂荒遠之地。○王堯衢古唐詩合解卷十一曰：「擒題面，以高字爲眼。」

〔二〕查慎行初白菴詩評評首二句曰：「起勢極高，與少陵『花近高樓』兩句同一手法。」沈德潛唐詩別裁卷十五曰：「從登樓起，有百感交集之感。」紀昀瀛奎律髓刊誤卷四曰：「一起意境潤遠，倒攝四州，有神無迹，通篇情景俱包得起。」吴闓生古今詩範卷十六曰：「響入雲霄。」

〔三〕驚風，曹植贈徐幹：「驚風飄白日，忽然歸西山。」急風也。颭，説文卷十三：「風吹浪動也。」芙蓉水，梁簡文帝山池：「日暮芙蓉水。」（藝文類聚卷九引）崔豹古今注卷下：「芙蓉，一名荷華，生池澤中，實曰蓮，花之最秀異者。」

〔四〕薜荔，屈原離騷：「貫薜荔之落蕊。」王逸注：「薜荔，香草也，緣木而生。」（百）○孫月峯評點柳柳州集卷四十二曰：「頸聯取對巧而不勁。」沈德潛曰：「驚風、密雨，言在此而意不在此。」紀昀曰：「三、四賦中之比，不露痕迹。舊説謂借寓震撼危疑之意，好不著相。」吴闓生曰：「二句近景。」按：驚風颭水，密雨侵墻，詩中互文。二句寫風雨縱横，當系眼前實景也。

〔五〕千里目，音辯本、世綵堂本、濟美堂本作「千里月」。世綵堂本并注：「月，一作目」。○光聰諧有不爲齋隨筆曰：「此非言樹之重也，蓋先以永貞元年貶永州，至元和十一年始召至京，旋又出爲柳州，故云重遮。誤會言樹，則不知其痛之深。」按：永州不過五嶺，仍當以言樹爲是。

〔六〕九迴腸，司馬遷報任少卿書：「腸一日而九迴。」（百）梁簡文帝應全詩：「望邦畿兮千里曠，悲遥夜兮九迴腸。」○朱之荆閑園摘鈔卷七曰：「本言腸之九迴，而反言江流似之也。」何焯義門讀書記曰：「吴喬云：中四句皆寓比興，『驚風』、『密雨』喻小人，『芙蓉』、『薜荔』喻君子，『亂颭』、『斜侵』則傾倒中傷之狀；『嶺樹』句喻君門之遠，『江流』句喻臣心之苦：皆逐臣憂思煩亂之詞。」按：由末二句觀之，「嶺樹」二句係寫思友不得見之愁緒，「君門」、「臣心」之説，無乃穿鑿。吴闓生曰：「二句遠景。」

〔七〕百越，賈誼過秦論：「南取百越之地，以爲桂林、象郡。」李善注引漢書音義：「百越非一種，若今言百蠻也。」通典卷十四：「自嶺而南，當唐、虞三代爲蠻夷之國，是百越之地。」文身，莊子逍遥遊：「越人斷髮文身。」（百）淮南子原道訓：「九疑之南，陸事寡而水事衆，於是民人披髮文身，以象鱗蟲。」高誘注：「文身，刻畫其體，内默（墨）其中，爲蛟龍之狀以入水，蛟龍不害也。」文同紋。○吴闓生曰：「更折一筆，深痛之情，曲曲繪出。」

【評箋】

唐汝詢唐詩解卷四十四曰：「此登樓覽景慕同類也。言樓高與大荒相接，海天空闊，愁思無窮，驚風密雨愈添愁矣。況樹重疊，既遮我望遠之目；江流盤曲，又似我腸之九迴也。因思我與諸君同來絶域，而又音書久絶，各滯一鄉。對此風景，情何堪乎！」

陸貽典曰：「子厚詩律細於昌黎，至柳州諸詠，尤極神妙，宣城、參軍之匹。」（瀛奎律髓彙評卷四引）

廖文炳唐詩鼓吹注解卷一曰：「此子厚登樓懷四人而作。首言登樓遠望，海濶連天，愁思與之瀰漫，不可紀極也。三、四句惟驚風，故云『亂颭』；惟細雨，故云『斜侵』，有風雨蕭條、觸物興懷意。至嶺樹重遮、江流曲轉，益重相思之感矣。當時共來百越，意謂易於相見，今反音問疎隔，將何以慰所思哉！」

金聖嘆唐才子詩甲集卷五曰：「一句下個高樓字，二句下個海天字，高樓之爲言欲有所望也，海天之爲言無奈並無所望也。於是心絶氣絶矣。然後下個正字，正之爲言人生至此，已是入到一十八層之最下層，豈可還有餘苦未喫再要教喫。今偏是驚風密雨，全不顧人；亂颭斜侵，有加無已。雖盛夏讀之，使人無不灑灑作寒、默默無言。此妙處是三、四句加染第二句。第五句，望四州不可見也。第六句，思四州無已時也。末聯言欲離苦求樂，固不敢出此望，然何至苦上加苦，至於如此其極，蓋怨之至也。」

汪森韓柳詩選曰：「柳州諸律詩格律嫺雅，最爲可玩。」又曰：「結語最能兼括，却自入情。」

朱三錫東喦草堂評訂唐詩鼓吹卷一曰：「起曰高樓接大荒是憑高望遠、目極千里也。次曰海天愁思是一望無際，觸景傷懷也。愁思茫茫下一『正』字，言今被斥遠方，已到十分苦境，偏是驚風密雨，全不顧人；亂颭斜侵，有加無已，愁思不愈難爲情乎？五是望四州而不可即，六是思四州而無已時，即所云滯一鄉也。曰『共來』、曰『猶是』，愁之深，怨之至也。」又曰：「驚風密雨，有寓無端被讒斥逐驚懷之意，又寓風雨蕭條、觸景感懷之意。詩三百篇鳥獸草木各有所托，唐人寫景，俱非無意，讀詩者不可不細心體會也。」

吴以梅唐詩貫注卷三十八曰：「柳州之南，直之廣東廉州濱海，所以接大荒，而又云海天也。驚風亂颭，密雨斜侵，皆含内意，謂世事𨻶隉不安，風波未息。嶺，五嶺；江，即柳江，今名左江。遮千里之目，使不見故鄉鄰郡，而愁腸一日九迴耳。引物串合，沉着淋漓，結承五、六。總在愁思中事，而却寄問之。……離騷：『搴薜荔兮水中，采芙蓉兮木末。』今兩物同用，本於此，寫騷人之幽怨。而九歌山鬼章曰：『若有人兮山之阿，被薜荔兮帶女蘿。』則又有暗射詭秘之意。荷花又謂草芙蓉，楚辭又云：『芙蓉始發，雜芰荷些。紫莖屏風，文緑波些。』今詩之用，總括騷怨，探其來歷，則句皆有根有味。」

屈復唐詩成法卷十曰：「一登樓，二情，中四所見之景，然景中有愁思在。末寄四州。嶺樹遮目，望不可見；江曲九迴，腸斷無已時也。柳州詩屬對工穩典切，情景悲涼，聲調亦高。刻苦之作，法最森嚴，但首首一律，全無跳躑之致耳。」

黄叔燦唐詩箋注卷五曰：「登樓淒寂，望遠懷人。芙蓉薜荔，皆增風雨之悲；嶺樹江流，彌攪迴腸之痛。昔日同來，今成離散，蠻鄉絶域，猶滯音書，讀之令人慘然。」

方東樹昭昧詹言卷十八曰：「六句登樓，二句寄人。一氣揮斥，細大情景分明。」

王文濡唐詩評注讀本卷三曰：「前六句直下，皆言登樓所望之景。末二句總括，不明言謫宦而謫宦之意自見。」

吴闓生古今詩範卷十六曰：「此詩非子厚大手筆不能爲。」

近藤元粹柳柳州詩集卷二曰：「感觸傷懷，使人慘然。王翼雲曰：『前解登樓寫樓，後解因愁寄友。』」

俞陛雲詩境淺説丙編曰：「唐代韓柳齊名，皆遭屏逐。昌黎藍關詩見忠憤之氣，子厚柳州詩多哀怨之音。起筆音節高亮，登高四顧，有蒼茫百感之慨。三、四言臨水芙蓉，覆墻薜荔，本有天然之態，乃密雨驚風横加侵襲，致嫣紅生翠，全失其度。以風雨喻讒人之高張，以薜荔芙蓉喻賢人之擯斥，猶楚詞之以蘭蕙喻君子，以雷雨喻摧殘。寄慨遥深，不僅寫登城所見也。五、六言嶺樹雲遮，所思不見，臨江遲客，腸轉車輪，戀闕懷人之意，殆兼有之。收句歸到寄諸友本意，言同在瘴鄉，已傷謫宦，况音書不達，雁渺魚沉，愈悲孤寂矣。」

## 酬徐二中丞普寧郡内池館即事見寄

鵷鴻念舊行〔一〕，虚館對芳塘。落日明朱檻，繁花照羽觴〔二〕。泉歸滄海近，樹入楚山長。榮賤俱爲累〔三〕，相期在故鄉。

韓醇詁訓柳集卷四十二曰：「徐中丞即前望秦驛詩云徐容州者也。按地理志，容州普寧郡防禦經略，而徐改爲容管經略，當是俊無疑。然此題云中丞，考之史不載也。」按中唐後政制，觀察使之兼銜，例爲御史中丞，故史不繫載也。徐二中丞，當即前詩之徐容州。參見前詩題注。

〔一〕鵷鴻句，古常以飛行有秩有德有儀之鳥鵷鴻、鸞鷺之類，喻朝官行列，如隋書音樂志：「懷黄綰白，鵷鷺成行。」庾肩吾九日侍宴樂遊苑應令：「彫材勞杞梓，花綬接鵷鴻。」杜甫至日遣興奉寄北省舊閣老兩院故人：「去歲茲辰捧御牀，五更三點入鵷行。」此謂昔曾同朝爲官。

〔二〕羽觴，見善謔驛和劉夢得酹淳于先生注。

〔三〕陸夢龍韓退之柳子厚集選曰：「『榮賤俱爲累』，一句語到。」沈德潛唐詩別裁集卷十二：「榮賤，合己與中丞言之。」

# 酬賈鵬山人郡内新栽松寓興見贈二首

芳朽自爲別，無心乃玄功〔一〕。夭夭日放花〔二〕，榮耀將安窮？青松遺澗底〔三〕，擢蒔茲庭中〔四〕。積雪表明秀，寒花助葱蘢〔五〕。幽貞夙有慕〔六〕，持以延清風〔七〕。

宗元送賈山人南遊序：「及見逐尚書，居永州，刺柳州……居數月，長樂賈景伯來……於其之也，即其舟與之酒，侑之以歌。」按賈鵬山人，據古人取表字義源於本名之慣例，當即賈景伯。是知鵬於宗元刺柳後數月至柳，居未久而南遊。此詩與下雨中贈仙人山賈山人皆元和十年（八一五）冬作。

〔一〕玄功，淮南子原道訓高誘注：「玄，天也。」按：二句謂芳朽之異，乃自然之功。

〔二〕夭夭，詩周南桃夭：「桃之夭夭，灼灼其華。」（百）

〔三〕青松句，左思詠史：「鬱鬱澗底松，離離山上苗。以彼徑寸莖，蔭此百尺條。」（百）

〔四〕擢蒔，移植。蒔，説文卷一：「蒔，更別種。」今江蘇之地猶稱移秧插田中曰蒔秧。

〔五〕葱蘢，郭璞江賦：「潛薈葱蘢。」青翠茂盛貌。

〔六〕幽貞，鄭定本、世綵堂本、濟美堂本、蔣之翹本及全唐詩作「貞幽」。顏延年拜陵廟作：「幼壯困孤介，末暮謝幽貞。」（百）夙，後漢書劉虞傳李賢注：「夙猶舊也。」

〔七〕延，漢書武帝紀顏師古注：「延，引也。」○近藤元粹柳柳州詩集卷三評末四句曰：「風神散朗，郁然蒼秀。」

## 其二

無能常閉閣〔一〕，偶以靜見名〔二〕。奇姿來遠山〔三〕，忽似人家生。勁色不改舊，芳心與誰榮？喧卑豈所安，任物非我情。清韻動竽瑟，諧此風中聲。

〔一〕無能，論語衛靈公：「君子病無能焉，不病人之不己知也。」閉閣，猶「閉關」。顏延年五君詠劉參軍：「劉伶善閉關，懷情滅聞見。」閉門謝客之意。

〔二〕見名，詁訓本作「得名」。

〔三〕奇姿句，即前首「青松遺澗底，擢蒔兹庭中」之意，奇姿，謂松。

【評箋】

汪森韓柳詩選曰：「二詩古澹，得比興之意。」

近藤元粹柳柳州詩集卷三曰：「清人喜唱古詩平仄論，余殊不信，紀曉嵐云出句五仄則對句第三字必平，唐人定格，此詩『勁色』句五仄，而對句第三字亦仄。然則紀説之不足信可知矣。」

## 雨中贈仙人山賈山人

寒江夜雨聲潺潺，曉雲遮盡仙人山。遥知玄豹在深處〔一〕，下笑羈絆泥塗間〔二〕。

與前詩同時作。仙人山，即仙奕山。宗元柳州山水近治可遊者記：「又西有仙奕之山，山之西可上，其上有穴，穴有屏有室有宇，其宇下有流石成形，如肺肝，如茄房，或積於下，如人如禽如器物甚衆。」太平寰宇記嶺南道柳州：「仙人山在州西南山上，有石形如仙人。」清一統志廣西柳州：「仙奕山在馬平縣西南，亦名仙人山。」賈山人，即前詩之賈鵬。

〔一〕玄豹，古列女傳卷二載陶答子妻諫答子曰：「妾聞南山有玄豹，霧雨七日而不下食者，何也？欲以澤其毛而成文章也，故藏而遠害。犬彘不擇食以肥其身，坐而須死耳。」（百

〔二〕泥塗，左傳襄公三十年：「趙孟問其縣大夫，則其屬也。召之，而謝過焉，曰：『武不才，任君之大事，以晉國之多虞，不能由吾子，使君之辱在泥塗久矣。……』遂仕之，使助爲政。」羈絆泥塗，謂沉浮於宦海也。

# 殷賢戲批書後寄劉連州并示孟崙二童

自注云：「家有右軍書，每紙背庾翼題云：王會稽六紙，二月三十日嘗觀。」

書成欲寄庾安西〔一〕，紙背應勞手自題。聞道近來諸子弟，臨池尋已厭家雞〔二〕。

此詩及以下與劉禹錫贈答諸篇，皆元和十年作。劉酬柳有云「聞彼夢熊猶未兆，女中誰是衛夫人」，戲宗元尚無男嗣。韓愈柳子厚墓誌銘：「子厚以元和十四年十一月八日卒……有子男二人，長曰周六，始四歲；季曰周七，子厚卒乃生。」是周六生於元和十一年，而劉刺連乃元和十年事。韓醇詁訓柳集卷四十二云：「公與夢得聞問最數，殷賢戲題其書後，故舉庾翼之事爲奇，蓋劉家子弟當有學其書者。孟崙二童爲夢得之子，殷賢不詳，當亦夢得家子弟也。」章士釗柳文指要體要之部卷十三云：「子厚以書寄劉，何以讓劉家子弟戲批其上？於理難通。且戲批作何語？了無交代，於事亦甚蹺蹊。如實論之，殷賢戲批書後云者，乃戲批殷賢書後之倒裝句法，集中如此倒裝之。句甚夥，兹不贅載。蓋殷賢既爲劉家子弟，其人應在連州而不在永州（按：當作柳州)。殷賢雖後輩,而年長可以通書,則由連有書上子厚大爲情理應有之事。子厚答其書,並於書後批寄一詩於夢得,尤爲題中應有之義。注家不解倒裝句,遂成此誤。」右軍,晉書王羲之傳:「王羲之字逸少。……尤善隸書,爲古今之冠,論者稱其筆勢,以爲飄若浮雲,矯若驚龍。……乃以爲右軍將軍、會稽内史。」晉書庾翼傳:「翼字稚恭,風儀秀偉,少有經綸大略。……授都督江荆司雍梁益六州諸軍事、安西將軍、荆州刺史。……又進征西將軍,領南蠻校尉。」

〔一〕庾安西,謂劉禹錫也。

〔二〕臨池,衛恒四體書勢:「(張芝)凡家之衣帛,必書而後練之;臨池學書,池水盡黑。」晉書王羲之傳:「(羲之)曾與人書云:『張芝臨池學書,池水盡黑,使人耽之若是,未必後之也。』」

〔百〕厭家鷄,南史王僧虔傳載僧虔論書云:「庾征西翼書,少時與右軍齊名。右軍後進,庾猶不分。在荆州與都下人書云:『小兒輩賤家鷄,皆學逸少書,須吾下當比之。』」〔百〕此言劉家子弟已不喜禹錫之書而重宗元之書。即題「戲批」之意。

【評箋】

孫月峯評點柳柳州集卷四十二曰:「此下八絶(按:指柳劉贈答八絶)雖非莊調,然借事發意,含譏帶謔,興趣固有餘,可想見二公風流雅致,足爲墨池故實,亦自可喜。」

汪森韓柳詩選曰:「戲筆往復,饒有生趣。」

**【附録】**

（一）宗元善書，見諸記載。劉禹錫代李表臣所作祭宗元文云：「篋盈草隸，架滿文篇，鍾、索繼美，班、楊差肩。」比之鍾繇、索靖。至傷愚溪詩更譽之爲「草聖」。趙璘因話録卷三云：「元和中，柳柳州書後生多師効，就中尤長於章草，爲時所寶。湖湘以南，童稚悉學其書，頗有能者。長慶以來，柳尚書公權，又以博聞强識工書，不離近侍。柳氏言書者，近世有此二人。」按：趙璘此説後世亦有以爲揄揚過甚者，參閲王觀國學林卷七。

（二）沈曾植海日樓札叢卷八柳子厚論從弟宗直書語條：「柳子厚誌從父弟宗直殯云：『善操觚牘，得師法甚備，融液屈折，奇峭博麗，知之者以爲工。』八字盡筆法墨法之邃。」又日本書法條：「日本書法始盛於天平之代，寫經筆法有絶妙者。……橘逸勢傳筆法於柳宗元，唐人呼爲橘秀才。」

（三）劉禹錫酬柳柳州家雞之贈：日日臨池弄小雛，還思寫論付官奴。柳家新樣元和脚，且盡薑芽斂手徒。

## 重贈二首

聞説將雛向墨池〔一〕，劉家還有異同詞〔二〕。如今試遣隈牆問，已道世人那得知〔三〕。

〔一〕音辨本題作「重贈劉夢得二首」。鄭定本作「重贈二首」。童宗説云：「此篇公答禹錫前所酬詩也。」（音辨本）按：禹錫詩謂「日日臨池弄小雛，還思寫論付官奴」。韓醇詁訓柳集卷四十二曰：「官奴，蓋羲之女也，是時宗元無子，故夢得以此戲之。」按：此説非。官奴，獻之小名，劉以之喻己之子弟，宗元重贈（其一）正承此用獻之典，亦有戲謔意也。

〔二〕聞説，鄭定本、世綵堂本、濟美堂本、蔣之翹本作「聞道」。

〔二〕劉家句，漢書劉歆傳：「（劉向）父子俱好古，博見彊志，過絶於人。歆以爲左丘明好惡與聖人同，親見夫子；而公羊、穀梁在七十子後，傳聞之與親見之，其詳略不同。歆所以難向，向不能問也。」（百）

〔三〕如今二句，晉書王獻之傳：「（謝安）問（獻之）曰：『君書何如君家尊？』答曰：『故當不同。』安曰：『外論不爾。』答曰：『人那得知。』」（百）按：二典皆以比禹錫父子，戲言劉家子弟已不重家翁之書矣。

其二

世上悠悠不識真，薑芽盡是捧心人〔一〕。若道柳家無子弟，往年何事乞西賓〔二〕？

此首承禹錫酬詩後二句「柳家新樣元和脚，且盡薑芽斂手徒」而發也。

〔一〕捧心，莊子天運：「西施病心而矉其里，其里之醜人，見而美之，歸亦捧心而矉其里。」（百）朱翌猗覺寮雜記卷上：「子厚云『且盡薑芽斂手徒』（按：此禹錫詩，朱誤記），又云『薑芽盡是捧心人』，以手如薑芽。斂手，叉手也。又言捧心，則知爲手無疑。」孫月峯評點柳柳州集曰：「薑芽不得來歷，疑即謂五指捉筆如薑芽狀耳。」按：薑芽，當喻五指握筆彎曲狀，禹錫詩乃戲言柳字雖變新樣，而實不佳，學柳者盡「薑芽斂手」之輩，故柳言世人無具眼者，薑芽輩乃効顰捧心之人耳。

〔二〕即西席。舊時對塾師或幕客的尊稱，此是宗元戲稱自己，非真謂曾作劉家西席。詩謂西賓，禹錫往年曾求宗元寫西都賦也。故禹錫答後篇曰：「昔日慵工記姓名，遠勞辛苦寫西京」也。

【附録】

**答柳宗元重贈二首**　劉禹錫

答前篇

小兒弄筆不能嗔，涴壁書窗且賞勤。聞彼夢熊猶未兆，女中誰是衛夫人。

答後篇

昔日慵工記姓名，遠勞辛苦寫西京。近來漸有臨池興，爲報元常欲抗行。

## 疊前

小學新翻墨沼波，羨君瓊樹散枝柯〔一〕。在家弄土唯嬌女〔二〕，空覺庭前鳥跡多〔三〕。

劉禹錫有答重贈二首，此和其答前篇。疊，和也。

〔一〕瓊樹，玉樹。世説新語言語：「謝太傅問諸子侄：『子弟亦何預人事，而正欲使其佳？』諸人莫有言者，車騎答曰：『譬如芝蘭玉樹，欲使其生於階庭耳。』」

〔二〕在家弄土，全唐詩作「左家弄玉」，吴汝綸柳州集點勘：「土，疑爲玉。」按：「弄土」亦通，謂於地上作書，故末句云云。又章士釗柳文指要通要之部卷十三曰：「弄土，猶言弄瓦，亦兼會意雕刻」。又一説，南史江夏王鋒傳：「（鋒）好學書……晨興不肯拂窗塵，而先畫塵上，學爲書字。」謂「弄土」猶弄塵，亦通。嬌女，左思嬌女詩：「吾家有嬌女，皎皎頗白皙。握筆利彤管，篆刻未期益。執書愛綈素，誦習矜所獲。」（百）

〔三〕鳥跡，王充論衡感類篇：「以見鳥跡而知爲書，見蜚蓬而知爲車。天非以鳥跡命倉頡，以蜚蓬使奚仲也，奚仲感蜚蓬而倉頡起鳥跡也。」江總借劉太常説文：「碩學該蟲篆，奇文秀鳥跡。」韓醇詁訓柳集卷四十二曰：「倉頡觀鳥跡因而遂滋，則謂之字。詩謂小女學書，其紙散落庭中，覺鳥跡之多也。」按：「庭前鳥跡多」，疑謂嬌女作書於地，非謂紙散落庭中也。

## 疊後

事業無成耻藝成〔一〕，南宫起草舊連名〔二〕。勸君火急添功用，趁取當時二妙聲〔三〕。「時」一本作「初」。

此和禹錫答後篇之作。

〔一〕藝成，禮樂記下：「德成而上，藝成而下。」

〔二〕南宫，謂尚書省。見前同劉二十八院長述舊言懷感時書事……注。韓醇詁訓柳集卷四十二曰：「公與夢得同爲禮部員外郎。」誤。陳景雲柳集點勘曰：「柳子官禮部（按柳曾爲禮部員外郎），劉爲屯田員外郎，非儀曹也。以皆爲尚書屬，故云爾。南宫乃通謂尚書，不專指禮部。如祭楊凝中文有南宫起草語，凝中未嘗官禮部，即其證也。唐人語多如此，注家未詳考耳。」

〔三〕趁取，求取也。纂文：「關西以逐取爲趁也。」（一切經音義卷十九引）二妙聲，晉書衛瓘傳：「瓘家學深博，明習文藝，與尚書郎敦煌索靖俱善草書，時人號爲『一臺二妙』。」按：瓘爲尚書令，與靖同臺，故宗元用以比己及禹錫。又，劉詩云「近來漸有臨池興，爲報元常欲抗行」，故此勸其「火急添功用」，以逐取「二妙」之聲也。

## 銅魚使赴都寄親友

自注云：嶺南支郡無綱官，考典帳典等，悉附都府至京。

行盡關山萬里餘，到時閭井是荒墟〔一〕。附庸唯有銅魚使〔二〕，此後無因寄遠書。

宗元自注謂歲終入計也。舊唐書職官志三：「尹、少尹、別駕、長史、司馬掌貳府州之事，以綱紀衆務，通判列曹。歲終則更入奏計。」觀詩首二句語意，當作於至柳之年歲終也。

〔一〕閭井，宋書何承天傳：「并踐禾稼，焚爇閭井。」村落也。

〔二〕附庸，禮記王制：「公侯田方百里，伯七十里，子男五十里；不能五十里者，不合於天子，附於諸侯，曰附庸。」鄭玄注：「小城曰附庸。附庸者，以國事附於大國，未能以其名通也。」（百）銅魚，見前酬韶州裴曹長使君寄道州吕八大使因以見示二十韻詩注。

## 柳州峒氓

郡城南下接通津，異服殊音不可親〔一〕。青箬裹鹽歸峒客〔二〕，緑荷包飯趁虚人〔三〕。鵝毛禦臘縫山罽〔四〕，鷄骨占年拜水神〔五〕。愁向公庭問重譯〔六〕，欲投章甫作文身〔七〕。

詩作於柳州，年月不可考。峒氓，謂西南諸少數民族。戰國策秦策三高誘注：「野民曰氓。」

〔一〕異服殊音，宗元與蕭翰林書：「楚越間聲音特異，鴃舌啅譟。」永州已然，柳州更甚。

〔二〕青箬，説文卷五：「楚謂竹皮曰箬。」（百）

〔三〕趁虛，錢易南部新書：「端州（今廣東高要縣）以南，三日一市，謂之趁虛。」吴處厚青箱雜記云：「嶺南謂村市爲虛……柳子厚童區寄傳云『至虛所賣之』，又詩云『緑荷包飯趁虛人』，即此也。」猶今言趕集。

〔四〕鵝毛句，劉恂嶺表録異：「南道之豪酋，多選鵝之細毛，夾以布帛，絮而爲被，復縱横衲之，其温不下於挾纊也。」罽，一種毛織品。

〔五〕鷄骨占年，漢書郊祀志：「是時既滅兩粵……乃命粵巫立粵祝祠，安臺無壇，亦祠天神帝百鬼，而以鷄卜，粵祠鷄卜自此始用。」李奇注：「持鷄骨卜，如鼠卜。」（百）段公路北户録：「南方逐除夜及將發船，皆殺鷄擇骨爲卜，傳古法也。」按：宗元柳州復大雲寺記曰：「越人信祥而易殺，傲化而偭仁，病且憂，則聚巫師用鷄卜。」則鷄卜之俗，唐時南方猶盛也，宗元詩可謂記實。占年，謂卜歲之豐凶也。

〔六〕重譯，淮南子泰族訓：「夷狄之國，重譯而至。」漢書平帝紀顔師古注：「譯謂傳言也。道路絶遠，風俗殊隔，故累譯而後乃通。」

〔七〕章甫，禮記儒行：「孔子長居宋，冠章甫之冠。」孫希旦注：「章甫，殷玄冠之名，宋人冠之。」文身，莊子逍遥遊：「宋人資章甫而適諸越，越人斷髮文身，無所用之。」（百）○陳輔之詩話曰：「柳遷南荒有云『愁向公庭問重譯，欲投章甫作文身』，太白云『我似鷓鴣鳥，南遷懶北飛』，皆褊忮躁辭，非畎畝惓惓之義。杜詩云『馮唐雖晚達，終覬在皇都』、『愁來有江水，焉得北之朝』，其賦張曲江云『歸老守故林，戀闕悄延頸』，乃心王室可知。」按二句但謂欲混同民俗，應首句「異服殊音」言之，陳輔之云云，似于詩意有誤解。何焯義門讀書記曰：「後四句言歷歲踰時，漸安夷俗，竊衣食以全性命，顧終不之召，亦將老爲峒氓，無復結綬彈冠之望也。『欲投章甫作文身』，言吾當遂以居夷老矣，豈復計其不可親乎。首尾反覆呼應，語不多而哀怨已至。」

【評箋】方回瀛奎律髓卷四曰：「柳柳州詩精絶工緻，古體尤高。世言韋、柳，韋詩淡而緩，柳詩峭而勁。此五律詩（按：指律髓所録登柳州城樓寄漳汀封連四州、柳州寄丈人周韶州、得盧衡州書因以詩寄、嶺南江行及本篇）比老杜則尤工矣。杜詩哀而壯烈，柳詩哀而酸楚，亦同而異也。又南省牒令具注國圖風俗有云：『華夷圖上應初識，風土記中殊未傳。』非孔子不陋九夷之義也。年四十七卒於柳州，殆哀傷之過歟？然其詩實可法。」按方回謂柳五律詩比老杜尤工，後人頗有異議，馮舒曰：「柳固工秀，然謂過於杜則不然。」查慎行曰：「律詩掇拾碎細，品格便不能高。若入老杜手，別有鎔鑄爐鞲之妙，豈肯屑屑爲此？」虚谷謂柳州五章比杜尤工一言，以爲不如，覽者毋爲所惑可也。」紀昀曰：「評韋、柳確，評杜、柳之異亦確，惟云五律工於杜，則不然。」無名氏批曰：「柳州推激風騷，兼能精煉。評語謂其工於老杜，誠亦有之，然正爲其工，所以不及老杜。此又評語所未發也。蓋老杜無求工之迹，而氣象自然高大，而又未嘗不工，所以合於三百篇。若有意求工，又是人爲，不可與化工同論矣。」（瀛奎律髓彙評卷四引）

廖文炳唐詩鼓吹注解卷一曰：「子厚見柳州人異俗乖，風土淺陋，故寓自傷之意。首言自郡城而之廣南，皆通津也。其異言異服已難與相親矣。彼歸峒者裹鹽，趁虚者包飯，鵝毛以禦臘，鷄骨以占年，皆峒俗之陋者。不幸謫居此地，是以愁悶重譯，欲投章甫而作文身之氓耳。」

宋長白柳亭詩話卷一曰：「韓昌黎詩：『衙時龍户集，上日馬人來。』柳河東詩：『青箬裹鹽歸峒客，緑荷包飽趁墟人。』龍户，謂入海探珠者；馬人，相傳是伏波軍人遺種。洞，謂穴居；墟，乃市集之所。非身歷天南者不能悉其風景。」

汪森韓柳詩選曰：「格法與前首（按指嶺南江行）略同。『異服殊音』與結句『重譯』、『文身』相爲照應。中四語寫峒氓，點染極工。」

朱三錫東嵒草堂評訂唐詩鼓吹卷一曰：「通首極言柳州之惡，中四句皆異服殊音也。既曰異服殊音不可親矣，而結又云欲投章甫作文身，是先生憂憤之極，以寓自傷之意耳。」

吴以梅唐詩貫注卷四十八曰：「郡城南去爲通津之處，所以諸峒皆於此來往。其服飾蠻音與中土各别，情不相入，故不可親也。其出而辦鹽，皆以青箬裹之歸峒；其來而趁集，皆攜緑荷包飯爲餱糧。寒天所服，鵝毛縫罽；占禱年成，鷄骨祈神。若有事至公庭，須用重譯通辭，豈不煩難，顧未如棄衣冠、爲蠻夷，方可習其夷音耳。雖挽到殊音爲愁重譯言，然亦以中朝既不我與，當逃諸荆蠻，乃憤世無聊之語也。」

趙臣瑗山滿樓唐詩箋注卷四曰：「『不可親』三字，是一篇之主。其所以不可親，以異服殊音之故，而先裝首句者，見郡城猶可，其餘所轄州縣，乃至愈遠愈甚也。中二聯總是寫其俗之陋，爲不可親之實也。歸峒之客，即趁墟之人，出則包飯，入則裹鹽，有似於儉而未敢以儉許之。鵝毛禦臘，一事也；鷄骨占年，又一事也。縫山罽而已，拜水神而已，疑近於古而不得以古稱之。七，一頓。八，一掉。公庭之上，必煩重譯，此真不容令人不愁，況彼之不宜於章甫，猶我之不宜于文身，而彼既不能離我，我又不能却彼，將如何而後可。於是忽作一想，曰：必也去我一人之威儀，狥彼數州之風俗，庶幾得以相安於無事也乎？嗟嗟，此豈於不可親之中曲求其可親之法哉！言及此，其傷心有甚焉者矣。」

紀昀瀛奎律髓刊誤卷四曰：「全以鮮脆勝，三、四如畫。」

近藤元粹柳柳州詩集卷三曰：「可爲一篇風土記。」

# 柳州二月榕葉落盡偶題

宦情羈思共悽悽〔一〕，春半如秋意轉迷〔二〕。山城過雨百花盡〔三〕，榕葉滿庭鶯亂啼〔四〕。

此當至柳次年，元和十一年（八一六）春初見榕葉落盡而作。南方草木狀卷中：「榕樹，南海桂林多植之，葉如木麻，實如冬青。以其不材，故能久而無傷；其蔭十畝，故人以爲息焉。而又枝條既繁，葉又茂細，軟條如藤，垂下漸漸及地。藤稍入地便生根節，或一大株有根四五處。」嚴有翼藝苑雌黄：「閩廣有木名榕，音容。子厚集有柳州二月榕葉落盡詩云『榕葉滿庭鶯亂啼』，坡詩『卧聞榕葉下長廊』，又云『即令榕葉下亭皋』，即此木也。其木大而多陰，可蔽百牛，故字書有『寬庇廣容』之説。」

〔一〕王堯衢古唐詩合解卷六評曰：「子厚之刺柳州，雖非坐謫，然邊方煙瘴，則仕宦之情與羈旅之思，自覺含淒而可悲。」

〔二〕春半如秋，黄叔燦唐詩箋注卷九：「炎方氣暖，春半已百花俱盡，榕葉滿庭，蕭疎景況，故曰『如秋』。柳州卑暑之地，言物候之異致如此。」王堯衢曰：「羈人最怕是秋，今春半而木葉盡落，竟如秋一般，使我意思轉覺迷亂也。」

〔三〕山城，柳州多山，宗元柳州山水近治可遊者記曾詳述之，故曰「山城」。

〔四〕劉辰翁評曰：「其情景自不可堪。」（唐詩品彙引）蔣之翹柳集輯注卷四十二曰：「落句悠然自遠。」

【評箋】

陳師道後山叢談卷三曰：「蔡州壺公觀有大木，世亦莫能名也。高數十尺，其枝垂入地，有根，復出爲木，枝復下垂。如是三四重圍，環列如子孫然。世傳漢費長房遇仙者處，木即懸壺者。沈丘令張戣，閩人，嘗至蔡爲余言，乃榕木也，嶺外多有之，其四垂旁出，無足怪者。柳子厚柳州詩云『榕葉滿庭鶯亂飛』者是也。」

宋長白柳亭詩話卷二十三曰：「閩粤之間，其樹榕，有大葉、細葉二種，紛披輪囷，細枝着地，遇水即生，亦異品也。前人取爲詩料，始於柳子厚『榕葉滿庭鶯亂啼』，蘇子瞻有『卧聞榕葉響長廊』，楊誠齋有『老榕能識玉花驄』，湯臨川有『榕樹蕭蕭倒挂啼』，此外無專詠者。」

唐汝詢唐詩解卷四十四曰：「羈官戚矣，春半如秋，則又使我意迷也，花盡葉落，豈二月時光景耶？蓋柳州風氣之異如此。」

陸夢龍韓退之柳子厚集選曰：「自在而深。」

劉永濟唐人絶句精華曰：「此詩不言遠謫之苦，而一種無可奈何之情，於二十八字中見之。」

## 别舍弟宗一

零落殘魂倍黯然〔一〕，雙垂别淚越江邊〔二〕。一身去國六千里〔三〕，萬死投荒十二年〔四〕。桂嶺瘴來雲似墨〔五〕，洞庭春盡水如天〔六〕。欲知此後相思夢，長在荆門郢樹煙〔七〕。

韓醇詁訓柳集卷四十二曰：「『萬死投荒十二年』，自永貞元年（八〇五）乙酉至元和十一年（八一六）丙申也。詩是年春作。」宗一，宗元從弟。事迹不詳。方回瀛奎律髓卷四十二曰：「此乃到柳州後，其弟歸漢郢間，作此爲别。」

〔一〕零落句，江淹恨賦：「黯然銷魂者，唯别而已矣。」（百）〇吴以梅唐詩貫注卷十四曰：「宗元初與劉禹錫同貶出爲邵州刺史，不半道貶永州司馬，後同召，復出爲柳州，而别其弟之作也。幾番嚴命摧殘，所以驚魂零落，今此離情，倍覺黯然。」

〔二〕越江，唐汝詢唐詩解卷四十四曰：「越江，未詳所指，疑即柳州諸江也。按柳州乃百越地。」

〔三〕六千里，通典州郡十四：「（柳州）去西京五千二百七十里。」六千里舉其成數也。

〔四〕投荒，郝天挺唐詩鼓吹注卷一：「投荒謂投竄於荒服之外。」〇方回曰：「『投荒十二年』，其句哀矣，然自取之也。爲太守尚怨如此，非大富貴不滿願，亦躁矣哉！」許印芳律髓輯要謂之：「深文曲筆，全誣古人，故曉嵐抹之。」汪森韓柳詩選曰：「三、四句法極健，以無閒字襯貼也。」唐陳彝曰：「次聯真悲真痛，不覺其淺。」（唐詩選脈會通引）又孫月峯評點柳柳州集曰：「頷聯是學少陵恨別起二句。」

〔五〕桂嶺，「桂」原作「松」，據諸校本改。元和郡縣志卷三十七嶺南道賀州：「桂嶺縣：桂嶺，在縣東十五里。」太平寰宇記卷一百十七江南西道連州：「桂陽縣：桂嶺，五嶺之一也。山上多桂，因以爲名。」

〔六〕洞庭，見與崔策登西山詩注。沈德潛唐詩別裁集卷十五謂「桂嶺」句寫「自己留柳」，「洞庭」句寫「弟之楚」。

〔七〕欲知二句，孫汝聽曰：「荆、郢，宗一將遊之處。」（百家注柳集引）何焯義門讀書記曰：「韓非子：張敏與高惠二人爲友，每相思不得相見，敏便於夢中往尋，但行至半路即迷。落句正用其意，承五、六來，言柳州夢亦不能到也。注指『荆郢爲宗一將遊之處』，非。」按何謂落句用韓非子事，甚是，然云「言柳州夢亦不能到」，則誤矣。此謂別後懷弟相思之夢，常繞荆門郢樹，正承六句「洞庭」句來，孫説未誤。又周紫芝竹坡詩話曰：「此詩可謂妙絶一世，但夢中安能見郢樹煙？煙字只當用邊字，蓋前有江邊故耳。不然，當改成『欲知此後相思處，望斷荆門郢樹煙』，如此却是穩當。」此説紀昀、姚鼐、許印芳從之。紀昀瀛奎律髓刊誤卷四曰：「煙字趁韻。」姚鼐今體詩鈔卷四曰：「結句自應用邊字，避上而用煙字，不免湊韻。」許印芳曰：「末句煙字當是邊字，因與次句重複，故改之。然或改次句以就末句，或改末句以就次句，皆宜更易詞語，方能使兩句完好，乃不肯割愛，但改重複之字，牽一煙字湊句，此臨文苟且之過也。」何孟春、吳景旭等譏之。何孟春餘冬敘録卷閏三曰：「宋人詩話有極可笑者，引柳子厚別舍弟宗一詩『欲知此後相思夢，長在荆門郢樹煙』，謂夢中安得見郢樹煙，此真癡人説夢耳。夢非實事，煙正其夢境模糊，欲見不可，以寓其相思之恨，豈問是耶，固哉高叟之爲詩也。」吳景旭歷代詩話卷四十九曰：「墅談稱，此詩無一字不佳，竹坡老人乃謂夢中焉能見郢樹煙，欲易『煙』以『邊』，又犯第二句『江邊』，而改云『欲知此後相思處，望斷荆門郢樹煙』，此真癡人前説不得夢也。不知天下夢境極靈極幻，疑假疑真，著一『煙』字綴之，使模糊迷離於其間，以夢爲體，以煙爲用，説出一種相思況味，詩人神行處也。如太白詩『相思若煙草，歷亂無冬春』，蓋善説相思，無如煙樹，煙草矣。」高步瀛唐宋詩舉要卷五曰：「『郢樹邊』太平凡，即不與上複，恐非子厚所用，轉不如『煙』字神遠。」

【評箋】

顧璘曰：「詞太整，殊覺氣格不遠。」（唐詩選脈會通引）

唐汝詢唐詩解卷四十四曰：「此亦在柳而送其弟入楚也，流放之餘，驚魂未定，復此分別，倍加黯然，不覺淚之雙下也。我之被謫，既遠且久，今又與弟分離，一留桂嶺，一趨洞庭，瘴癘風波，爾我難堪矣。弟之此行當在荆郢之間，我之夢魂常不離夫斯土耳。」

黄周星唐詩快卷十一曰：「真可爲黯然銷魂。」

王夫之唐詩評選曰：「情深文明。」

朱三錫東嵒草堂評訂唐詩鼓吹卷一曰：「既曰殘魂矣，又曰零落者，言余一身被斥，魂已驚斷，零星散落，萬萬不堪再增苦惱，今又遭舍弟之别，雙垂眼淚，故曰倍黯然也。三、四是叙未别之前，五、六是叙既别之後。『去國』，言其遠；『投荒』，言其久；『雲似墨』，言不可居；『水如天』，言不得歸。弟兄遠别，後會無期，殊方異域，度日如年，真一字一淚也。」

趙臣瑗山滿樓唐詩箋注卷四曰：「魂而曰殘，其零落可知。黯然，平日也；倍黯然，今日也。此句喝起。下雙垂别淚一落，正注明倍字意也。三、四申寫平日之黯然，勿作對偶看。一身也而至於萬死，去國也而至於投荒，六千里也而至於十二年，其魂有不零落者乎？五、六申寫今日之倍黯然。桂嶺，身所羈留之處也。洞庭，弟所宦遊之處也。瘴雲如墨，春水如天，二境並舉，美惡判然。今也弟固不堪伴兄，兄又不能就弟，其淚有不雙垂者乎？一結趁勢迴抱，言只有夢中相見之一途而已。夫相思云者，兄既思弟，弟亦思兄也。今乃曰『長在荆門郢樹煙』，是但容兄之夢越洞庭而去，不願弟之夢踰桂嶺而來也。先生之不安於柳如是。」

何焯唐詩鼓吹卷一批語：「凝恨别而起結較巧。」

紀昀瀛奎律髓刊誤卷四曰：「語意渾成而真切，至今傳頌口熟，仍不覺其爛。」按：許印芳律髓輯要曰：「語意真切，他人不能勦襲，故得歷久不濫。」

吴昌祺删訂唐詩解卷四十四曰：「子厚本工於詩，又經窮困，益爲之助。柳州之貶，未始非幸也。」

許印芳詩法萃編卷八曰：「柳子厚此詩『桂嶺』一聯，寄盧衡州云『蒹葭淅瀝含朝露，橘柚玲瓏透夕陽』，柳州峒氓云『青箬裹鹽歸峒客，緑荷包飯趁虚人』……諸詩，古律備體，鉅細畢舉，善寫情狀，可爲後學楷模。」

## 奉和周二十二丈酬郴州侍郎衡江夜泊得韶州書并附當州生黄茶一封率然成篇代意之作

丘山仰德耀〔一〕，天路下征騑〔二〕。夢喜三刀近〔三〕，書嫌五載違。凝情江月落，屬思嶺雲飛〔四〕。會入司徒府，還邀周掾歸〔五〕。

周二十二丈，謂周韶州。郴州侍郎，謂楊於陵，字達夫，元和（八〇六——八二〇）間任户部侍郎、判度支。時淮西用兵，於陵用所親爲唐、鄧供軍使，淮西節度使高霞寓以供軍有闕，移牒度支，於陵不爲之易，其闕如舊。霞寓軍屢有摧敗，詔書督責之，乃奏以度支饋運不繼。憲宗怒，十一年（八一六），貶於陵爲郴州刺史。事見兩唐書本傳。詩云「天路下征騑」，當初貶時作。

〔一〕丘山句，詩小雅車舝：「高山仰止，景行行止。」曹丕與鍾大理書：「高山景行，私所仰慕。」

舊唐書楊於陵傳謂於陵「器度弘雅，進止有常，居朝三十餘年，踐更中外，始終不失其正。居官奉職，亦善操守，時人皆仰其風德」。知宗元此句，不泛下也。

〔二〕天路，張衡西京賦：「美往昔之松喬，要羨門乎天路。」

〔三〕三刀，晉書王濬傳：「濬夜夢懸三刀於臥屋梁上，須臾又益一刀，濬驚覺，意甚惡之。主簿李敬再拜賀曰：『三刀爲州字，又益一者，明府其臨益州乎？』……果遷濬爲益州刺史。」（百）

〔四〕近藤元粹柳柳州詩集評「凝情」二句曰：「情致纏綿。」

〔五〕會入二句，用袁安、周榮典。後漢書袁安傳：「（安）章和元年代桓虞爲司徒。」又周榮傳：「肅宗時，舉明經，辟司徒袁安府。」袁安喻於陵，周掾自喻也。

## 奉和楊尚書郴州追和故李中書夏日登北樓十韻之作依本詩韻次用

郡樓有遺唱〔一〕，新和敵南金〔二〕。境以道情得〔三〕，人期幽夢尋。層軒隔炎暑，迥野恣窺臨。鳳去徽音續〔四〕，芝焚芳意深〔五〕。游鱗出陷浦，唳鶴繞仙岑〔六〕。風起三湘浪〔七〕，雲生萬里陰。宏規齊德宇〔八〕，麗藻競詞林。静契分憂術，閑同遲客心〔九〕。驊騮當遠步，鶗鴂莫相侵〔一〇〕。今日登高處，還聞梁父吟〔一一〕。

楊尚書，謂楊於陵。元和十一年（八一六）坐軍供有闕貶郴州刺史。詳見前奉和周二十二丈酬郴州侍郎衡江夜泊得韶州書并附當州生黄茶一封率然成篇代意之作題注。於陵抵郴爲是年夏，其追和及宗元奉和之作均在其時。又據本傳，於陵於穆宗朝始遷户部尚書。題中「尚書」云者，疑爲編集時所改。李中書，謂李吉甫，字弘憲，代宗朝御史大夫李栖筠子。德宗貞元間（七八五—八〇五）曾任郴州刺史，憲宗元和間（八〇六—八二〇）遷中書侍郎、同平章事，封趙國公，元和九年（八一四）冬卒。兩唐書有傳。

〔一〕遺唱，謂吉甫夏日登北樓十韻之作。詩今佚。

〔二〕南金，詩魯頌泮水：「元龜象齒，大賂南金。」毛傳：「南謂荆揚也。」鄭玄箋：「荆揚之州，貢金三品。」張孟陽擬四愁詩：「佳人遺我緑綺琴，何以贈之雙南金。」（百）

〔三〕道情，謝靈運述祖德詩：「拯溺由道情。」

〔四〕徽音，詩大雅思齊：「太姒嗣徽音。」鄭玄箋：「嗣太任之美音，謂續行其善教令。」（百）猶德音。

〔五〕芝焚，見前獻弘農公五十韻注。孫汝聽曰：「鳳去以比吉甫，芝焚以比楊尚書也。」（百家注柳集引）按陳景雲柳集點勘曰：「鳳去謂吉甫去官，芝焚傷其逝。陸士衡歎逝賦：『芝焚而蕙歎。』『芳意深』者，殆即蕙歎意乎？」陳説是。

〔六〕游鱗二句，陳景雲柳集點勘曰：「劉夢得和楊侍郎初至郴州題郡齋詩有『城頭鶴立』之語，自注：「蘇耽傳云：後化爲仙鶴，止城東北隅樓上。」按耽，郴人，詩中「鶴唳」句，蓋用耽事。以此句例之上二句，亦必切本州故事，但未詳所出耳。又「陷浦」，亦不曉其義，或「陷」字有誤。」

〔七〕三湘，王士性廣志繹卷四：「三湘總之一湘江也，其源始海陽而北入洞庭。其流過永而瀟水入之，是謂瀟湘；過衡而蒸水入之，是謂蒸湘；過常而沅水入之，是謂沅湘。」又王應麟小學紺珠卷二以江、湘、沅爲三湘，引文選注：「三湘，謂三江也。」清陶澍陶淵明集註則謂「湘水發源瀟水，謂之瀟湘，及至洞庭陵子口，會資江謂之資湘。又北與沅水會於湖中，謂之沅湘。」三湘之目，當以此。」唐人詩文習以三湘泛指湘水之域，宋之問晚泊湘江詩：「五嶺悽惶客，三湘憔悴顏。」王維漢江臨泛：「楚塞三湘接，荆門九派通。」柳詩亦然。

〔八〕德宇，國語晉語四：「今君之德宇，何不寬裕也。」氣度、器量也。

〔九〕遲客心，謝靈運南樓中望所遲客詩：「登樓爲誰思，臨江遲來客。與我別所期，期在三五夕。圓景早已滿，佳人猶未適。」荀子修身楊倞注：「遲，待也。」○何焯義門讀書記曰：「謝康樂南樓中望所遲客詩見文選中，其詩乃孟夏作。此句用事最深密。」

〔一〇〕鶗鴂，屈原離騷：「恐鵜鴂之先鳴兮，使夫百草爲之不芳。」（百）王逸注：「言我恐鵜鴂以先春分鳴，使百草華英摧落，芬芳不得成也。以喻讒言先至，使忠實之士蒙罪過也。」按：鶗鴂，鵜鴂同，即子規，又名杜鵑。舊説鶗鴂鳴則百花彫零，故有是喻。

〔二〕梁父吟，三國志蜀書諸葛亮傳：「亮躬耕隴畝，好爲梁父吟。」按梁父吟古辭謂田疆三人「力能排南山，文能絶地紀。一朝被讒言，二桃殺三士。誰能爲此謀，相國齊晏子。」此云「還聞」者，似亦謂野有遺賢，隱寓譏刺朝政之意。

【評箋】

沈芬曰：「肅穆多感。」（詩體明辯卷十二引）

陳景雲柳集點勘曰：「韓子送廖道士序云：『衡山之南最高，而横絶南北者嶺，郴之爲州在嶺之上，測其高下得三之二焉。』則郡樓之峻，眺望之遠，從可知矣。『層軒』一聯證以韓序，彌見其工警也。」

## 楊尚書寄郴筆知是小生本樣令更商榷使盡其功輒獻長句

截玉銛錐作妙形〔一〕，貯雲含霧到南溟〔二〕。尚書舊用裁天詔〔三〕，本注：漢以尚書郎作詔文。内史新將寫道經〔四〕。曲藝豈能裨損益〔五〕，微辭祇欲播芳馨，桂陽卿月光輝徧〔六〕，毫末應傳顧兔靈〔七〕。

韓醇詁訓柳集卷四十二謂與奉和楊尚書郴州追和詩同時作，是。今亦繫於元和十一年〔八一六〕。觀題意，似筆樣本創於子厚，於陵又另制寄之，更令商榷，使盡其揮洒之功也。

〔一〕截玉銛錐，孫汝聽曰：「謂錐之可截玉者。銛，利也。」（百家注柳集引）郝天挺唐詩鼓吹注卷一：「以竹爲管，故云截玉。」謂以玉喻竹也。又趙臣瑗山滿樓唐詩箋注卷四：「截玉，以玉爲管也。」按王羲之筆經：「有人以綠沉漆竹管及鏤管見遺，斯亦可玩，詎必玉哉！」知古確有玉管者也。作妙形，謂制筆也。

〔二〕貯雲含霧，古論書法多以「雲」、「霧」二字爲比。書評謂鍾會書有「淩雲之氣」，書法本象謂蕭子雲書如「晴空點雲」。梁元帝古跡啓曰：「遊霧重雲，傳敬禮之法。」王羲之草書勢曰：「象烏雲之罩恒嶽，紫霧之出衡山。」梁武帝評王羲之書：「點畫之工，裁成之妙，煙霏霧結，狀若斷而復連。」此「貯」「含」云者，當謂筆新尚未經用也。又吴以梅唐詩貫珠卷五十八曰：「今詩謂早已含貯雲霧，待揮寫而施妙用，亦兼以山川迢遞，長途中穿雲冒霧行來，空管中尚留雲霧。」亦通。南溟，莊子逍遥遊：「南溟者，天池也。」郝天挺曰：「柳州近海，故曰南溟。」

〔三〕尚書句，漢官儀：「尚書郎主作文書起草，夜更直五日於建禮門内。」（百）何焯唐詩鼓吹卷六批注：「此尚書句，謂子厚爲禮部郎中時。結句桂陽卿月方指楊也。」

〔四〕内史，晉書王羲之傳：「王羲之字逸少……乃以爲右軍將軍、會稽内史。……山陰有一道士，養好鵝，羲之往觀焉，意甚悦，固求市之。道士云：『爲寫道德經，當舉羣相贈耳。』羲之

欣然寫畢，籠鵝而歸。」（百）孫汝聽曰：「內史以比楊尚書。」（百家注柳集引）

〔五〕曲藝，禮文王世子：「曲藝皆誓之。」孔穎達疏：「曲藝謂小小技術。」此指書法也。

〔六〕桂陽，謂於陵也。元和郡縣志卷二十九江南道郴州：「本漢長沙國地。漢分長沙南境立桂陽郡，理郴縣，領十一縣，隋平陳改爲郴州，大業中復爲桂陽郡，武德四年爲郴州。」卿月，書洪範：「王省惟歲，卿士惟月。」孔安國傳：「卿士各有所掌，如月之有別。」時於陵刺郴州，桂陽卿月，指於陵也。

〔七〕顧兔，楚辭天問：「夜光何德，死則又育。厥利維何，而顧菟在腹。」王逸注：「言月中有菟，何所貪利，居月之腹而顧望乎？」（百）菟、兔同。○汪森韓柳詩選曰：「結句甚巧，然近纖。」

【評箋】

孫月峯評點柳柳州集卷四十二曰：「小題寫意工，次句大有風致。」

朱三錫東嵒草堂評訂唐詩鼓吹卷一曰：「一寫筆，二寫寄。三、四美之之詞；美之云者，所以重其寄也。五、六謙之之詞；謙之云者，益所以重其寄也。末用卿月顧兔作結，正寫尚書筆之妙耳。」

趙臣瑗山滿樓唐詩箋注卷四曰：「起手先下個『作妙形』三字，便有以言乎形則既妙矣之意。次句方落『寄』字。三、四雖是少用典故，爲管城設色，然實以尚書、內史稱美楊於陵也。五、六故作低昂之致，『豈能裨損益』，是無事此筆也；『秖欲播芳馨』，是又不能不藉此筆也。末聯收到『令便商榷，使盡其功』，而因卿以及月，因月以及兔，湊合神奇，不可思議。」

## 韓漳州書報徹上人亡因寄一絕

早歲京華聽越吟〔一〕，聞君江海分逾深。他時若寫蘭亭會〔二〕，莫畫高僧支道林〔三〕。

韓漳州，韓泰。徹上人，謂靈澈。劉禹錫澈上人文集紀：「上人生於會稽，本湯氏子。聰察嗜學，不肯爲凡夫。因辭父兄出家，號靈澈，字源澄。雖受經論，一心好篇章，從越客嚴維學爲詩，遂籍籍有聞。……貞元中（七八五——八〇五）西遊京師，名振輦下。緇流疾之，造飛語激動中貴人，因侵誣得罪，徙汀州，會赦歸東越。時吴楚間諸侯多賓禮招延之。元和十一年（八一六），終於宣州開元寺，年七十有一。」詩當是年秋作也。

〔一〕京華，郭璞遊仙詩：「京華遊俠窟。」京師爲文物所萃，故稱京華。越吟，靈澈越人，又從越客嚴維爲詩，故云。與史記張儀傳載「莊舄顯而越吟」者意異。

〔二〕蘭亭會，晉書王羲之傳：「會稽有佳山水，名士多居之，謝安未仕時亦居焉。孫綽、李充、許詢、支遁等皆以文義冠世，並築東土，與羲之同好。嘗與同志宴集於會稽山陰之蘭亭，羲之

自爲之序以申其志。」（百）

〔三〕支道林，高逸沙門傳：「支遁，字道林，河内林慮人，或曰陳留人。本姓關氏。少而任心獨往，風期高亮，家世奉法。嘗於餘杭山沈思道行，泠然獨暢。年二十五，始釋形入道，年五十三終於洛陽。」（世説新語言語篇劉孝標注引）韓醇詁訓柳集卷四十二曰：「蘭亭修禊，遁與焉。故後人寫修禊圖，遁亦在其列。」按：此謂靈澈勝於支道林也。

## 其二

頻把瓊書出袖中〔一〕，獨吟遺句立秋風〔二〕。桂江日夜流千里〔三〕，揮淚何時到甬東。〔四〕

〔一〕瓊書，謂靈澈詩文集。

〔二〕遺句，劉禹錫澈上人文集紀：「世之言詩僧多出江左……獨吴興晝公能備衆體。晝公後，澈公承之。至如芙蓉園新寺詩：『經來白馬寺，僧到赤烏年。』謫汀州：『青蠅爲弔客，黄耳寄家書。』可謂入作者閫域，豈特雄於詩僧間耶。」按澈亡後十七年，其弟子秀峯删取其詩勒爲十卷，又輯其接詞客、聞人唱酬之作爲十卷，知其遺作甚多，惜今大都佚失，全唐詩僅存十六首。

〔三〕桂江，元和郡縣志嶺南道桂州臨桂縣：「桂江，一名灕水，經縣東，去縣十步。楊僕平南越，出零陵，下灕水，即謂此也。」江淹擬惠休詩：「桂水日千里，因之平生懷。」

〔四〕甬東，左傳哀公二十二年：「越滅吴，請使吴王居甬東。」杜預注：「甬東，越地。會稽句章縣東海中洲也。」即今浙江舟山也。

## 聞徹上人亡寄侍郎楊丈

東越高僧還姓湯〔一〕，幾時瓊珮觸鳴璫〔二〕。空花一散不知處〔三〕，誰采金英與侍郎〔四〕。

與前篇同時作。楊侍郎，於陵也。

〔一〕東越句，宋書徐湛之傳：「沙門惠休，善屬文，湛之與之甚厚。世祖使還俗。本姓湯，位至揚州從事。」此以湯惠休爲比，故曰「還姓湯。」按：禹錫送僧仲制東遊兼寄呈靈澈上人「憑將雜擬三十首，寄與江南湯惠休」，亦以惠休喻靈澈。

〔二〕幾時句，章士釗柳文指要曰：「此句問澈亡前何時與侍郎見過面。瓊佩屬僧言，鳴璫屬侍郎言。」按於陵與澈當相識。澈西林寄楊公詩：「日日愛山歸已遲，閑閑空度少年時。余身定寄林中老，心與長松片石期。」此楊公或即於陵耶？

〔三〕空花，圓覺經：「此無名者，非實有體。……如衆空華，滅於虚空，不可言説。」華，同花。蕭統講解將畢賦三十韻：「意樹登空花，心蓮吐輕馥。」空花散喻靈澈亡。

〔四〕金英，謂菊。湯惠休贈鮑侍郎（照）：「玳枝兮金英，緑葉兮紫莖。不入君玉杯，低彩還自榮。想君不相艶，酒上視塵生。當令芳意重，無使盛年傾。」（百）此句承首句言，仍以惠休爲喻，悼澈之亡也。

【評箋】

蔣之翹柳集輯注卷四十二曰：「用事亦巧洽，特先有故實而後合題者。」

## 柳州寄丈人周韶州

越絶孤城千萬峯〔一〕，空齋不語坐高舂〔二〕。印文生緑經旬合，硯匣留塵盡日封〔三〕。梅嶺寒煙藏翡翠〔四〕，桂江秋水露鰅鱅〔五〕。丈人本自忘機事〔六〕，爲想年來憔悴容。

宗元元和十年（八一五）至柳，詩云「爲想年來憔悴容」，則元和十一年（八一六）作。韓醇詁訓柳集卷四十二云：「與下登峨山詩、寄盧衡州詩，一云『秋水』，一云『秋日』，一云『秋霧』，皆元和十一年（八一六）秋也。」是。韶州，元和郡縣志卷三十四嶺南道韶州：「隋開皇九年（五八九）

平陳，改東衡州爲韶州，取州北韶石爲名。……武德四年（六二一）平蕭銑，重於此置番州。貞觀元年（六二七）改爲韶州，復舊名也。」州治在今廣東曲江縣。

〔一〕越絶，孫汝聽曰：「越絶，書名。言越之絶境。」（百家注柳集引）此指柳州。千萬峯，謂柳州多山。金聖嘆選批唐才子詩甲集卷二曰：「『越絶』者，言與韶州越絶。『千萬峯』之爲言自柳望韶不可得見也。」未是。

〔二〕高春，淮南子天文訓：「日出於暘谷……至於淵虞，是謂高春。至於連石，是謂下春。」（百）高誘注：「淵虞，地名。高春，時加戌，民碓舂時也。」謂傍晚時分也。按：「高春」詞義，後人説法不一。姚寬西溪叢語從高誘説，俞弁逸老堂詩話解作「日入處」，吴景旭又謂是「日影旁射側落」。今按其本義，當以高誘説爲是，詞人用之，固亦有轉易處。

〔三〕印文二句，金聖嘆曰：「言己雖爲柳州刺史，其實與諸獞獠不開一口，不寫一字，不作一字也。」按：二句但寫官況寂寞，窮極無聊，非有厭棄土著居民之意，金喟評詩往往有穿鑿可厭者，此類是也。

〔四〕梅嶺，元和郡縣志卷三十四嶺南道韶州：「始興縣：大庾嶺，一名東嶠山，即漢塞上也。在縣東北一百七十二里。」古時嶺上多梅，故又稱梅嶺。在廣東、江西交界處。翡翠，異物志：「翠鳥，似燕，翡赤而翠青，其羽可以爲飾。」（太平御覽卷九百二十四引）禽經張華注：「翡翠，狀如鵁鶄，而色正碧，鮮縟可愛。飲啄於澄瀾迴淵之側，尤惜其羽，日濯于水中。」

〔五〕桂江見韓漳州書報徹上人亡因寄二絶之二注。鰅鱅，楚辭大招：「鰅鱅短狐，王虺騫只。」（百）王逸注：「鰅鱅，短狐類也。短狐，鬼蜮也。」○紀昀瀛奎律髓刊誤卷四曰：「梅嶺二句指周一邊説，然突入覺無頭緒，又領不起第七句，殊不妥適，傳頌口熟不覺耳。」按：紀説非是。桂江即漓水也，就柳州而言；禹錫詩「桂江東過連山下，相望長吟有所思」，亦用以懷柳州，可參證。

〔六〕機事，見前遊南亭夜還叙志七十韻注。

【評箋】

廖文炳唐詩鼓吹註解卷一曰：「此子厚自言在越而思丈人，坐高舂而不語也。印不用而文沒，硯不磨而塵封，其官況何寂寞耶？煙藏翡翠，水露鰅鱅，梅嶺、桂江之蕭寂可見。余也身遭放逐，憔悴已甚，若丈人之機械盡忘，優遊自適，當想予憔悴之容也。」

朱三錫東嵒草堂評訂唐詩鼓吹卷一曰：「孤城，柳城也。千萬峯，言自柳望韶，不可得見也。空齋不語坐高舂，自言其機事盡忘，亦如予之兀坐無事、顑頷不堪也。言下有同病相憐之意。」

章士釗柳文指要通要之部卷十二曰：「詩以憔悴爲主腦語。前六句皆歷寫憔悴實況。首二句如身處萬山之中，飯後無聊，坐而假寐以至於日夕；次訟庭無事，筆墨生塵，終日無人理會。又梅嶺花開有翠禽小小，緑毛倒掛，若有意形容旁觀人之老醜，乃第五句之反寫。第六句正寫惡魚如鬼如蜮，含沙射人，惡毒且隨環境而來。總之皆機事中之各種意態，如量表現。第七句乃以丈人本無機事，反映己身之憔悴容爲結。」

## 登柳州峨山

荒山秋日午，獨上意悠悠。如何望鄉處，西北是融州〔一〕。

一本作「岷山」，非是。

與前篇同時作。峨山，見宗元柳州山水近治可遊者記。柳州縣志山川：「鵝山，在城西二里，隔江十里，水自半嶺噴出，流小河入大江，遠望如雙峨飛舞。又名深峨山。」

〔一〕融州，元和郡縣志卷三十七融州：「武德四年，於義熙縣復置融州，因州界内融山爲名。」治融水縣，今廣西融縣西南。○唐汝詢唐詩解曰：「以故鄉在西北而登山以望，乃鄉不可見而見融州，何邪？按子厚家河東，以柳視之當在西北矣。」謂西北望爲望河東舊鄉。吴昌祺删定唐詩解則云：「河東在北，若西北則京師也。」按宗元詩文中所懷之鄉，皆指京師言。吴説是。

【評箋】

劉辰翁曰：「漸近自然。」（蔣之翹柳集輯注卷四十二引）

蔣之翹柳集輯注卷四十二曰：「此樣語痛，至讀自有省，本不須着一字。」

吴昌祺删定唐詩解卷二十三曰：「眼前妙語，何其神也。」

## 得盧衡州書因以詩寄

臨蒸且莫歎炎方〔一〕，爲報秋來鴈幾行。林邑東迴山似戟〔二〕，牂牁南下水如湯〔三〕。蒹葭淅瀝含秋霧〔四〕，橘柚玲瓏透夕陽。非是白蘋洲畔客，還將遠意問瀟湘〔五〕。

與前篇同時作。見前柳州寄丈人周韶州題注。

〔一〕臨蒸，元和郡縣志卷江南道衡州：「衡陽縣本漢酃縣地，吴分置臨蒸縣，屬衡山郡。縣城東傍湘江、北背蒸水。」此指代衡陽。

〔二〕林邑，舊唐書地理志四：「嶺南道林州，隋林邑郡。貞觀九年綏懷林邑置林州，寄治於驩州南界。」按：在今越南境。驩州，在越南境北。

〔三〕牂牁，漢書地理志「牂柯郡」顔師古注：「牂柯，係船杙也。華陽國志云：『楚頃襄王時，遣莊蹻伐夜郎，軍至且蘭，椓船於岸而步戰。既滅夜郎，以且蘭有椓船牂柯處，乃改其名爲牂柯。』」（百）牂牁江南流入廣西，下番禺入南海。

〔四〕蒹葭，陸璣毛詩草木鳥獸蟲魚疏卷上：「蒹，水草也。……葭，一名蘆菼，或謂之荻。」（百）

淅瀝，象聲之詞。謝惠連雪賦：「霰淅瀝而光集。」○何焯義門讀書記：「『霧』，鼓吹作『雨』，秋雨即蒹葭之聲，夕陽即橘柚之色也。細按之，作『霧』爲是，乃嶺外風景，遇霧多見日晚也。」孫月峯評點柳柳州集卷四十二曰：「二景聯分大小，是層數。」

〔五〕非是二句，柳惲江南曲：「汀洲采白蘋，日落江南春。洞庭有歸客，瀟湘逢故人。」南史柳惲傳載惲嘗爲吴興太守，江南曲即作於是時。(百)宗元時在柳州，故云「非是白蘋洲畔客」。問瀟湘，問盧衡州也。又清一統志湖南永州府：「白蘋洲，在零陵縣西瀟水中，洲長數十丈，水横流如峽，舊産白蘋最盛。」宗元嘗爲零陵遷客，詩中之白蘋洲或實指也。

【評箋】廖文炳唐詩鼓吹注解卷一曰：「首句是慰盧君，言君居此，莫嗟炎熱之方。余因雁書時至而覺山利如戟，水流如湯，雨滴蒹葭，日映橘柚，皆動吾以遐思也。念昔柳惲爲治地道貶吴興太守，猶非絶境，今余所居非地，聊述貶謫之意而問之盧衡州耳。」

朱三錫東喦草堂評訂唐詩鼓吹卷一曰：「一、二因盧衡州有書而報之也。三、四因盧衡州歎臨蒸之熱而自言柳州之山水尤爲不堪也。五、六又因柳州之不堪而致問臨蒸也。故結云『還將遠意問瀟湘』也。夫先生豈真思羨臨蒸耶？只因柳州之與臨蒸其相去有數十百倍者，不得不致問臨蒸也。言外有極感慨意。」

胡以梅唐詩貫注卷十二曰：「詳詩意，必盧衡州來書，謂衡遠在天南炎熱之地，亦言謫官不得意者子厚答詩，言君地且莫歎爲炎方，我之處境更陋，用報君之雁書幾行而述之。蓋林邑、牂牁，本南徼之極處，而我柳州已與相近，所以山水無情，如戟如湯，含瘴毒意，蒹葭淅瀝，秋雨飄風，橘柚玲瓏，夕陽慘淡，玲瓏是叢樹中透露也，其蕭條景況，天涯隔遠，以爲何如乎？予遷謫雖非如柳惲爲吴興白蘋洲畔之客，然喜得亦如瀟湘逢故人，敢將我遠謫以問之，豈不比君更遠乎？全用柳惲江南曲内語意，而遠字本於惲作。且挽到起句，暗應三、四，通身結出路遠。已又姓柳，攢簇得妙。」

趙臣瑗山滿樓唐詩箋注卷四曰：「盧書必是特歎臨蒸之炎熱，故報之如此。言爾勿嫌衡陽地惡，爾亦不知吾柳州之惡，真不啻十倍於衡陽也。林邑在其東，牂牁在其南，以言乎山，則山似戟，無一寸坦道也；以言乎水，則水如湯，無一勺平波也，是豈特臨蒸之堪歎已乎。若爾衡陽，則水有蒹葭，秋雨至而其聲淅瀝，可以娱耳；山有橘柚，夕陽留而其影玲瓏，可以悦目，何爲不足羈高賢之駕乎。我本吴人，所謂白蘋洲畔之客也，而今則非是矣，方與林邑、牂牁異言異服之人錯處而鄰居，在其意因無日不瀟湘之上、蒹葭橘柚之間，人方慕之羡之，而爾顧咨嗟而太息之何耶？○二之所謂報，報以三、四之柳州風土也；句法順。八之所謂問，問其五、六之臨蒸景物也；句法倒。」

紀昀瀛奎律髓刊誤卷四曰：「一説謂盧以衡州爲炎，其地猶雁所到，若我所居則林邑、牂牁之間，更爲遠矣。於理較通而不免多一轉，存以備考。○六句如畫。」

黄叔燦唐詩箋注卷五曰：「衡陽有迴雁峯，借用以言盧之來信也。『且莫歎』，正興起下二聯，以見柳州之更不如林邑。二語見山水之奇險。蒹葭一聯，言瘴霧濛濛，透夕陽者，惟橘柚耳，見風土之惡也。末二句，言不似柳惲之貶吴興有白蘋之興，故將遠意問之，正所以報書也。」

## 與浩初上人同看山寄京華親故

海畔尖山似劍鋩〔一〕，秋來處處割愁腸〔二〕。若爲化得身千億〔三〕，散上峯頭望故鄉〔四〕。

浩初，長沙龍安海禪師弟子。據龍安海禪師碑，知與宗元始識於永州。宗元刺柳，浩初又往省之，宗元有送僧浩初序，頗稱之，謂其「閑其性，安其情，讀其書，通易、論語。唯山水之樂，有文而文之」。蓋釋而通儒者也。劉禹錫海陽湖別浩初師記浩初「前年省柳儀曹於龍城」。禹錫於元和十四年（八一九）秋奉母柩返洛陽，十一月途次衡陽而宗元訃書至（見劉祭柳員外文）是篇之作前此無疑，則浩初省柳，不得遲於元和十二年（八一七）。禹錫別浩初師又謂浩初省柳前曾唁楊憑之喪，憑卒於元和十二年（八一七），則省柳定爲是年矣。韓醇詁訓柳集謂此詩元和十一年（八一六）作，誤。今繫於十二年秋。

〔一〕鋩，玉篇卷十八：「鋩，刃端。」○蘇軾東坡題跋卷二曰：「僕自東武適文登，並海行數日，道傍諸峯真若劍鋩。誦柳子厚詩，知海山多爾耶。」

〔二〕割愁腸，陸遊老學庵筆記：「柳子厚詩云：『海上尖山若劍鋩，秋來處處割愁腸』。東坡用之云：『割愁還有劍鋩山。』或謂可言『割愁腸』，不可但言『割愁』。亡兄仲高云：晉張望詩曰『愁來不可割』，此『割愁』二字出處也。」

〔三〕若爲，張相詩詞曲語辭滙釋卷一：「若，猶怎也，那也。……而詩詞中最爲習見者，則爲『若爲』字。……『若爲化得身千億，散上峯頭望故鄉』，此亦『怎能』義。」房融譎南海過始興廣勝寺果上人房：「誰憐鄉國夢，從此學分身。」又壇經曰：「于自色身歸依千百億化身佛。」句當從此化出。

〔四〕散上，濟美堂本、蔣之翹本作「散作」。

【評箋】蘇軾東坡題跋卷二曰：「韓退之詩云：『水作青羅帶，山爲碧玉篸。』柳子厚詩云：『海上羣山若劍鋩，秋來處處割愁腸。』陸道士云：『二公當時不相計，會好做成一屬對。』東坡爲之對云：『繫悶豈無羅帶水，割愁還有劍鋩山。』此可編入詩話也。」

瞿佑歸田詩話卷上曰：「柳子厚詩：『海畔尖山似劍鋩，秋來處處割愁腸。若爲化得身千億，散上峯頭望故鄉。』或謂子厚南遷，不得爲無罪，蓋雖未死而身已上刀山矣。此語雖過，然造作險諢，讀之令人慘然不樂，未若李文饒云：『獨上高樓望帝京，鳥飛猶是半年程，碧山似欲留人住，百匝千遭遶郡城。』雖怨而不迫，且有戀闕之意。」

## 浩初上人見貽絶句欲登仙人山因以酬之

珠樹玲瓏隔翠微〔一〕，病來方外事多違〔二〕。仙山不屬分符客〔三〕，一任凌空錫杖飛〔四〕。

與前詩同時作。仙人山，見雨中贈仙人山賈山人題解。

〔一〕珠樹，山海經海外南經：「三珠樹在厭火北，生赤水上，其爲樹如柏，葉皆爲珠。」陳子昂感遇其二十三：「翡翠巢南海，雌雄珠樹林。」孫汝聽曰：「珠樹，亦言樹木之美耳。」（百家注柳集引）玲瓏，左思吴都賦：「珊瑚幽茂而玲瓏。」劉逵注：「玲瓏，明貌。」翠微，爾雅釋山：「（山）未及上，翠微。」邢昺疏曰：「謂未及頂上，在旁陂陀之處，名翠微。一説山氣青縹色，故曰翠微也。」潛確居類書：「凡山遠望之則翠，近之則翠漸微，故山色曰翠微。亦曰山腰。」

〔二〕方外，莊子大宗師：「孔子曰：彼遊方之外者也，而丘遊方之内者也。」曹植七啓：「雍容暇豫，娱志方外。」

〔三〕分符客，宗元自謂也。分符，見前同劉二十八院長寄澧州張使君詩注。

〔四〕錫杖飛，得道梯橙錫杖經：「是錫杖者，名爲智杖，亦名德杖。」孫綽遊天台山賦：「王喬控鶴以沖天，應真飛錫以躡虚。」李周翰注：「執錫杖而行於虚空，故云飛也。」又圖經：「舒州潛山最奇絶，而山麓尤勝。誌公與白鶴道人欲之，同謀於梁武帝。帝以二人悉具靈通，俾各以物識其地，得者居之。道人曰：『某以鶴止處爲記。』誌公曰：『某以卓錫處爲記。』已而鶴先飛去，至麓將止，忽聞空中錫飛聲，誌公之錫遂卓於山麓。道人不懌，然以前言不可食，遂各以所誌之處築室焉。」○徐增而菴説唐詩卷十一曰：「珠樹既隔於翠微，我又因病來於方外，仙佛之事多不預聞，且仙山不屬刺史所轄，上人有凌空之錫，但憑飛去便了，以詩貽我做甚。此詩最得體。」

【評箋】

李于麟唐詩選卷七曰：「用事用意俱佳。」（凌宏憲集評）

唐汝詢唐詩解曰：「語峻調雄，有盛唐之格。山木雖美，臨眺無期，不能無羨錫杖之飛。」

李夢陽曰：「意深詞足。」（唐詩選脈會通引）

周珽曰：「方外之交，任其自由自在，居於方外之内者，不無忻羡之思。」（唐詩選脈會通引）

吴昌祺删定唐詩解曰：「言倦於登眺，惟爾所適也。」

胡薇元夢痕館詩話卷二曰：「杜、韓七絶皆未工，而柳則工，如浩初上人一首云：『珠樹玲瓏隔翠微……』韓漳州一首云：『早歲京華聽越吟……』」

# 寄韋珩

初拜柳州出東郊，道旁相送皆賢豪。迴眸炫晃別羣玉〔一〕，獨赴異域穿蓬蒿〔二〕。炎煙六月咽口鼻〔三〕，胸鳴肩舉不可逃。桂州西南又千里〔四〕，灕水鬬石麻蘭高〔五〕。陰森野葛交蔽日〔六〕，懸蛇結虺如蒲萄〔七〕。到官數宿賊滿野，縛壯殺老啼且號。飢行夜坐設方略，籠銅枹鼓手所操〔八〕。奇瘡釘骨狀如箭〔九〕，鬼手脱命爭纖毫〔一〇〕。今年噬毒得霍疾〔一一〕，支心攪腹戟與刀。邇來氣少筋骨露，蒼白瀄汩盈顛毛〔一二〕。君今矻矻又竄逐〔一三〕，辭賦已復窮詩騷。神兵廟略頻破虜，四溟不日清風濤。聖恩儻忽念行葦〔一四〕，十年踐踏久已勞〔一五〕。幸因解網入鳥獸〔一六〕，畢命江海終遊遨。願言未果身益老，起望東北心滔滔〔一七〕。

陳景雲柳集點勘云：「貞元（七八五——八〇五）之季，韓薦士十人於陸傪，其一爲韋羣玉。曰：羣玉，京兆從子，賢而有才，京兆謂夏卿，羣玉蓋夏卿弟正卿子。説者以此句證羣玉即珩，殆應舉時偶以字行，後復初名耳。按世系表，正卿子有珩無羣玉。又柳子酬楊侍郎詩有『貞一南來送彩箋』句，貞一亦侍郎族叔字，與此詩舉珩字正同，則珩即羣玉之説得之也。表不載珩字，又逸其官爵，觀此詩『矻矻竄逐』語，是已入仕而左官。後歷江州刺史，則大和（八二七—八三五）中事也。」按宗元有答韋珩示韓愈相推文墨事書，亦珩即羣玉之一證也。柳稱其「志氣高，好讀南北史書，通國朝事。穿穴古今，後來無能和」，可略知其爲人也。詩云「今年……神兵廟略頻破虜，四海不日清風濤」，據舊唐書裴度傳：「（元和十二年（八一七）八月）二十七日，至郾城，巡撫諸軍，宣達上旨，士皆賈勇。時諸道兵皆有中使監陣，進退不由主將。度至行營，並奏去之，兵權專制之於將，衆皆喜悦，軍法嚴肅，號令畫一，以是出戰皆捷。」詩即其年秋作也。

〔一〕羣玉，陳景雲謂羣玉，珩之字，是。然此處據上下文意，似仍以「羣賢」解爲妥，泛指道旁相送諸賢豪也。宗元送苑論登第後歸覲詩序：「余受而書之，編於羣玉之右。」亦以謂羣賢也。

〔二〕汪森韓柳詩選曰：「起言初謫別友，便帶思韋之意。」

〔三〕炎煙句，宗元於六月二十七日至柳，六月當已過嶺。

〔四〕桂州，元和郡縣志卷三十七嶺南道桂州：「梁天監六年，立桂州於蒼梧、鬱林之境，因桂江以爲名。……武德四年後爲桂州總管府，七年改爲都督府。……西至柳州五百四十里。」詩言「又千里」者，夸張言之耳。

〔五〕灕水，見答劉連州邦字注。麻蘭，孫汝聽曰：「蘭麻，山名，在今桂州理定縣。今本作『麻蘭』，恐誤。」（百家注柳集引）

〔六〕野葛，劉恂嶺表録異卷中：「野葛，毒草也。……或説此草蔓生，葉如蘭香，光而厚。其毒多著於生葉中。不得藥解，半日輒死。」

〔七〕虺，毒蛇。

〔八〕籠銅，見前同劉二十八院長奉寄澧州張員外使君五十二韻詩注。

〔九〕狀如箭，謂患疔瘡瘦削如箭桿也。

〔一〇〕争，張相詩詞曲語辭滙釋卷二：「争，猶差也。」

〔一一〕霍疾，謂霍亂。漢書嚴助傳：「夏月暑時，歐泄霍亂之病相隨屬也。」

〔一二〕瀄汨，枚乘七發：「瀄汨潺湲，披揚流灑。」此狀毛髮披散貌也。顛毛，國語齊語：「班序顛毛，以爲民紀統。」韋昭注：「顛，頂也。毛，髮也。」（百）

〔一三〕矻矻，漢書王褒傳：「勞筋苦骨，終日矻矻。」應劭注：「矻矻，勞極貌。」○汪森曰：「轉入寄韋之情。」

〔一四〕行葦，詩大雅行葦：「敦彼行葦，牛羊勿踐履。」毛傳：「行，道也。」（百）鄭玄箋：「草物方茂盛，以其終將爲人用，故周之先王爲此愛之，況於人乎？」念行葦，正用鄭箋之意。

〔一五〕踐踏，詁訓本、蔣之翹本作「踐蹈」。十年踐踏，宗元自永貞元年貶，至是年十三年矣。

〔一六〕解網，史記殷本紀：「湯出，見野張網四面，祝曰：『自天下四方皆入吾網。』湯曰：『嘻，盡之矣。』乃去其三面，祝曰：『欲左，左；欲右，右。不用命，乃入吾網。』諸侯聞之曰：『湯德至矣，及禽獸。』」（百）鳥獸，詁訓本作「禽獸」。

〔一七〕起望東北，孫汝聽曰：「東北，玕所謫處。」（百家注柳集引）○汪森曰：「『起望東北』，結還寄章。『身益老』，收『初』、『念』字，所謂十年之久也。」近藤元粹柳柳州詩集曰：「一結有悲涼之氣。」

【評箋】

汪森韓柳詩選曰：「奇崛之氣亦略與昌黎同，然韓詩高爽，柳詩沉鬱，若老杜則兼之矣。」

## 柳州城西北隅種甘樹

手種黃甘二百株，春來新葉徧城隅。方同楚客憐皇樹〔一〕，不學荊州利木奴〔二〕。
幾歲開花聞噴雪，何人摘實見垂珠〔三〕？若教坐待成林日〔四〕，滋味還堪養老夫〔五〕。

韓醇詁訓柳集卷四十二曰：「詩云『春來新葉徧城隅』，當元和十三年（八一八）春也。」似屬推測，今姑從之。黃甘，司馬相如上林賦郭璞注：「黃甘，橘屬而味精。」嵇含南方草木狀卷下：「甘，橘屬，滋味甘美特異者也。」

〔一〕方同句，屈原九章橘頌：「后皇嘉樹，橘徠服兮。受命不遷，生南國兮。」王逸注：「言皇天后土生美橘樹，異於衆木，來服南土，便其風氣。屈原自喻才德如橘樹，亦異於衆也。」（百

〔二〕不學句，襄陽記：「（李）衡每欲治家，妻輒不聽，後密遣客十人於武陵龍陽氾洲上作宅，種

甘橘千株。臨死，敕兒曰：『汝母惡我治家，故窮如是。然吾州里有千頭木奴，不責汝衣食，歲上一匹絹，亦可足用耳。』衡亡後二十餘日，兒以白母，母曰：『此當是種甘橘也。汝家失十户客來七、八年，必汝父遺爲宅。汝父恒稱太史公言：「江陵千樹橘，當封君家。」吾答曰：「且人患無德義，不患不富，若貴而能貧，方好耳，用此何爲。」』吴末，衡甘橘成，歲得絹數千匹，家道殷足。」（三國志吴書三嗣主傳裴注引）（百）○方回瀛奎律髓卷二十七曰：「后皇嘉樹，屈原語也。摘出二字以對木奴，奇甚。終篇字字縝密。」許印芳律髓輯要曰：「皇樹、木奴，小巧之句，何足稱奇。」近藤元粹柳柳州詩集卷三評二句曰：「好典故，又好對句，何處得來。」荆州，原作「荆門」，據諸校本改。李衡，荆州襄陽人，作「荆州」是。

〔三〕垂珠，宗炳甘頌：「南金其色，隋侯其形。」（太平御覽果部三引）亦以珠（隋侯珠）比柑。

〔四〕坐待，張相詩詞曲語辭滙釋卷四：「坐，將然辭，猶寖也，旋也，行也。」柳州城西北隅種甘樹詩：『若教坐待成林日，滋味還堪養老夫。』坐待，猶云徐俟，爲寖字義。」

〔五〕何焯義門讀書記曰：「結句正見北歸無復望矣。悲咽以諧傳之。」姚鼐今體詩鈔曰：「結句自傷遷謫之久，恐見甘之成林也。而託詞反平緩，故佳。」

【評箋】

紀昀瀛奎律髓刊誤卷二十七曰：「語亦清切，惟格不高耳。」

吴闓生古今詩範卷十六曰：「深文曲致，蓋恐其久謫不歸，而詞反和緩，所以妙也。」

# 南省轉牒欲具江國圖令盡通風俗故事

聖代提封盡海壖〔一〕，狼荒猶得紀山川。華夷圖上應初録〔二〕，風土記中殊未傳〔三〕。椎髻老人難借問〔四〕，黄茆深峒敢留連〔五〕？南宫有意求遺俗〔六〕，試檢周書王會篇〔七〕。

「江」字，一本作「注」。

詩作于柳州，年月不可考。南省，唐尚書省在大明宫之南，故稱。江國，春秋小國名。穀梁傳僖公二年：「貫之盟，不期而至者江人、黄人也。江人、黄人者，遠國之辭也。中國稱齊、宋，遠國稱江、黄。」此借指沿海僻遠之地。按：「江」，詁訓本、朝鮮本作「注」。

〔一〕提封，漢書刑法志：「一同百里，提封萬井。」李奇曰：「提，舉也。舉四封之内也。」（百）海壖，沿海之地。史記河渠書裴駰集解：「韋昭曰：壖……謂緣河邊地也。」

〔二〕華夷圖，舊唐書德宗紀：「（貞元十七年）宰相賈耽上海内華夷圖。」按：賈耽海内華夷圖長三丈三尺，寬三丈，多至數百圖。原圖佚，今僅存宋紹興六年華夷圖刻石。

〔三〕風土記，隋書經籍志録晉周處風土記三卷。今佚。○近藤元粹柳柳州詩集評二句曰：「好典故，又好句調。」

〔四〕椎髻，漢書西南夷傳：「自滇以北，君長以十數，邛都最大。此皆椎結，耕田，有邑聚。」顏師古注：「結讀若髻。爲髻如椎之形也。」（百）按宗元柳州文宣王新修廟碑：「柳州古爲南夷，椎髻卉裳。」

〔五〕峒，韓醇詁訓柳集卷四十二：「集有柳州峒氓詩，蓋柳州之民多有居巖峒間者。」按：峒，古稱苗僮諸族居住之地，非必謂穴居。深峒，即謂苗民所居之腹地。

〔六〕南宮，謂尚書省。見同劉二十八院長述舊言懷詩注。

〔七〕周書王會篇，韓醇曰：「周武王時遠國歸款，周史集其事爲王會篇。見今汲冢周書第五十九篇。」按：王會載湯不欲諸侯朝貢非其所有而遠求於民之物，言「今吾欲因其地勢所有獻之，必易得而不貴」。宗元拈出此篇，或有深意。

【評箋】汪森韓柳詩選曰：「字字雅飭，不入浮響，此子厚所長。」

## 種柳戲題

柳州柳刺史，種柳柳江邊〔一〕。談笑爲故事〔二〕，推移成昔年。垂陰當覆地，聳幹會參天〔三〕。好作思人樹〔四〕，慚無惠化傳〔五〕。

范攄雲溪友議云：「先柳子厚在柳州，呂衡州温嘲謔之曰：『柳州柳刺史，種柳柳江邊。柳館依然在，千株樹拂天。』」魏濬嶠南瑣記沿之，云：「柳州有種柳戲題詩云云，蓋追憶衡州戲語而作也。」按呂温卒於元和六年（八一一），安得預知宗元刺柳？劉斧青瑣高議以此四句爲柳民謳頌宗元德政之歌，疑近是，宗元取其二句，故云「戲題」。然青瑣高議時雜小説家言，亦未可遽信之也。年月不可考。

〔一〕柳江，元和郡縣志卷三十七嶺南道柳州：「馬平縣：柳江在縣南三十步。」

〔二〕故事，司馬遷太史公自序：「余所謂述故事，整理其世傳，非所謂作也。」

〔三〕會，張相詩詞曲語辭滙釋卷一：「會，猶當也，應也。有時含有將然語氣。」

〔四〕思人樹，左傳定公九年：「鄭駟歂殺鄧析，而用其竹刑。君子謂『……故用其道不棄其人，詩云：蔽芾甘棠，勿翦勿伐，召伯所蘢。思其人猶愛其樹，況用其道而不恤其人乎？』」杜預注：「召伯决訟于蔽芾小棠之下，詩人思之，不伐其樹。」

〔五〕惠化，三國志魏書盧毓傳：「遷安平、廣平太守，所在有惠化。」

【評箋】孫月峯評點柳柳州集卷四十二曰：「興致洒落，正以戲佳。」

宋長白柳亭詩話卷二十三曰：「近體詩有一篇之中疊字數見，如『龍池躍龍龍已飛』，『杜牧司勳字牧之』之類，人所識也。至如長孫輔佐別後夢別一首人所未知……柳子厚種柳詩云：『柳州柳刺史，種柳柳江邊。』自云『戲題』。」

屈復唐詩成法卷四曰：「一人地，二種柳，三四承一二，五六柳，七結五六，八結一二。『談笑』還題『戲』字，『故』字起下句，『好作』二字緊承五六，言柳之垂陰聳幹，生意無窮，而己之在世有限。題雖曰『戲』，而意則一字一淚。」按：解末二句頗穿鑿，詩未見有悲意，直是「戲題」也。

近藤元粹柳柳州詩集卷三曰：「種柳柳州，柳果爲一典故矣。」

## 柳州寄京中親故

林邑山聯瘴海秋〔一〕，牂牁水向郡前流〔二〕。勞君遠問龍城地〔三〕，正北三千到錦州〔四〕。

柳州作。年月不可考。

〔一〕林邑，見前得盧衡州書因以爲寄詩注。

〔二〕牂牁，見前得盧衡州書因以爲寄詩注。

〔三〕龍城，舊唐書地理志四：「嶺南道柳州：天寶元年，改爲龍城郡。乾元元年，復爲柳州。」文元和郡縣志卷三十七嶺南道柳州：「管縣五：馬平、龍城、洛容、洛封、象。」

〔四〕錦州，舊唐書地理志三：「江南西道錦州：至京師三千五百里。」故治在今湖南麻陽縣西。

按：末句乃寫京師之遥遠，謂北至錦州已有三千之程，則長安之遠可知也。筆意深曲，意見言外。

【評箋】張邦基墨莊漫録卷五曰：「唐人詩，行役異鄉懷歸感嘆而意相同者，如賈島云：『客舍并州已十霜，歸心日夜憶咸陽。無端更渡桑乾水，却望并州是故鄉。』竇鞏云：『風雨荆州二月天，問人初顧峽中船。西南一望雲和水，猶道黔南有四千。』柳宗元云：『林邑山聯瘴海秋，牂牁水向郡前流。勞君更問龍城地，正北三千到錦州。』李商隱云：『君問歸期未有期，巴山夜雨漲秋池。何時共翦西窗燭，却話巴山夜雨時。』皆佳作也。」

汪森韓柳詩選曰：「平實之言，自見酸楚，總由一真耳。」

## 種木槲花

上苑年年占物華，飄零今日在天涯。祇應長作龍城守，剩種庭前木槲花〔一〕。

詩云「祇應長作龍城守」，龍城，柳州郡名，知作於柳州。年月不可考。

〔一〕剩種，張相詩詞曲語辭滙釋卷二：「賸，甚辭，猶真也，儘也，頗也，多也。字亦作剩。……柳宗元種木槲詩：『祇應長作龍城守，剩種庭前木槲花。』此猶云多種。」

# 酬曹侍御過象縣見寄

破額山前碧玉流〔一〕，騷人遥駐木蘭舟〔二〕。春風無限瀟湘憶，欲採蘋花不自由〔三〕。

元和郡縣志嶺南道柳州：「象縣：陳與今縣南四十五里置象郡，隋開皇九年廢郡爲縣。……總章元年割屬柳州。」今廣西象州縣。詩作於柳州，年月不可考。韓醇詁訓柳集卷四十二云「元和十四年（八一九）春作」，不知何據。

〔一〕破額山，蔣之翹柳集輯注卷四十二：「一統志：四祖山在黄州府黄梅縣西北四十里，一名破額。」王士禛帶經堂詩話卷十三：「黄梅五祖道場在東山，廣濟四祖道場曰西山。二山相去僅四十里。西山即破額山，柳宗元詩『破額山前碧玉流』是也。」按：詩題云「過象縣見寄」，則破額山疑當在柳州界。吴昌祺删定唐詩解亦疑曰：「黄梅與象縣絶遠，或彼自有破額山也。」然地志不載。又徐增而菴説唐詩卷十一曰：「此山不在象縣，何故興此，想侍御從黄州而來耶，抑黄州人也。于破額山必有一段勝事在。」朱子荆增訂唐詩摘鈔卷四又曰：「（兩地）相去甚遠，似不相關，或疑象縣另有破額，或疑曹黄人而過柳，然於下『瀟湘意』又不可解。愚意曹是舟行往黄，過柳未回，因以詩寄。柳乃酬之，首言所至之地，次言由此而去，駐舟於黄也。蘋花亦指曹，瀟湘江在湖廣，白蘋溪亦在湖廣，玩『遥』字，則知去路甚遠。」按：此以「采蘋花」屬曹，與諸家説不同，録以備考。碧玉流，徐增曰：「太白詩有『晉祠流水似碧玉』句，本此。」何焯唐三體詩評：「『碧玉流』三字，暗藏『講水東西流』意。」又黄徹䂬溪詩話卷四曰：「臨川『蕭蕭出屋千尋玉，靄靄當窗一炷雲』，皆不名其物，然子厚『破額山前碧玉流』已有此格。」

〔二〕騷人，朱子荆云：「騷人指侍御，因其有詩爲寄，故稱騷人。」木蘭舟，任昉述異記下：「木蘭洲在潯陽江中，多木蘭樹。昔吴王闔閭植木蘭於此，用搆宫殿也。七里洲中，有魯般刻木蘭爲舟，舟至今在洲。詩家之木蘭舟，出於此。」後用爲船之美稱也。

〔三〕瀟湘憶，鄭定本、世綵堂本、濟美堂本、蔣之翹本、朝鮮本作「意。」蔣本注：「『意』，一作『思』，去聲。」柳惲江南曲：「汀洲采白蘋，日暮江南春。洞庭有歸客，瀟湘逢故人。」此二句用其語意。周珽唐詩選脈會通曰：「采蘋花者，喻自獻也。左傳『蘋蘩苻藻，可羞於王公。』蓋曹在湖湘，暫過柳州象縣，詩意欲自獻於曹，懷意無限，而拘於官守不自由也。」沈德潛唐詩别裁卷二：「欲采蘋花相贈，尚牽制不能自由，何以爲情乎？言外有欲以忠心獻之於君而未由意，與上蕭翰林書同意，而詞特微婉。」黄生唐詩摘鈔：「言已爲職事所縶，不得自由，特託采蘋寓興，言欲涉瀟湘采蘋，而不得往，此意空與湘水俱深也。離騷以香草比君子，此蓋祖之。」

【評箋】

唐汝詢唐詩解曰：「山前水碧，侍御停舟於此，我之感春風而懷無限之思者，正欲採蘋瀟湘，以圖自獻，乃拘於官守不自由也。子厚初雖貶謫，已而被召，其刺柳州原非坐譴，至謂拘以罪者，非。」

何仲德曰：「爲警策體。」（唐詩選脈會通引）

顧璘批點唐詩正音曰：「意話，所以難及。」

陸時雍詩鏡曰：「語有騷情。」

沈騏曰：「托意最深。」（詩體明辨引）

方東樹昭昧詹言卷二十一曰：「李滄溟推王昌齡『秦時明月』爲壓卷，王鳳洲推王昌齡『葡萄美酒』爲壓卷。王阮亭則云：必求壓卷，王維之渭城，李白之白帝，王昌齡之『奉帚平明』，王之渙之『黄河遠上』，其庶幾乎？而終唐之世，無有出四章之右者矣。滄溟、鳳洲主氣，阮亭主神，各有所見。愚謂李益之『回樂峯前』、柳宗元之『破額山前』、劉禹錫之『山圍故國』、杜牧之『煙籠寒水』、鄭谷之『揚子江頭』，氣象稍殊，亦堪接武。」

宋顧樂唐人萬首絶句選評曰：「風人騷思，百讀而味不窮，真絶作也。」

俞陛雲詩境淺説續編曰：「柳州之文，清剛獨造，詩亦如之，此詩獨淡蕩多姿。楚辭云：『折芳馨兮遺所思。』柳州此作，其靈均嗣響乎？集中近體皆生峭之筆，不類此詩之含蓄也。」

## 摘櫻桃贈元居士時在望仙亭南樓與朱道士同處

海上朱櫻贈所思，樓居況是望仙時〔一〕。蓬萊羽客如相訪〔二〕，不是偷桃一小兒〔三〕。

司馬相如上林賦：「櫻桃蒲陶。」顏師古注：「櫻桃，即今之朱櫻也。禮記謂含桃，爾雅謂之荆桃。」此詩據原集編次，當作於柳州。

〔一〕樓居句，史記封禪書：「公孫卿曰：『仙人可見，而上往常遽，以故不見。……且仙人好樓居。』」（百）

〔二〕蓬萊羽客，庾信邛竹杖賦：「待羽客以相貽。」

〔三〕偷桃一小兒，漢武故事：「東郡獻短人。呼東方朔，朔至，短人因指朔謂上曰：『西王母種桃，三千歲一爲子。此兒不良也，已三過偷之矣。』」（百）孫汝聽曰：「言仙人若訪元朱二士，見此櫻桃，固非如東方朔偷桃者也。」（百家注柳集引）

【評箋】近藤元粹柳柳州詩集卷三曰：「湊合甚妙。」

# 柳宗元詩箋釋卷四

（雅詩歌曲）

## 貞符 并序

負罪臣宗元一無「負罪」二字。惶恐言〔一〕：臣所貶州流人吴武陵爲臣言〔二〕：「董仲舒對三代受命之符〔三〕，誠然非耶？」臣曰：「非也。何獨仲舒爾。自司馬相如、劉向、揚雄、班彪、彪子固，皆沿襲嗤嗤，推古瑞物以配受命〔四〕。其言類淫巫瞽史〔五〕，誑亂後代，不足以知聖人立極之本〔六〕，顯至德，揚大功，一作「公」。甚失厥趣。」臣爲尚書郎時，嘗著貞符，言唐家正德受命於生人之意〔七〕，累積厚久，宜享年無極之義〔八〕，一無「年」字。本末閎闊〔九〕。會貶逐中輟〔一〇〕，不克備究。武陵即叩頭邀臣：「此大事，不宜以辱故休缺，使聖王之典不立，無以抑詭類，拔正道，表覈萬代〔一一〕。」臣不勝奮激，即具爲書。念終泯没蠻夷，不聞于時，獨不爲也〔一二〕；苟一明大道，施于人世，死無所憾〔一三〕，用是自決〔一四〕。臣宗元稽首拜手以聞〔一五〕。曰：

孰稱古初朴蒙空侗而無争〔一六〕，厥流以訛〔一七〕，越乃奮敚鬭怒振動〔一八〕，專肆爲淫威？一作「擊」。曰：是不知道〔一九〕。惟人之初，總總而生〔二〇〕，林林而羣〔二一〕。雪霜風雨雷雹暴其外，於是乃知架巢空穴，挽草木，取皮革；飢渴牝牡之欲驅其内，於是乃知噬禽獸，咀果穀，合偶而居。交焉而争，睽焉而鬭〔二二〕。力大者搏，齒利者齧，爪剛者決〔二三〕，羣衆者軋〔二四〕，乙黠切。兵良者殺。披披藉藉〔二五〕，草野塗血。然後强有力者出而治之，往往爲曹於險阻〔二六〕，用號令起〔二七〕，而君臣什伍之法立〔二八〕。德紹者嗣，道怠者奪，於是有聖人焉曰黄帝，遊其兵車〔二九〕，一無「遊」字。交貫乎其内，一統類〔三〇〕，齊制量〔三一〕，然猶大公之道不克建〔三二〕。於是有聖人焉曰堯，置州牧四岳〔三三〕，持而綱之〔三四〕，立有德有功有能者〔三五〕，參而維之〔三六〕，運臂率指，屈伸把握，莫不統率。堯年老，一無「堯」字。舉聖人而禪焉〔三七〕，大公乃克建。由是觀之，厥初罔匪極亂，而後稍可爲也〔三八〕。一有「而」字。非德不樹，故仲尼叙書〔三九〕，於堯曰「克明俊德」〔四〇〕；於舜曰「濬哲文明」〔四一〕；於禹曰「文命祗承于帝」〔四二〕；於湯曰「克寬克仁，彰信兆民」〔四三〕；於武王曰「有道曾孫」〔四四〕。稽揆典誓〔四五〕，貞哉！惟兹德實受命之符，以奠永祀〔四六〕。後之妖淫嚚昏好怪之徒〔四七〕，乃始陳大電、大虹、玄鳥、巨跡、白狼、白魚、流火之烏以爲符〔四八〕。斯皆詭譎闊誕〔四九〕，其可羞也，而莫知本于厥貞。漢用大度〔五〇〕，克懷于有氓，登賢庸能〔五一〕，濯痍煦寒〔五二〕，以瘳以熙〔五三〕，兹其爲符也。而其妄臣乃下取虺蛇〔五四〕，上引天光〔五五〕，推類號休，用夸誣于無知之氓〔五六〕。增以騶虞神鼎〔五七〕，脅驅縱臾〔五八〕，俾東之泰山石閭〔五九〕，作大號〔六〇〕，謂之封禪，皆尚書所無有〔六一〕。莽述承效〔六二〕，卒奮鶩逆〔六三〕。其後有賢帝曰光武，克綏天下，復承舊物〔六四〕，猶崇赤伏〔六五〕，以玷厥德。魏晉而下，尨亂鈎裂，厥符不貞，邦用不靖，亦罔克久，駮乎無以議爲也〔六六〕。積大亂至于隋氏，環四海以爲鼎，跨九垠以爲鑪〔六七〕，煽以虐焰〔六八〕，其人沸湧灼爛，號呼騰蹈，莫有救止。於是大聖乃起〔六九〕，丕降霖雨〔七〇〕，濬滌盪沃，蒸爲清氛〔七一〕，疎爲泠風〔七二〕。人乃漻然休然〔七三〕，相睎以生〔七四〕，相持以成，相彌以寧〔七五〕。琢斮屠剔〔七六〕膏流節離之禍不作〔七七〕，而人乃克完平舒愉，尸其肌膚〔七八〕，以達于夷途。焚圻抵掎，奔走轉死之害不起〔七九〕，「死」，一作「徙」。而人乃克鳩類集族〔八〇〕，歌舞悅懌〔八一〕，用祇于元德〔八二〕。徒奮袒呼，犒迎義旅，讙動六合〔八三〕，至于麾下〔八四〕。大盜豪據，阻命遏德，義威殄戮，咸墜厥緒，無劉于虐〔八五〕。人乃並受休嘉，去隋氏，克歸于唐，躑躅謳歌〔八六〕，灝灝和寧〔八七〕。帝庸威栗，惟人之爲。敬奠厥賦，積藏于下〔八八〕，是謂豐國〔八九〕。鄉爲義廩〔九〇〕，斂發謹飭，歲丁大侵〔九一〕，人以有年〔九二〕。簡于厥刑，不殘而懲，是謂嚴威〔九三〕。小屬而支〔九四〕，大生而孥〔九五〕，愷悌祇敬〔九六〕，用底于治〔九七〕。一作「理」。凡其所欲，不謁而獲；凡其所惡，不祈而息。四夷稽服〔九八〕，不作兵革，不竭貨力。丕揚于後嗣，用垂于帝式。十聖濟厥治〔九九〕，孝仁平寬，惟祖之則。澤久而逾深，「逾」，一作「愈」。仁增而益高。人之戴唐，永永無窮。是故受命不于天，于其人；休符不于祥，于其仁〔一〇〇〕。惟人之仁，匪祥于天；匪祥于天，兹惟貞符哉〔一〇一〕！未有喪仁而久者也，未有恃祥而壽者也。商之王以桑穀昌〔一〇二〕，以雉雊大〔一〇三〕，宋之君以法星壽〔一〇四〕；鄭以龍衰〔一〇五〕，魯以麟弱〔一〇六〕，白雉亡漢〔一〇七〕，黄犀死莽〔一〇八〕，惡在其爲符也？不勝唐德之代，光紹明濬，深鴻厖大〔一〇九〕，保人斯無疆。宜薦于郊廟，文之雅詩，祗告于德之休〔二〇〕。帝曰：「諶哉〔二一〕！」乃黜休祥之奏，究貞符之奥，思德之所未大，求仁之所未備，以極于邦治〔二二〕，以敬于人事。其詩曰：

於穆敬德〔二三〕，一作「穆穆敬德」。黎人皇之〔二四〕。惟貞厥符，浩浩將之〔二五〕。仁函于膚，刃莫畢屠〔二六〕。澤熯于爨〔二七〕，一作「寒」。燾炎以澣〔二八〕。殄厥凶德，乃驅乃夷，懿其休風，是喣是吹。父子熙熙〔二九〕，相寧以嬉。賦徹而藏〔三〇〕，厚我糗粻〔三一〕。一本作「粮」。刑輕以清，我肌靡傷。貽我子孫，百代是康。十聖嗣于治，仁后之子。子思孝父，易患于己。「于」，一作「乎」。拱之戴之，神具爾宜。載揚于雅，承天之嘏〔三二〕。天之誠神，宜鑒于仁。神之曷依？宜仁之歸。晏本「仁」作「人」字。濮鉛于北〔三三〕，祝栗于南。幅員西東〔三四〕，祇一乃心〔三五〕。祝唐之紀，後天罔墜。祝皇之壽，與地咸久。曷徒祝之，心誠篤之。神協人同，〔沈晦曰〕舊本作「尸協」，今以唐史爲據，作「神協」。道以告之。俾彌億萬年，不震不危。我代之延〔三六〕，永永毗之〔三七〕。仁增以崇，曷不爾思？有號于天，僉曰嗚呼〔三八〕！咨爾皇靈，無替厥符〔三九〕。

韓醇詁訓柳集卷一曰：「據序云『臣爲尚書郎時，嘗著貞符』，以史考之，公爲尚書禮部員外郎在永貞元年（八〇五），貞符蓋是時作也。然公是年冬繼貶永州司馬，而序又云臣所貶州吴武陵爲臣言董仲舒對三代受命之符，則序蓋在永州作。」按：序云「臣爲尚書郎時嘗著貞符……本末闕闊，會貶逐中輟，不克備究」，是其時貞符亦尚屬草創，至永後始定篇也。又吳武陵流永爲元和三年（八〇八），當是時作也。貞符，猶「正符」。周禮周官太祝鄭玄注：「貞，正也。」漢書郊祀志上晉灼注曰：「符，瑞也。」即序所謂「受命不於天，於其仁；休符不於祥，於其仁。惟人之仁，匪祥於天；匪祥於天，兹惟貞符」也。文苑英華題作「唐貞符解」。

〔一〕負罪臣，詁訓本無「負罪」二字。

〔二〕貶州，文粹作「貶所」。又，文粹「流人」上有「量移」二字。韓醇曰：「諸本『流人』上有『量移』二字，考之史傳，止云坐事流永州。胥山沈晦曰：『宜如唐書去量移字』。」吳武陵見前初秋夜坐贈吳武陵注。

〔三〕董仲舒句，漢書董仲舒傳：「董仲舒，廣州人，少治春秋，孝景時爲博士。……武帝時舉賢良文學之士前後百數，而仲舒以賢良對策焉。……仲舒對曰：『臣聞天之所大奉使之王者，必有非人力所能致而自致者，此受命之符也。天下之人同心歸之，若歸父母，故天瑞應誠而至。書曰：白魚入於王舟，有火復於王屋，流爲烏，此蓋受命之符也。』」（百）

〔四〕司馬相如句，韓醇曰：「司馬相如封禪文，劉向集上古以來歷春秋六國至秦漢符瑞災異之記凡十一篇，號洪範五行傳論，揚雄劇秦美新，班彪著王命論，班固典引，皆言符瑞之應。」嗤嗤，通「蚩蚩」，無知貌。

〔五〕淫，國語晉語二韋昭注：「淫，邪也。」瞽史，國語周語上：「庶人傳語，瞽史教誨。」韋昭注：「瞽，樂太師。史，太史也，掌陰陽天時禮法之書相教誨者。」

〔六〕極，書君奭：「作汝民極。」孔安國傳：「爲汝民立中正矣。」按即宗元所謂「大中之道」。

〔七〕正德，書大禹謨：「正德，利用，厚生，惟和。」孔穎達疏：「正德者，自正其德。」

〔八〕享年無極，音辯本、游居敬本、蔣之翹本及全唐詩無「年」字。蔣之翹本注：「『享』下或本及文粹皆有『年』字，今按如此而意以自足，從舊本爲是。」

〔九〕本末，荀子禮論：「本末相順，始終相應。」

〔一〇〕輟，爾雅釋詁：「輟，止也。」

〔一一〕表覈，孫汝聽曰：「表覈，猶表正也。」（百家注柳集引）

〔一二〕獨，全唐詩作「猶」，鄭定本、世綵堂本注：「獨，一作猶。」

〔一三〕死無所憾，詁訓本、文苑英華、文粹「死」上有「臣」字。

〔一四〕用，蒼頡：「用，以也。」（一切經音義卷七引）

〔一五〕稽首拜手，書益稷：「皋陶拜手稽首。」

〔一六〕朴蒙空侗，蒙昧無知貌。空侗，同「倥侗」，漢書揚雄傳：「天降生民，倥侗顓蒙。」顏師古曰：「倥侗，無知貌。」（百）

〔一七〕流，孫汝聽曰：「流謂末流。」（百家注柳集引）訛，漢書王商傳：「訛，譌也。」謬誤也。

〔一八〕越，於是。劉淇助字辨略卷五：「書微子：『殷遂喪，越至於今。』孔傳云：『言遂喪亡，於是至於今。』愚按傳承爾雅爰、粤同訓，故訓『越』爲『於是』。於是，爰辭也。」奮敓，文粹作「奮擊」。敓，古奪字。

〔一九〕孫月峯評點柳柳州集卷一評曰：「此等起真是奇崛，第是側鋒，勢微覺不甚莊。」蔣之翹柳集輯注卷一曰：「只此數語，其體氣以便典奧。」

〔二〇〕總總，楚辭九歌大司命：「紛總總兮九州。」王逸注：「總總，衆貌。」

〔二一〕林林，亦紛紜衆多貌。

〔二二〕睽，易睽孔穎達疏：「睽者，乖異之名。」廣韻：「睽，異也。」不合。

〔二三〕決，此有裂義。謂爪剛硬者則裂人之膚也。

〔二四〕軋，猶莊子人間世「名也者，相軋也」之「軋」。勢相傾也。

〔二五〕披披藉藉，雜亂交横貌。劉向九歎思古：「髮披披以鬤鬤兮。」藉藉，同籍籍。司馬相如上林賦：「它它籍籍，填阬滿谷。」郭璞曰：「言交横也。」

〔二六〕曹，分職治事之官署也。

〔二七〕用，劉淇助字辨略卷四：「用即用是，但云用者，省文也。」猶今言因此。

〔二八〕什伍，管子立政：「十家爲什，五家爲伍，什伍皆有長焉。」古户籍之制也。又孫汝聽曰：「什伍，謂兵法也。五人爲伍，十人爲什。」（百家注柳集引）按：禮祭義：「軍旅什伍。」賈公彦疏：「五人爲伍，二伍爲什。」亦通。

〔一九〕遊其兵車，史記五帝本紀：「（黄帝）習用干戈，以征不享，諸侯咸來賓從。……教熊羆貔貅貙虎，以與炎帝戰於阪泉之野，三戰然後得其志。……天下有不順者，黄帝從而征之，平者去之。」

〔二〇〕統類，荀子非十二子：「總方略，齊言行，壹統類。」楊倞注：「統，謂綱紀；類，謂比類。大謂之統，分别謂之類。」綱紀法規也。

〔二一〕制量，孫汝聽曰：「謂法制度量也。」（百家注柳集引）按：制謂計長短之准度，量謂衡輕重之單位。

〔二二〕大公之道，劉向説苑至公：「古有行大公者，帝堯是也。……得舜而傳之，不私於其子孫也。」舉賢能而禪位之謂。

〔二三〕四岳，書堯典孔安國傳：「四岳，即上羲和之四子，分掌四岳之諸侯，故稱。」又漢書郊祀志上顔師古注：「四岳諸牧，謂四方諸侯也。」按宋孔平仲、明楊慎皆以四岳爲一人。楊慎詁云：「書内有百揆四岳，以四岳爲四人，則百揆亦須百人矣。」

〔二四〕持而綱之，荀子禮論楊倞注：「持，扶助也。」詩大雅棫樸：「綱紀四方。」毛傳：「張之爲綱。」此猶統轄之意。

〔二五〕立有德有功有能者，文苑英華、文粹「有功」下「有才」二字。

〔三六〕維，周禮夏官大司馬：「以維邦國。」鄭玄注：「維，猶連結也。」

〔三七〕堯年老，音辯本、游居敬本無「堯」字。史記五帝本紀：「堯知子丹朱不足授天下，於是乃權授舜，授舜而天下得其利而丹朱病，授丹朱則天下病而丹朱得其利。堯曰：『終不以天下之病而利一人。』」

〔三八〕孫月峯曰：「是史記腰鎖法，『非德』一句振起有力。」

〔三九〕仲尼叙書，書孔安國序：「先君孔子，生於周末，覩史籍之煩文，懼覽之者不一……述職方以除九丘，討論墳典，斷自唐虞以下訖於周，芟夷煩亂，剪截浮辭，舉其宏綱，撮其機要，足以垂世立教，典謨訓誥誓命之文，凡百篇，所以恢宏至道，示人主以軌範也。」

〔四〇〕克明俊德，語見書堯典。孔安國傳：「能明俊德之士任用之。」

〔四一〕濬哲文明，語見書舜典。孔安國傳：「濬，深；哲，智也。舜有深智文明。」

〔四二〕文命祇承于帝，書大禹謨：「（禹）文明敷於四海，祇承於帝。」孔安國傳：「言其外布文德教命，内則敬承堯舜。」

〔四三〕克寬克仁，彰信兆民，語見尚書仲虺之誥。孔安國傳：「言湯寬仁之德，明信於天下。」

〔四四〕有道曾孫，語見書武成。孔穎達疏：「曾孫者，曲禮説諸侯自稱之辭。」

〔四五〕稽揆，易繫辭下：「稽猶考也。」詩鄘風定之方中毛傳：「揆，度也。」典誓，尚書有堯典、舜典，牧誓，泰誓，此即指代尚書。

〔四六〕奠，書禹貢孔安國傳：「奠，定也。」祀，書伊訓釋文：「祀，年也。夏曰歲，商曰祀，周曰年，唐虞曰載。」永祀，謂長久之帝業。○蔣之翹曰：「一路叙古聖賢以德受命事，若經若史，古雅之極。」

〔四七〕嚚，左傳僖公二十四年：「口不道忠信之言爲嚚。」（百）

〔四八〕大電，帝王世紀：「黄帝母曰附寶，見大電繞北斗樞星，照郊野，感附寶孕，二十四月生黄帝於壽丘。」（百）大虹，帝王世紀：「陶唐之世，握登見大虹，意感生舜於姚墟。」宋書符瑞：「帝摯少昊氏，母曰女節，見星如虹，下流華渚，既而夢接意感生少昊。……帝顓頊高陽氏，母曰女樞，見瑶光之星，貫月如虹，感己於幽房之宫，生顓頊於若水。」（百）玄鳥，詩商頌玄鳥：「天命玄鳥，降而生商。」史記殷本紀：「簡狄，有娀氏之女，爲帝嚳次妃。三人行浴，見玄鳥墮其卵，簡狄取吞之，因孕生契。」（百）巨跡，史記周本紀：「姜原爲帝嚳元妃，姜原出野，見巨人跡，心欣然説，欲踐之。踐之而身動如孕者，居期而生子。」（百）白狼，尚書璇璣鈐：「湯受金符帝籙，白狼銜鈎入殷朝。」（百）白魚、流火之烏，史記周本紀：「（武王伐紂），渡河，中流，白魚躍入王舟中，武王俯取以祭。既渡，有火自上復於下，至於王屋，流爲烏，其色赤，其聲魄云。」（百）○何焯義門讀書記謂「玄鳥、巨跡，著於雅頌，不得而並議之也」，然此正見得子厚高人處。

〔四九〕斯皆，原作「斯爲」，據鄭定本、音辯本、詁訓本及文苑英華、文粹改。詭譎，晉書王坦之傳廢莊論：「其言詭譎怪誕。」

〔五〇〕大度，史記高祖本紀：「（劉邦）常有大度。」氣度宏恢。○孫月峯曰：「此段稍近古。」

〔五一〕庸，書堯典孔安國傳：「庸，用也。」

〔五二〕痍，説文卷七：「痍，傷也。」

〔五三〕瘳，説文卷七：「瘳，疾病瘉也。」徐鉉曰：「忽愈，若抽去之也。」

〔五四〕虵蛇，史記高祖本紀：「高祖被酒，夜徑澤中，令一人前行。行前者還報曰：『前有大蛇當徑，願還。』高祖醉曰：『壯士行，何畏！』乃前拔劍擊蛇，蛇遂分爲兩。徑開，行數里，醉，困卧。後人來至蛇所，有老嫗夜哭，人問何哭……嫗曰：『吾子白帝子也，化爲蛇當道，今爲赤帝子斬之，故哭。』嫗因忽不見。」（百）

〔五五〕天光，史記高祖本紀：「秦始皇常曰東南有天子氣。於是東遊以厭之。高祖即自疑，亡匿芒碭山澤巖石之間。吕后與人俱求，常得之。高祖怪問之，吕后曰：『季所居，上常有雲氣。』」漢書高帝紀：「元年冬十月，五星聚於東井，沛公至霸上。」應劭曰：「東井，秦之分野。五星所在，其下當有聖人以義取天下。」韓醇曰：「班彪王命論曰：初劉媪姙高祖而夢與神遇，震電晦冥，有龍蛇之怪。是以王、武感物而折券，吕公覩形而進女，秦皇東遊以壓其氣，吕后望雲而知所處，始受命則白蛇分，西入關則五星聚，故淮陰、留侯謂之天授，非人力也。公意其指此乎？」

〔五六〕無知之氓，「之」字原無，據文苑英華、文粹補。

〔五七〕騶虞，詩召南騶虞毛傳：「騶虞，義獸也。白虎黑文，不食生物，有至信之德則應之。」漢書武帝紀：「元狩元年，冬十月，行幸雍，祠五畤，獲白麟，作白麟之歌。」孫汝聽曰：「漢無騶虞，當謂此白麟也。」又童宗説曰：「騶虞，仁獸也。司馬相如封禪書曰：『囿騶虞之珍羣。』又曰：『般般之獸，樂我君囿。白質黑章，其儀可喜。』言時得此獸也。」據此，則又不得言漢無騶虞也。神鼎，漢書武帝紀：「元鼎元年……得鼎水上。……（四年）六月，得寶鼎后土祠旁。」

〔五八〕縱臾，漢書衡山王傳：「日夜縱臾王謀反事。」如淳曰：「臾，讀若勇。縱臾，猶言勉强也。」（百）猶慫恿。

〔五九〕泰山石閭，漢書武帝紀：「（太初）三年春，正月，行東巡海上。夏四月，還，修封泰山，禪石閭。（百）史記孝武本紀：「石閭者，在泰山下阯南方，方士多言此仙人之閭也，故上親禪焉。」

〔六〇〕大號，堂皇之名號。

〔六一〕何焯評曰：「柳子獨排封禪，斷以六藝爲考信。」章士釗柳文指要體要之部卷一駁之曰：「此語乃義門顯有誤會。柳子意爲凡封禪爲尚書所不載者，其詭譎闊誕之程度，應較一般更深一層，並非謂尚書所有、雅頌所著，即不詭譎闊誕也。」

〔六二〕莽述承効，韓醇曰：「王莽承漢，亦作符命。公孫述効之，亦妄引讖文而稱帝。」按：漢書王莽傳：「（元始五年十二月）前煇光謝囂奏武功長孟通浚井得白石，上圓下方，有丹書著石，文曰：『告安漢公莽爲皇帝。』符命之起，自此始矣。」又，莽即位，頒符命四十二篇於天下，「言莽當代漢有天下」。後漢書隗囂公孫述傳：「公孫述字子陽，扶風茂陵人。……自立爲蜀王，都成都。……會有龍出其府殿中，夜有光耀，述以爲符瑞，因刻其掌，文曰『公孫帝』。建武元年四月，遂自立爲天子。」（百）按何焯曰：「英華作『莽述成効』，是王莽祖述漢家之成効，不謂公孫述也。」又章士釗曰：「莽述云者，莽是形容述之狀詞，未必是人名，文中『莽』與其下『驁逆』字相應，蓋莽述猶言獨夫紂與孱獻之類，或當時有此稱號而後不甚傳，故子厚別以『驁逆』字釋之。至王莽之名，本文後幅有『黄犀死莽』句，重提殊嫌犯復，故此『莽』字，鄙意並不另指一人。」

〔六三〕驁，漢書田蚡傳師古注：「驁，同傲。」驁逆，叛逆。

〔六四〕舊物，左傳哀公元年：「（少康）復禹之績，祀夏配天，不失舊物。」杜預注：「物，事也。」謂先代典章制度。

〔六五〕赤伏，後漢書光武帝紀：「光武先在長安時同舍生彊華自關中奉赤伏符，曰：『劉秀發兵捕不道，四夷雲集龍鬭野，四七之際火爲主。』羣臣因復奏曰：『受命之符，人應爲大，萬里合信，不議同情。周之白魚，曷足比焉。……』光武於是命有司設壇場於鄗南千秋亭五成陌。

六月己未，即皇帝位。」（百）

〔六六〕駁，詩周頌有客鄭玄箋：「駁，雜也。」

〔六七〕九垠，揚雄甘泉賦：「漂龍淵而還九垠兮，窺地底而上回。」晉灼曰：「九垠，九垓也。」猶言九州。

〔六八〕煽，詩小雅十月之交毛傳：「煽，熾也。」○孫月峯評「至於隋氏」以下數句曰：「語非不工，只是太分明。」

〔六九〕大聖，謂高祖李淵、太宗李世民。

〔七〇〕丕，書大禹謨孔傳：「丕，大也。」霖雨，書説命上：「若歲大旱，用汝作霖雨。」孔傳：「霖以救旱。」因以喻恩澤。

〔七一〕蒸，左傳宣公十六年杜預注：「蒸，升也。」

〔七二〕疎，郭璞江賦：「濯翮疏風。」李善注：「疏，理也。」泠風，莊子齊物論：「泠風則小和，飄風則大和。」釋文：「泠風，泠泠小風也。」吕氏春秋任地注：「泠風，和風，所以成穀也。」

〔七三〕漻然，莊子知北遊：「油然漻然，莫不入焉。」變化貌。按：漻然休然，此謂黎民得以復甦休息。

〔七四〕晞，廣雅釋詁：「晞，視也。」

〔七五〕章士釗曰：「生、成，寧韻，此三句一聯法，子厚文中恒變通用之。」

〔七六〕琢，鄭定本、世綵堂本注：「『琢』一作『椓』。」童宗説曰：「疑作吕刑『劓刵椓黥』『椓』字。」（百家注柳集引）按：童説是。詩大雅召旻鄭玄箋：「椓，椓毁陰者也。」孔穎達疏：「此椓毁其陰，謂割勢是也。」即宫刑。　斱，吕覽貴直高誘注：「斱，斬也。」屠，廣韻卷一：「屠，殺也，裂也。」剔，書泰誓上孔穎達疏：「今人去肉至骨謂之剔。」

〔七七〕膏流節離，膏血流離、骨節分離也。

〔七八〕尸其肌膚，謂得自保其軀體也。　詩召南采蘋毛傳：「尸，主也。」

〔七九〕轉死，蔣之翹本、全唐詩作「轉徙」。　蔣並注曰：「今按上有『流離』字、『轉』字，作『徙』爲是。」

〔八〇〕鳩類集族，三國志王朗傳：「鳩集兆民。」抱朴子金丹：「考覽養性之鳩集久視之方。」易同人：「天與君子以類族辨物。」孔穎達疏：「族，聚也。　言君子法此同人，以類而聚也。」此合鳩集類族而更鑄新辭，爲家族團聚之意。

〔八一〕悦懌，詩邶風静女：「彤管有美，説懌女美。」説、悦通。

〔八二〕元德，書酒誥：「兹亦惟天若元德。」大德也。

〔八三〕六合，莊子齊物論：「六合之外，聖人存而不論。」山海經海外南經：「六合之間，四海之内。」郭璞注：「四方上下爲六合也。」

〔八四〕麾下，史記魏其武安侯列傳：「（灌夫）馳入吴軍，至吴將麾下，所殺傷數十人。」將旗之下。

〔八五〕劉，書盤庚上孔安國傳：「劉，殺也。」章士釗曰：「各本皆訓『劉』作『殺』，惟無殺於虚，殊不辭，釗疑『劉』由『流』字音訛。」

〔八六〕躑躅，宋玉神女賦：「立躑躅而不安。」踏步不前。

〔八七〕灝灝，揚雄法言：「商書灝灝。」猶浩浩，廣大貌。
〔八八〕積藏于下，韓詩外傳卷五：「王者藏於天下，諸侯藏於百姓。」（百）
〔八九〕孫月峯曰：「『是謂』法本禮運來。」
〔九〇〕義廪，猶義倉。隋書長孫平傳：「開皇三年，徵拜度支尚書……奏令民間每秋家粟麥一石已下，貧富差等，儲之閭巷，以備凶年，名曰義倉。」
〔九一〕丁，爾雅釋詁：「丁，當也。」大侵，穀梁傳襄公二十四年：「五穀不升，謂之大侵。」（百）
〔九二〕有年，穀梁傳桓公三年：「五穀皆熟，爲有年也。」
〔九三〕孫月峯曰：「『嚴威』覺對『豐國』不過。」
〔九四〕小屬而支，屬，説文卷八：「屬，連也。」而，通爾。支通肢。韓醇曰：「而，若也。不斷而支體也。下而字同義。」（百家注泖集引）
〔九五〕孥，國語晉語三韋昭注：「妻子曰孥。」按二句意謂小則全汝之軀，大則活汝全家。
〔九六〕愷悌，左傳僖公十二年：「愷悌君子，神所勞矣。」杜注：「愷，樂也。悌，易也。」
〔九七〕治，世綵堂本、文苑英華、文粹作「理」。治，高宗諱，原當作「理」字。
〔九八〕四夷，書大禹謨：「無怠無荒，四夷來王。」
〔九九〕十聖，高祖、太宗、高宗、中宗、睿宗、玄宗、肅宗、代宗、德宗、順宗凡十帝，是爲十聖。「治」高宗諱，恐作「理」字。（百）

〔一〇〇〕蔣之翹評「是故」以下句曰：「數語是一篇結穴處。」

〔一〇一〕蔣之翹評「惟人之仁」四句曰：「就把上意作抑揚贊嘆法而下，又以喪仁恃祥緊跟上，語極跌宕。」

〔一〇二〕以桑穀昌，書商書咸有一德：「伊陟相太戊，有祥，桑穀共生於朝。」史記殷本紀：「帝太戊立，伊陟爲相，亳有祥桑穀共生於朝，一暮大拱。帝太戊懼，問伊陟。伊陟曰：『臣聞妖不勝德，帝之政，其有闕與，帝其修德。』太戊從之，而祥桑枯死而去。」（百）

〔一〇三〕以雉雊大，書商書高宗肜日：「高宗祭成湯，有飛雉升鼎耳而雊。」史記殷本記：「帝武丁祭成湯，明日，有飛雉登鼎耳而呴，武丁懼，祖己曰：『王勿憂，先修政事。』……武丁修政行德，天下咸讙，殷道復興。」（百）

〔一〇四〕以法星壽，史記宋微子世家：「楚惠王滅陳，熒惑守心。心，宋之分野也。景公憂之。司星子韋曰：『可移於相。』景公曰：『相，吾之股肱。』曰：『可移於民。』景公曰：『君者待民。』曰：『可移於歲。』景公曰：『歲飢民困，吾誰爲君？』子韋曰：『天高聽卑，君有君人之言三，熒惑宜有動。』於是候之，果徙三度。」（百）按：法星即謂熒惑，劉峻辨命論：「宋公一言，法星三徙。」即謂此事也。後景公六十四歲卒，故曰壽。

〔一〇五〕鄭以龍衰，左傳昭公十九年：「鄭大水，龍鬭於時門之洧淵。」（百）按：次年，鄭賢相子産卒，鄭趨衰弱。

〔一〇六〕魯以麟弱，左傳哀公十四年：「經：十有四年春，西狩獲麟。」（百）按：後十三年，哀公爲三桓所迫，奔越；次年回國，薨。悼公立。時魯君失政，卑於三桓之家。

〔一〇七〕白雉亡漢，漢書平帝紀：「元始元年春，正月，越裳氏重譯獻白雉一，黑雉二。」（百）按：八年後，漢亡，王莽立。

〔一〇八〕黄犀死莽，漢書平帝紀：「（元始）二年春，黄支國獻犀牛。」顏師古注：「犀狀如水牛，頭似猪而四足類象，黑色，一角當額前，鼻上又有小角。」漢書王莽傳謂莽班符命四十二篇於天下，「言莽當代漢有天下云。總而説之曰：『……新室之興也，德祥發於漢三十七世之後，肇命於新都，受瑞於黄支。』」（百）按：桑穀生朝、雉雊於鼎、法星臨境，古皆以爲凶兆也，然國反因以昌盛；龍、麟、白雉、黄犀皆瑞物也，反致災禍，故下云「惡在其爲符也」。

〔一〇九〕鴻，淮南子高誘序：「鴻，大也。」厖，爾雅釋詁：「厖，大也。」

〔一一〇〕祇，爾雅釋詁：「祇，敬也。」

〔一一一〕諶，爾雅釋詁：「諶，誠也，信也。」

〔一一二〕極，文苑英華作「牴」。

〔一一三〕於穆，詩周頌清廟：「於穆清廟。」（百）

〔一一四〕黎人，黎民，避太宗諱。皇，詩周頌烈文毛傳：「皇，美也。」孫汝聽曰：「言唐有敬德，黎民歸之也。」（百家注柳集引）

〔二五〕浩浩，書堯典：「浩浩滔天。」廣大貌。

〔二六〕函，玉篇：「函，鎧也。」蔣之翹曰：「言唐以仁德爲民介胄，使不得盡戮於隋之鋒刃也。」

〔二七〕熯，説文卷十：「熯，乾貌。」玉篇：「熯，火盛貌。」

〔二八〕鬻，説文卷三：「鬻，涫也。」段玉裁注：「今俗字『涫』作『滾』，『鬻』作『沸』。」鬻炎，沸水熾燄。澣，三蒼：「澣，浣濯也。」（一切經音義卷十八引）○孫月峯評「仁函」以下四句曰：「四語特險刻。」

〔二九〕熙熙，老子：「衆人熙熙，如享太牢，如登春臺。」和樂貌也。

〔三〇〕賦徹，論語顔淵：「哀公問於有若曰：『年饑，用不足，如之何？』有若對曰：『盍徹乎？』」何晏注：「周法十一而税，謂之徹。」薄賦也。

〔三一〕糗粻，書費誓孔穎達疏：「鄭玄云：糗，擣熬穀也。謂熬米麥使熟，又擣之以爲粉也。」屈原離騷王逸注：「粻，音張，食米也。」

〔三二〕嘏，詩大雅卷阿鄭玄箋：「予福曰嘏。」賜福也。

〔三三〕濮鉛，原作「濮沿」，並注：「晏本『沿』作『鉛』字。」按彭叔夏文苑英華辨證卷四：「集粹、唐書並作『濮鉛』，按爾雅『東至於泰遠，西至於邠國，南至於濮鉛，北至於祝栗。』據此當作『濮鉛』。」

〔三四〕幅員，詩商頌長發：「幅隕既長。」鄭箋：「隕當作圓，圓謂周也。」（百）諸書作「圓」、「員」者不一。按廣狹爲幅，四周爲圓，故稱疆域。

〔三五〕孫月峯評「濮鉛」四句曰：「北南分句，西東合句，正學禹貢『東漸西被，朔南暨蓋』。四排則太板。」

〔三六〕代，世也。避太宗諱。

〔三七〕毗，詩小雅節南山：「天子是毗。」鄭玄箋：「毗，輔也。」

〔三八〕僉，書堯典孔傳：「僉，皆也。」衆共言之也。

〔三九〕替，詩小雅楚茨毛傳：「替，廢也。」〇黄唐曰：「古人之治，以德爲本而符瑞爲報應。後世之治，不本於德而符瑞爲虚文。貞符之作，有見於後世之虚文，遂欲一舉而盡廢之，豈古人所謂惟德動天，作善降祥之意乎？」（百家注柳集引）

【評箋】宋祁筆記卷中曰：「柳子厚正符、晉説，雖模寫前人體裁，然自出新意，可謂文矣。」按：林紓柳文研究法曰：「言新意者，即歸本於德，不以符瑞爲報應，自是此文之本旨。詩平易可誦。」

朱熹朱子語類卷一百三十九曰：「古人作文作詩，多是模仿前人而作之，蓋學之既久，自然純熟。如相如封禪書模仿極多，柳子厚見其如此，却作貞符以反之，然文體亦不免乎蹈襲也。」又曰：「賓戲、解嘲、劇秦、貞符諸文，皆祖宋玉之文。」

徐師曾文體明辯序説曰：「按符命者，稱述帝王受命之符也。夫帝王之興，固有天命，而所謂天命者，實不在乎祥瑞圖讖之間，故大電、大虹、白狼、白魚之屬，不見於經，而見於史。史其可盡信邪？後世不察其僞，一聞怪誕，遂以爲符，而以封禪答之，亦惑之甚矣。自其說昉於管仲，其事行於始皇，其文肇於相如，而千載之惑，膠固而不可破。於是揚雄美新、班固典引、邯鄲淳受命述，相繼有作，而文選遂立『符命』一類以列之。夫美新之文，遺穢萬世，淳亦次之，固不足道；而馬、班所作，君子亦無取焉。惟柳氏貞符以仁立說，頗協於理，然蘇長公猶以爲非，則如斯文不作可也。」

何良俊四友齋叢說卷二十三曰：「唐人如李百藥封建論、崔融武后哀册文、柳子厚貞符、韓退之進學解，猶是文章之遺，此後不復見矣。」

孫月峯評點柳柳州集卷一曰：「立意好文，則遠讓馬、揚、班。」又評其詩曰：「平澹有餘，符命家文還宜高古宏麗，乃爲合作。」

蔣之翹柳集輯注卷一曰：「貞符體制雖詰屈幽玄，而意義自繚然可尋，會須觀其步驟神奇處。」

陸夢龍韓退之柳子厚集選曰：「序如書，詩略如雅。」

何焯義門讀書記曰：「以德爲符，其論偉矣，然亦本末不該。柳子持論，往往皆據一面，如封建則直舍本而齊末者，所以不逮韓子。」

章士釗柳文指要體要之部卷一曰：「貞符有大義二：一反對封禪，一以仁爲歸。」

# 唐鐃歌鼓吹曲十二篇 并序

負罪臣宗元一本無「負罪」二字。言〔一〕：臣幸以罪居永州，受食府廩，竊活性命，得視息〔二〕，無治事，時恐懼；小閒，又盜取古書文句〔三〕，聊以自娱。伏惟漢魏以來〔四〕，代有鐃歌鼓吹詞，唯唐獨無有。臣爲郎時，以太常聯禮部〔五〕，嘗聞鼓吹署有戎樂，詞獨不列。今又考漢曲十二篇〔六〕，魏曲十四篇〔七〕，晋曲十六篇〔八〕，漢歌詞不明紀功德，魏晋歌功德具。今臣竊取魏晋義〔九〕，用漢篇數，爲唐鐃歌鼓吹曲十二篇。紀高祖、太宗功能之神奇，因以知取天下之勤勞，命將用師之艱難。每有戎事，治兵振旅，幸歌臣詞以爲容〔一〇〕。且得大戒，宜敬而不害。臣淪棄即死，言與不言，其罪等耳。猶冀能言，有益國事，不敢效怨懟默已〔一一〕。謹冒死上。

隋亂既極，唐師起晋陽，平姦豪，爲生人義主，以仁興武。爲晋陽武第一〔一二〕。

晋陽武，奮義威。煬之渝〔一三〕，一作淪。德焉歸。氓畢屠，綏者誰。皇烈烈〔一四〕，專天機。號以仁，揚其旗。日之昇，九土晞〔一五〕。一作熙。斥田圻〔一六〕，流洪輝。有其二〔一七〕，翼餘隋。斮梟鷙〔一八〕，連熊螭〔一九〕。枯以肉，勍者羸〔二〇〕。后土蕩〔二一〕，玄穹彌〔二二〕。合之育，莽然施〔二三〕。惟德輔〔二四〕，慶無期。

右晉陽武二十六句 句三字。

據序，知作於永州，年月不可考。宋書樂志：「鐃，如鈴而無舌，有柄，執而鳴之。周禮：『以金鐃止鼓。』漢鼓吹曲曰鐃歌。」崔豹古今注曰：「漢樂有黄門鼓吹，天子所以宴樂羣臣也。短簫鐃歌，鼓吹之一章爾。」（百）郭茂倩樂府詩集卷十六曰：「初魏晉之世，給鼓吹甚輕，牙門督將五校悉有鼓吹。宋齊已後，則甚重矣。……周武帝每元正大會，以梁案架列於懸間，與正樂合奏。隋又於案下設熊羆貙豹，騰倚承之，以象百獸之舞。唐因之。」〇郭茂倩樂府詩集卷二十曰：「唐鼓吹鐃歌十二曲，柳宗元作以紀高祖、太宗功德及征伐勤勞之事。……按此諸曲，史書不載，疑宗元私作而未嘗奏，或雖奏而未嘗用，故不被於歌，如何承天之造宋曲云。」

〔一〕負罪臣宗元，詁訓本、全唐詩無「負罪」二字。

〔二〕視息，蔡琰悲憤詩：「爲復强視息，雖生何聊賴。」生存也。

〔三〕盜取，竊取。荀子王霸楊倞注：「盜猶竊也。」

〔四〕伏惟，音辯本、文淵閣本、五百家注本均作「覬」。

〔五〕太常聯禮部，徐松唐兩京城坊考卷一：「承天門街之東，第七横街之北，從西第一太常寺。」

又：「承天門街之東，第四横街之北，從西第一尚書省。」禮部屬尚書省，與太常寺地甚近。

〔六〕漢曲十二篇，宋書樂志載漢鼓吹鐃歌十八曲：朱鷺、思悲翁、艾如張、上之回、翁離、戰城南、巫山高、上陵、將進酒、君馬黄、芳樹、有所思、雉子、聖人出、上邪、臨高臺、遠如期、石留。古今樂録曰：「又有務成、玄雲、黄爵、釣竿，亦漢曲也，其辭亡。」按：宗元所言漢曲及以下魏、晉曲篇數，與樂志所載皆不同，不知何據。

〔七〕魏曲十四篇，宋書樂志載繆襲魏鼓吹曲十二篇：改朱鷺爲初之平，言魏也；改思悲翁爲戰滎陽，言曹公也；改艾如張爲獲吕布，言曹公東圍臨淮，生擒吕布也；改上之回爲克官渡，言曹公與袁紹戰，破之於官渡，還譙收藏士卒死亡也；改戰城南爲定武功，言曹公初破鄴，武功之定乎此也；改巫山高爲屠柳城，言曹公越北塞，歷白檀，破三郡烏桓於柳城也；改上陵爲平南荆，言曹公平荆州也；改將進酒爲平關中，言曹公征馬超定關中也；改有所思爲應帝期，言曹文帝以聖德受命，應運期也；改芳樹爲邕熙。言魏氏臨其國，君臣邕穆，庶績咸熙也。改上邪爲太和，言魏明帝繼體承統，太和改元，德澤流布。皆述魏之功德也。（百）

〔八〕晉曲十六篇，宋書樂志載傅玄晉鼓吹曲二十二篇：改朱鷺爲靈之祥，改思悲翁爲宣受命，改艾如張爲征遼東，改上之回爲宣輔政，改雍離爲時運多難，改戰城南爲景雲飛，改巫山高爲平玉衡，改上陵爲文皇統百揆，改將進酒爲因時運，改有所思爲惟庸蜀，改芳樹爲天序，改上邪爲大晉承運期，改君馬黄爲金靈運，改雉子爲於穆我皇，改聖人出爲仲春振旅，改臨高臺爲夏苗田，改遠期行爲仲秋獮田，改石留爲從天道，改務成爲唐堯，玄雲用漢舊名，改黄爵爲伯益，釣竿用漢舊名。亦皆紀述晉之功德也。（百）

〔九〕魏晉，原作「晉魏」，據諸校本互乙。

〔一〇〕容，吕氏春秋士容高誘注：「容猶法也。」

〔一一〕懟，穀梁傳莊公三十一年：「財盡則怨，力盡則懟。」懟猶怨也。

〔一二〕晉陽武，隋大業十三年，唐高祖李淵爲太原留守。時隋亂已熾，李密、竇建德、杜伏威、輔公祏輩皆已起兵反隋。高祖舉事，九月，入關據有長安。十月，立代王侑爲天子，遥尊煬帝爲太上皇。義寧二年，百僚勸進，遂即帝位，改隋義寧二年爲唐武德元年。晉陽，元和郡縣志卷十三河東道太原府：「帝王世紀曰：『帝堯始封於唐，又徙晉陽，及爲天子都平陽。』平陽，即今晉州；晉陽，即今太原也。」按隋太原郡治晉陽縣，今山西太原市西南。唐兆基之處，故以晉陽武爲第一。

〔一三〕煬，隋煬帝楊廣。逸周書卷六謚法解：「去禮遠衆曰煬，好内遠禮曰煬，好内怠政曰煬。」淪，此當作「淪」。孫汝聽曰：「淪，喪也。言煬帝失德以亡其國。」（百家注柳集引）

〔一四〕烈烈，詩小雅黍苗：「烈烈征師，召伯成之。」威武貌。

〔一五〕九土，左思蜀都賦：「九土星分，萬國錯跱。」猶謂九州也。

〔一六〕斥田圻，原作「訴田圻」，小注「一作斥田坼」。蔣之翹柳集輯注卷一：「以後題有『斥東土』

較之，其作『斥』是矣。但『坼』字乃分裂之義，又於文理未安，今當更定爲『斥田圻』（圻，原刻誤作坼），蓋謂開拓其郊甸以流洪光於宇内也。」然亦不敢遽信，姑存以俟博雅者焉。」按：蔣説是，宋本樂府詩集正作「斥田圻」，據改。

〔一七〕有其二，論語泰伯：「三分天下有其二，以服事殷，周之德，可謂至德也已矣。」（百）

〔一八〕斮，説文卷十四：「斮，斬也。」（百）梟鷙，説文卷六：「梟，不孝鳥也。」廣韻：「鷙，不祥鳥也。赤口白身。」皆惡鳥也。

〔一九〕熊螭，書牧誓：「如虎如貔，如熊如羆。」曹植白馬篇李善注：「歐陽尚書説曰：『螭，猛獸也。』」此以獸喻强援也。

〔二〇〕勍者羸，左傳僖公二十二年：「且今之勍者，皆吾敵也。」杜預注：「勍，强也。」左傳桓公六年杜預注：「羸，弱也。」謂枯者使之生肉，而强者則弱之。即鋤强扶弱之意。

〔二一〕蕩，猶「蕩蕩」。爾雅釋訓：「蕩蕩，平坦之貌。」

〔二二〕玄穹，张華壯士篇：「長劍横九野，高冠拂玄穹。」高天。彌，張衡西京賦薛綜注：「彌，猶覆也。」

〔二三〕施，國語晉語韋昭注：「施，惠也。」

〔二四〕惟德輔，書蔡仲之命：「皇天無親，惟德是輔。」（百）孔安國傳：「天之於人，無有親疏，惟有德者則輔佑之。」

唐既受命，李密自敗來歸，以開黎陽，斥東土，爲獸之窮第二。一本題云：李密自邙山之敗，其下皆貳，伯王之業知天授在唐，遂歸於有道，享我爵命，爲獸之窮。

獸之窮〔一〕，奔大麓〔二〕。天厚黄德〔三〕，狙獷服〔四〕。甲之櫜〔五〕，弓弭矢箙〔六〕。皇旅靖，敵逾蹙。自亡其徒，匪予戮〔七〕。屈臂猛〔八〕，虔慄慄〔九〕。縻以尺組，啗以秩〔一〇〕。黎之陽，土茫茫。富兵戎，盈倉箱。乏者德，莫能享。驅豺兕，授我疆〔一一〕。

右獸之窮二十二句　十八句，句三字。四句，句四字〔一二〕。

〔一〕孫月峯評點柳柳州集卷一曰：「獸之窮三字奇崛甚。」

〔二〕大麓，書舜典：「納於大麓。」（百）此以獸喻密，大麓喻唐。

〔三〕黄德，孫汝聽曰：「唐以土德代隋，故云黄德。」（百家注柳集引）按：通鑑唐紀武德元年：「唐王淵即皇帝位……推五運爲土德，色尚黄。」

〔四〕狙獷，揚雄劇秦美新：「來儀之鳥，肉角之獸，狙獷而不臻。」李善注：「狙獷，犬噬人者也。」（百）

〔五〕櫜，左傳昭公元年杜預注：「櫜，弓衣也。」禮少儀鄭玄注：「櫜，弢鎧衣也。」弓箭鎧甲之袋。

武德元年（六一八），唐高祖李淵受隋禪。九月，李密與王世充戰於邙山，爲世充所敗，遂率二萬餘衆歸唐。時密部徐世勣尚據有黎陽，遂録郡縣户口以獻。李密，遼東襄平人，始隨楊玄感起兵反隋，玄感敗，後歸翟讓，爲衆推爲盟主，號魏公。擁兵至數十萬。及降唐，怨禮數寖薄，意不平，以謀反誅。兩唐書皆有傳。

〔六〕弓弭，爾雅釋器：「弓有緣者謂之弓，弓無緣者謂之弭。」有裝飾者謂弓，無者謂弭。矢箙，周禮夏官司弓矢：「中秋獻矢箙。」鄭玄注：「箙，盛矢器也，以獸皮爲之。」

〔七〕自亡其徒二句，謂李密乃自失其衆，非唐軍誅戮之也。李因培唐詩觀瀾集卷二批曰：「本春秋梁亡之義，措辭正大。」

〔八〕屈贙猛，韓醇詁訓柳集卷一曰：「按唐韻、集韻、官韻並無『贙』字。或謂當作虣，音暴，强侵也。周禮有司虣氏。」

〔九〕慄慄，書湯誥：「慄慄危懼，若將隕於深淵。」畏懼貌。

〔一〇〕縻，史記司馬相如傳索隱：「縻，牛轡也。」引申爲束縛義。尺組，以喻官職。噉，同啖、啗，食也。秩，左傳莊公十九年杜預注：「秩，禄也。」此謂以爵禄羈縻李密也。舊唐書李密傳：「（密歸唐），高祖遣使迎勞，相望於道。……尋拜光禄卿，封邢國公。」

〔一一〕黎之陽八句，謂黎陽之地，兵强糧足，然密所乏者德，故爲唐所得也。

〔一二〕世綵堂本柳集注曰：「邵本云：獸之窮十九句，其十五句，句三字，其三句，句七字；其一句，句四字。以『天厚黄德狙獷服』、『自亡其徒匪予戮』、『縻以尺組噉以秩』爲三七字句，『弓弭矢箙』爲四字句。」

【評箋】

孫月峯評點柳柳州集卷一曰：「此篇語特多精峭。」

陸夢龍韓退之柳子厚集選曰：「寫得神武，氣象萬千。」

太宗師討王充，竇建德助逆，師奮擊武牢下，擒之，遂降充。爲戰武牢第三。

戰武牢，動河朔〔一〕。逆之助，圖掎角〔二〕。怒穀𪊨〔三〕，抗喬嶽〔四〕。翹萌牙，傲霜雹。王謀内定，申掌握。鋪施芟夷〔五〕，二主縛。憚華戎，廓封略。命之曹〔六〕，畢以斮〔七〕。歸有唯先覺〔八〕。

右戰武牢十八句　其十六句，句三字。其二句，句四字。

武德三年（六二〇）七月，秦王李世民奉詔討王世充。四年（六二一）二月，竇建德率兵救世充。三月，秦王入武牢，進迫其營，多所殺傷。五月，秦王大破建德軍，執建德。王世充遂率其將吏詣軍門降唐。王充，即王世充。避太宗諱去「世」字。武牢，即虎牢，避李虎諱改。元和郡縣志卷五河南道河南府：「汜水縣，古東虢國，鄭之制邑，漢之成皋縣，一名虎牢。隋開皇十八年（五九八）改成皋爲汜水縣。大業十三年（六一七）陷於王世充，武德四年討平充，復於縣理置鄭州。」按：今河南汜水縣治。

〔一〕河朔，書泰誓：「王次於河朔。」舊指黄河以北。孫汝聽曰：「河朔謂建德所據之地。」（百家注柳集引）

〔二〕掎角，左傳襄公十四年：「譬如捕鹿，晉人角之，諸戎掎之。」杜預注：「絀其後曰掎，絓其前曰角。」（百）後世指分兵牽制或夾擊也。

〔三〕鷇，國語魯語上韋昭注：「生哺曰鷇。」待母哺食之雛鳥。麛，禮記曲禮下孔穎達疏：「麛，乃鹿子之稱，而凡獸子亦得通名也。」孫汝聽曰：「鷇麛，以喻世充、建德也。」（百家注柳集引）

〔四〕喬嶽，詩周頌時邁：「懷柔百神，及河喬嶽。」毛傳：「喬，高也。喬嶽，岱宗也。」〇李因培唐詩觀瀾集卷二批曰：「奇語。」

〔五〕芟荑，削除也。二主，謂王世充、竇建德。

〔六〕命，謂天命也。禮中庸：「天命謂之性。」瞢，昏暗貌。

〔七〕畢，原作「卑」。鄭定本注：「『卑』一作『畢』。」蔣之翹柳集輯注卷一曰：「『卑』字殊無文理，義當作『畢』。」三句謂性之昏矇者，皆終至破滅也。

〔八〕先覺，孟子萬章：「天之生此民也，使先知覺後知，使先覺覺後覺也。」

薛舉據涇以死。子仁杲尤勇以暴。師平之。爲涇水黄第四。

涇水黄〔一〕，隴野茫〔二〕。負太白，騰天狼〔三〕。有鳥鷙立，羽翼張。鉤喙決前，鉅趯傍。一作距。怒飛飢嘯，翾不可當〔四〕。老雄死，子復良〔五〕。巢岐飲渭〔六〕，肆翱翔。

頓地紘，提天綱〔七〕。列缺掉幟〔八〕，招摇耀鋋〔九〕。鬼神來助，夢嘉祥。腦塗原野〔一〇〕，魄飛揚。星辰復，恢一方。

右涇水黄二十四句 其十五句，句三字。其九句，句四字。

薛舉，河東汾陰人。隋末，與其子仁杲反於隴西，自稱西秦霸王。大業十三年（六一六），僭帝號於蘭州。唐武德元年（六一八），舉軍掠岐豳，復拔高墌，謀取長安。會舉疾卒，子仁杲立，爲秦王李世民所破，仁杲率僞官屬降，以仁杲歸長安，斬之，隴西平。

〔一〕涇水黄，詩邶風谷風：「涇以渭濁。」（百）釋文：「涇，濁水也。渭，清水也。」黄，謂水濁也。按：釋文之説實誤，詩乃渭濁涇清，然其説相沿已成習見之典矣。

〔二〕隴野茫，據舊唐書薛舉傳，舉寇唐前已盡有隴西之地。武德間二次寇唐，又皆踰隴坻。

〔三〕太白、天狼，史記天官書：「秦之疆也，候在太白，占於狼弧。」（百）薛舉所寇之涇、隴，皆秦地，故云。又舊説太白主殺伐，故多用以喻兵戎；九歌東君：「舉長矢兮射天狼。」王逸注：「天狼，星名，以喻貪殘。」（百）詩當兼寓此意也。

〔四〕翾，舊注謂「小飛貌」。（百）蔣之翹柳集輯注卷一曰：「荀子諸書，『翾』通作『䴉』，義與『儇』同，云輕薄巧慧也。今按此詩上句既有『怒飛』，而此又云『小飛』，恐於意不洽，大抵其字必『儇』字所通，蓋極言其小才便利耳。」按：詩齊風還孔穎達疏：「儇，利。言其便利馳逐也。」舊唐書薛舉傳：「武德元年……（舉）軍屯高墌，縱兵虜掠，至於豳岐之地。……會太宗不豫，行軍長史劉文静、殷開山請觀兵於高墌西南，恃衆不設備，爲舉兵掩其後。……兩軍合戰，竟爲舉所敗，死者十五六，大將慕容羅睺、李安遠、劉弘基皆陷於陣。太宗歸於京師，舉軍取高墌，又遣仁杲進圍寧州。」此即指「翾不可當」也。

〔五〕老雄二句，謂舉及其子仁杲。舊唐書薛舉傳：「郝瑗言於舉曰：『今唐兵新破，將帥並擒，京師騷動，可乘勝直取長安。』舉然之，臨發而舉疾……未幾而死。……仁杲代董其衆。……仁杲，舉長子也，多力善騎射，軍中號爲萬人敵。」

〔六〕巢岐飲渭，謂舉兵進據關中之地。漢書地理志：「岐山在扶風美陽縣西北。」張衡西京賦薛綜注：「岐山在美陽縣界，山有兩岐，因以名焉。」書禹貢：「導渭於鳥鼠同穴，東會於灃，又東會於涇。」岐渭皆在關中，今陝西地。

〔七〕頓地紘，馬融廣成頌：「頓八紘。」文選演連珠李善注：「頓猶整也。」地紘，猶八紘、地維也。淮南子地形高誘注：「紘，維也，維落天地，而爲之表，故曰紘也。」紘，繩也。天綱，干寶晉紀總論：「内外混淆，庶官失才，名實反錯，天綱解紐。」二句言整頓綱紀國法也。

〔八〕列缺，司馬相如大人賦：「貫列缺之倒景兮。」集解引漢書音義：「列缺，天閃也。」孫汝聽曰：「列缺掉幟，言旗幟飛動如列缺也。」（百家注柳集引）

〔九〕招摇，禮曲禮上：「招摇在上，急繕其怒。」釋文：「北斗第七星。」（百）又史記天官書：「杓端有兩星，一内爲矛，招摇。」孟康曰：「近北斗者招摇，招摇爲天矛。」

〔一〇〕腦塗原野，史記劉敬傳：「使天下之民肝腦塗地，父子暴骨中野，不可勝數。」此謂破仁杲之軍。

【評箋】

孫月峯評點柳柳州集卷一曰：「鎔鍛工。」又評「有鳥鷙立，羽翼張。鈎喙决前，鉅趯傍」二句曰：「兩七言特險勁有鋒。」

陸夢龍韓退之柳子厚集選曰：「古峭。」

輔氏憑江淮，竟東海，命將平之。爲奔鯨沛第五。

奔鯨沛，盪海垠。吐霓翳日，腥浮雲。帝怒下顧，哀墊昏〔一〕。授以神柄，推元臣〔二〕。手援天矛，截脩鱗〔三〕。披攘蒙霿〔四〕，開海門。地平水静，浮天根〔五〕。羲和顯耀〔六〕，乘清氛。赫炎溥暢〔七〕，融大鈞〔八〕。

右奔鯨沛十八句　其十句，句三字。其八句，句四字。

輔氏，謂輔公祏，齊州臨濟人。隋末與杜伏威起兵淮南。伏威自號總管，以公祏爲長史。武德二年（六一九），伏威降唐，詔授公祏淮南道行臺尚書左僕射，封舒國公。六年（六二三），伏威入朝，公祏遂詐以伏威之令紿衆叛，八月，僭位稱帝，國號宋。高祖命趙郡王李孝恭率諸將破之，傳首京師。兩唐書有傳。沛，九歌湘君王逸注：「沛，行貌。」漢書禮樂志郊祀歌注：「沛，疾貌。」

〔一〕墊昏，書益稷：「下民昏墊。」（百）陷溺。此謂民困於兵災也。

〔二〕元臣，謂李孝恭。舊唐書李孝恭傳：「輔公祏據江東反，發兵寇壽陽，命孝恭爲行軍元師以擊之。七月，孝恭自荆州趣九江，時李靖、李勣、黄君漢、張鎮州、盧祖尚並授孝恭節度。」

〔三〕脩鱗，巨魚，即謂鯨也。喻輔氏。

〔四〕披攘，曹植責躬詩：「朱旗所拂，九土披攘。」廣雅釋詁三：「披，散也。」左傳僖公四年杜預注：「攘，除也。」霧，同「霧」。

〔五〕天根，國語周語中：「天根見而水涸。」爾雅釋天：「天根，氐也。」郭璞注：「角亢下繫於氐，若木之有根。」東方七宿之第三宿，凡四星。

〔六〕羲和，屈原離騷：「吾令羲和弭節兮。」王逸注：「羲和，日御也。」此即指日。

〔七〕赫炎，詩大雅雲漢：「旱既太甚，則不可沮。赫赫炎炎，云我無所。」旱熱貌。溥暢，宋玉風賦：「夫風者，天地之氣，溥暢而至，不擇貴賤高下而加焉。」

〔八〕大鈞，天，自然界。賈誼鵩鳥賦：「大鈞播物兮，坱圠無垠。」

【評箋】孫月峯評點柳柳州集卷一曰：「宏壯。」

梁之餘，保荆、衡、巴、巫，窮南越，良將取之，不以師。爲苞枿第六。

苞枿黜矣〔一〕，惟根之蟠。彌巴蔽荆，負南極以安。曰我舊梁氏〔二〕，緝綏艱難。江漢之阻，都邑固以完〔三〕。聖人作〔四〕，神武用〔五〕。有臣勇智〔六〕，奮不以衆。投跡死地〔七〕，謀猷縱〔八〕。化敵爲家，慮則中〔九〕。浩浩海裔，不威而同。係縲降王〔一〇〕，定厥功。澶漫萬里〔一一〕，宣唐風。蠻夷九譯〔一二〕，咸來從。凱旋金奏〔一三〕，像形容〔一四〕。震赫萬國，罔不襲〔一五〕。

右苞枿二十八句　其十六句，句四字。其三句，句五字。其九句，句三字。

梁之餘，指蕭銑，後梁宣帝曾孫。大業十三年（六一七）起兵反隋，義寧二年（六一八）僭稱皇帝，置百官，一準梁故事。西至三峽，南盡交阯，北拒漢川，皆附之，擁兵四十餘萬。武德元年（六一八），遷都江陵。武德四年（六二一），唐高祖命趙郡王李孝恭及李靖率巴蜀兵發自夔州，沿流而下，討銑。十月，銑出降。囚送長安，斬於都市，年三十九。銑自初起，五年而滅。新舊唐書有傳。枿，爾雅釋詁：「枿，餘也。」書盤庚馬融注：「顛木而肄生曰枿。」按：木斫後復生爲枿，銑爲梁之後人，故以苞枿爲名。

〔一〕黜，韓醇詁訓柳集卷一：「官韻、唐韻、集韻、玉篇並無黜字，疑作『𣊫』，傳寫者誤書『日』爲

『黑』耳。」宋玉高唐賦李善注：「晦，茂貌。」

〔二〕冃，音辯本、蔣之翹本、全唐詩作「曰」。按：説文卷七：「冃，重覆也。」音冒。

〔三〕固以完，完原作「皃」，句下注：「音完」。蔣之翹柳集輯注卷一曰：「按皃本貌字，又末各切，音莫，亦與貌同。按諸字書未有音完字者，况諸本皆作完，從之。」蔣説是。荀子王制楊倞注：「完，堅也。」李因培唐詩觀瀾集卷二曰：「唐平諸國，惟蕭銑紹梁，名頗正，故詩中無歸罪語。」

〔四〕聖人作，易乾：「聖人作而萬物覩。」釋文：「馬融曰：作，起。」

〔五〕神武，易繫辭上：「古之聰明、叡智、神武而不殺者夫。」神明威武也。

〔六〕有臣，謂河間王李孝恭。新唐書李孝恭傳：「蕭銑據江陵，孝恭數進策圖銑，帝嘉納。」

〔七〕投跡，見前遊南亭夜還叙志七十韻詩注。死地，新唐書李孝恭傳：「（孝恭）發夷陵，破銑二鎮，縱戰艦放江中。……曰：『銑之境，南際嶺，左薄洞庭，地險士衆，若城未拔而援至，我且有内外憂，舟雖多，何所用之？今銑瀕江鎮戍，見艫舠蔽江下，必謂銑已敗，不即進兵，覘候往返，以引救期，則吾既拔江陵矣。』已而救兵到巴陵，見船，疑不進。銑内外阻絶，遂降。」按：銑地險士衆，孝恭長驅深入，故云「投跡死地」也。

〔八〕謀猷，書文侯之命：「越小大謀猷，罔不率從。」計謀也。

〔九〕慮，爾雅釋詁：「慮，謀也。」

〔一〇〕係縲，墨子天志下：「民之格者勁拔之，不格者係累而歸。」係縲、係累同，謂拘囚、綑綁也。

〔一一〕澶漫，張衡西京賦「澶漫靡迤」劉良注：「寬長貌。」

〔一二〕九譯，張衡東京賦：「重舌之人九譯，僉稽首而來王。」薛綜注：「重舌謂曉夷狄語者，九度譯言始至中國者也。」

〔一三〕金奏，周禮春官鍾師：「鍾師掌金奏。」鄭玄注：「金奏，擊金以爲奏樂之節。金謂鍾及鎛。」又左傳成公十二年杜預注：「擊鍾而奏樂。」

〔一四〕像形容，舊唐書李孝恭傳：「高祖大悦，拜孝恭荆州大總管，使畫工貌而視之。」又新唐書李孝恭傳：「帝悦，遷荆州大總管，詔圖破銑狀以進。」（百）

〔一五〕龔，「供」本字。宗元武岡銘：「奉職輸賦，進比華人，無敢不龔。」亦同。

【評箋】

孫月峯評點柳柳州集卷一曰：「工峭中稍存古調，以錯落勝。」

李軌保河右，師臨之，不克變，或執以降。爲河右平第七。

河右澶漫〔一〕，頑爲之魁。王師如雷震，崑崙以頹。上聾下聰，鶩不可迴〔二〕。助讎抗有德，惟人之災。乃潰乃奮，執縛歸厥命〔三〕。萬室蒙其仁，一夫則病〔四〕。濡以鴻澤，皇之聖。威畏德懷，功以定。順之于理，物咸遂厥性。

右河右平十八句　其十一句，句四字。其五句，句五字。其二句，句三字。

李軌，字處則，武威姑臧人。薛舉亂金城，軌聚兵保據河右，自稱河西大涼王。武德元年（六一八）冬，僭稱帝。未幾，盡有河西五郡之地。唐高祖方圖薛舉，遣使册拜軌涼王、涼州總管，軌不欲去帝號，奉書稱從弟大涼皇帝臣軌，而不受官。高祖怒。其將安興貴、安脩仁執以降，斬於長安，自起至亡凡三年。兩唐書均有傳。

〔一〕澶漫，見上苞枿詩注。

〔二〕上聾下聰二句，舊唐書李軌傳：「（軌）問以自安之術，興貴諭之曰：『涼州僻遠，人物凋殘。……今大唐據有京邑，略定中原，攻必取，戰必勝，是天所啓，非人力焉。今若舉河西之地委質事之，即漢家竇融未足爲比。』軌默然不答，久之，謂興貴曰：『昔吴濞以江左之兵，猶稱己爲東帝，我今以河右之衆，豈得不爲西帝。彼雖强大，其如予何？』」上聾謂軌，下聰謂興貴也。驁，漢書田蚡傳師古注：「驁，與傲同。」

〔三〕乃潰乃奮二句，舊唐書李軌傳：「興貴知軌不可動，乃與修仁等潛謀引諸胡衆起兵圖軌……軌敗入城……於是諸城老幼皆出詣修仁。軌嘆曰：『人心去矣，天亡我乎！』……修仁執以聞。」

〔四〕一夫，孟子梁惠王下：「殘賊之人，謂之一夫。」一夫則病，謂誅李軌也。

突厥之大，古夷狄莫彊焉。師大破之，降其國，告于廟。爲鐵山碎第八。

鐵山碎，大漠舒。二虜勁〔一〕，連穹廬。背北海，專坤隅〔二〕。歲來侵邊，或傅于都〔三〕。天子命元帥，奮其雄圖。破定襄，降魁渠。窮竟窟宅。斥余吾〔四〕。一作并。百蠻破膽〔五〕，邊氓蘇。威武燀耀〔六〕，「燀」一作「煇」。明鬼區〔七〕。利澤彌萬祀，功不可踰。官臣拜手〔八〕，惟帝之謨。

右鐵山碎二十二句　其十一句，句三字。其九句，句四字。其二句，句五字。

隋書北狄傳：「突厥之先，平涼雜胡也。……世居金山，工於鐵作。金山狀如兜鍪，俗呼兜鍪爲突厥，因以爲號。」新唐書突厥傳：「隋大業之亂，始畢可汗咄吉嗣立，華人多往依之，契丹、室韋、吐谷渾、高昌皆役屬，竇建德、薛舉、劉武周、梁師都、李軌、王世充等倔起虎視，悉臣尊之。控弦且百萬，戎狄熾彊，古未有也。」又：「（貞觀三年（六二九））詔并州都督李世勣出通漠道，李靖出定襄道，左武衛大將軍柴紹出金河道，靈州大都督任城王道宗出大同道，幽州都督衛孝節出恒安道，營州都督薛萬淑出暢武道：凡六總管，師十餘萬，皆授靖節度以討之。」舊唐書突厥傳：「（貞觀）四年（六三〇）正月，李靖進屯惡陽嶺，夜襲定襄，頡利驚擾，因徙牙於磧口。……二月，頡利計窘，竄於鐵山。……靖乘間襲擊，大破之，遂滅其國。……三月，行軍副總管張寶相率衆奄至沙鉢羅營，生擒頡利送於京師。」鐵山，在今內蒙陰山北。又蔣之翹柳集輯注卷一曰：「鐵山本無所據，特借以喻其堅不可破也。」

〔一〕二虜，始畢可汗卒於唐武德二年，此謂其弟頡利可汗及其子突利可汗。

〔二〕坤隅，西南方。易坤「西南得朋」，故坤指西南。專坤隅，謂據地之一角也。

〔三〕歲來侵邊二句，舊唐書突厥傳：「頡利初嗣立，承父兄之資，兵馬强盛，有憑陵中國之志。……（武德）四年四月，頡利自率萬餘騎，與馬邑賊苑君璋將兵六千人共攻雁門……五年春……頡利遣數萬騎與劉黑闥合軍，進圍大恩。……六月，劉黑闥又引突厥萬餘騎入抄河北，頡利復自率五萬騎南侵，至於汾州……七年八月，頡利、突利二可汗舉國入寇，道自原州，連營南上……八年七月，頡利集兵十餘萬大掠朔州，又襲將軍張瑾於太原，瑾全軍並没。……九年七月，頡利自率十餘萬騎進寇武功，京師戒嚴。」

〔四〕斥，史記司馬相如傳索隱：「斥，廣也。」斥地。余吾，漢書武帝紀：「馬生余吾水中。」應劭注：「在朔方北也。」（百）唐置余吾州，在今綏遠烏喇特境。按新唐書突厥傳：「其國遂亡，斥境至大漠北矣。」

〔五〕百蠻，班固東都賦：「内撫諸夏，外綏百蠻。」

〔六〕威武燀燿，史記秦始皇本紀：「義誅信行，威燀旁達，莫不賓服。」燀，光烈也。

〔七〕鬼區，班固典引：「仁風翔於海表，威靈行乎鬼區。」注：「鬼區，即鬼方也。毛詩曰：『覃及鬼方。』毛萇傳曰：『鬼方，遠方也。』」

〔八〕官臣，左傳襄公十八年：「其官臣偃實先後之。」杜預注：「官臣，守官之臣。」（百）

【評箋】

孫月峯評點柳柳州集卷一曰：「氣勁。」

劉武周敗裴寂，咸有晉地，太宗滅之。爲靖本邦第九。

本邦伊晉，惟時不靖。根柢之搖〔一〕，枯葉攸病。守臣不任〔二〕，勩于神聖〔三〕。惟鉞之興，翦焉則定。洪惟我理，「洪」一作「往」。式和以敬。羣頑既夷，庶績咸正〔四〕。皇謨載大，惟人之慶。

右靖本邦十四句　句四字。

唐武德二年（六一九），劉武周率兵南侵，破榆次，拔介州，進逼太原。唐高祖遣太常少卿李仲文禦之，舉軍没，仲文逃還。裴寂自請討之，詔授晉州道行軍總管，戰，敗績，武周入據太原，復攻陷晉州。高祖詔秦王督兵進討，武德三年（六二〇），平劉武周，盡河東故地。元和郡縣志卷十三：「晉，太原、大鹵、大夏、夏墟、平陽、晉陽六名，其實一也。」唐初建義旗之地，故稱「本邦」。靖，國語周語下韋昭注：「靖，安也。」

〔一〕根柢，鄒陽獄中上吴王書：「蟠木根柢，輪囷離詭。」柢即根。

〔二〕守臣，謂裴寂。不任，不勝任也。

〔三〕勤，詩小雅雨無正：「莫知我勤。」勞也。神聖，謂太宗。意指勞太宗自往親征也。

〔四〕庶績，書堯典：「允釐百工，庶績咸熙。」

【評箋】孫月峯評點柳柳州集卷一曰：「雅辭。」

李靖滅吐谷渾西海上。爲吐谷渾第十。

吐谷渾盛彊，背西海以夸。歲侵擾我疆，退匿險且遐。帝謂神武師，往征靖皇家。烈烈旆其旗，熊虎雜龍蛇〔一〕。王旅千萬人，銜枚默無譁〔二〕。束刃踰山徼〔三〕，張翼縱漠沙。一舉刈羶腥，尸骸積如麻。除惡務本根〔四〕，況敢遺萌芽。洋洋西海水，威命窮天涯。係虜來王都，犒樂窮休嘉。登高望還師，竟一作「競」。野如春華〔五〕。行者靡不歸，親戚讙要遮〔六〕。凱旋獻清廟，萬國思無邪。

右吐谷渾二十六句 句五字。

〔一〕舊唐書西戎傳：「吐谷渾，其先居於徒河之清山，屬晉亂，始度隴，止於甘松之南，洮水之西，南極白蘭，地數千里。……隋煬帝時，其王伏允來犯塞……太宗即位，伏允遣其洛陽公來朝，使未返，大掠鄯州而去。……時，伏允年老昏耄，其邪臣天柱王惑亂之，拘我行人鴻臚丞趙德楷。太宗頻遣宣諭，使者十餘返，竟無悛心。」舊唐書李靖傳：「（貞觀九年〔六三五〕）吐谷渾寇邊……以靖爲西海道行軍大總管……大破其國，吐谷渾之衆遂殺其可汗來降。」新唐書李靖傳謂伏允「愁蹙自經死」。按：隋大業五年（六〇九）置西海郡，治伏俟城，今青海湖西岸，即吐谷渾舊都。

〔一〕烈烈，詩商頌長發：「武王載旆，有虔秉鉞，如火烈烈。」（百）熾烈貌。熊虎龍蛇，旗幟之圖形也。周禮春官司常：「交龍爲旂……熊虎爲旗，鳥隼爲旟，龜蛇爲旐。」（百）

〔二〕銜枚，周禮夏官大司馬：「銜枚以進。」鄭玄注：「枚如箸，銜之，有繣結項中。軍法止語，爲相疑惑也。」漢書高帝紀：「章邯夜銜枚擊項梁定陶。」顔師古注：「銜枚者，止言語讙囂，欲令敵人不知其來也。」（百）

〔三〕束刃，疑作「束馬」。管子封禪：「束馬懸車，上卑耳之山。」漢書郊祀志顔師古注：「韋昭曰：將上山纏束其馬，縣鈎其車也。」徼，漢書鄧通傳顔師古注：「徼，猶塞也。」

〔四〕除惡句，左傳隱公六年：「爲國家者，見惡如農夫之務去草焉。芟荑薀崇之，絶其本根，勿使能殖，則善者信矣。」（百）

〔五〕李因培唐詩觀瀾集卷二評春野句，曰：「何等氣象。」

〔六〕要遮，漢書揚雄傳：「淫淫與與，前後要遮。」（百）

【評箋】

孫月峯評點柳柳州集卷一曰：「以下三首雖五言，却不作魏晉以下調，故取拗拙語爲工，蓋有意希古，然果亦覺古。」

陸夢龍韓退之柳子厚集選曰：「諸作上追樂府，此便墮落古詩。」

李靖滅高昌。爲高昌第十一。

麴氏雄西北〔一〕，别絶臣外區〔二〕。既恃遠且險，縱傲不我虞。烈烈王者師〔三〕，熊螭以爲徒。龍旂翻海浪〔四〕，馹騎馳坤隅〔五〕。賁育搏嬰兒〔六〕，一掃不復餘。平沙際天極，但見黄雲驅。臣靖執長纓〔七〕，智勇伏囚拘〔八〕。文皇南面坐，夷狄千羣趨。咸稱天子神，往古不得俱。獻號天可汗〔九〕，以覆我國都。兵戍不交害，「戍」一作「戎」。各保性與軀。

右高昌二十句句五字。

韓醇詁訓柳集卷一曰：「據新舊史高昌傳及李靖傳，皆不見靖滅高昌事，而公題云靖滅高昌，無所考焉。」舊唐書高昌傳：「（高昌）在京師西四千三百里，其國有二十一城，王都高昌。」

按：貞觀十三年（六三九），太宗命吏部尚書侯君集爲交河道大總管，率步騎數萬衆以擊之。十四年（六四〇），滅高昌，以其地置西州。治所在今新疆吐魯番東南，哈拉和卓堡西南。

〔一〕麴氏，舊唐書高昌傳：「其王麴伯雅，即後魏時高昌王嘉之六世孫也。……武德二年，伯雅死，子文泰嗣。」

〔二〕臣外區，謂麴氏臣西突厥也。舊唐書高昌傳：「貞觀四年，文泰遂來朝，禮賜厚甚。……久之，文泰與西突厥通，凡西域朝貢道其國，咸見壅掠。」

〔三〕烈烈，詩小雅黍苗：「烈烈征師，召伯成之。」威武貌。

〔四〕龍旂，詩商頌玄鳥：「龍旂十乘，大糦是承。」畫交龍圖紋之旗。

〔五〕馹騎，孔叢子問軍禮：「若不幸軍敗，則馹騎赴告天子。」驛騎也。

〔六〕賁育，漢書司馬相如傳：「勇期賁、育。」顏師古注：「孟賁，古之勇士也，水行不避蛟龍，陸行不避豺狼，發怒吐氣，聲響動天。夏育，亦猛士也。」（世）搏，爾雅卷二郭璞注：「空手執曰搏。」（世）

〔七〕執長纓，漢書終軍傳：「（軍）自請：『願受長纓，必羈南越王而致之闕下。』」（百）

〔八〕囚拘，漢書賈誼傳鵩鳥賦：「窘若囚拘。」（百）

〔九〕天可汗，舊唐書太宗紀：「（貞觀四年）夏四月丁酉，御順天門，軍吏執頡利以獻捷。自是西北諸蕃咸請上尊號爲『天可汗』，於是降璽書册命其君長，則兼稱之。」

既克東蠻，羣臣請圖蠻夷狀，如周書王會。爲東蠻第十二。

東蠻有謝氏，冠帶理海中。自言我異世，雖聖莫能通。王卒如飛翰〔一〕，鵬騫駭羣龍〔二〕。轟然自天墜，乃信神武功。繫虜君臣人，累累來自東。無思不服從，唐業如山崇。百辟拜稽首，咸願圖形容。如周王會書〔三〕，永永傳無窮。睢盱萬狀乖，咿嘔九譯重〔四〕。廣輪撫四海〔五〕，浩浩知皇風。歌詩鐃鼓間，以壯我元戎。

右東蠻二十二句 句五字。

舊唐書南蠻西南蠻傳：「東謝蠻其地在黔州之西數百里……其首領謝元深，既世爲酋長，其部落皆尊畏之。……貞觀三年（六二九），元深入朝，冠烏熊皮冠，若今之髦頭，以金銀絡額，身披毛帔，韋皮行縢而著履。中書侍郎顔師古奏言：『昔周武王時，天下太平，遠國歸款，周史以書其事爲王會篇。今萬國來朝，至於此輩章服，實可圖寫，今請撰爲王會圖。』從之。以其地爲應州，仍拜元深爲刺史，隸黔州都督府。」

〔一〕飛翰，陸機擬西北有高樓：「思駕歸鴻羽，比翼雙飛翰。」高飛之鳥。

〔二〕鵬騫，莊子逍遥遊：「北冥有魚，其名爲鯤。鯤之大，不知其幾千里也。化而爲鳥，其名爲鵬，鵬之背，不知其幾千里也。怒而飛，其翼若垂天之雲。」説文卷四：「騫，飛貌。」

〔三〕周王會書，見前南省轉牒欲具江國圖令盡通風俗故事詩注。

〔四〕睢盱，章士釗柳文指要體要之部卷一：「睢盱，質樸貌。王延壽賦：『鴻荒樸略，厥狀睢盱。』揚雄劇秦美新：『權輿天地未祛，睢睢盱盱。』蓋元氣未判，或大樸未雕，皆謂之睢盱。呷嗢，或作『嗢呷』，語言不明貌。韓愈赤藤杖歌：『滇王掃宮邀使者，跪進再拜語嗢呷。』至宋王逢聞彈白翎雀引：『前驅屈盧從繁弱，睢盱嗢呷萬狀錯。』則綜睢盱、嗢呷而合用之，蓋以子厚鐃歌爲藍本也。」○孫月峯曰：「兩語信工，然不無稍傷其樸。」

〔五〕廣輪，周禮大司徒：「周知九州之地域廣輪之數。」馬融曰：「東西爲廣，南北爲輪。」

【評箋】

孫月峯評點柳柳州集卷一曰：「沖然絶塵，可謂還雕於樸。」

【總評】

胡應麟詩藪内編卷一曰：「退之琴操、子厚鼓吹，鋭意復古，亦甚勤矣。然琴操於文王列聖，得其意不得其詞；鼓吹於鐃歌諸曲，得其調不得其韻。其猶在晉人下乎！」

孫月峯評點柳柳州集卷一曰：「前雅果雅，此鐃歌信錚錚有金鐵聲，皆操觚上技，但微覺人巧力多。」又曰：「詩譜謂漢郊廟詩煅意刻酷，煉字神奇，此詩亦從彼派來，雖失之太峻，然於戎樂固自當行。」又曰：「漢歌卓不可及，此歌當在魏晉之間，正可與韋弘嗣埒。」

賀裳載酒園詩話又篇曰：「鐃歌鼓吹曲又不及皇武、方城，然較之七德舞則綿藹猶勝盆子君臣也。」

張謙宜《繭齋詩談》卷五曰：「唐鐃歌鼓吹曲，若仿漢調，音節頗近，以漢樂原不純乎古也。」

光聰諧《有不爲齋隨筆》卷三曰：「子厚唐鐃歌鼓吹曲第四《涇水黄》言平薛舉父子，就舉字生義，故云：『有鳥鷙立，羽翼張，鈎喙决前，距趯傍，怒飛饑嘯，翾不可當。』第五《奔鯨沛》則因輔氏憑江淮竟東海也，故比之以鯨。」

胡薇元《夢痕館詩話》卷二曰：「《平淮西雅》力追雅頌，唐鐃歌十二篇，大力復古。」

## 平淮夷雅二篇 并序

皇武，命丞相度董師，集大功也。

皇耆其武〔一〕，于溵于淮〔二〕。既巾乃車〔三〕，環蔡其一作具。來〔四〕。狡衆昏嚚〔五〕，甚毒于酲〔六〕。狂奔叫呶〔七〕，以干一作扞。大刑。

皇咨于度，惟汝一德〔八〕。曠誅四紀〔九〕，其傒汝克〔一〇〕。錫汝斧鉞，其往視師。師是蔡人，以有以釐〔一一〕。

度拜稽首，廟于元龜〔一二〕。既禡既類〔一三〕，于社是宜〔一四〕。金節煌煌〔一五〕，錫盾雕戈〔一六〕。犀甲熊旂〔一七〕，威命是荷〔一八〕。

度拜稽首。出次于東〔一九〕。天子餞之〔二〇〕，罍斝是崇〔二一〕。鼎臑俎胾〔二二〕，五獻百籩〔二三〕。凡百卿士，班以周旋〔二四〕。

既涉于澭〔二五〕，乃翼乃前〔二六〕。孰圖厥猶〔二七〕，其佐多賢〔二八〕。宛宛周道〔二九〕，于山于川。遠揚邇昭〔三〇〕，陟降連連。

我旆我旗，于道于陌。訓于羣帥〔三一〕，拳勇來格〔三二〕。公曰徐之，無恃頟頟〔三三〕。式和爾容，惟義之宅。

進次于郾〔三四〕，彼昏卒狂。哀兇鞠頑〔三五〕，鋒蝟斧螗〔三六〕。赤子匍匐〔三七〕，厥父是亢〔三八〕。怒其萌芽〔三九〕，以悖太陽〔四〇〕。

王旅渾渾〔四一〕，是佚是怙〔四二〕。既獲敵師，若飢得餔。蔡兇伊窘，悉起來聚〔四三〕。左擣其虚，靡愆厥慮〔四四〕。

載闢載祓〔四五〕，丞相是臨。弛其武刑，諭我德心〔四六〕。其危既安，有長如林〔四七〕。曾是讙譊，化爲謳吟。

皇曰來歸，汝復相予。爵之成國〔四八〕，一作「公于有晉」。胙以夏墟〔四九〕。度拜稽首，天子聖神。度拜稽首，皇祐下人。

淮夷既平，震是朔南〔五〇〕。宜廟宜郊，以告德音。歸牛一作刃。休馬〔五一〕，豐稼于埜。我武惟皇，永保無疆。

右皇武十有一章，章八句。

元和九年（八一四）閏八月丙辰，彰義軍節度使吴少陽卒。其子元濟自稱知軍事。憲宗發兵討之。元和十二年（八一七）十月，唐軍始克蔡州。十一月，元濟伏誅。宗元獻平淮夷雅表云：「今又發自天衷，克翦淮右，而大雅不作。臣誠不佞，然不勝憤懣。」又云：「臣負罪竄伏，違尚書牋奏十有四年。」詩元和十三年（八一八）作也。共二篇，皇武，美裴度也。音辯注釋柳柳州集卷一：「按毛詩注云：『淮夷在淮浦而夷行也。』吴元濟在淮蔡，故曰淮夷。宗元擬江漢之詩而作也。」舊唐書憲宗紀：「元和十二年秋七月丙辰，制以中書侍郎平章事裴度守門下侍郎同平章事，使持節蔡州諸軍事、蔡州刺史，充彰義軍節度申、光、蔡觀察處置等使，仍充淮西宣慰處置使。」舊唐書裴度傳：「宰相李逢吉、王涯等三人以勞師弊賦，意欲罷兵，見上互陳利害。度獨無言。帝問之，對曰：『臣請身自督戰。』明日，延英重議，逢吉等出，獨留度謂之曰：『卿必能爲朕行乎？』度俯伏流涕曰：『臣誓不與此賊偕全。』上亦爲之改容。翌日，詔裴度可門下侍郎，同中書門下平章事，蔡州刺史，充彰義軍節度申、光、蔡觀察等使，仍充淮西宣慰招討處置使。詔出，度以韓弘爲淮西行營都統，不欲更爲招討，請祇稱宣慰處置使。從之。（元和）十二年八月三日，度赴淮西。……度名雖宣慰，其實行元帥事也。」董，爾雅釋詁：「董，督正也。」

〔一〕耆，詩周頌武：「耆定爾功。」毛傳：「耆，致也。」（百）

〔二〕溵，元和郡縣志卷八河南道陳州：「溵水縣：溵水，經縣北，去縣三里。」在今河南商水縣，地近淮西。舊唐書李光顔傳：「（元和）九年，將討淮蔡，九月，遷陳州刺史，忠武軍都知兵馬使。踰月，遷忠武軍節度使。會朝廷討吴元濟，詔光顔以本軍獨當一面，光顔於是引兵臨溵水、抗洄曲。」

〔三〕既巾乃車，文粹作「既徒既車。」參見前同二十八院長述舊言懷感時書事詩注。

〔四〕環蔡句，蔡州爲淮西節度使治所。今河南汝南縣治。其來，文淵閣本、全唐詩作「具來」。全唐詩并注：「一作其來。」

〔五〕囂，見前貞符注。

〔六〕酲，詩小雅節南山：「憂心如酲。」毛傳：「病酒曰酲。」説文卷十四：「酲，病酒也。」

〔七〕呶，詩小雅賓之初筵：「載號載呶。」毛傳：「號呶，號呼、讙呶也。」（百）

〔八〕一德，書泰誓：「乃以一德一心，立定厥功。」

〔九〕曠誅四紀，寶應元年，李忠臣爲淮西節度使，其後李希烈、陳仙奇、吴少誠、吴少陽相繼擁兵自立。自寶應元年至元和九年凡五十二年，言「四紀」者，舉其成數也。韓愈平淮西碑云：「蔡帥之不廷授，於今五十年。」段文昌平淮西碑亦云：「四紀逋誅。」又文粹「四紀」作「四祀」。吴元濟元和九年自立，元和十二年伏誅，凡四年，作「四祀」，亦通。

〔一〇〕傒，通徯，爾雅釋詁：「徯，待也。」

〔一一〕釐，漢書文帝紀：「祠官祝釐。」如淳曰：「福也。」師古曰：「本作禧，假借用。」

〔一二〕廟于元龜，書大禹謨：「昆命於元龜。」孫汝聽曰：「元龜，大龜也。廟於元龜者，謂以元龜卜之於廟也。」（百家注柳集引）

〔一三〕禡類，詩大雅皇矣：「是類是禡。」（百）毛傳：「於内曰類，於野曰禡。」孔穎達疏：「初出兵之時，於是爲類祭，至所征之地，於是爲禡祭。」

〔一四〕社，禮記王制：「天子將出征，類乎上帝，宜乎社，造乎禰，禡於所征之地。」（百）社，祭神之所。

〔一五〕金節，周禮地官掌節：「凡邦國之使節，山國用虎節，土國用人節，澤國用龍節，皆以金爲之。」（百）

〔一六〕錫盾，「錫」原作「錫」，據文淵閣本、世綵堂本改。禮郊特牲：「朱干設錫。」鄭玄注：「干，盾也。錫，傅其背如龜也。」盾背之金屬飾物。

〔一七〕犀甲，周禮考工記：「犀甲七屬。」楚辭九歌國殤：「操吴戈兮被犀甲。」以犀皮爲鎧甲也。熊旂，周禮春官司常：「熊虎爲旗。」今作「旂」，通用。（百）

〔一八〕威命是荷，詩商頌玄鳥：「百禄是何。」何通作荷，左傳隱公三年引詩正作「荷」。任也，負

也。（百）

〔一九〕次，書泰誓孔傳：「次，止也。」

〔二〇〕天子餞之，舊唐書裴度傳：「度赴淮西，詔以神策軍三百騎衛從，上御通化門慰勉之。」

〔二一〕罍斝，爾雅釋器：「罍，器也。」郭璞注：「罍，形似壺，大者受一斛。」説文卷六謂罍「龜目酒尊，刻木作雲雷象，象施不窮也。」説文卷十四：「斝，玉爵也。夏曰琖，殷曰斝，周曰爵。……或説斝受六升。」（百）

〔二二〕鼎臑，楚辭大招：「鼎臑盈望，致和芳只。」王逸注：「臑，熟也。」釋文：「鼒，大鬵。」

〔二三〕五獻，禮記禮器：「一獻質，三獻文，五獻察。」鄭玄注：「察，明也。謂祭四望山川也。」（百）

百籩，國語周語中：「品其百籩。」爾雅釋器：「竹豆謂之籩。」竹編食器爲籩，木制者爲豆。

〔二四〕班以周旋，國語晉語四韋昭注：「班，徧也。」皆也。韓非子解老：「夫道以與世周旋者，其建生也長，持祿也久。」酬應也。

〔二五〕滻，史記司馬相如傳上林賦張揖云：「滻亦出藍田谷，北至霸陵入灞。」按：裴度出征淮西，涉此水以往。

〔二六〕乃翼乃前，章士釗柳文指要體要之部卷一：「此謂渡過滻水之後，軍於是分爲左右翼，並於是鼓行而前也。」

〔二七〕猶，詩小雅采芑鄭玄箋：「猶，謀也。謀兵謀也。」

〔二八〕其佐多賢，舊唐書憲宗紀：「以刑部侍郎馬總兼御史大夫，充淮西行營諸軍宣慰副使；以太子右庶子韓愈兼御史中丞，充彰義軍行軍司馬；以司勳員外郎李正封、都官員外郎馮宿、禮部員外郎李宗閔皆兼侍御史，爲判官書記；從度出征。」

〔二九〕宛宛，史記司馬相如傳：「宛宛黃龍，興德而升。」索隱：「胡廣曰：屈伸也。」此爲回旋屈曲貌。周道，詩小雅何草不黃：「有棧之車，行彼周道。」大道也。（百）

〔三〇〕邇，詩周南汝墳鄭玄箋：「邇，近也。」

〔三一〕訓，後漢書方術傳李賢注：「訓，順也。」

〔三二〕拳勇，詩小雅巧言：「無拳無勇，職爲亂階。」鄭玄箋：「拳，力也。」（百）管子小匡：「有拳勇股肱之力。」左思吴都賦：「覽將帥之拳勇。」格，逸周書武稱：「窮寇不格。」擊也。

〔三三〕頟頟，全唐詩注：「一作額額。」書益稷：「罔晝夜頟頟。」孔安國傳：「肆惡無休息。」（世）

〔三四〕進次于郾，舊唐書裴度傳：「（度）至郾城，巡撫諸軍，宣達上旨，士皆賈勇。」（百）舊唐書憲宗紀：「詔以郾城爲行蔡州治所。八月甲申，裴度至郾城。」今河南郾城縣治。

〔三五〕裒兇鞠頑，詩周頌般鄭玄箋：「裒，衆。」詩小雅節南山毛傳：「鞠，盈。」鄭玄箋：「盈，猶多也。」此句猶言衆多兇頑之徒也。

〔三六〕鋒蝟，鋒原作「蜂」，音辯本、詁訓本、世綵堂本、文粹、全唐詩作「鋒」。按「鋒蝟」與下「斧螗」爲對，作「鋒」是，據改。蝟，謂刺蝟，身有毛刺如鋒。螗，螗蜋，亦作螳螂，前有兩足，舉之如執斧之形。陳琳爲袁紹檄豫州：「欲以螗蜋之斧，禦隆車之隧。」此句謂淮逆不自量力，以武力相拒。○孫月峯評點柳柳州集卷一曰：「語太濃，猶是文選家數。」

〔三七〕赤子，書康誥孔穎達疏：「子生赤色，故曰赤子。」孟子滕文公：「赤子匍匐將入井，非赤子之罪也。」此借用其語，喻淮逆尚未成氣候。

〔三八〕亢，左傳宣公十三年杜預注：「亢，禦也。」拒也，抗也。

〔三九〕萌芽，東方朔非有先生論：「朱草萌芽。」漢書金日磾傳注：「萌芽者，言始有端緒，若草之始生。」

〔四〇〕三山老人語録謂「赤子」四句：「言賊以逆取敗，最爲精確。」（百家注柳集引）李因培唐詩觀瀾集卷二曰：「寫淮蔡逆命處，立言有體。」

〔四一〕渾渾，荀子富國：「渾渾如泉源。」楊倞注：「渾渾，水流貌。」此狀聲勢浩大也。

〔四二〕是佚是怙，章士釗柳文指要體要之部卷一：「王旅是佚者，乃使王旅逶遲周道，而安逸前進。王旅是怙者，謂王旅强，可得恃而無恐也。」

〔四三〕悉起來聚，通鑑卷二百四十：「十二年夏四月，吴元濟以蔡人董昌齡爲郾城守，守將鄧懷金勸之歸國。乙未，昌齡、懷金舉城降。光顔引兵入據之。吴元濟聞郾城不守，甚懼，時董重質守洄曲，元濟悉發親近及守城卒詣重質以拒之。」

〔四四〕靡愆厥慮，謂無失攻擣其虚之謀劃也。爾雅釋言：「靡，無也。」左傳昭公二十六年杜預

注：「愆，失也。」按：新唐書藩鎮傳：「祐爲愬謀曰：『蔡之守者，市人疲卒耳，勁兵皆在外，若直擣懸瓠（按：元和郡縣志：蔡州古懸瓠城也。）賊成禽矣。』愬然之，以精騎夜襲蔡，坎垣入之，戍者不知也。」

〔四五〕闢，荀子議兵：「辟門除涂以迎吾入。」楊倞注：「辟與闢同，開也。」祓，左傳僖公六年：「武王親釋其縛，受其璧而祓之。」杜預注：「祓，除凶之禮。」廣韻卷五：「除災求福。」按：舊唐書裴度傳：「度先遣宣慰副使馬總入城安撫。明日，度建彰義軍節，領洄曲降卒萬人繼進。」

〔四六〕弛其武刑二句，舊唐書裴度傳：「度既視事，蔡人大悦。舊令：途無偶語，夜不燃燭，人或以酒食相過從者，以軍法論。度乃約法，唯盜賊鬭殺外，餘盡除之。」又謂：「度以蔡卒爲牙兵，或以爲反側之子，其心未安，不可自去其備。度笑而答曰：『吾受命爲彰義軍節度使，元惡就擒，蔡人即吾人也。』蔡之父老，無不感泣。」

〔四七〕有長如林，鄭定本、世綵堂本注：「『如』，一作『有』。」按此句脱胎於小雅，疑作「有」是。詩小雅賓之初筵：「有壬有林。」毛傳：「林，君也。」

〔四八〕爵之句，韓醇詁訓柳集卷一曰：「一作『公于有晉』。以下文觀之，意若重複也。」成國，左傳襄公十四年：「成國不過半，天子之軍。」杜預注：「成國謂公侯之國也。」

〔四九〕胙，左傳隱公八年：「胙之土而命之氏。」孔穎達疏：「胙，報也。」夏墟，原作「夏區」，音辯本、詁訓本、世綵堂本、文粹作「墟」，全唐詩注：「區一作樝。」據改。左傳定公四年：「子魚曰：『昔武王克商，成王定之，選建明德，以藩屏周。……分唐叔……命以唐誥，而封於夏墟。』杜預注：「夏墟，大夏，今太原晉陽也。」（百）按韓愈平淮西碑：「册功……丞相度朝京師，道封晉國公，進階金紫光禄大夫，以舊官相。」舊唐書憲宗紀：「十二月壬戌，以彰義軍節度淮西宣慰處置使、門下侍郎同平章事裴度守本官，賜上柱國、晉國公，食邑三千户。」

〔五〇〕震是朔南，謂河北諸叛鎮皆爲之震懼也。

〔五一〕歸牛休馬，書武成：「歸馬於華山之陽，放牛於桃林之野，示天下弗服。」（百）

方城，命愬守也。卒入蔡，得其大醜，以平淮右。

方城臨臨〔一〕，王卒峙之〔二〕。匪徼匪競，皇有正一作王。命〔三〕。皇命于愬，往舒余仁。踣彼艱頑〔四〕，柔惠是馴。

愬拜即命，于皇之訓〔五〕。既礪既攻〔六〕，以後厥刃〔七〕。王師嶷嶷〔八〕，熊羆是式〔九〕。銜勇韜力〔一〇〕，日思予殛。晏本作「思奮予殛」，又作「日思于殛」。

寇昏以狂，敢蹈愬疆。士獲厥心，大袒高驤〔一一〕。長戟酋矛〔一二〕，粲其綏章〔一三〕。右翦左屠，聿禽其良〔一四〕。

其良既宥，告以父母。恩柔于肌，卒貢爾有。維彼攸恃，乃偵乃誘〔一五〕。維彼攸宅，乃發乃守〔一六〕。

其恃爰獲〔一七〕，我功我多。陰謀厥圖，以究爾訛〔一八〕。雨雪洋洋，大風來加〔一九〕。于燠其寒，于邇其遐〔二〇〕。

汝陰之茫〔二一〕，懸瓠之峨〔二二〕。是震是拔，大殲厥家〔二三〕。狡虜既縻，輸于國都。示之市人，即社行誅〔二四〕。一作「以誅」。

乃諭乃止，蔡有厚喜。完其室家，仰父俯子〔二五〕。汝水沄沄〔二六〕，既清而瀰〔二七〕。一作夷。蔡人行歌，我步逶遲〔二八〕。

蔡人歌矣，蔡風和矣。孰類蔡初，胡甑爾居〔二九〕。式慕以康，爲愿有餘。是究是咨，皇德既舒。

皇曰咨愬，裕乃父功〔三〇〕。昔我文祖，惟西平是庸〔三一〕。内誨于家，外刑于邦〔三二〕。孰是蔡人，而不率從。

蔡人率止，惟西平有子。西平有子，惟我有臣〔三三〕。疇允大邦〔三四〕，一本「允」作「亢」字。俾惠我人。于廟告功，以顧萬方〔三五〕。

右方城十有一章，章八句〔三六〕。

此章美李愬也。新唐書李愬傳：「憲宗討元濟，唐鄧節度使高霞寓既敗，以袁滋代將，復無功。愬求自試，宰相李逢吉亦以愬可用，遂檢校左散騎常侍，爲隨唐鄧節度使。」韓愈平淮西碑：「（元和十二年（八一七））十月壬申，愬用所得賊將，自文城，因天大雪，疾馳百二十里，用夜半到蔡，破其門，取元濟以獻。」方城，左傳僖公四年（前六五六）：「楚國方城以爲城。」杜預注：「方城山在南陽葉縣南。」元和郡縣志卷二十一山南道唐州：「方城縣：……取方城山爲名也。屬淯陽郡。貞觀（六二七——六四九）中，改屬唐州。方城山在縣東北五十里。」方城，唐屬唐州，因取以譬愬爲唐之屏障也。大醜，謂吴元濟也。

〔一〕臨臨，靈樞經通天：「臨臨然長大。」高貌。

〔二〕峙，潘岳射雉賦薛綜注：「峙，往也。」

〔三〕匪徼二句，謂愬出師非有所求，有所争，乃奉皇命以伐叛逆也。時諸鎮間争競不休，屢起戰事，故先贊愬出師之堂堂正正也。

〔四〕踣，左傳襄公十一年杜預注：「踣，斃也。」滅也，破也。艱頑，謂吴元濟。

〔五〕于皇之訓，書洪範：「于帝其訓。」于，謂遵行也。（百）

〔六〕礪，廣雅釋詁三：「礪，磨也。」功，周禮考工記注：「攻猶治也。」皆謂繕兵也。

〔七〕後厥刃，鄭定本、世綵堂本注：「『後』，一作『復』。」禮記曲禮：「進戈者前其鐏，後其刃。」作「後」是。又作「復」亦通。謂砥礪之以復其鋭氣。舊唐書李愬傳：「兵士摧敗之餘，氣勢傷沮……愬又散其優樂，未嘗宴樂，士卒傷痍者，親自撫之。……居半歲，知人可用，乃謀襲蔡。」

〔八〕嶷嶷，大戴禮記五帝德：「其德嶷嶷。」高貌。此謂王師陣容壯大也。

〔九〕熊羆，書康王之誥：「則亦有熊羆之士，不二心之臣，保乂王家。」式，詩大雅下武毛傳：「式，法也。」

〔一〇〕孫月峯評點柳柳州集卷一曰：「銜韜字亦涉雕斲，然猶近古，勝前『鋒蝟斧螳』。」

〔一一〕大袒高驤，史記徐樂傳：「偏袒大呼。」西征賦：「忽蛇變而龍攄，雄霸上而高驤。」振奮貌。

〔一二〕酋矛，周禮考工記：「酋矛常有四尺，崇於戟四尺。」賈公彥疏：「酋，發聲，直爲矛。酋矛，二丈也。」（百）

〔一三〕綏章，詩大雅韓奕：「王錫韓侯，淑旂綏章。」毛傳：「綏，大綏也。」鄭玄箋：「綏，所引以登車，有采章也。」（百）按：孔穎達疏則謂「綏者即交龍旂竿所建，與旂共一竿，爲貴賤之表章，故云綏章。」戟矛、綏章，寫愬軍兵車之盛也。

〔一四〕聿，遂也。新唐書李愬傳：「（愬）於是繕鎧厲兵，攻馬鞍山，下之，拔道口栅，戰嵖岈山，以取鑪冶城，入白狗、汶港栅，披楚城，襲朗山，再執守將。平青陵城，禽票將丁士良，異其才，不殺，署捉生將。」舊唐書李愬傳：「嘗獲賊將丁士良，召入與語，辭令不撓，愬異之，因釋其縛，署爲捉生將。」

〔一五〕維彼攸恃二句，舊唐書李愬傳：「士良感之，乃曰：『賊將吴秀琳總軍數千，不可遽破者，用陳光洽之謀也。士良能擒光洽以降秀琳。』愬從之，果擒光洽。十二月，吴秀琳以文城栅兵三千降。」又：「吴秀琳之降，愬單騎至栅下與之語，親釋其縛，署爲衙將。秀琳感恩，期於効報，謂愬曰：『若欲破賊，須得李祐。』」又：「祐者，賊之騎將，有膽略，守興橋栅……愬召其將史用誠誡之曰：『……祐素易我軍，必輕而來，而以輕騎搏之，必獲祐。』……果擒祐而還。」

〔一六〕發，禮王制：「有發則命大司徒教士以軍中。」孔穎達疏：「謂有軍旅以發士卒也。」

〔一七〕其恃爰獲，蔣之翹柳集輯注卷一：「此言李祐賊健將，素所自恃者，今乃爲愬獲之，雖元濟未擒，而已我功居多矣。」

〔一八〕陰諜厥圖二句，舊唐書李愬傳：「舊軍令，有舍諜者屠其家。愬除其令，因使厚之，諜反以情告愬，愬益知賊中虚實。」新唐書李愬傳：「時李光顔戰數勝，元濟悉鋭卒屯洄曲以抗光顔，愬知其隙可乘，乃遣從事鄭澥見裴度告師期。于時元和十一年十月己卯。」諜，謂刺探敵情。

〔一九〕雨雪洋洋二句，舊唐書李愬傳：「十日夜，以李祐率突將三千爲先鋒……愬自帥中軍三千。……是日，陰晦雨雪，大風裂其旆，馬慄而不能躍，士卒苦寒，抱戈僵仆者道路相望。」

〔二〇〕于，如也。二句謂其時雖寒而如燠，其道雖遐而如邇也。○孫月峯曰：「此處跡甚奇。此似猶寫得未甚親切。」

〔二一〕汝陰，唐屬河南道潁川。今安徽阜陽縣治，地近蔡州。

〔二二〕懸瓠，元和郡縣志卷九河南道蔡州：「州理（避「治」字諱）城，古懸瓠城也。汝水屈曲，形如垂瓠，故城取名焉。」

〔二三〕是震是拔二句，舊唐書李愬傳：「比至懸瓠城，夜半，雪愈甚，近城有鵝鴨池，愬令驚擊之，以雜其聲。賊恃吴房、朗山之固，晏然無一人知者。李祐、李忠義坎墉而先登，敢鋭者從之，盡殺守門卒而登其門，留擊柝者，黎明，雪亦止，愬入。……田進誠焚子城南門，元濟城上請罪，進誠梯而下之，乃檻送京師。」

〔二四〕即社行誅，舊唐書吴元濟傳：「元濟至京，憲宗御興安門受俘，百僚樓前稱賀，乃獻廟社，徇於兩市，斬之於獨柳。」

〔二五〕仰父俯子，劉賓客嘉話録曰：「柳八駁平淮西碑云：『左餐右粥』何如平淮夷雅『仰父俯子』？又云：『韓碑兼有帽子，使我爲之，便説用兵討叛。』（百家注柳集引）

〔二六〕汝水，水經注卷二十一：「汝水又東逕懸瓠城北。」元和郡縣志卷九河南道蔡州：「汝陽縣：汝水經縣西南二里。」沄沄，董仲舒春秋繁露卷十六：「水則源泉混混沄沄，晝夜不竭。」水流浩蕩貌。又王逸九思哀歲：「窺見兮溪澗，流水兮沄沄。」水流迴轉貌。

〔二七〕瀰，詩邶風新台：「新台有泚，河水瀰瀰。」水深滿貌。

〔二八〕透遲，江淹別賦：「車逶遲於山側。」

〔二九〕甈，潘緯曰：「字當作䠡，危也。揚子音五計切。」（音辯本引）世綵堂本注曰：「甈，牛列切，又五計切。不安貌。（按：此百家注本舊注。）周禮牧人『毀事用尨』，故書『毀』爲『甈』，釋音丘例切。揚子『剛則甈』，音五計切。今此謂杌隉不安，字當作『䠡』，音五結切。不安也，書作杌隉。」

〔三〇〕裕乃父功，謂愬功大於其父也。按：愬父李晟，德宗時屢建戰功，爲奉天靖難之名將，封西平郡王。新舊唐書均有傳。

〔三一〕文祖，古以稱有文德之祖，此謂德宗。○李因培批曰：「追溯西平，猶周人美召穆公而曰召祖是似也。」

〔三二〕外刑于邦，謂外執刑典於諸侯也。

〔三三〕李因培曰：「歸美朝廷，乃雅頌之義。」

〔三四〕疇，與「酬」通。允，以也。舊唐書李愬傳：「十一月，詔以愬檢校尚書左僕射，兼襄州刺史、山南東道節度襄、鄧、隨、唐、復、郢、均、房等州觀察使、上柱國，封涼國公，食邑三千户，食實封五百户。」

〔三五〕以顧，文粹作「以顯」。

〔三六〕十有一章，世綵堂本作「十章」。按：皇武十有一章，方城當亦如是。今存十章，疑有遺佚。

【評箋】

唐庚文録曰：「退之琴操，柳子厚不能作，子厚皇雅，退之亦不能作。」

陳知柔休齋詩話：「柳子厚小詩，幻眇清妍，與元、劉并馳而争先，而長句大篇，便覺窘迫，不若韓之雍容。惟平淮詩二篇，名爲唐雅，其序云：『雖不及尹吉甫、召穆公等，庶施之後代，有以佐唐之光明。』其自視豈後於古人哉！其一章云：『師是蔡人，以宥以釐。度拜稽首，廟於元龜。』又云：『其危既安，有長如林。曾是讙譊，化爲謳吟。』甚似古人語。而卒章云：『震是朔南，以告德音。歸牛休馬，豐稼於野。』皆叶古音（南，尼心切。馬，音母。野，音墅。）其卒章云：『蔡人率至，惟西平有子。西平有子，惟我有臣。疇允大邦，俾惠我人。』尤得古詩體也。」

朱熹朱子語類卷一百三十九曰：「柳學人處便絶似，平淮西雅之類甚似詩。」

李如箎東園叢説下曰：「退之之文，其間亦有小疵。至於子厚則惟所投之，無不如意。如退之元和聖德詩序劉闢與其子臨刑就戮之狀，讀之使人毛骨凛然，風雅中安有此體？至子厚平淮雅，讀之如清風襲人，穆然可愛，與吉甫輩所作無異矣。」

郎瑛七修類稿卷二十九曰：「四言古詩，如舜典之歌，已其始矣。今但以三百篇而下論之，漢有韋孟一篇，雖入諸選，其辭多怨誹，而無優柔不迫之意。若晉淵明停雲、茂先勵志等作，當爲最古者也。後惟子厚皇雅章其庶幾乎！故子西曰：『退之不能作也。』蓋此意摹擬太深，未免蹈襲風雅，多涉理趣，又似銘贊文體。世道日降，文句難古，苟非辭意渾融，性情流出，安能至哉！」

胡震亨唐音癸籤卷七曰：「柳州之平淮西，最章句之合調；昌黎之元和聖德，亦長篇之偉觀。一代四言有此，未覺風雅墜緒。（遯叟）」

吴納文章辨體序説詩四言曰：「國風雅頌之詩，率以四言成章，若五、七言之句，則間出而僅有也。選詩四言，漢有韋孟一篇，魏晉間作者雖衆，然惟陶靖節爲最，後村劉氏謂其停雲等作突過建安是也。齊宋而降，作者日少，獨唐韓柳元和聖德詩、平淮夷雅膾炙人口。先儒有云：『二詩體制不同，而皆詞嚴氣偉，非後人所及。』自時厥後，學詩者日以聲律爲尚，而四言益鮮也。」

賀裳載酒園詩話又編曰：「平淮雅誠唐音之冠，柳子亦深自負，但終不可以入周詩。今舉其尤警者，如『我旆我旂，于道于陌。訓於羣帥，拳勇來格。公曰徐之，無恃額額。式和爾容，惟義之宅』；『進次於郾，彼昏卒狂。哀凶鞠頑，鋒蝟斧螗。赤子匍匐，厥父是亢。怒其萌芽，以悖太陽』；『皇曰咨愬，裕乃父功。昔我文祖，惟西平是庸。内誨于家，外刑於邦。孰是蔡人，而不率從』；『蔡人率止，惟西平有子。西平有子，惟我有臣。疇允大邦，俾惠我人。於廟告功，以顧萬方』。試較皇矣之『臨衡閑閑』，江漢云『釐爾圭瓚』，便覺古人風發而滃生，此有巧人織綉之恨。」

（黄白山評：「如此詩當以繼響雅頌目之可也，謂終不當入周詩，議論毋乃太刻。」）

張謙宜絸齋詩談卷五曰：「平淮夷雅，亦自修潔質鍊，畢竟不及周雅之寬裕舒徐，此是風氣限定，文人無可奈何。然其峭勁，又非宋以後所及。」

喬億劍溪説詩曰：「太白謂『寄興深微，五言不如四言』，然四言極難，故自漢迄晉，能者祇落落數公。唐自韓、柳外，亦未見其人。」劍溪説詩又篇曰：「平淮夷雅森嚴有體，不及韓更跌宕多姿，然已卓絶古今矣。」又曰：「析裴、李平蔡之功於各篇叙之，更不見低昂，以出愬妻入譖、詔毁韓碑後。（觀集中上裴晉公李僕射啓，則子厚之爲二雅，亦可憫也。）」

何焯義門讀書記曰：「柳雅不如韓碑。」

陶元藻唐詩向榮集卷三曰：「魏晉以來，四言詩惟淵明、叔夜能自寫性靈，其措詞設色，以求異三百篇取勝；餘子則皆欲摹倣毛詩而又勿能肖。子厚此詩樸質古茂，頗爲近之。」

許印芳詩法萃編自序曰：「子厚平淮夷雅、退之平淮西碑、元和聖德及琴操諸詩，更軼楚、漢而追兩周，於是唐詩有復古之盛，卓然有百代楷模。」又卷八曰：「談韻非徒考古，期於有用，凡擬風雅頌作四言詩，而參以三、五、六、七言，如漢人安世房中歌、郊祀歌，唐韓昌黎擬琴操諸詩，元和聖德詩、平淮西碑詩，柳子厚平淮夷雅。」

林紓柳文研究法：「昌黎適是學尚書，子厚雅適是學大雅，兩臻極地。」

# 視民詩

帝視民情，匪幽匪明〔一〕。慘或在腹，已如色聲〔二〕。亦無動威，亦無止力。弗動弗止，惟民之極〔三〕。帝懷民視〔四〕，乃降明德〔五〕，乃生明翼〔六〕。明翼者何？乃房乃杜。惟房與杜，實爲民路。乃定天子，乃開萬國。萬國既分，乃釋蠹民〔七〕。乃學與仕，乃播與食〔八〕，乃器與用，乃貨與通〔九〕。有作有遷，無遷無作。士實蕩蕩〔一〇〕，農實董董，工實蒙蒙〔一一〕，賈實融融〔一二〕。左右惟一，出入惟同。攝儀以引〔一三〕，以遵以肆〔一四〕。其風既流，品物載休〔一五〕。品物載休，惟天子守，乃二公之久；惟天子明，乃二公之成；惟百辟正〔一六〕，乃二公之令；惟百辟穀〔一七〕，乃二公之祿。二公行矣，弗敢憂縱，是獲憂共；二公居矣，弗敢泰止，是獲泰已。既柔一德〔一八〕，四夷是則。四夷是則，永懷不忒〔一九〕。

韓醇詁訓柳集卷一曰：「作之年月皆不可得而考，古次貞符後。詩專以美房玄齡、杜如晦，大意有倣於大雅崧高、烝民等詩耳。」按章士釗柳文指要體要之部卷一謂「文中之『乃房乃杜』，表面以房玄齡、杜如晦爲號，實則子厚用作符記。……『房』者取其形近音同於防，而義在防止之防。『杜』者取其字形同一，而義在杜絶之杜」，乃取譬於「防微杜漸」也。謂房杜不足當「子厚詩中的彀」。此説穿鑿之極，且不知唐人談賢相，習舉房、杜。舊唐書杜如晦傳謂「二人共掌朝政，至於臺閣規模及典章文物，皆二人所定，甚獲當代之譽。談良相者，至今稱房杜。」至孫樵與高錫望書云「大丈夫當一時寵遇，皆欲齊政房、杜，躋佐太平」，尤可見唐人心理。故宗元亦以房、杜爲「明翼」，而隱寓己欲「齊政房、杜，躋佐太平」之意也。

〔一〕帝視民情二句，謂天帝下察民情，不論幽明，皆得察也。

〔二〕慘或在腹二句，列子楊朱：「昔人有美戎菽甘枲莖芹萍子者，對鄉豪稱之。鄉豪取而嘗之，蜇於口，慘於腹，衆哂而怨之。」此謂腹内或有刺痛，亦得如發如聲色知之。

〔三〕民極，書君奭：「作汝民極。」孔安國傳：「爲汝民立中正矣。」

〔四〕民視，孟子曰：「書曰：『天視自我民視，天聽自我民聽。』」（百）

〔五〕明德，書君陳：「黍稷非馨，明德惟馨。」

〔六〕明翼，書皋陶謨：「庶明勵翼。」（百）

〔七〕蠹民，韓非子五蠹謂民有五蠹：「人主不除此五蠹之民，不養耿介之士，則海内雖有破亡之國，削滅之朝，亦勿怪矣。」

〔八〕播，詩周頌噫嘻鄭箋：「播猶種也。」

〔九〕乃學與仕四句應下士農工商。

〔一〇〕蕩蕩，論語述而：「君子坦蕩蕩。」

〔一一〕蒙蒙，東方朔七諫：「微霜降之蒙蒙。」

〔一二〕融融，左傳隱公元年：「大隧之中，其樂也融融。」和暢貌。章士釗柳文指要體要之部卷一曰：「融融者，和之至也。惟蕩蕩、董董、蒙蒙亦然。」又曰：「士實蕩蕩四句，謂四民渾樸勤勞，相助忘我之像。」

〔三〕攝儀，詩大雅既醉：「朋友攸攝，攝以威儀。」毛傳：「言相攝佐者以威儀也。」

〔四〕肄，世綵堂本注：「音曳，一作『肆』。」蔣之翹柳集輯注卷一曰：「肆，疑作肄，音曳，習也。」疑是。

〔五〕品物，易乾：「品物流形。」此言萬物也。休，爾雅釋詁：「休，美也。」

〔六〕百辟，詩大雅假樂：「百辟卿士，媚於天子。」鄭玄箋：「百辟，畿内諸侯也。」此謂羣臣。

〔七〕穀，書洪範：「凡厥正人，既富方穀。」(百)詩秦風黄鳥：「穀，善也。」

〔八〕一德，書泰誓：「乃以一德一心，立定厥功。」

〔九〕不忒，詩魯頌閟宫：「春秋匪解，享祀不忒。」鄭玄箋：「忒，變也。」

# 柳宗元詩箋釋附録

## 諸家評論輯要

司空圖題柳柳州集後

愚觀文人之爲詩，詩人之爲文，始皆繫其所尚，既專則搜研愈至，故能炫其功於不朽，亦猶力巨而鬬者，所持之器各異，而皆能濟勝以爲勍敵也。愚嘗觀韓吏部歌詩數百首，其驅駕氣勢，若掀雷抉電，撐抉於天地之間，物狀奇怪，不得不鼓舞而徇其呼吸也。其次，皇甫祠部文集，所作亦爲遒逸，非無意於淵密，蓋或未遑耳。今於華下，方得柳詩，味其深搜之致，亦深遠矣。俾其窮而克壽，玩精極思，則同非瑣瑣者輕可擬議其優劣。

蘇軾東坡題跋

詩須要有爲而作，用事當以故爲新，以俗爲雅。好奇務新，乃詩之病。柳子厚晚年詩極似陶淵明，知詩病者也。

子厚詩在陶淵明下，韋蘇州上，退之豪放奇險則過之，而温麗精深不及也。所貴乎枯澹者，謂其外枯而中膏，似澹而實美，淵明、子厚之流是也。若中邊皆枯澹，亦何足道。佛云如人食蜜，中邊皆甜。人食五味，知其甘苦者皆是，能分别其中邊者，百無一二也。

## 蘇軾書黄子思詩集後

蘇、李之天成，曹、劉之自得，陶、謝之超然，蓋亦至矣。而李太白、杜子美以英瑋絶世之姿，凌跨百代。古今詩人盡廢；然魏、晉以來，高風絶塵，亦少衰矣。李、杜之後，詩人繼作，雖間有遠韻，而才不逮意。獨韋應物、柳宗元發纖穠於簡古，寄至味於澹泊，非餘子所及也。

## 張耒明道雜志

退之作詩，其精巧乃不及柳子厚。子厚詩律尤精，如「愁深楚猿夜，夢短越鷄晨」，「亂松知野寺，餘雪記山田」之類，當時人不能到。退之以高文大筆，從來便忽略小巧，故律詩多不工，如陳商小詩，叙情賦景，直是至到，而已脱詩人常格矣。柳子厚乃兼之者，良由柳少習時文，自遷謫後始專古學，有當世詩人之習耳。

**胡仔苕溪漁隱叢話**

韓子蒼云：……予觀古今詩人，惟蘇州得其（按指陶淵明）清閑，尚不得其枯淡；柳州獨得之，但恨其少遒爾。柳州詩不多，體亦備衆家，惟效陶詩是其性所好，獨不可及也。

苕溪漁隱曰：若唐之李、杜、韓、柳，本朝之歐、王、蘇、黄，清辭麗句，不可悉數，名與日月争光，不待摘句言之也。

西清詩話云：柳子厚詩，雄深簡淡，迥拔流俗，至味自高，直揖陶謝；然似入武庫，但覺森嚴。……柳柳州詩若捕龍蛇，搏虎豹，急與之角而力不敢暇，非輕蕩也。

**吴可藏海詩話**

有大才，作小詩輒不工，退之是也；子蒼然之。劉禹錫、柳子厚小詩極妙。

**張戒歲寒堂詩話**

柳柳州詩，字字如珠玉，精則精矣，然不若退之之變態百出也。使退之收斂而爲子厚則易，使子厚開拓而爲退之則難。意味可學，而才氣則不可强也。

陳善捫蝨新話

山谷常謂曰：「白樂天、柳子厚俱效陶淵明作詩，而唯子厚詩爲近。」然以予觀之，子厚語近而氣不近，樂天學近而語不近。子厚氣悽愴，樂天語散緩，各得其一，要於淵明詩未能盡似也。

陳知柔休齋詩話

柳子厚小詩，幻眇清妍，與元、劉並馳而争先，而長句大篇，便覺窘迫，不若韓之雍容。

楊萬里誠齋詩話

五言古詩，句雅淡而味深長者，陶淵明、柳子厚也。

敖陶孫臞菴詩評

柳子厚如高秋獨眺，霽晚孤吹。

姜夔白石道人詩説

詩有出於風者，有出於雅者，有出於頌者。屈、宋之文，風出也；韓、柳之詩，雅出也；杜子美獨能兼之。

## 嚴羽滄浪詩話

大曆以後，吾所深取者，李長吉、柳子厚、劉言史、權德輿、李涉、李益耳。

唐人惟柳子厚深得騷學，退之、李觀皆不及。

## 劉克莊後村詩話

唐文人皆能詩，柳尤高，韓尚非本色。

柳子厚才高，它文惟韓可對壘；古律詩精妙，韓不及也。當舉世爲元和體，韓猶未免諧俗，而子厚獨能爲一家之言，豈非豪傑之士乎？

薛能云：「詩深不敢論。」鄭谷云：「暮年詩律在，新句更幽微。」詩至於深微極玄，絶妙矣。然二子皆不能踐此言，唐人惟韋、柳，本朝惟崔德符、陳簡齋能之。

陶、柳詩率含蓄不盡。……韓、柳齊名，然柳乃本色，詩人自淵明没，雅道幾熄，當一世競作唐詩之時，獨爲古體以矯之。未嘗學陶和陶，集中五言凡十數篇，雜之陶集有未易辨者。其幽微者可玩而味，其感慨者可悲而泣也。其七言五十六字尤工。

## 魏慶之詩人玉屑

晦庵云：作詩須從陶、柳門庭中來乃佳。不如是，無以發蕭散冲澹之趣，不免於局促塵埃，無由到古人佳處也。

**高斯得恥堂存稿**

劉夢得定柳州詩斷自永州以後，惟晏元獻家本存省試詩一首，人不以爲允也。柳州之詩，孤峭嚴健，無可揀擇，其以此乎？

**方岳深雪偶談**

坡公獨以柳子厚、韋應物發纖穠於簡古，寄至味於淡泊。蓋韋、柳皆以靖節翁爲指歸，而卒之齊足並驅也。

**劉辰翁**

子厚古詩，短調沉鬱，清美閑勝，長篇點綴清麗，樂府托興飛動。退之故當遠出其下，並言韓、柳，亦不偶然。（蔣之翹柳集輯注引）

子厚文不如退之，退之詩不如子厚。（同前）

馬端臨文獻通考

子厚詩在唐與王摩詰、韋應物相上下，頗有陶、謝風氣。

趙秉文閑閑老人滏水文集

嘗謂古人之詩，各得其一偏，又多其性之似者。若陶淵明、謝靈運、韋蘇州、王維、柳子厚、白樂天得其冲淡，江淹、鮑明遠、李白、李賀得其峭峻，孟東野、賈浪仙又得其幽憂不平之氣，若老杜可謂兼之矣。

周昂讀柳詩

功名翕忽負初心，行和騷人澤畔吟。開卷未終還復掩，世間無此最悲音。（中州集）

元好問論詩絶句

一語天然萬古新，豪華落盡見真淳。南窗白日羲皇上，未害淵明是晉人。柳子厚晉之謝靈運，陶淵明唐之白樂天。

謝客風容映古今，發源誰似柳州深。朱絃一拂遺音在，却是當年寂寞心。

**又東坡詩雅引**

五言以來，六朝之唐，謝、陶之陳子昂、韋應物、柳子厚最爲近風雅。自餘多以雜體爲之，詩之亡久矣。雜體愈備，則去風雅愈遠，其理然也。

**方回桐江集**

柳子厚學陶，其詩刻峭，束縛羈縶，無聊之意，殊可憐，形似之而精神非也。韋應物學陶，其詩登山臨水，僧友道侶，語意瀟淡，然本富貴宦達之人，燕寢兵衛，豈真陶乎？兼少年本豪俠，形似之而胸腑非也。

**王禕張仲簡詩序**

文章與時高下，而唐之詩始終凡三變。……然唐之盛也，李、杜、元、白諸家，制作各異；而韋、柳之詩，又特以温麗清深自成其家。

**瞿佑歸田詩話**

唐詩前以李、杜，後以韓、柳爲最。姚合而下，君子不取焉。

**李東陽懷麓堂詩話**

陶詩質厚近古，愈讀而愈見其妙。韋應物稍失之平易，柳子厚則過於精刻。世稱陶韋，又稱韋、柳，特概言之。惟謂學陶者，須自韋柳而入，乃爲正耳。

**謝榛四溟詩話**

詩曰：遊環脅驅，陰靷鋈續。又曰：鉤膺鏤錫，鞹鞃淺幭。此語艱深奇澀，殆不可讀。韓、柳五言，有法此者，後學當以爲戒。（按：何文焕歷代詩話考索曰：「余謂詩各有體，以學三百篇爲戒，奇語也。」）

詩用難韻，起自六朝，若庾開府「長代手中浛」，沈東陽「願言反魚篠」，從此流於艱澀。……韓昌黎、柳子厚長篇聯句，字難韻險，然詩多闒靡，或不可解，拘於險韻，無乃庾、沈啓之邪？

**徐獻忠唐詩品**

柳州古詩得於謝靈運，而自得之趣鮮可儔匹，此其所短。然在當時作者，凌出其上多矣。

（明朱警刊百家唐詩卷端）

**陸時雍詩鏡總論**

詩貴真。詩之真趣又在意似之間，認真則又死矣。柳子厚過於真，所以多直而寡委也。三百篇賦物陳情，皆其然而不必然之詞，所以意象廣圓，機靈而感捷也。

讀柳子厚詩，知其人無以偶。讀韓昌黎詩，知其世莫能容。

劉夢得七言絶，柳子厚五言古，俱深於哀怨，謂騷之餘派可。劉婉多風，柳直損致，世稱韋、柳，則以本色見長耳。

**王世貞藝苑卮言**

韓退之於詩，本無所解，宋人呼爲大家，直是勢利他語。子厚於風雅騷賦，似得一斑。

**王會昌詩話類編**

李太白古風，韋蘇州、王摩詰、柳子厚、儲光羲等古體，皆平淡蕭散，近體亦無拘攣之態，嘲哳之音，此詩之嫡派也。

**胡應麟詩藪**

元和而後，詩道浸晚，而人才故横絶一時。若昌黎之鴻偉，柳州之精工，夢得之雄奇，樂天之浩博，皆大家材具也。

## 胡震亨唐音癸籤

劉履云：柳子厚詩，世與韋應物並稱，然子厚之工緻，乃不若蘇州之蕭散自然。

## 許學夷詩源辯體

唐人五言古，氣象宏遠，惟韋應物、柳子厚其源出於淵明，以蕭散冲淡爲主。然要其歸，乃唐體之小偏，亦猶孔門視伯夷也。

韋柳五言古，蕭散冲淡，本未可以句摘，今於景中見趣者姑摘數語，以見大略。……柳如「黄葉覆溪橋，荒村惟古木。寒花疎寂歷，幽泉微斷續」，「道人庭宇静，苔色連深竹。日出霧露餘，青松如膏沐」，「石泉遠愈響，山鳥時一喧」，「羈禽響幽谷，寒藻舞淪漪」，「園林幽鳥囀，渚澤新泉清」，「磴迴茂樹斷，景晏寒川明」等句，皆於景中見趣，試一諷詠之，則鄙吝盡除矣。

韋柳五言古，猶摩詰五言絶，意趣幽玄，妙在文字之外。學者必欲於音聲色相求之，則見其短篇仄韻爲工，而於長篇平韻，如飲水嚼蠟矣。

學韋、柳詩，須先養其性氣，倘峥嶸之氣未化，豪蕩之性未除，非但不能學，且不能讀。試觀于鱗、元美於韋柳多不相契。于鱗不喜應物，元美亦未推重。

韋柳之詩蕭散冲淡，後進不宜遽學。譬之黄老恬淡無爲，乃是超世之術，若少年便耽此道，則頹墮委靡，不能自振。東坡學淵明，乃晚年事耳。

韋柳五言古，雖以蕭散冲淡爲主，然舊史稱子厚詩「精裁密緻」，宋景濂謂柳「斟酌於陶、謝之中」，斯並得其實，故其長篇古律用韻險絶，七言古鍛鍊深刻。應物之詩較子厚精密弗如，然其句亦自有法，故其五言古短篇仄韻最工，七言古既多矯逸，而勁峭獨出。乃知二公是由工入微，非若淵明平淡出於自然也。

東坡云：「柳子厚詩在淵明下，韋蘇州上。」朱子云：「韋蘇州高於王維、孟浩然諸人，以其無聲色臭味也。」愚按：韋柳雖由工入微，然應物入微而不見其工；子厚雖入微，而經緯綿密，其工自見。故由唐人而論，是柳勝韋；由淵明而論，是韋勝柳。東坡遷海外，惟以陶柳二集自隨，是豈真知陶者！朱子初年五言古悉學蘇州。

元和柳子厚五、七言律，再流而爲開成許渾諸子。許才力既小，風氣日漓，而造詣漸卑，故其對多工巧，語多襯貼，更多見斧鑿痕，而唐人律詩乃漸敝矣，要亦正變也。

**周履靖騷壇秘語**

柳子厚斟酌陶謝之中，用意極工，造語極深。

**賀貽孫詩筏**

儲、王、孟、劉、柳、韋五言古詩，澹雋處皆從十九首中出，然其不及十九首，政在於此。蓋有澹有雋，則有跡可尋；彼十九首何處尋跡。

中唐如柳子厚、韋應物諸人有絶類盛唐者；晚唐如馬戴諸人，亦有不媿盛唐者。然韋、柳佳處在古詩，而馬戴不過五七言律。韋、柳古詩尚慕漢晉，而晚唐人近體相沿時尚。韋柳輩古體之外，尚有近體，而晚唐近體之中遂無古意。此又中晚之别也。

詩文中「潔」字最難。柳子厚云：「本之太史以著其潔。」惟太史能潔，惟柳子能著其潔。詩中之潔，獨推摩詰。即如孟襄陽之淡，柳柳州之峻，韋蘇州之警，劉文房之雋，皆得潔中一種，而非其全。

嚴滄浪謂柳子厚五言古詩在韋蘇州之上，然余觀子厚詩似得摩詰之潔，而頗近孤峭。其山水詩，類其鈷鉧潭諸記，雖邊幅不廣，而意境已足。如武陵一源，自有日月，與蘇州詩未易優劣。惟田家詩直與儲光羲争席，果勝蘇州一籌耳。

**王士禛帶經堂詩話**

東坡謂柳柳州詩在陶彭澤下，韋蘇州上。此言誤矣。余更其語曰：韋詩在陶彭澤下，柳柳州上。余昔在揚州作論詩絶句，有云：「風懷澄澹推韋、柳，佳句多從五字求。解識無聲弦指妙，柳州那得並蘇州。」

貞元、元和間，韋蘇州古澹，柳柳州峻潔，二公於唐音之中超然復古，非可以風骨論者。

**賀裳載酒園詩話**

大曆以還，詩多崇尚自然。柳子厚始一振厲，篇琢句錘，起頽靡而蕩穢濁，出入騷雅，無一字輕率。其初多務谿刻，故神峻而味洌，既亦漸近温醇。如「高樹臨清池，風驚夜來雨」；「寒月上東嶺，泠泠疏竹根」。石泉遠逾響，山鳥時一喧」；「道人庭宇静，苔色連深竹」，不意王、孟之外，復有此奇。

宋人詩法，以韋、柳爲一體，方回謂其同而異，其言甚當。余以韋柳相同者神骨之清，相異者不獨峭淡之分，先自憂樂之别。（黄白山評：「東坡『發穠纖於簡古，寄至味於淡泊』，上句指韋，下句指柳，本有分别。後人動以二子並稱，而不别其風格之異，總是隔壁聽耳。」）如贈吴武陵曰：「希聲閟大樸，聾俗何由聰？」種术曰：「單豹且理内，高門復如何？」韋安有此憤激？遊南亭夜還叙志曰：「知罄懷褚中，范叔戀綈袍。」湘口館曰：「升高欲自舒，彌使遠念來。」韋又安有此愁思？東坡又謂柳在韋上，此言亦甚可思。柳搆思精嚴，韋出手稍易。學韋者易以藏拙，學柳者不能覆短也。

詩眼曰：「子厚詩尤深難識，前賢亦未推重，自坡老發明其妙，學者方漸知之。」余以柳詩自佳，亦於東坡有同病之憐，親歷其境，故益覺其立言之妙。坡尤好陶詩，此則如身入虞羅，愈見冥鴻之可慕。然坡語曰：「所貴乎枯淡者，謂外枯而中膏，似淡而實美，淵明、子厚之流是也。

若中邊皆枯淡，亦何足道。」自是至言。即如「曉耕翻露草，夜榜響溪石」，「引杖試荒泉，解帶圍新竹」，「寒花疏寂歷，幽泉微斷續」，「風窗疏竹響，露井寒松滴」，孰非目前之景，而句字高潔，何嘗不澹，何病於穠。

柳五言詩猶能强自排遣，七言則滿紙涕淚。如「桂嶺瘴來雲似墨，洞庭春盡水如天」，「鵝毛禦臘縫山罽，鷄骨占年拜水神」，「山腹雨晴添象迹，潭心日暖長蛟涎」，「梅嶺寒煙藏翡翠，桂江秋水露鰅鱅」，「驚風亂颭芙蓉水，密雨斜侵薜荔牆」，「蒹葭淅瀝含秋霧，橘柚玲瓏透夕陽」，「歸目并隨迴雁盡，愁腸正遇斷猿時」（按：此二句見劉禹錫再授連州至衡陽贈柳柳州贈別，非宗元詩）。只就此寫景，已不可堪，不待讀其「一身去國六千里，萬死投荒十二年」矣。

## 宋犖 漫堂説詩

五言絶句起自古樂府，至唐而盛。李白、崔國輔號爲擅長，王維、裴迪輞川倡和，開後來門逕不少。錢、劉、韋、柳，古淡清逸，多神來之句，所謂好詩必是拾得也。

## 吴喬 圍爐詩話

韋詩皆以平心静氣出之，故近有道之言。宋人以韋、柳并稱，然韋不造作，而柳極鍛煉也。

宋人詩法以韋、柳爲一體，更有憂樂也。柳搆思精嚴，韋出手少易。學韋，易以藏拙；學柳，不能覆短。

田雯古歡堂雜著

中唐韋蘇州、柳柳州，一則雅澹幽静，一則恬適安閒。漢魏六朝諸人而後，能嗣響古詩正音者，韋、柳也，非僅貞元、元和間推獨步矣。

汪森韓柳詩選

柳先生詩其冲澹處似陶，而蒼秀則兼乎謝。至其憂思鬱結，紆徐悽惋之致，往往深得於楚騷之遺，亦詩歌之雄傑也。余嘗謂韓、柳皆以文章稱大家，人特知其無韻之文耳。然韓長於序説，而其議論之閎肆亦時見之於詩。柳工於記，而其詩之絶勝者，亦在山水登臨之際。古人之論文未有不先乎詩者也，知此然後可與並觀韓、柳之詩。

張謙宜絸齋詩談

此公筆力峭勁，又不是王、孟、韋流派。

柳柳州氣質悍戾，其詩精英出色，俱帶矯矯凌人意。文詞雖掩飾些，畢竟不和平。

柳文讓韓，詩則獨勝。

## 牟願相小澥草堂雜論詩

柳子厚詩如玄鶴夜鳴，聲含霜氣。

唐人學陶者，儲光羲、王昌齡、王維、孟浩然、韋應物、柳宗元。然昌齡氣傲，宗元氣慘，浩然清詞麗句，有小謝之意。

## 葉矯然龍性堂詩話

韓柳二家以詩論，韓具别才，柳却當家。韓之氣魄奇矯，柳不能爲，而雅淡幽峭，得騷人之致，則韓須讓柳一席也。

## 喬億劍谿説詩

柳州哀怨，騷人之苗裔，幽峭處亦近是。

永、柳山水孤峻，與永嘉、隴蜀各别，故子厚詩文，不必謝之森秀，杜之險壯，但寓目輒書，自然獨造。子厚寂寥短章，詞高意遠，是爲絶調。若放鷓鴣、跂烏詞并悔過之作，惻愴動人。

柳子厚長律，極峭蒨可喜。

四言自魏晉以來，郊祀之作擬頌，餘皆擬國風、小雅。唐李青蓮不爲形似，杜拾遺初無此體，蓋難之也。至韓、柳二公，全法宣王大雅，所記載之事使然也。

前人謂李、杜宫聲，昌黎角聲，此不易之論。獨謂劉文房商聲，余深不然之。蓋商調高響切韻，非重有力莫致也。文房淒清而不勁，烏足以擬之？必也，其柳州乎！

韋、柳歌行之善者，妙絶時人，但五言更臻極則，不能不自掩之耳。

柳州歌行甚古，遒勁處非元、白、張、王所及。

柳、韋並稱，五言小詩也，至大篇馳騁筆力，當不在韓吏部下。顧韓自出規模，柳則運以古詩；韓氣奇，柳氣峻，分路揚鑣，而柳詩品貴。

**薛雪一瓢詩話**

蘇黄門謂杜詩雄，韓詩豪，杜詩之雄可以兼韓之豪。若柳柳州不若韓之變態百出也。使昌黎收斂而爲柳州則易，使柳州開拓而爲昌黎則難。此無他，意味可學，才氣不可學也。

**沈德潛説詩晬語**

陶詩胸次浩然，其中有一段淵深樸茂不可到處。唐人祖述者，王右丞有其清腴，孟山人有其閒遠，儲太祝有其樸實，韋左司有其冲和，柳儀曹有其峻潔，皆學焉而得其性之所近。

大曆十子後，劉夢得骨幹氣魄，似又高於隨州。人與樂天並稱，緣劉、白有倡和集耳。白、元淺易，未可同日語也。蕭山毛大可尊白詘劉，每難測其指趣。柳子厚哀怨有節，律中騷體，與夢得故是敵手。

**沈德潛唐詩別裁集**

七言律平叙易於徑直，雕鏤失之佻巧，比五言更難。初唐英華乍啓，門户未開，不用意而自勝。後此摩詰、東川，春容大雅。時崔司勳、高散騎、岑補闕諸公實爲同調，而大曆十子及劉賓客、柳柳州，其紹述也。

柳州詩長於哀怨，得騷之餘意。東坡謂在韋蘇州上，而王阮亭謂不及蘇州。各自成家，兩存其説可也。

**余成教石園文稿**

柳子厚文章卓然精緻，與古爲侔，猶擅西漢詩騷，一時行輩推仰。貶官後，自放山澤間，其堙厄感鬱，一寓於詩。「志適不期貴，道存豈偷生。」掩役夫張進骸云：「我心得所安，不謂爾有知。」此等吐屬大有見解。

東坡謂韓退之豪放奇險則過子厚，温麗清深不及也。朱子謂學詩須從陶、柳門庭入。蓋子厚之詩，脱口而出，多近自然也。

**錢良擇唐音審體**

柳州與韓、孟同時，而不欲如韓、孟之自闢蹊逕。其詩大概本陳拾遺，而參以右丞、襄陽，以勁骨秀色，自成一家言。

**姚範援鶉堂筆記**

韋自在處過於柳，然亦病弱；柳則體健，以能文故也。

**袁枚隨園詩話**

詩人家數甚多，不可硜硜然域一先生之言，自以爲是，而妄薄前人。須知王、孟清幽，豈可施諸邊塞；杜、韓排奡，未便播之管絃；沈、宋莊重，到山野則俗；盧仝險怪，登廟堂則野；韋、柳雋逸，不宜長篇；蘇、黄瘦硬，短於言情。

**王二梧唐四家詩評**

王詩如達摩面壁，孟詩如迦葉開筝，韋詩如菩薩低眉，柳詩如金剛努目。

柳子厚文配韓，其詩亦可配韓，在王摩詰、孟浩然、韋蘇州之上。根柢厚，取精多，用物宏也。

**翁方綱石洲詩話**

「一語天然萬古新，豪華落盡見真淳，南窗白日羲皇上，未害淵明是晉人。」柳子厚唐之謝靈運，陶淵明晉之白樂天。」此章論陶詩也，而注先以柳繼謝者，後章「謝客風容」一詩，具其義矣。蓋陶謝體格，並高出六朝，而以天然閑適者歸之陶，以蘊釀神秀者歸之謝，此所以爲初日芙蓉他家莫及也。東坡謂柳在韋上，意亦如此。未可以後來王漁洋謂韋在柳上，輒能翻此案也。遺山於論杜不服元微之，而於繼謝獨推柳州。

**管世銘讀雪山房唐詩鈔凡例**

十子而降，多成一副面目，未免數見不鮮。至劉、柳出，乃復見詩人本色，觀聽爲之一變。子厚骨聳，夢得氣雄，元和之二豪也。

**闕名靜居緒言**

人以王、孟、韋、柳連而稱之者，以其詩皆不事彫繪也。然其間位置自別，風趣不同。韋蘇州氣味不在建安下，不應以其有田園詩便列一格。柳州詩清煉孤詣，類其爲文。韋特自然，柳多作意，在讀者得之。

韋、柳皆本色文字，大樸不琢，人知其美而往往易視，殊不知難於藻飾者多矣。故歷觀自來名爲學韋、柳者，率多浮薄疏庸之輩。

**朱錫綬幽夢續影**

唐人之詩，多類名花。……韋、柳似海紅，古媚在骨。

**方東樹昭昧詹言**

遊山詩，永嘉山水主靈秀，謝康樂稱之；蜀中山水主險隘，杜工部稱之；永州山水主幽峭，柳儀曹稱之。略一轉移，失却山川真面。

**姚瑩後湘詩集論詩絶句**

史潔騷幽並有神，柳州高詠絶嶙峋。吴興却選淮西雅，不及平生五字真。

**潘德輿養一齋詩話**

王、孟、儲、韋、柳五家相似……然五家亦自有高下，蓋王實體兼衆妙，孟、韋七言歌行似未留意耳。若孟、韋並衡，難斷軒輊。儲詩樸而未厚，柳詩淡而未腴，當出孟、韋下。

**劉熙載藝概**

陶、謝並稱，韋柳並稱。蘇州出於淵明，柳州出於康樂，殆各得其性之近。

**許印芳詩法萃編**

表聖論詩，味在酸鹹之外，因舉右丞、蘇州以示準的。此是詩家高格，不善學之，易落空套。唐人中，王孟韋柳四家，詩格相近，其詩皆從苦吟而得。人但見其澄澹精緻，而不知其幾經淘洗而後得澄澹，幾經鎔煉而後得精緻。學者於一切陳腐之言，浮淺之思，芟除凈盡，而後可入門徑。

柳州之才與學，皆不逮韓，而詩文亦能兼善。古文較優，詩則邊幅太狹，不及韓之瑰瑋。中唐人韓、孟、韋、柳諸公五言詩，師法漢魏晉宋；七言古詩，各出機杼，卓然成家。韓柳又古文大手，四言詩上追雅頌，詩道大昌。

詩也。

耳。……後來王孟韋柳，皆得陶公之雅淡，然其沉痛處率不能至也。境遇使然，故曰是以論其

施補華峴傭説詩

陶公詩，一往真氣自胸中流出，字字雅淡，字字沈痛，蓋繫心君國，不異離騷，特變其面目

錢振鍠詩話

柳詩有支澀生硬之病，韋則無之，此柳所以不如韋也。東坡、滄浪佩服柳詩，阮亭伸韋抑柳，是定論。竟陵評柳云：「非不似陶，只覺調外不見一段寬然有餘處。」此語不特爲柳詩發，道盡不會做五古人病痛。

陳衍石遺室詩話

曾剛甫有壬子八九月間所讀書題詞十五首，實論詩絶句也。……謝康樂集云：「漫道凡夫聖可齊，不經意處耐攀躋。後人率爾談康樂，且向前賢學制題。（康樂詩記室贊許允矣。至其制題，正復妙絶今古，倘張天如所謂出處語默，無一近人者耶？柳州五言刻意陶、謝，兼學康樂制題，如湘口館瀟湘二水所會、登蒲州石磯望江口潭島深迴斜對香零山等題，皆極用意。惜此旨自柳州至今無聞焉爾。）」……柳河東集云：「不安唐古氣堂堂，五言直逼華子岡。後人未識

儀曹旨，只與時賢較短長。（柳州五言，大有不安唐古之意。胡應麟只舉南澗一篇，以爲六朝妙詣，不知其諸篇固酷摹大謝也。）」

長題如小序，始於大謝。少陵後尚有柳州、杜牧之、李義山諸家。

**施山望雲詩話**

蘇長公、嚴滄浪皆謂柳子厚五古勝韋左司，漁洋論詩云：「柳州那得並蘇州。」不知柳州宗大謝，蘇州宗靖節，門庭自殊，未易優劣。坡公與柳州處逆境，阮亭與蘇州處順境，二公各以聲笙磬同音，遂有左右袒也。

**吴汝綸桐城吴先生文集跋所書子厚詩**

柳州五言佳處在長篇，世徒賞其短章，以配韋蘇州，未爲知言。又稱柳多以五言，不知其七言古詩，清深高邁，足與韓公相敵如此。惜其所作殊少，不足以被後世也。

**楊庶堪論詩絶句**

劍割愁腸海上峯，始知愁苦易爲工。柳州山水堪供老，萬里投荒别淚紅。

| | |
|---|---|
| 忠雅堂集校箋 | [清]蔣士銓著　邵海清校<br>李夢生箋 |
| 甌北集 | [清]趙翼著　李學穎、曹光甫校點 |
| 惜抱軒詩文集 | [清]姚鼐著　劉季高標校 |
| 兩當軒集 | [清]黄景仁著　李國章校點 |
| 惲敬集 | [清]惲敬著　萬陸、謝珊珊、林振岳<br>標校　林振岳集評 |
| 茗柯文編 | [清]張惠言著　黄立新校點 |
| 瓶水齋詩集 | [清]舒位著　曹光甫點校 |
| 龔自珍全集 | [清]龔自珍著　王佩諍校點 |
| 龔自珍詩集編年校注 | [清]龔自珍著　劉逸生、周錫韍校注 |
| 水雲樓詩詞箋注 | [清]蔣春霖著　劉勇剛箋注 |
| 人境廬詩草箋注 | [清]黄遵憲著　錢仲聯箋注 |
| 嶺雲海日樓詩鈔 | [清]丘逢甲著　丘鑄昌標點 |

| | |
|---|---|
| 牧齋雜著 | ［清］錢謙益著　［清］錢曾箋注<br>錢仲聯標校 |
| 牧齋初學集詩注彙校 | ［清］錢謙益著　［清］錢曾箋注<br>卿朝暉輯校 |
| 李玉戲曲集 | ［清］李玉著<br>陳古虞、陳多、馬聖貴點校 |
| 吴梅村全集 | ［清］吴偉業著　李學穎集評標校 |
| 歸莊集 | ［清］歸莊著 |
| 顧亭林詩集彙注 | ［清］顧炎武著　王蘧常輯注<br>吴丕績標校 |
| 安雅堂全集 | ［清］宋琬著　馬祖熙標校 |
| 吴嘉紀詩箋校 | ［清］吴嘉紀著　楊積慶箋校 |
| 陳維崧集 | ［清］陳維崧著　陳振鵬標點<br>李學穎校補 |
| 屈大均詩詞編年校箋 | ［清］屈大均著　陳永正等校箋 |
| 秋笳集 | ［清］吴兆騫撰　麻守中校點 |
| 漁洋精華録集釋 | ［清］王士禛著<br>李毓芙、牟通、李茂肅整理 |
| 聊齋志異會校會注會評本 | ［清］蒲松齡著　張友鶴輯校 |
| 敬業堂詩集 | ［清］查慎行著　周劭標點 |
| 納蘭詞箋注 | ［清］納蘭性德著　張草紉箋注 |
| 方苞集 | ［清］方苞著　劉季高校點 |
| 樊榭山房集 | ［清］厲鶚著　［清］董兆熊注<br>陳九思標校 |
| 劉大櫆集 | ［清］劉大櫆著　吴孟復標點 |
| 儒林外史彙校彙評 | ［清］吴敬梓著　李漢秋輯校 |
| 小倉山房詩文集 | ［清］袁枚著　周本淳標校 |

| | |
|---|---|
| 雁門集 | [元]薩都拉著<br>殷孟倫、朱廣祁校點 |
| 揭傒斯全集 | [元]揭傒斯著　李夢生標校 |
| 高青丘集 | [明]高啓著　[清]金檀注<br>徐澄宇、沈北宗校點 |
| 唐寅集 | [明]唐寅著　周道振、張月尊輯校 |
| 文徵明集(增訂本) | [明]文徵明著　周道振輯校 |
| 震川先生集 | [明]歸有光著　周本淳校點 |
| 海浮山堂詞稿 | [明]馮惟敏著<br>凌景埏、謝伯陽標校 |
| 滄溟先生集 | [明]李攀龍著　包敬第標校 |
| 梁辰魚集 | [明]梁辰魚著　吴書蔭編集校點 |
| 沈璟集 | [明]沈璟著　徐朔方輯校 |
| 湯顯祖詩文集 | [明]湯顯祖著　徐朔方箋校 |
| 湯顯祖戲曲集 | [明]湯顯祖著　錢南揚校點 |
| 白蘇齋類集 | [明]袁宗道著　錢伯城校點 |
| 袁宏道集箋校 | [明]袁宏道著　錢伯城箋校 |
| 珂雪齋集 | [明]袁中道著　錢伯城點校 |
| 隱秀軒集 | [明]鍾惺著　李先耕、崔重慶標校 |
| 譚元春集 | [明]譚元春著　陳杏珍標校 |
| 張岱詩文集(增訂本) | [明]張岱著　夏咸淳輯校 |
| 陳子龍詩集 | [明]陳子龍著<br>施蟄存、馬祖熙標校 |
| 夏完淳集箋校(修訂本) | [明]夏完淳著　白堅箋校 |
| 牧齋初學集 | [清]錢謙益著　[清]錢曾箋注<br>錢仲聯標校 |
| 牧齋有學集 | [清]錢謙益著　[清]錢曾箋注<br>錢仲聯標校 |

| | |
|---|---|
| 東坡樂府箋 | [宋]蘇軾著　[清]朱孝臧編年　龍榆生校箋 |
| 東坡詞傅幹注校證 | [宋]蘇軾著　[宋]傅幹注　劉尚榮校證 |
| 欒城集 | [宋]蘇轍著　曾棗莊、馬德富校點 |
| 山谷詩集注 | [宋]黄庭堅著　[宋]任淵、史容、史季温注　黄寶華點校 |
| 山谷詩注續補 | [宋]黄庭堅著　陳永正、何澤棠注 |
| 山谷詞校注 | [宋]黄庭堅著　馬興榮、祝振玉校注 |
| 淮海集箋注 | [宋]秦觀撰　徐培均箋注 |
| 淮海居士長短句箋注 | [宋]秦觀著　徐培均箋注 |
| 清真集箋注 | [宋]周邦彦著　羅忼烈箋注 |
| 石林詞箋注 | [宋]葉夢得著　蔣哲倫箋注 |
| 樵歌校注 | [宋]朱敦儒著　鄧子勉校注 |
| 李清照集箋注(修訂本) | [宋]李清照著　徐培均箋注 |
| 陳與義集校箋 | [宋]陳與義著　白敦仁校箋 |
| 蘆川詞箋注 | [宋]張元幹著　曹濟平箋注 |
| 劍南詩稿校注 | [宋]陸游著　錢仲聯校注 |
| 放翁詞編年箋注(增訂本) | [宋]陸游著　夏承燾、吴熊和箋注　陶然訂補 |
| 范石湖集 | [宋]范成大撰　富壽蓀標校 |
| 于湖居士文集 | [宋]張孝祥著　徐鵬校點 |
| 稼軒詞編年箋注(定本) | [宋]辛棄疾撰　鄧廣銘箋注 |
| 辛棄疾詞校箋 | [宋]辛棄疾著　吴企明校箋 |
| 姜白石詞編年箋校 | [宋]姜夔著　夏承燾箋校 |
| 後村詞箋注 | [宋]劉克莊著　錢仲聯箋注 |
| 瀛奎律髓彙評 | [元]方回選評　李慶甲集評校點 |

| | |
|---|---|
| 長江集新校 | [唐]賈島著　李嘉言新校 |
| 張祜詩集校注 | [唐]張祜著　尹占華校注 |
| 三家評注李長吉歌詩 | [唐]李賀著　[清]王琦等評注 |
| 樊川文集 | [唐]杜牧著　陳允吉校點 |
| 樊川詩集注 | [唐]杜牧著　[清]馮集梧注 |
| 温飛卿詩集箋注 | [唐]温庭筠著　[清]曾益等箋注 |
| 玉谿生詩集箋注 | [唐]李商隱著　[清]馮浩箋注<br>蔣凡校點 |
| 樊南文集 | [唐]李商隱著　[清]馮浩詳注<br>錢振倫、錢振常箋注 |
| 皮子文藪 | [唐]皮日休著　蕭滌非、鄭慶篤整理 |
| 鄭谷詩集箋注 | [唐]鄭谷著<br>嚴壽澂、黄明、趙昌平箋注 |
| 韋莊集箋注 | [五代]韋莊著　聶安福箋注 |
| 李璟李煜詞校注 | [南唐]李璟、李煜著　詹安泰校注 |
| 張先集編年校注 | [宋]張先著　吴熊和、沈松勤校注 |
| 二晏詞箋注 | [宋]晏殊、晏幾道著　張草紉箋注 |
| 乐章集校箋 | [宋]柳永著　陶然、姚逸超校箋 |
| 梅堯臣集編年校注 | [宋]梅堯臣著　朱東潤編年校注 |
| 歐陽修詩文集校箋 | [宋]歐陽修著　洪本健校箋 |
| 歐陽修詞校注 | [宋]歐陽修著　胡可先、徐邁校注 |
| 蘇舜欽集 | [宋]蘇舜欽著　沈文倬校點 |
| 嘉祐集箋注 | [宋]蘇洵著　曾棗莊、金成禮箋注 |
| 王荆文公詩箋注 | [宋]王安石著　[宋]李壁箋注<br>高克勤點校 |
| 王令集 | [宋]王令著　沈文倬校點 |
| 蘇軾詩集合注 | [宋]蘇軾著　[清]馮應榴注<br>黄任軻、朱懷春校點 |

| | |
|---|---|
| 玉臺新咏彙校 | 吴冠文、談蓓芳、章培恒彙校 |
| 王梵志詩校注(增訂本) | [唐]王梵志著　項楚校注 |
| 盧照鄰集箋注 | [唐]盧照鄰著　祝尚書箋注 |
| 駱臨海集箋注 | [唐]駱賓王著　[清]陳熙晉箋注 |
| 王子安集注 | [唐]王勃著　[清]蔣清翊注 |
| 陳子昂集(修訂本) | [唐]陳子昂撰　徐鵬校點 |
| 孟浩然詩集箋注(增訂本) | [唐]孟浩然著　佟培基箋注 |
| 王右丞集箋注 | [唐]王維著　[清]趙殿成箋注 |
| 李白集校注 | [唐]李白著　瞿蜕園、朱金城校注 |
| 高適集校注(修訂本) | [唐]高適著　孫欽善校注 |
| 杜詩趙次公先後解輯校 | [唐]杜甫著　[宋]趙次公注<br>林繼中輯校 |
| 杜詩鏡銓 | [唐]杜甫著　[清]楊倫箋注 |
| 錢注杜詩 | [唐]杜甫著　[清]錢謙益箋注 |
| 杜甫集校注 | [唐]杜甫著　謝思煒校注 |
| 岑參集校注 | [唐]岑參著　陳鐵民、侯忠義校注 |
| 戴叔倫詩集校注 | [唐]戴叔倫著　蔣寅校注 |
| 韋應物集校注(增訂本) | [唐]韋應物著　陶敏、王友勝校注 |
| 權德輿詩文集 | [唐]權德輿撰　郭廣偉校點 |
| 王建詩集校注 | [唐]王建著　尹占華校注 |
| 韓昌黎詩繫年集釋 | [唐]韓愈著　錢仲聯集釋 |
| 韓昌黎文集校注 | [唐]韓愈著　馬其昶校注<br>馬茂元整理 |
| 劉禹錫集箋證 | [唐]劉禹錫著　瞿蜕園箋證 |
| 白居易集箋校 | [唐]白居易著　朱金城箋校 |
| 柳宗元詩箋釋 | [唐]柳宗元著　王國安箋釋 |
| 柳河東集 | [唐]柳宗元著　[宋]廖瑩中輯注 |
| 元稹集校注 | [唐]元稹著　周相録校注 |

# 《中國古典文學叢書》已出書目

| | |
|---|---|
| 詩經今注 | 高亨注 |
| 楚辭今注 | 湯炳正、李大明、李誠、熊良智注 |
| 司馬相如集校注 | [漢]司馬相如著　金國永校注 |
| 揚雄集校注 | [漢]揚雄著　張震澤校注 |
| 張衡詩文集校注 | [漢]張衡著　張震澤校注 |
| 阮籍集 | [魏]阮籍著　李志鈞等校點 |
| 陸機集校箋 | [晉]陸機著　楊明校箋 |
| 陶淵明集校箋(修訂本) | [晉]陶潛著　龔斌校箋 |
| 世説新語箋疏(修訂本) | [南朝宋]劉義慶撰　余嘉錫箋疏　周祖謨等整理 |
| 世説新語校釋(增訂本) | [南朝宋]劉義慶撰　[南朝梁]劉孝標注　龔斌校釋 |
| 鮑參軍集注 | [南朝宋]鮑照著　錢仲聯增補集説校 |
| 謝宣城集校注 | [南朝齊]謝朓著　曹融南校注集説 |
| 江文通集校注 | [南朝梁]江淹著　丁福林、楊勝朋校注 |
| 文心雕龍義證 | [南朝梁]劉勰著　詹鍈義證 |
| 詩品集注(增訂本) | [梁]鍾嶸著　曹旭集注 |
| 文選 | [梁]蕭統編　[唐]李善注 |
| 蕭繹集校注 | [南朝梁]蕭繹著　陳志平、熊清元校注 |